U0112693

镌刻风雅

當代篆刻家作品選

李剛田題

镌刻风雅

當代篆刻家作品選

李刚田题

镌刻风雅·当代篆刻家作品展组委会

主　任
王维国

副主任
姜筱卉　叶华洲

委　员(按姓氏笔画排序)
冯　勇　李文灵　吴自标　李德会　郁建伟　徐为零　黄　江　蔡永锋

镌刻风雅·当代篆刻家作品展评审委员会

评　委

主　任
徐正濂

委　员
戴　武　谷松章　陈　靖　吴自标

监　审

主　任
王维国

委　员
姜筱卉　叶华洲

镌刻风雅·当代篆刻家作品集编委会

主　编
蔡永锋

执行主编
吴自标

副主编
郁建伟　冯　勇　沈　鹏

编　委(按姓氏笔画排序)
丁　梦　毛洋洋　陈　伟　张学军　法　弘　周胤希

设计团队
帅　敏　宋　寅　李　燕　沈　馨

主办单位:
淮安市文化广电和旅游局 / 淮安市文学艺术界联合会
艺术指导单位:
江苏省篆刻研究会 / 淮安市美术馆
淮安市书法家协会/淮安市美术家协会
承办单位:
淮安市淮上印社
协办单位:
北京国图文化发展有限责任公司
栖霞古寺云谷艺术馆 / 淮安市淮阴区文化馆
支持品牌:
大瓷坊酒/大瓷国酒 / 清江浦酒

序言

《镌刻风雅·当代篆刻家作品选》一书，是从淮安市文学艺术界联合会与淮安市文化广电和旅游局主办、淮上印社承办的“镌刻风雅·当代篆刻家作品展”中精选的部分篆刻作品和特邀篆刻作品。本次展览即使规模不算很大，作品不算很多，对淮安来说，也有筚路蓝缕开启山林的意义，对淮安乃至苏北地区的篆刻，也一定有积极的意义和推动的作用。本书中收录了来自河南、山东、上海、黑龙江、山西、辽宁等地以及日本、马来西亚等国家的篆刻作品273件，比较全面地反映了当代中青年篆刻创作的面貌。作品植根传统，锐意出新，既有古气蔚然的古玺类创作，也有刻划精到的流派类印风；既有大气磅礴的粗犷写意风格，也有安详周到的一笔不苟……为了使本书更加丰富可观，组委会又在获奖、入展及入选之外，特邀了国内知名篆刻家作品72件，蔚为大观。

篆刻是中国历史悠久的艺术。新时期以来，中国篆刻发展迅猛，中国篆刻作者继承创新，发扬蹈厉，刻苦探索，锐意进取，在创作方面取得了新的历史成就，优秀作者层出不穷，汇成浩浩荡荡的中国篆刻新高潮。《镌刻风雅·当代篆刻家作品选》则可以说是这奔腾高潮中的一朵浪花。让我们共同期待中国篆刻新发展的到来。

2023年6月6日

目 录（按姓氏笔画排序）

名家题词

李路平（江　苏）〇〇八
谷松章（河　南）〇一〇
陈　靖（山　东）〇一二
徐正濂（上　海）〇一四
戴　武（安　徽）〇一六

特邀作品

万玉龙（江　苏）〇二〇
马景泉（日　本）〇二一
王正阳（山　东）〇二二
王吉鸿（辽　宁）〇二三
王继雷（辽　宁）〇二四
王善元（河　南）〇二五
毛洋洋（江　苏）〇二六
方　圆（江　苏）〇二七
孔祥宇（山　西）〇二八
叶青峰（湖　北）〇二九
冯宝麟（河　北）〇三〇
冯　勇（江　苏）〇三一
朱培尔（江　苏）〇三二
曲修诚（山　东）〇三四
刘洪洋（天　津）〇三五
汤真洪（江　苏）〇三六
许贤炎（广　东）〇三七
孙长铭（河　北）〇三八
孙建明（江　苏）〇三九
苏玉清（福　建）〇四〇
杜延平（北　京）〇四一
李文灵（江　苏）〇四二
李　平（湖　北）〇四三
李　青（深　圳）〇四四
李泽成（河　北）〇四五
李夏荣（江　苏）〇四六
李　砺（湖　南）〇四七
李智野（内蒙古）〇四八
李　滔（上　海）〇四九
杨　剑（江　西）〇五〇
杨祖柏（上　海）〇五一
吴自标（江　苏）〇五二
何连海（江　苏）〇五三
何国门（浙　江）〇五四
谷松章（河　南）〇五五
汪占革（黑龙江）〇五六
张呈君（黑龙江）〇五七
张炜羽（上　海）〇五八
张学军（江　苏）〇五九
张星亮（山　西）〇六〇
张　哲（陕　西）〇六一
张　铭（上　海）〇六二
陈道林（安　徽）〇六三
陈　靖（山　东）〇六四
林　尔（江　苏）〇六五
郁建伟（江　苏）〇六六
罗光磊（湖　南）〇六七
周大成（江　苏）〇六八
庞涌湃（河　北）〇六九
赵立新（辽　宁）〇七〇
赵　明（江　苏）〇七一
柳晓康（浙　江）〇七二
洪　亮（浙　江）〇七三
桂建民（湖　北）〇七四
顾　工（江　苏）〇七五
徐为零（江　苏）〇七六
徐正濂（上　海）〇七七
翁石甸（江　西）〇七八
黄　江（江　苏）〇七九
黄敬东（安　徽）〇八〇
盛柏林（浙　江）〇八一
鹿守璋（江　苏）〇八二
屠陈陀（山　东）〇八三
董　建（安　徽）〇八四
董洪涛（黑龙江）〇八五
蒋瑾琦（江　苏）〇八六
韩愈飞（海　南）〇八七
蔡大礼（北　京）〇八八
蔡永锋（江　苏）〇八九
戴　文（重　庆）〇九〇
戴　武（安　徽）〇九一
魏　杰（陕　西）〇九二

获奖作品

金奖

徐　健（黑龙江）〇九四

银奖

李宗强（贵　州）〇九五
吴允明（浙　江）〇九六

铜奖

王晓波（江　苏）〇九七
庞学虎（甘　肃）〇九八
侯宇洲（山　西）〇九九

优秀奖

马子越（山　东）一〇〇
王恩泓（辽　宁）一〇一
王鲁生（安　徽）一〇二
田志顺（辽　宁）一〇三
仝　昊（山　东）一〇四
冯丛丛（河　南）一〇五
冯　凯（甘　肃）一〇六
朱阳翌（江　苏）一〇七
朱家宝（浙　江）一〇八
向世玉（四　川）一〇九
刘　立（山　东）一一〇
安小葵（云　南）一一一
芦玉龙（黑龙江）一一二
杜家航（安　徽）一一三
李学龙（山　东）一一四
李研沣（广　西）一一五
李　科（四　川）一一六
吴晓光（吉　林）一一七
郑小康（北　京）一一八
赵尧龙（山　东）一一九
俞喆淳（浙　江）一二〇
党　鑫（山　东）一二一
倪仕旭（福　建）一二二
翁贤冲（海　南）一二三
高　鑫（重　庆）一二四
唐茂轩（重　庆）一二五
黄行毅（福　建）一二六
蒋力珂（江　苏）一二七
蒋伟青（上　海）一二八
廖林浩（湖　南）一二九

入展作品

马贵骏（河　南）一三二
王巧春（江　苏）一三三
王宇航（河　南）一三四
王连庆（山　东）一三五
王　威（江　苏）一三六
王　勇（湖　南）一三七
王　哲（河　北）一三八
王群智（云　南）一三九
支康男（河　南）一四〇
尹一东（江　苏）一四一
尹世访（河　南）一四二
孔小南（江　苏）一四三
卢方泽（湖　北）一四四
由乔瑞（黑龙江）一四五
付万川（甘　肃）一四六
付正泓（福　建）一四七
皮郁华（湖　南）一四八
朱国涛（山　东）一四九
朱荣光（江　苏）一五〇
乔云强（江　苏）一五一
华彦颉（上　海）一五二

刘　艺（江　西）一五三
刘俭锟（江　苏）一五四
刘维亚（江　苏）一五五
刘福林（江　西）一五六
刘德金（浙　江）一五七
孙凤庭（江　苏）一五八
孙龙光（河　北）一五九
阳怡金（湖　南）一六〇
杜浚生（黑龙江）一六一
李元光（贵　州）一六二
李　刚（山　西）一六三
李迩墨（黑龙江）一六四
李俊铭（辽　宁）一六五
李泰鹏（辽　宁）一六六
李　梅（山　东）一六七
杨　闯（河　南）一六八
杨　宇（辽　宁）一六九
杨志浩（湖　南）一七〇
何雪波（湖　北）一七一
余圣华（北　京）一七二
沈嘉涵（江　苏）一七三
张文杰（四　川）一七四
张成龙（河　南）一七五
张先宋（甘　肃）一七六
张秀川（辽　宁）一七七
张　彦（江　苏）一七八
张　虔（河　南）一七九
陆永东（湖　南）一八〇
周功林（江　苏）一八一
侯　勇（江　苏）一八二
殷启东（河　南）一八三
凌　贺（河　南）一八四
高　颖（浙　江）一八五
郭树杞（山　东）一八六
黄　东（湖　北）一八七
曹向洁（内蒙古）一八八
曹旭东（河　北）一八九
鹿梦嘉（江　苏）一九〇
梁庆祥（江　苏）一九一
彭建华（湖　南）一九二
蒋芳顺（湖　南）一九三
韩　龙（天　津）一九四
赖于逵（广　东）一九五

入选作品

丁来军（江　苏）一九八
万建宇（河　南）一九九
马伟文（江　苏）二〇〇
马宏伟（甘　肃）二〇一
王酉博（陕　西）二〇二
王春伟（黑龙江）二〇三
王洞果（甘　肃）二〇四
王诺尔森（山　西）二〇五
王　清（北　京）二〇六
王鹏辉（河　南）二〇七
毛献伟（河　南）二〇八
卞维忠（江　苏）二〇九
方茂林（四　川）二一〇
方辉承（安　徽）二一一
尹亚东（江　苏）二一二
邓长春（四　川）二一三
邓石冶（江　苏）二一四
叶正茂（浙　江）二一五
田谦谈（江　苏）二一六
白晓航（内蒙古）二一七
吕梓祎（浙　江）二一八
吕鹏飞（山　东）二一九
朱　宏（安　徽）二二〇
伏道兴（江　苏）二二一
仲梽镒（江　苏）二二二
任恩猛（辽　宁）二二三
刘本镐（广　东）二二四
刘亚非（江　苏）二二五
刘　灿（湖　南）二二六
刘国庆（山　东）二二七
刘晓东（河　北）二二八
刘玺宏（辽　宁）二二九
刘　瑛（新　疆）二三〇
刘晶怡（上　海）二三一
江阚阚（江　苏）二三二
池清露（江　西）二三三
麦振福（广　东）二三四
李小建（甘　肃）二三五
李天一（河　北）二三六
李　良（辽　宁）二三七
李　显（辽　宁）二三八
李　娜（山　东）二三九
李振中（内蒙古）二四〇
李谱生（安　徽）二四一
杨　涛（江　苏）二四二
杨祥文（四　川）二四三
杨新院（河　南）二四四
吴明重（陕　西）二四五
吴展旗（湖　南）二四六
何　冲（湖　北）二四七
谷彦生（河　南）二四八
汪如哲（江　西）二四九
沈　钰（上　海）二五〇
宋兴无（安　徽）二五一
张月德（山　东）二五二
张旭辉（安　徽）二五三
张志成（黑龙江）二五四
张明厚（辽　宁）二五五
张　挥（江　苏）二五六
张桂民（山　东）二五七
张党生（黑龙江）二五八
张康江（河　南）二五九
张智勇（江　苏）二六〇
张　鹏（陕　西）二六一
陈小强（重　庆）二六二
陈向东（江　西）二六三
陈学伟（河　北）二六四
陈　康（安　徽）二六五
陈敢新（江　苏）二六六
陈智彪（湖　北）二六七
陈　翔（湖　南）二六八
邵明敏（河　南）二六九
罗兵兰（甘　肃）二七〇
季　诚（江　苏）二七一
周　宇（内蒙古）二七二
周胤希（江　苏）二七三
孟寰宇（山　东）二七四
赵俊标（广　东）二七五
赵　娟（江　苏）二七六
赵培川（山　东）二七七
胡正立（北　京）二七八
段远东（内蒙古）二七九
禹宗昌（河　南）二八〇
夏坚辉（浙　江）二八一
徐子杰（四　川）二八二
徐淑伦（山　东）二八三
陶桂生（浙　江）二八四
黄远海（江　西）二八五
黄剑飞（广　东）二八六
常鹏东（甘　肃）二八七
彭述冰（广　东）二八八
程羽瑄（江　西）二八九
程树泉（湖　南）二九〇
程星琰（海　南）二九一
曾苏闽（江　苏）二九二
温子安（马来西亚）二九三
路　琛（陕　西）二九四
谭　晓（湖　南）二九五
潘哲明（江　苏）二九六
薛　玲（山　东）二九七

镌刻风雅

當代篆刻家作品選

李刚田题

〇一 名家题词

（按姓氏笔画排序）

名家题词

李路平，江苏省篆刻研究会会长，西泠印社社员，国家一级美术师，南京博物院特聘研究员，江苏省教育考试院，国画院特聘专家，江苏省书画专业委员会主任。

书法篆刻作品多次在全国重大展览中入选和获奖。书法、论文、篆刻分别获首届江苏省人民政府最高奖“林散之学术成就奖”、《书法》“2009—2010年度”全国最具影响力书法论文大奖。曾获长江沿岸十七省市文联美术联展（书法）唯一金奖，“2013—2014中国书法十大年度人物”提名奖。研究方向为古代艺术史、古代书画鉴定、金石考据。

文论出版八十余万字、发表于中国社科院《中国社会科学报》《中国书法》等中文核心期刊及重要学术报刊，出版专著《明清书画大事年表》《明清书画鉴定》《李路平篆刻集》《高等艺术院校教学范本——李路平书法选》。多次应邀为上海艺术博览会、保利集团、清华大学等高等学府讲学。2005年6月荣宝斋、南京博物院联合举办“李路平篆刻艺术研讨会”。卞孝萱、瓦翁等文坛名宿均有着高度评价，并数次得到国家领导人亲自接见。

问道

文学纵横乃如此
金石刻画臣能为

名家题词

谷松章，《青少年书法》杂志主编，中国艺术研究院中国篆刻艺术院研究员，西泠印社理事，河南印社副社长兼秘书长，河南省青年书协副主席。

作品多次参加重要展览，获全国书法篆刻展、中国书法兰亭奖艺术奖、全国篆刻艺术展奖项五次。出版著述《中国篆刻创作解读·汉印卷》《篆刻章法百讲》《鸟虫篆印技法解析》《当代名家印谱·谷松章卷》，合著《中国篆刻技法全书》等。

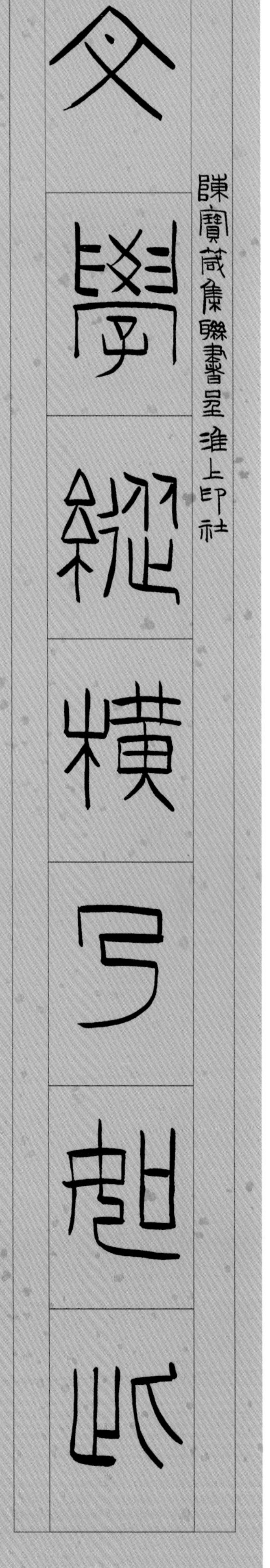

平生金石结良朋

名家题词

陈靖，西泠印社社员，中国书法家协会篆刻专业委员会委员，山东省书法家协会副主席，篆书委员会主任，山东印社社委秘书长。

作品入展全国第四届篆刻艺术展，首届国际书画篆刻大展，第五届篆刻艺术评展，首届国际艺术节中国印展，经典与当代印风·全国第二届青年篆刻家作品展，京华雅集·05当代篆刻家北京邀请展，中国美术馆篆刻艺术邀请展，第二届中国书法兰亭奖，当代篆刻艺术大展，千人千作书法大展，第八届国际书法交流大展，当代书坛名家系统工程——五百家书法精品展，第三届中国书法兰亭奖。

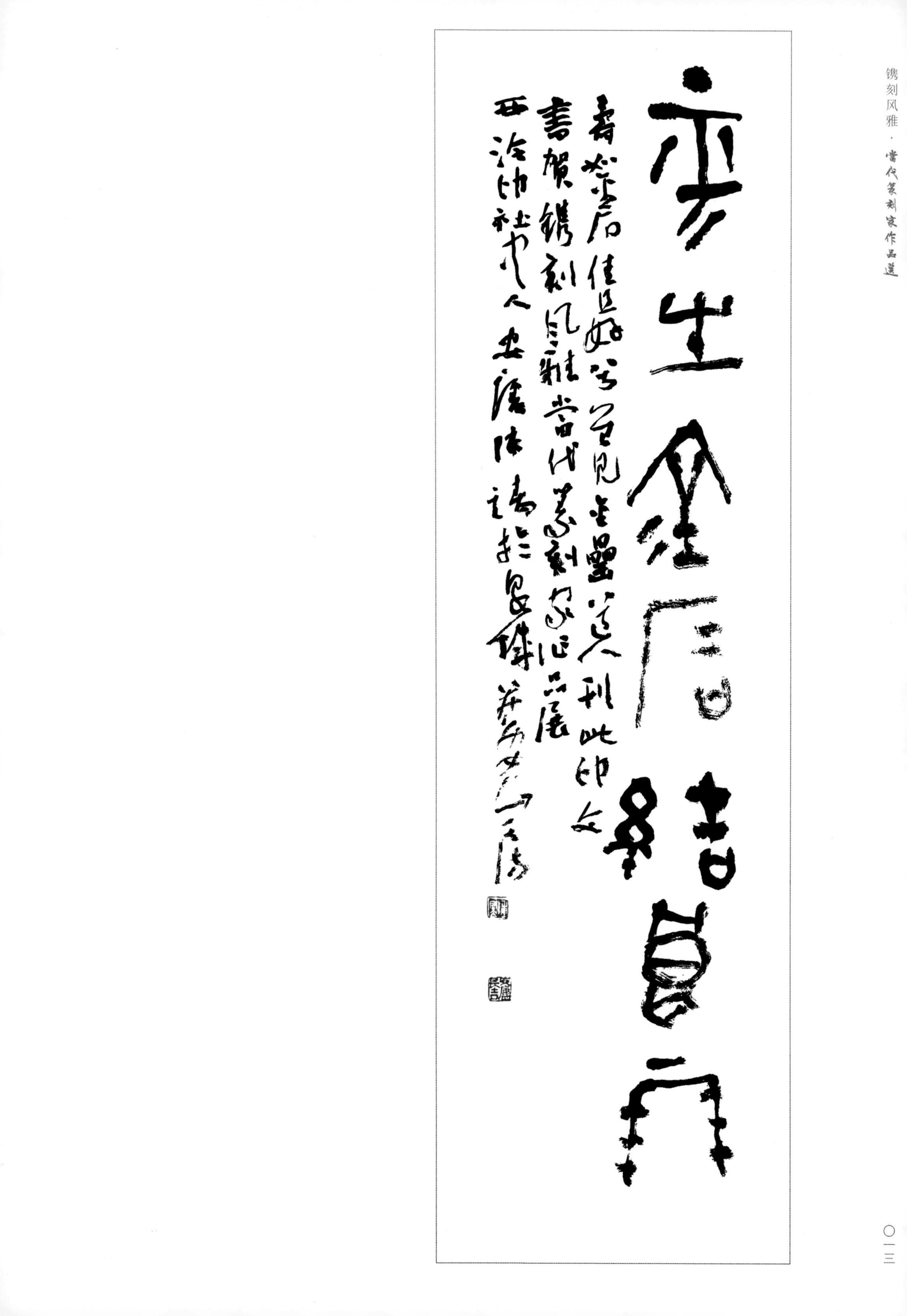

淮上印风劲
山阳古韵长

名家题词

徐正濂，当代中国著名篆刻家、书法家、艺术教育家。现为中国书法家协会会员，西泠印社社员，中国书法家协会篆刻委员会委员，上海市书法家协会顾问，中国艺术研究院书法院研究员，篆刻院研究员，淮上印社名誉社长。作品入展三次全国书法篆刻展，五次全国中青年书法篆刻展，四次全国篆刻艺术展，三次西泠印社全国篆刻艺术评展等，数十次参加全国书法篆刻展，全国中青年书法篆刻展，全国篆刻艺术展，全国兰亭奖书法艺术奖，并多次获奖。出版有《当代中青年篆刻家精品集--徐正廉卷》《徐正廉篆刻选》（日本版）《徐正濂作品集》《徐正濂印友会作品集》《徐正濂篆刻》《徐正廉篆刻偶存》《徐正濂篆刻集》《诗屑与印屑》《诗屑与笔屑》（文集）；与人合著有《徐正濂师生篆刻选集》《矛盾笔名印谱》《中国历代玺印精品博览》等。曾被《中国书画》《艺境》杂志提名为“2009-2010最具关注度与投资潜力篆刻家”。

鸟迹虫文俱活
周籀秦篆皆精

名家题词

戴武，中国书法家协会篆刻专业委员会委员，中国艺术研究院篆刻院研究员，西泠印社社员，安徽省人民政府文史研究馆馆员。

近百件作品被国家权威出版社编辑发行于《共和国书法大系》《中国美术60年》《人民日报》《中国青年报》《中国书法》《中国篆刻》以及中国、日本、韩国出版的专业报刊。作品被中南海、人民大会堂、中国美术馆、中央电视台及海内外人士收藏。

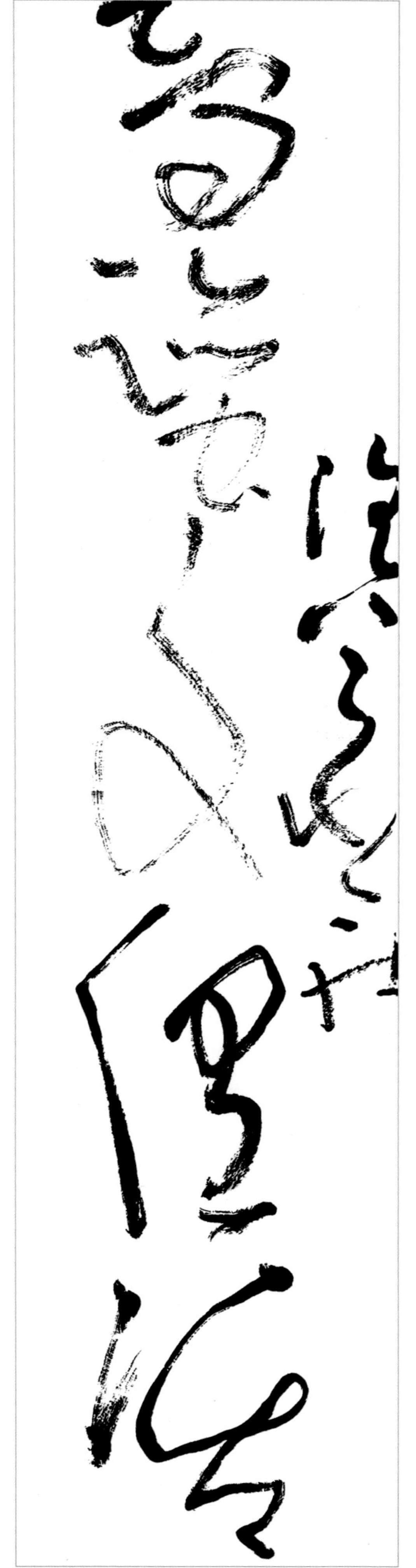

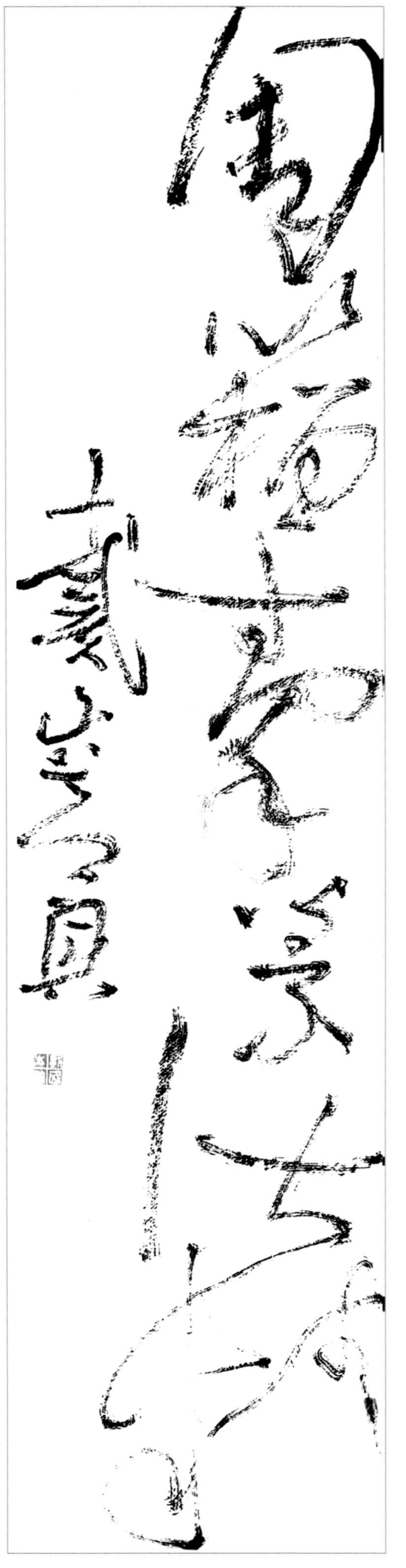

镌刻风雅

當代篆刻家作品選

李剛田題

〇二 特邀作品

（按姓氏笔画排序）

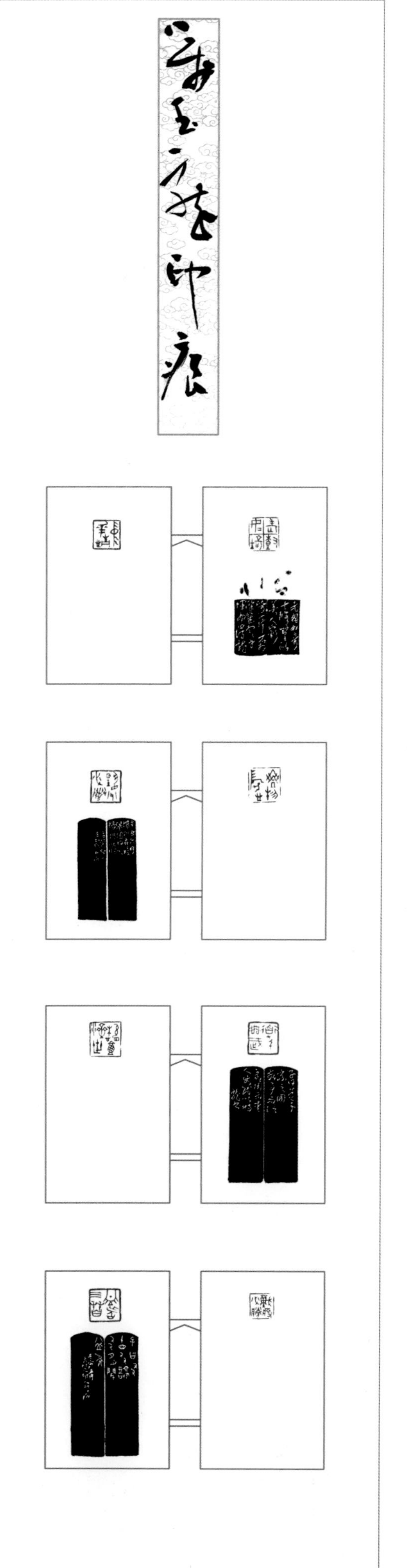

乘物游心

益者三友（附边款）

特邀作品

万玉龙，中国书法家协会会员，古楚印社社长，南京印社理事。

长毋相忘（附边款）

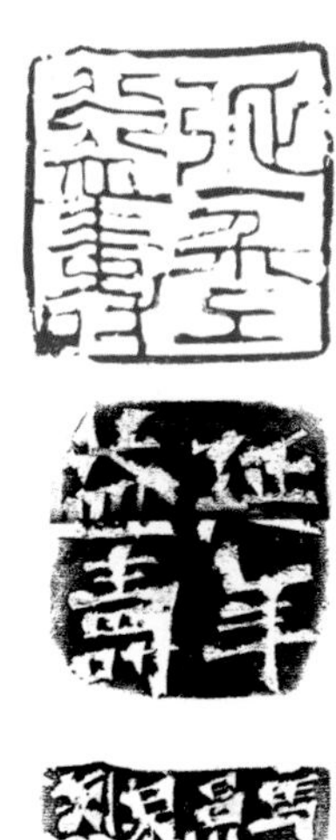

延年益寿（附边款）

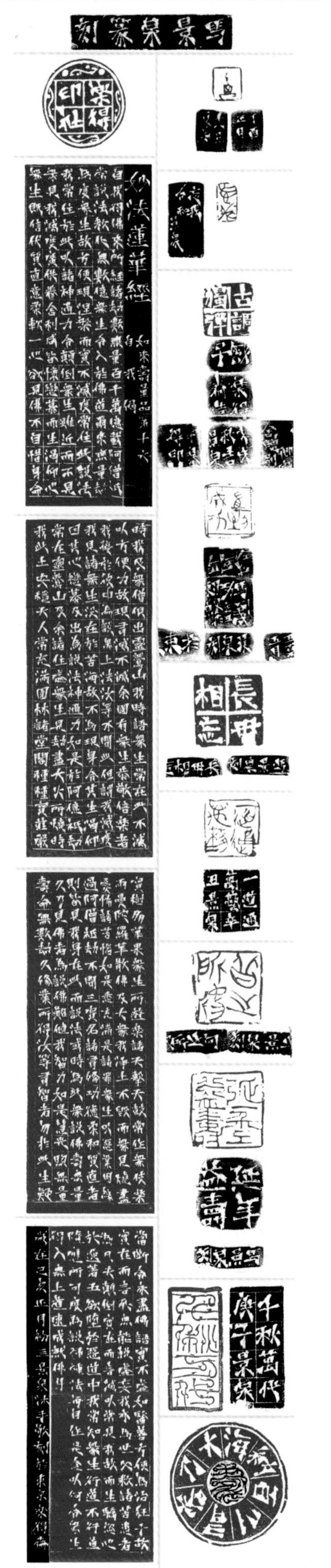

特邀作品

马景泉，现为全日本华人书法家协会副主席，中国书法家协会会员，全日本华人印社副社长，海外王雪涛研究会副会长，日本篆刻家协会理事，乐得印社社长。

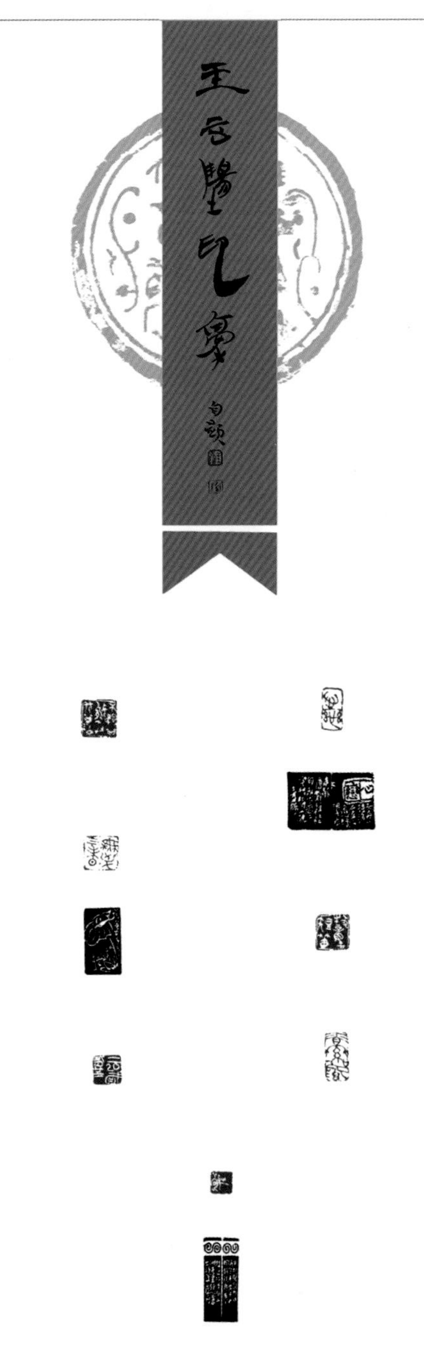

月是故乡明（附边款）

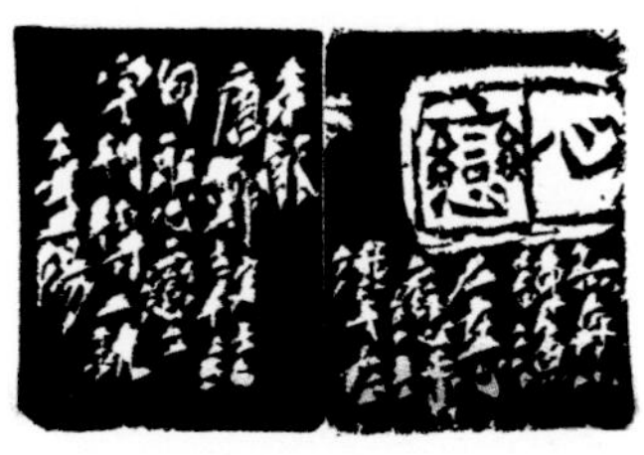

心恋（附边款）

特邀作品

王正阳，中国书法家协会会员，山东印社社员，山东书协青少部委员，烟霞印社社长。作品入展全国首届青年书法篆刻展，全国第九届书法篆刻展，全国第四、五、六届篆刻艺术展，全国第四、五届书坛新人展，西泠印社六届评展，作品获奖西泠印社“诗书画印”四项兼能优秀奖。

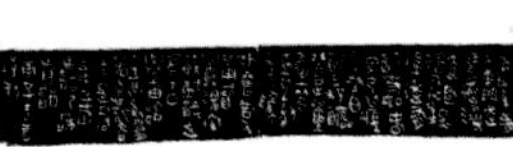

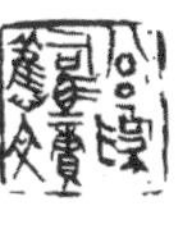

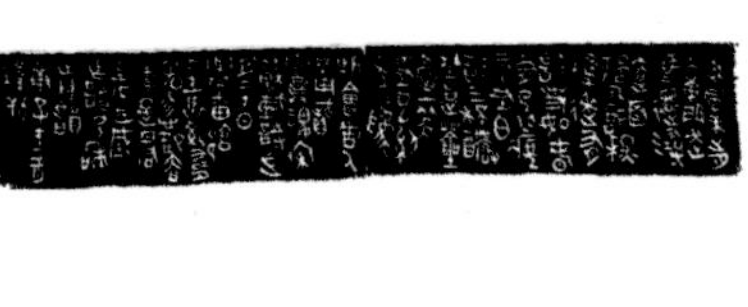

事如春梦了无痕（附边款）

人生何处不相识（附边款）

特邀作品

王吉鸿，国家一级美术师，中国书法家协会会员，辽宁省书法家协会理事，本溪市书法家协会副主席兼篆刻委员会主任。第八批辽宁省文化名家暨“四个一批”人才。作品获全国第十届书法篆刻展优秀提名奖，全国第七届篆刻艺术展最高奖，“百里杜鹃”全国书法展最高奖，西泠印社诗书画印大展篆刻单项奖等。

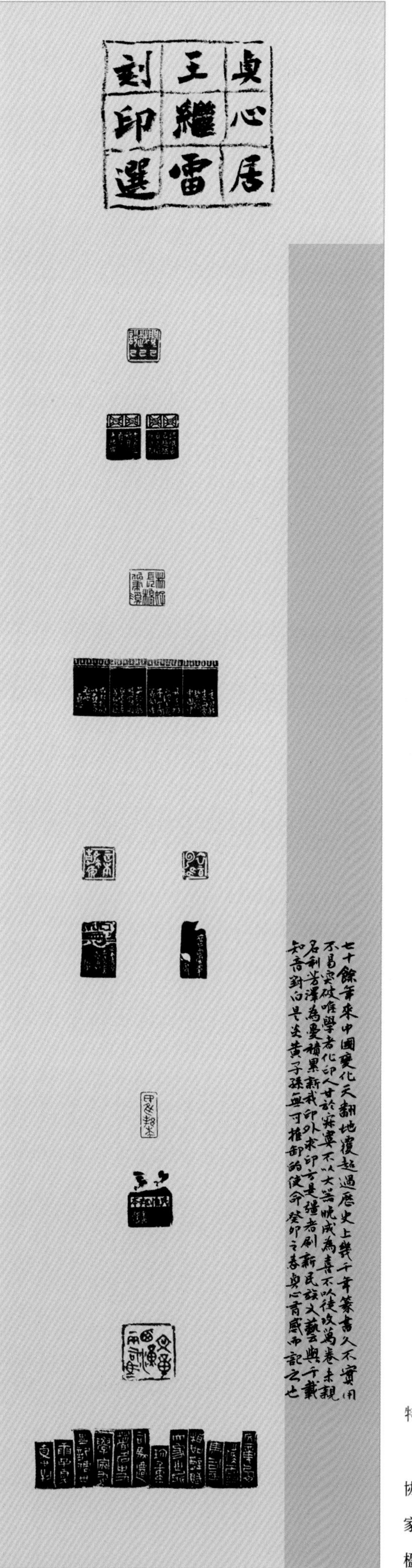

正本清源（附边款）

民惟邦本（附边款）

特邀作品

王继雷，中国书法家协会会员，中华诗词学会会员，辽宁省书法家协会理事，辽宁省中山画院理事，碣石印社常务副社长，锦州市书法家协会副主席，锦州中山画院院长，锦州市诗词学会副会长，锦州市楹联协会会长，锦州高等师范专科学校客座教授。

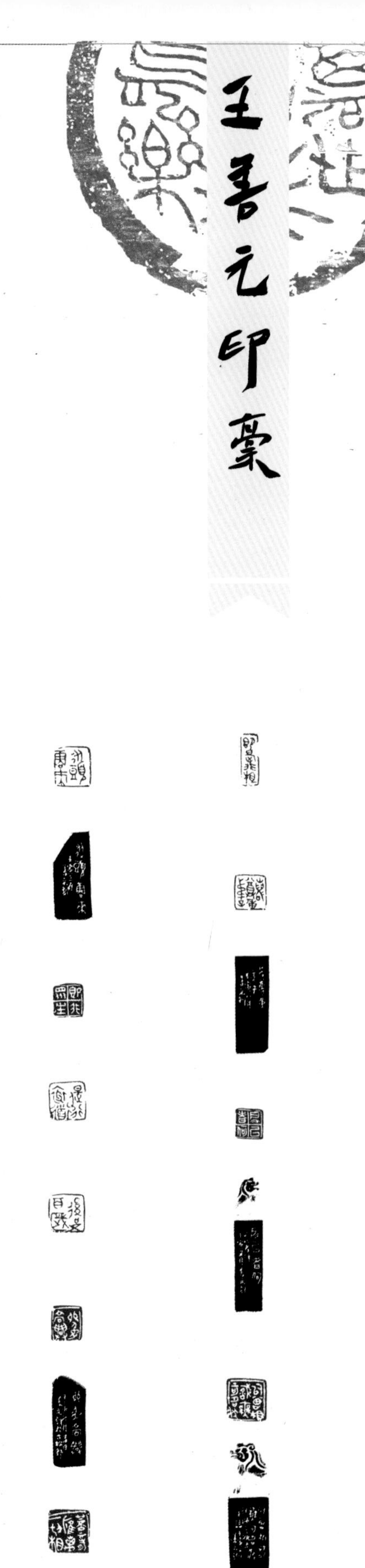

即是非相

即非众生

特邀作品

王善元，中国书法家协会会员，中国甲骨文书法艺术研究会理事，中国佛像印艺术研究中心研究员，河南印社社员，殷契印社副社长。

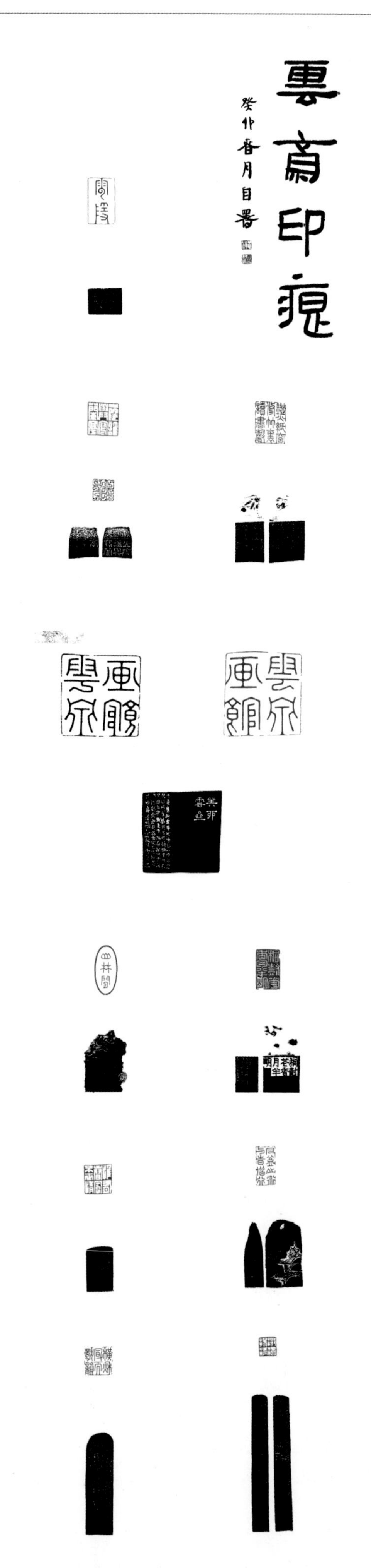

云泉画馆

桐树花香月半明（附边款）

特邀作品

毛洋洋，淮上印社副社长，中国书法家协会会员，江苏省书法院特聘书法家，淮安市政府重点人才培养“名师带徒”书法篆刻类学徒（导师陈大中先生）。

阳光总在风雨后

静观

特邀作品

方圆，中国书法家协会会员，廊坊市书法家协会副主席，廊坊书法院院长助理，淮上印社顾问。

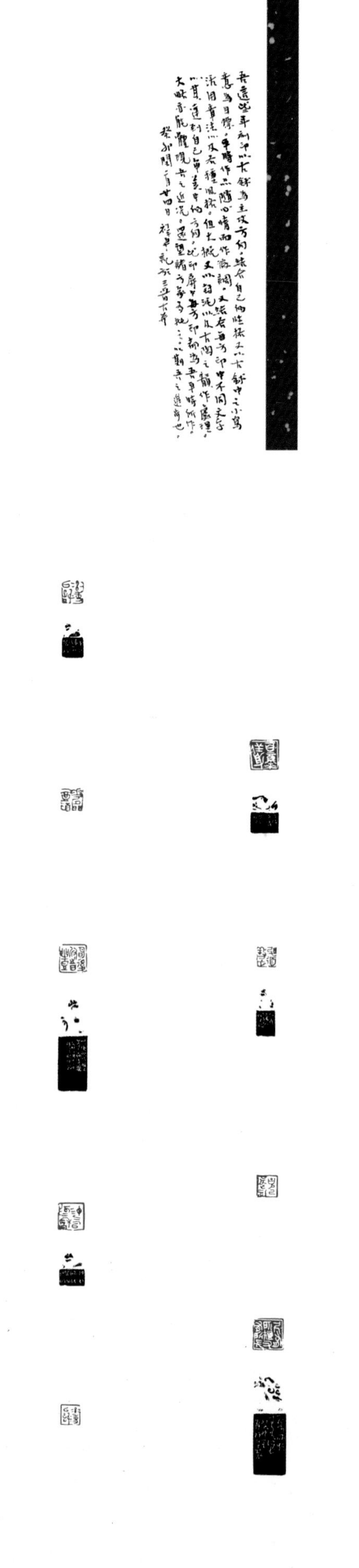

明后欣时丰（附边款）

冲气以为和（附边款）

特邀作品

孔祥宇，中国书法家协会会员，山西省书画院书法创作员，山西省书画家协会常务理事，山西省青年书法家协会常务理事兼篆刻委员会副主任。

佛像印（附边款）

佛像印（附边款）

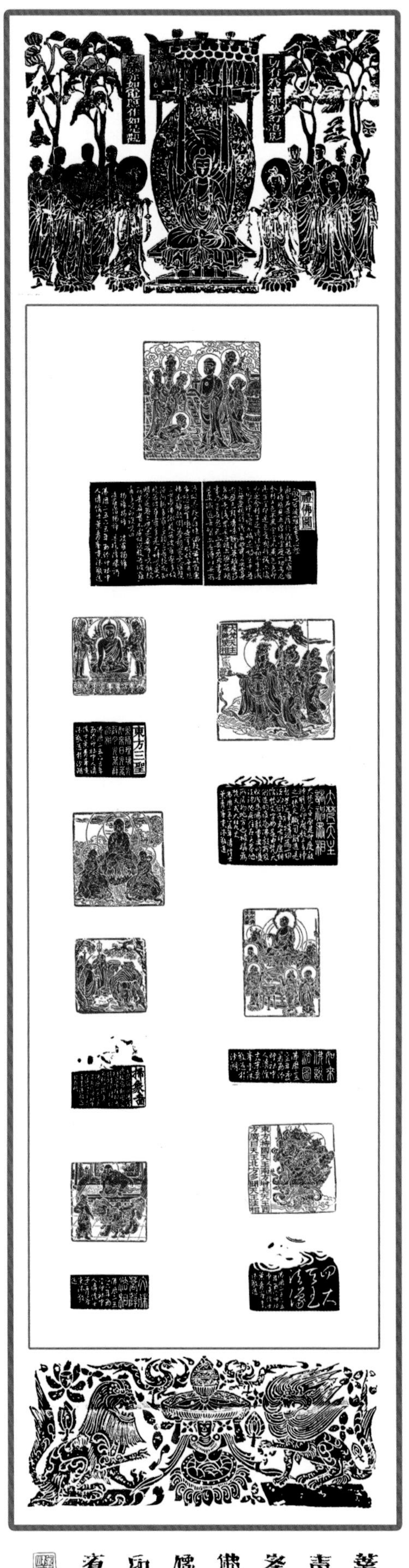

特邀作品

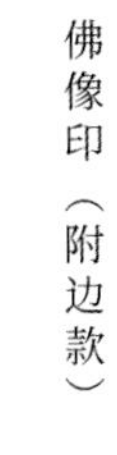

叶青峰，西泠印社社员，中国书法家协会会员，中国肖像印研究会副会长，中国佛像印艺术研究中心副主任，中流印社社长。

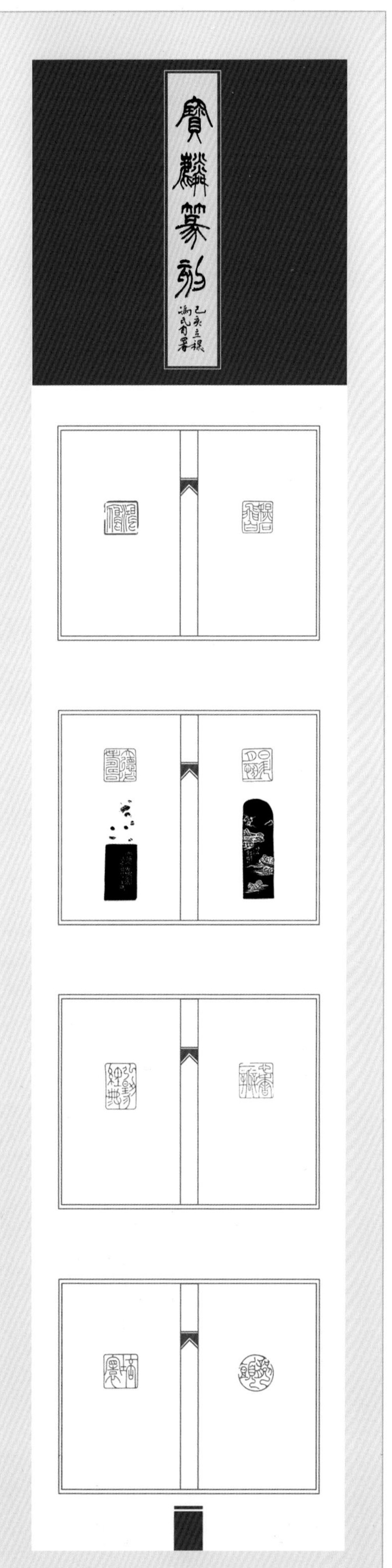

秋石飞白

心香一瓣

特邀作品

冯宝麟，国家一级美术师，中国艺术研究院篆刻院理论部主任，中国书法家协会书法教育委员会委员，西泠印社社员。

齐心向未来（附边款）

君子坦荡荡（附边款）

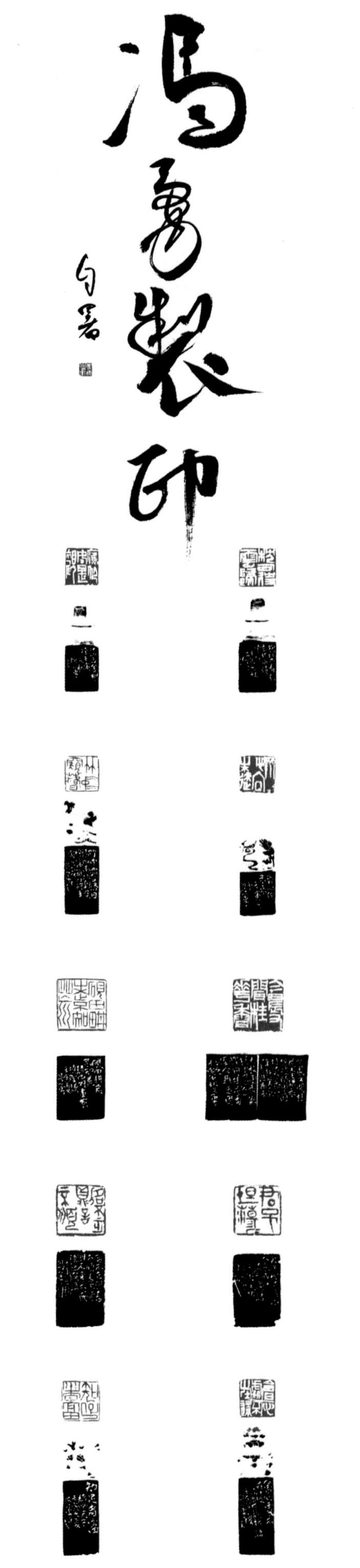

特邀作品

冯勇，淮上印社副社长，中国书法家协会会员，江苏省书法院特聘书法家，淮安市书法家协会副秘书长兼书刻委员会主任，淮安市清江浦区书法家协会执行主席，淮安市青年书法家协会副主席，淮安市职工书法家协会副主席，淮安市政协委员，淮安市清浦区五、六、七届政协常委，淮安市文史委委员。

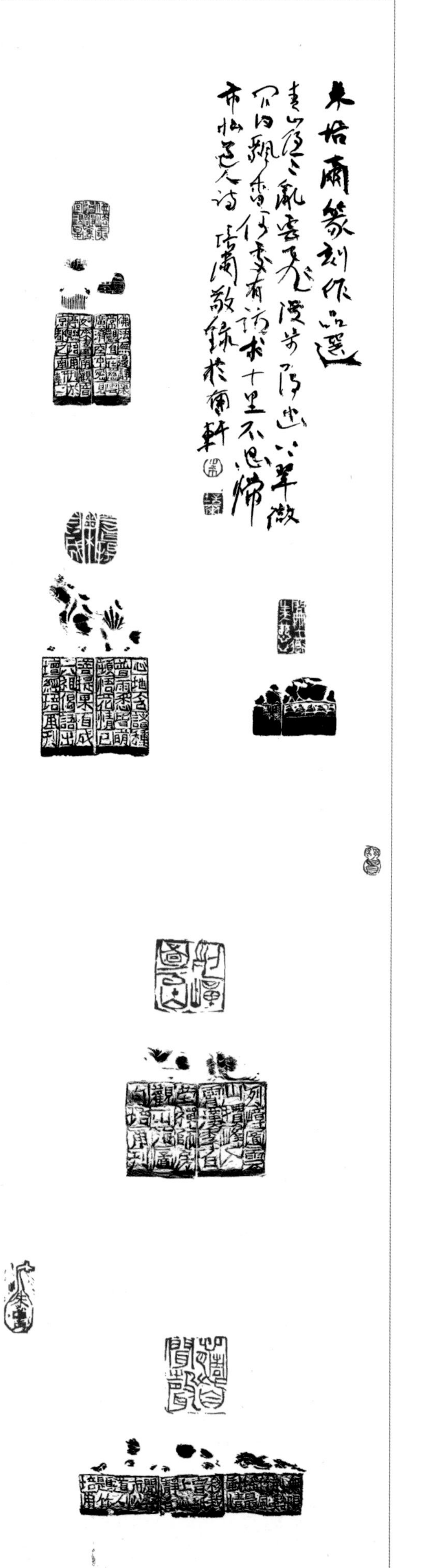

菩提果自成（附边款）

列嶂图云山（附边款）

特邀作品

朱培尔，著名书画篆刻家，艺术理论家，编辑出版家。国务院特殊津贴专家，《中国书法》社长、主编，《中国书法报》社长、总编辑。中国书法家协会理事，书法评论与传播委员会副主任，西泠印社理事，中国文艺评论家协会理事、造型艺术委员会副主任，一级美术师、编审。

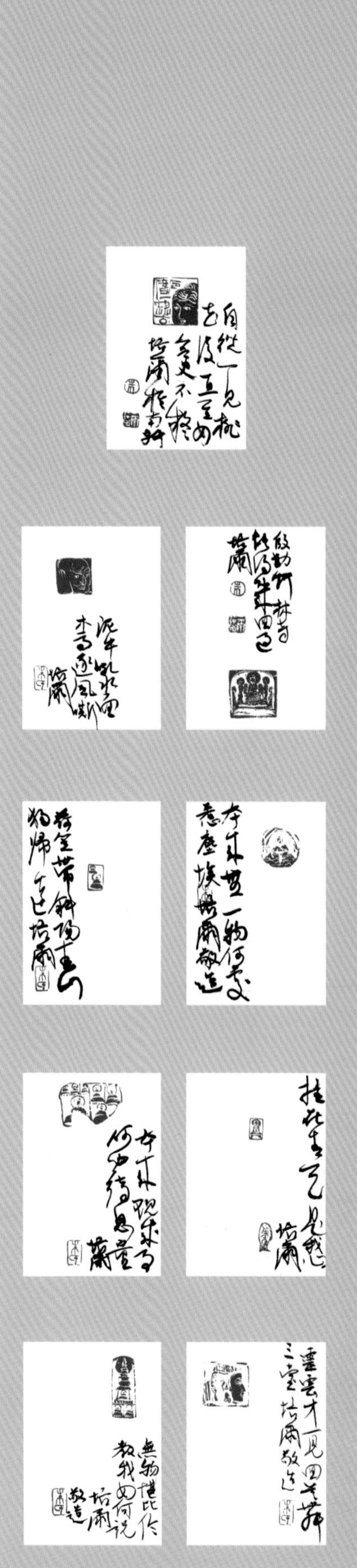

佛像印

佛像印

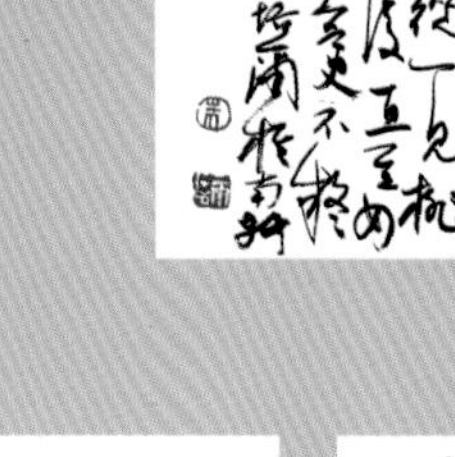

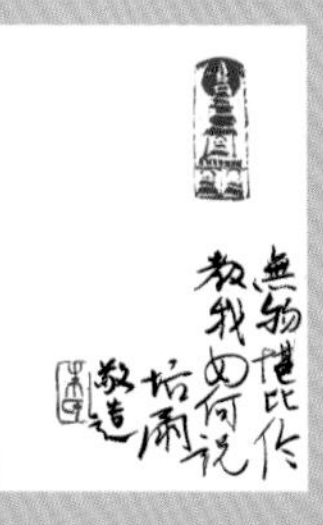
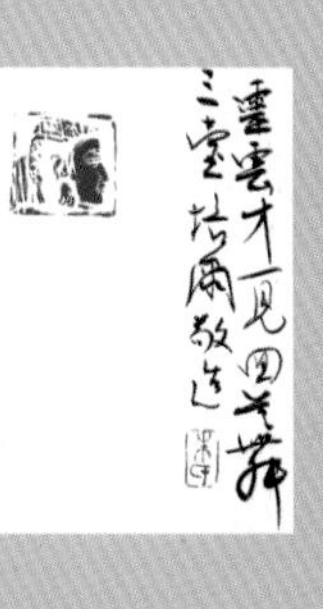

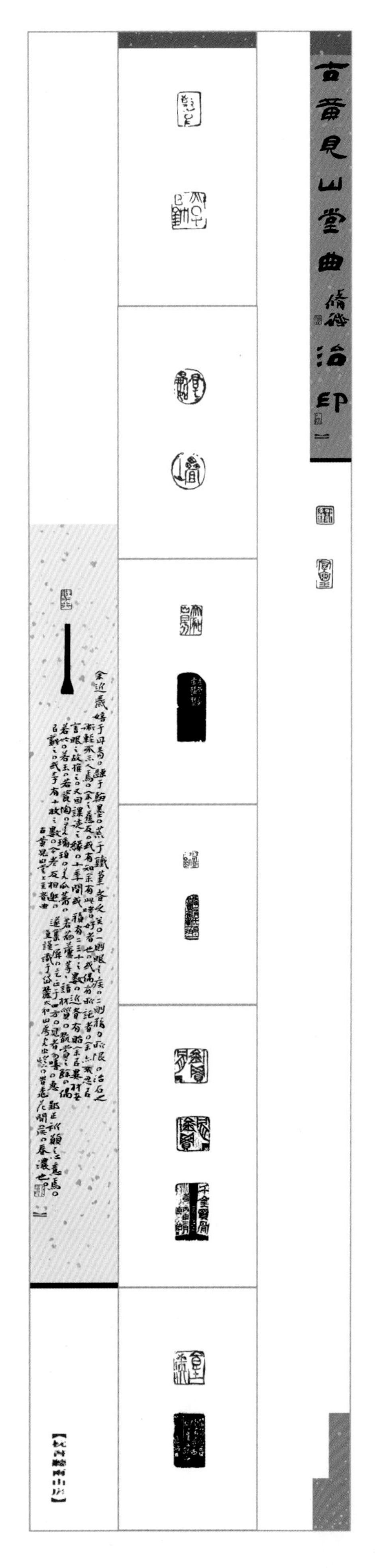

敬事

千金买骨（附边款）

特邀作品

曲修诚，中国书法家协会会员，中国美术家协会会员，中华诗词学会会员，中国标准草书学社社员，北京民族大学美术学院教授，人民书画院山东省分院院长，山东印社社员，泰安市政协委员，泰安市政协泰山书画院副院长，泰安市中山书画研究院院长，泰安市美协副主席，泰安市青年美协副主席，泰山学院客座教授。

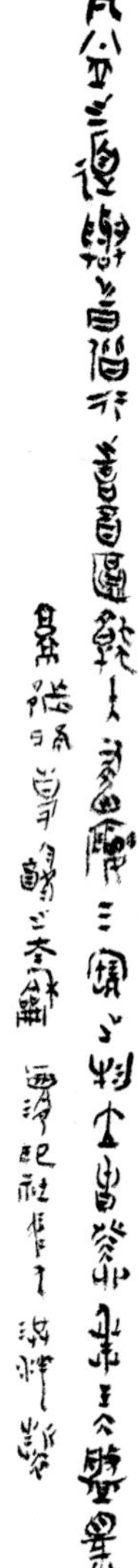

凡益之道，与时偕行

立春（附边款）

特邀作品

刘洪洋，中国书协篆刻委员会秘书长，中国艺术研究院中国篆刻院研究员、导师，渤海大学美术学院硕士研究生导师，西泠印社社员，天津市书协副主席，篆刻委员会主任，京东印社社长。

湯真洪篆刻

壬寅端月自署於竹林禪寺

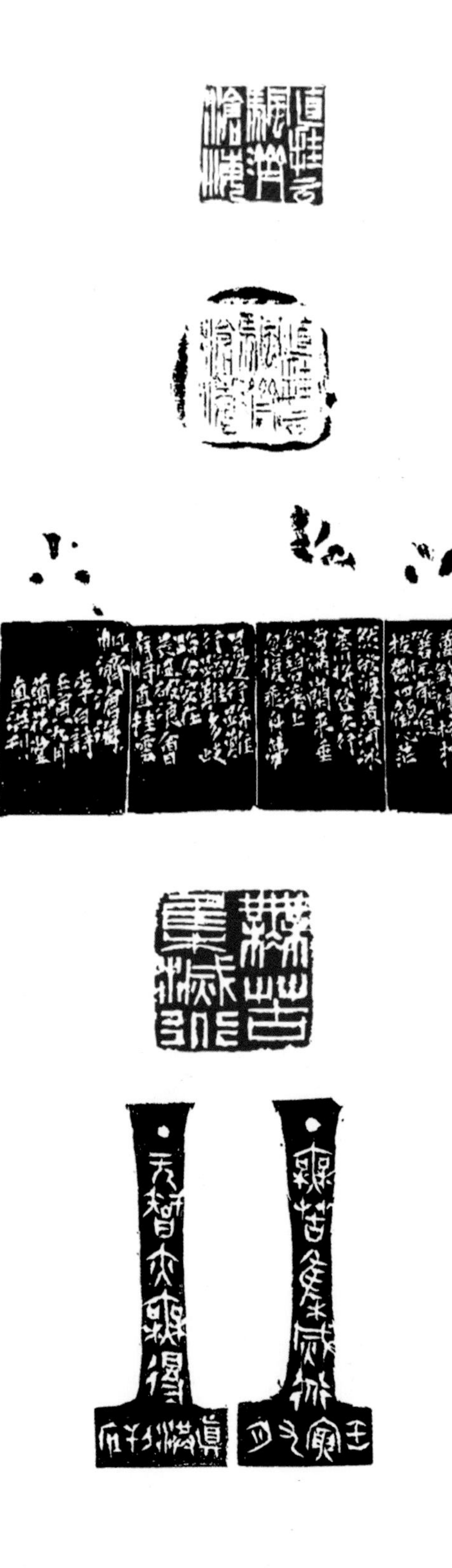

直挂云帆济沧海（附边款）

无苦集灭道（附边款）

特邀作品

汤真洪，镇江中泠印社副社长，镇江市书法家协会理事，乌鲁木齐书画院副院长，乌鲁木齐美术馆副馆长，乌鲁木齐美术家协会理事。篆刻作品入选西泠印社第四届篆刻评展，篆刻书法作品入选西泠印社首届中国印、中国书法、中国画大展等。

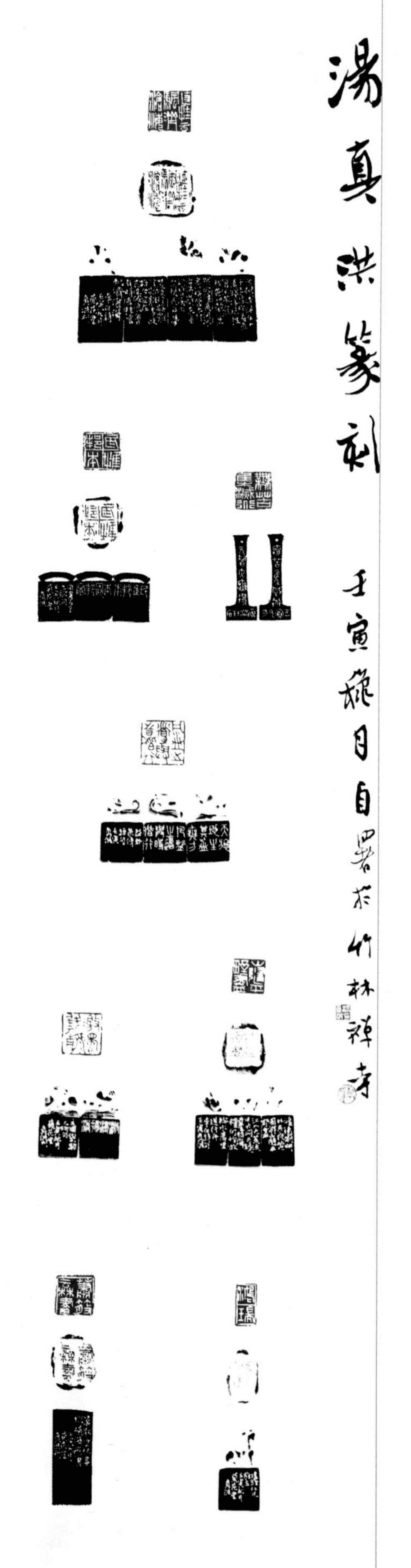

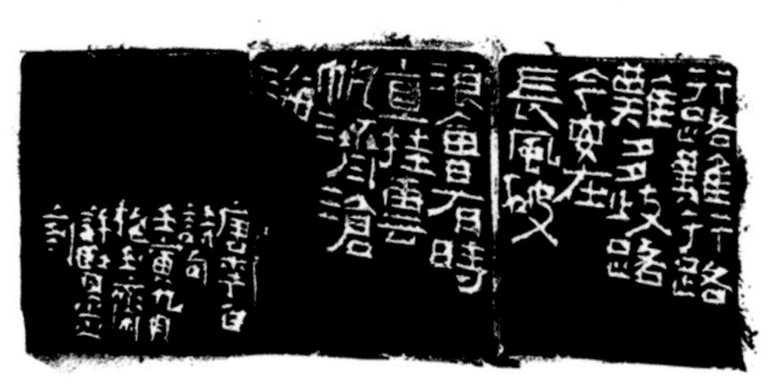

直挂云帆济沧海（附边款）

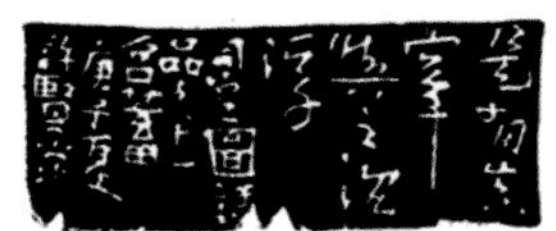

是有真宰与之沉浮（附边款）

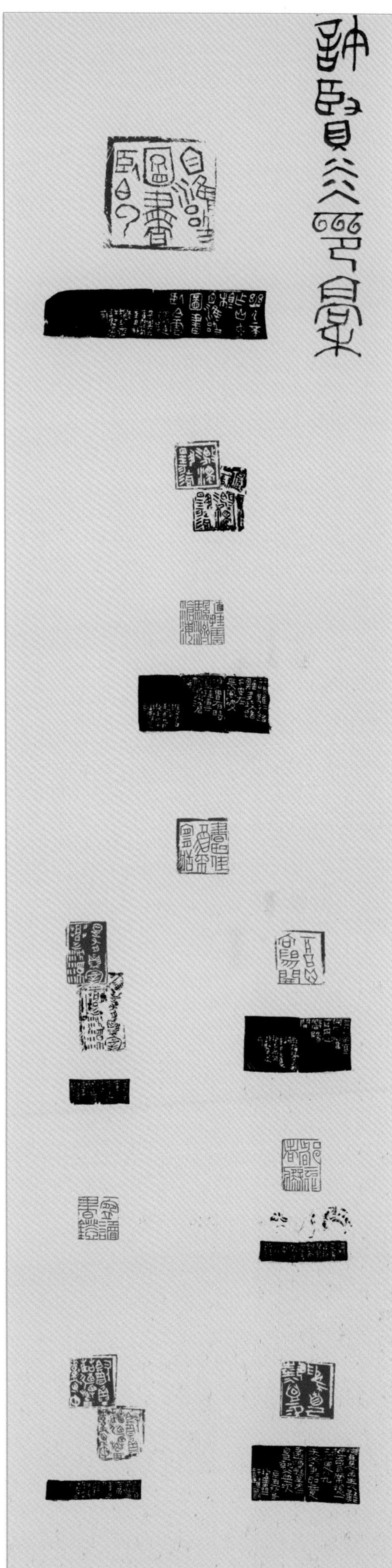

特邀作品

许贤炎，中国书法家协会，汕头市书协副主席，作品多次获奖入展中书协主办的书法篆刻展。

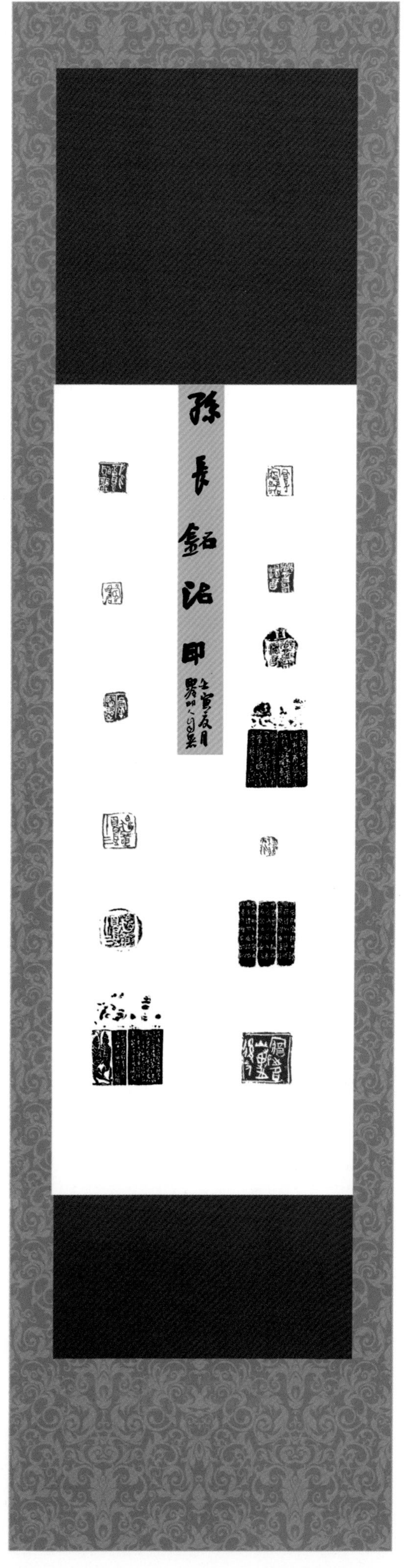

群贤毕至

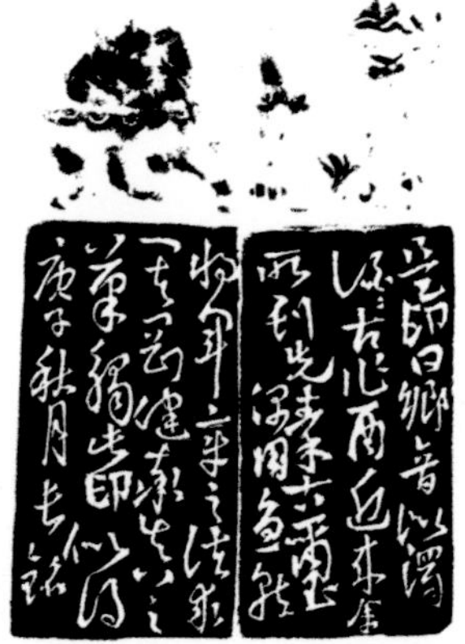

乡音似浊酒（附边款）

特邀作品

孙长铭，西泠印社社员，中国书法家协会会员，河北美术学院特聘教授，河北省书法家协会篆刻委员会委员，河北省书法家协会学术委员会委员。

自胜者强

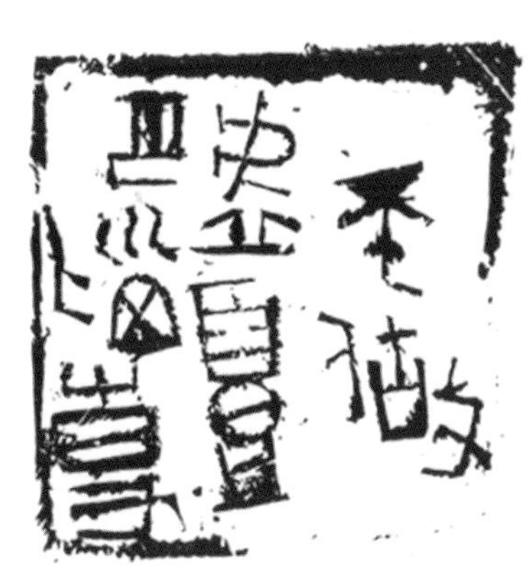

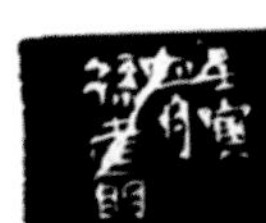

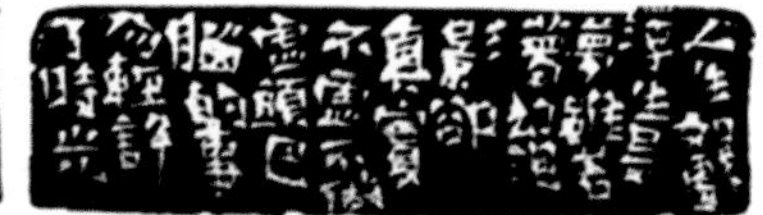

不做虚头巴脑事（附边款）

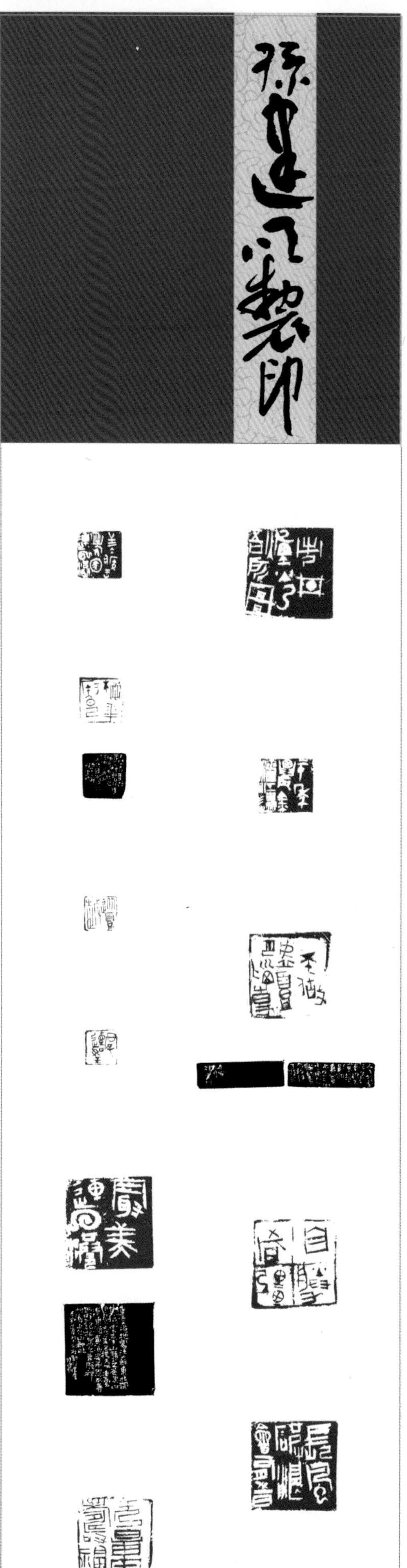

特邀作品

孙建明，中国书法家协会会员，中国金融书法家协会理事，江苏省金融书法家协会副主席，江苏省书法院特聘书法家，连云港市苍梧印社社长。

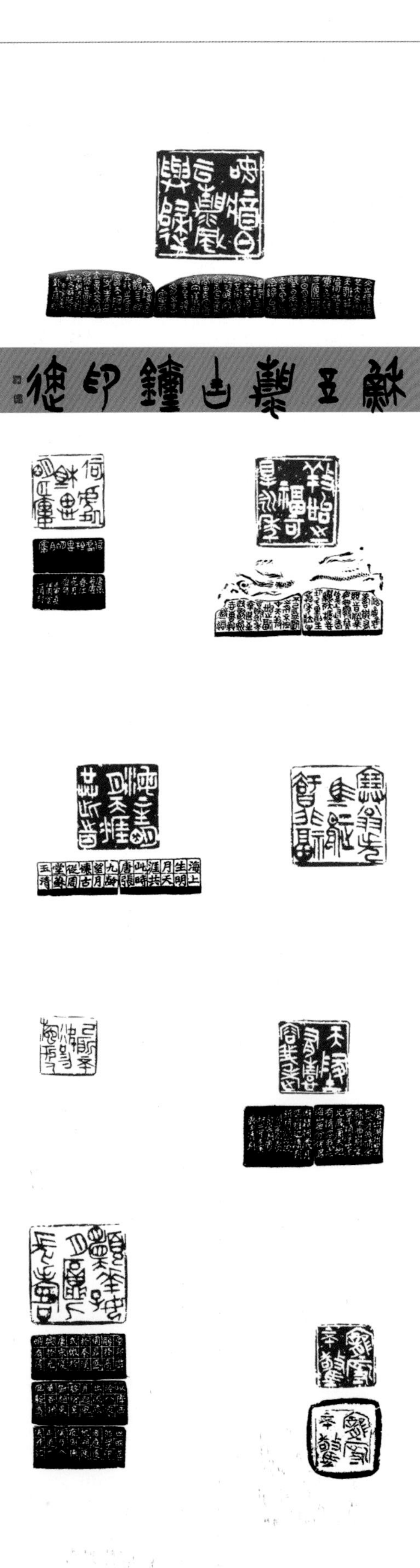

海上生明月 天涯共此时（附边款）

塞翁失马，焉知非福

特邀作品

苏玉清，中华诗词学会会员，中国楹联学会会员，中国硬笔书法协会会员，中国书画收藏家协会会员，福建省美术家协会会员，福建省书法家协会会员，厦门市书法家协会会员，厦门市美术家协会会员，厦门市诗词学会会员，厦门市楹联学会会员，淮上印社顾问。

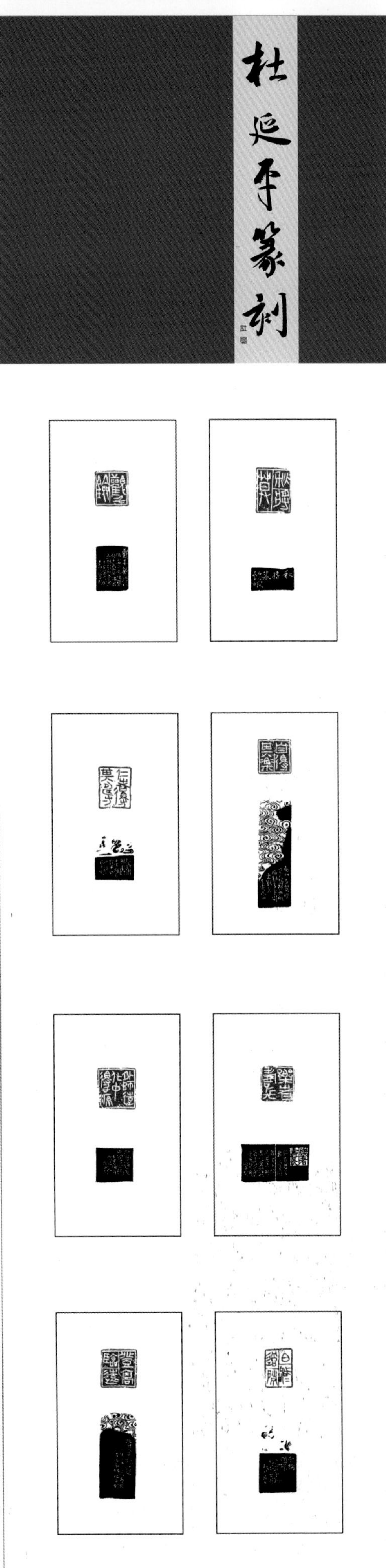

仁者得其寿（附边款）

自得其乐（附边款）

特邀作品

杜延平，中书协新文艺群体委员会委员，西泠印社社员，北京市书法家协会隶书委员会委员，东隅印社社长，河北美术学院特聘教授，鸡西市书法家协会副主席，三河市书法家协会副主席。

风月同天（附边款）

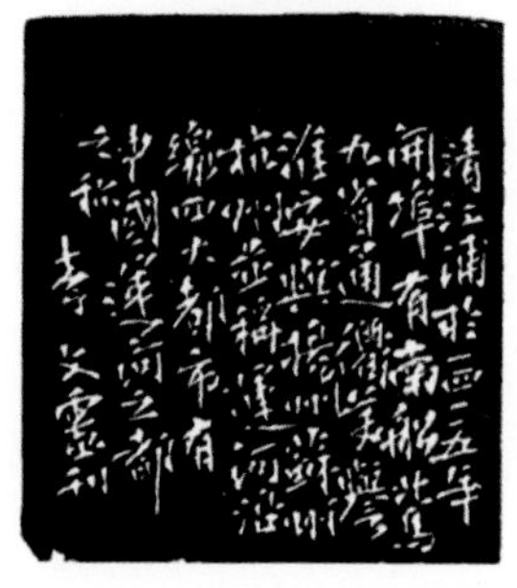

清江浦（附边款）

特邀作品

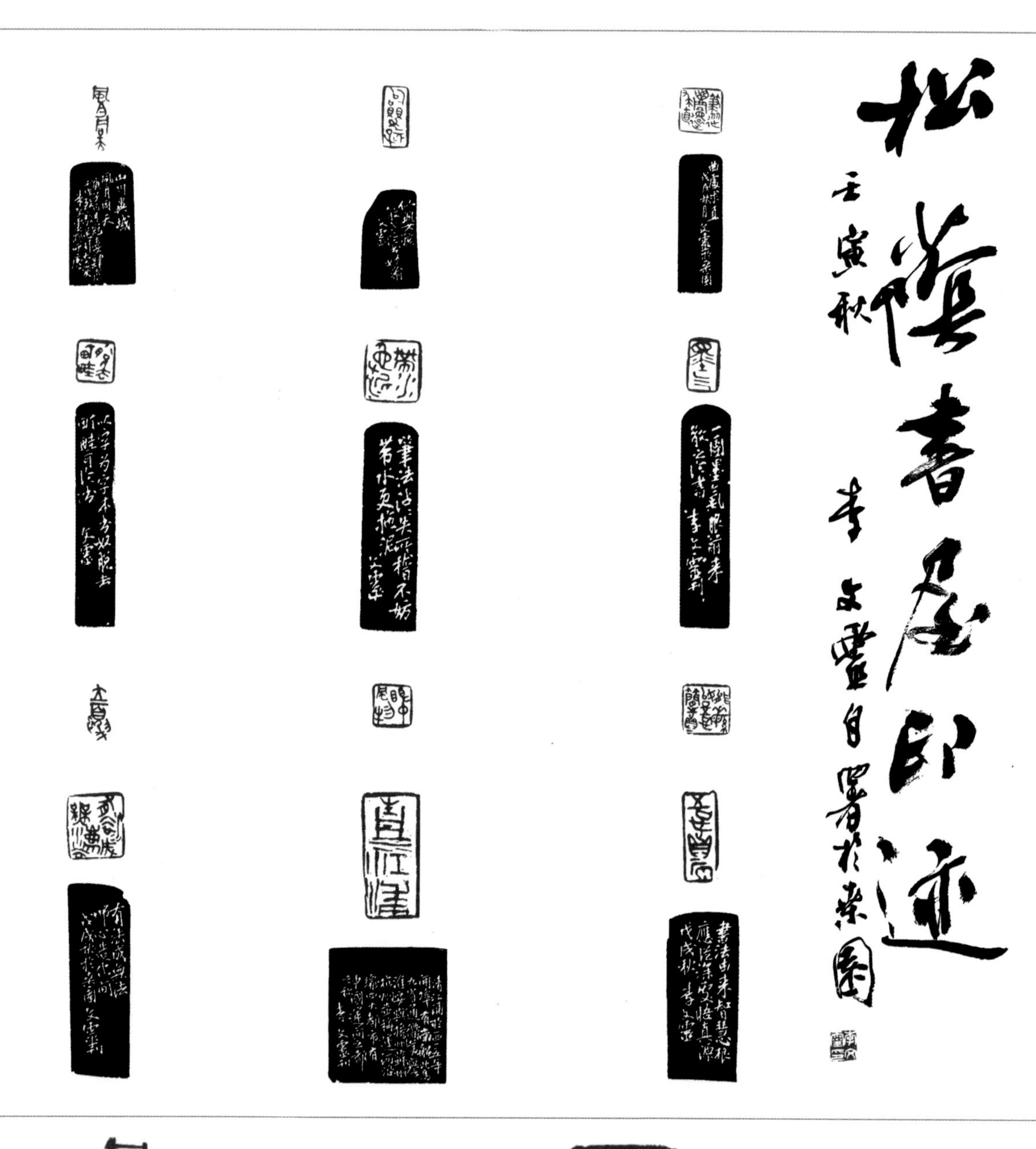

李文灵，中国书法家协会会员，江苏省篆刻研究会副会长，江苏省教育书法协会常务理事，淮安市书法家协会副主席。现任淮阴师范学院美术学院院长、教授。

每个人都了不起

百年初心，历久弥坚

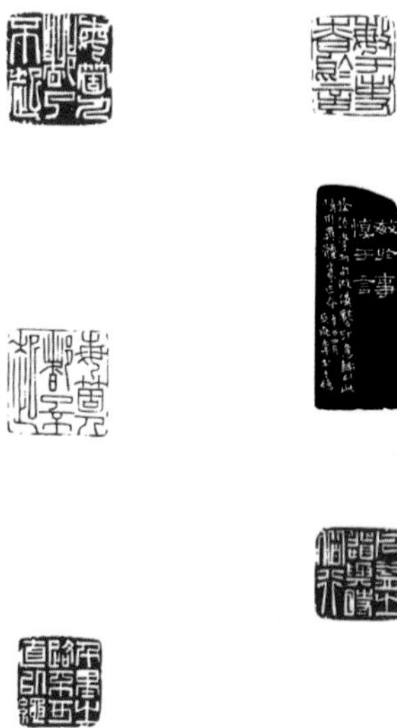

特邀作品

李平，西泠印社社员，中国篆刻网CEO兼总编辑，中国篆刻出版社总编辑，中国书法家协会会员，双栖印社社长，广东南方印社副社长兼秘书长。

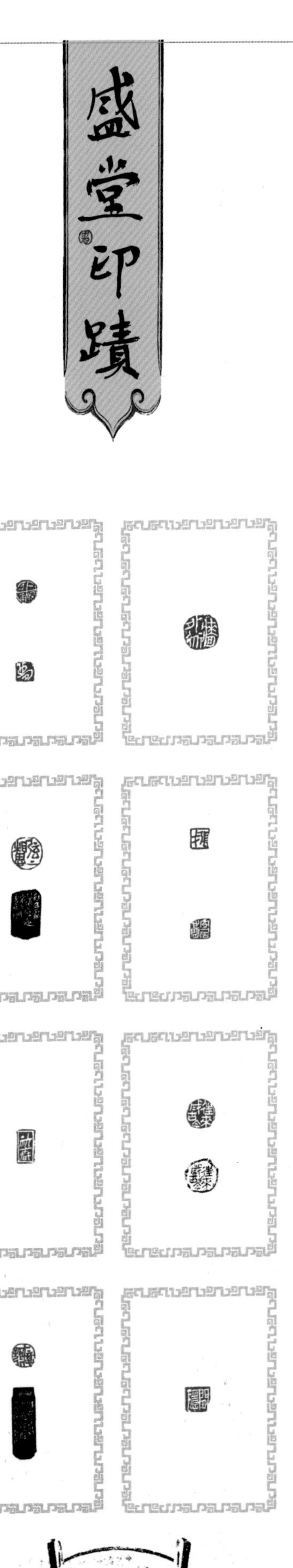

弦上相思（附边款）

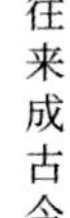

往来成古今

特邀作品

李青，中国书法家协会会员，中国金融书法家协会会员，深圳市书协篆刻委员会委员。

君子自强不息

竹苞松茂（附边款）

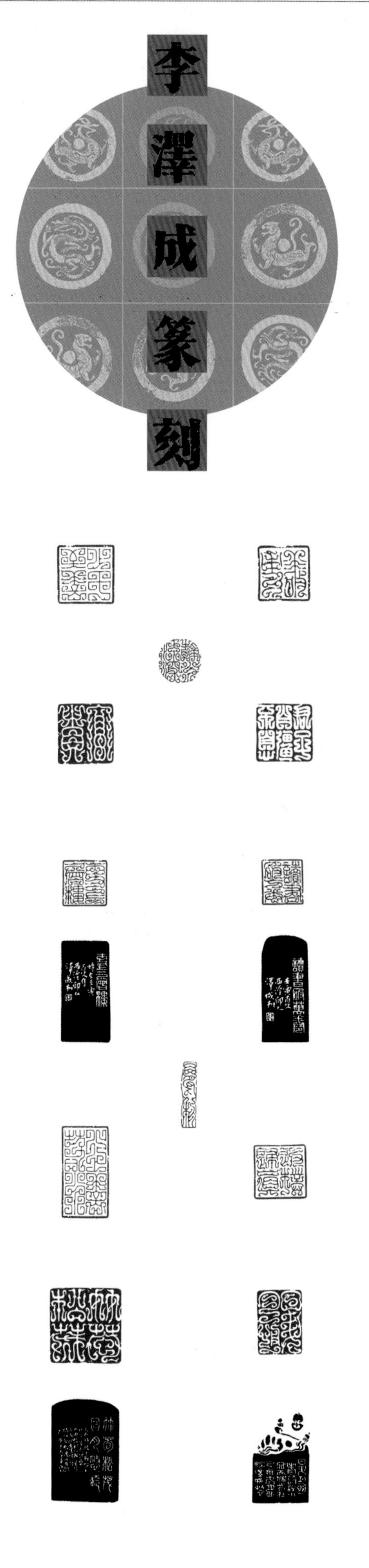

特邀作品

李泽成，西泠印社社员，中国书法家协会会员，河北省书法家协会理事兼篆刻委员会副主任，沧州市书法家协会副主席兼篆刻委员会主任，沧海印社执行社长兼秘书长。

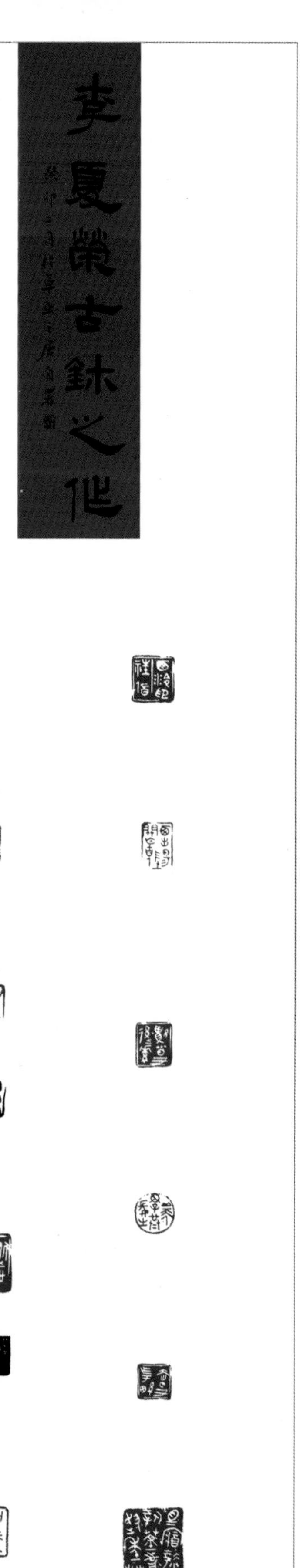

西出阳关无故人

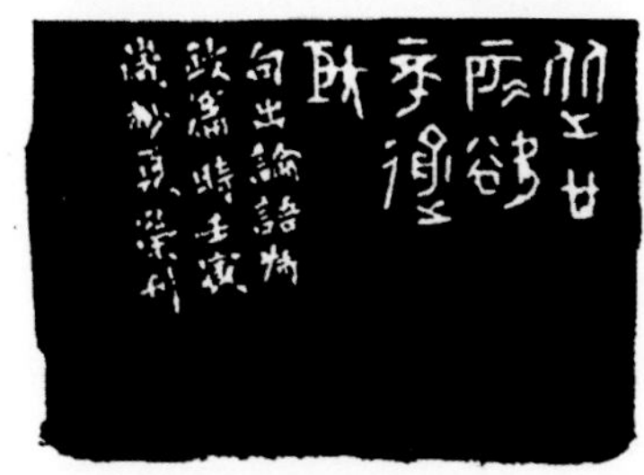

从心所欲不逾矩（附边款）

特邀作品

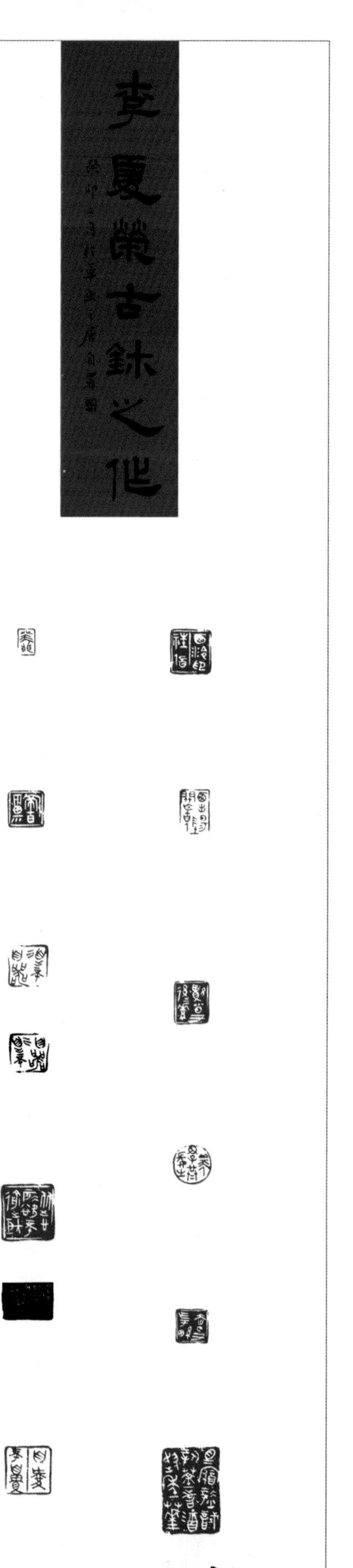

李夏荣，西泠印社社员，中国书法家协会会员，南通印社社长，南京印社理事，江苏省篆刻研究会副会长，江苏甲骨印社副社长，岭南印社顾问，扬州大学客座教授。有多篇印学文章发表，书法、印章作品被西泠印社等多家博物馆、图书馆等机构收藏。

李砺古陶文印

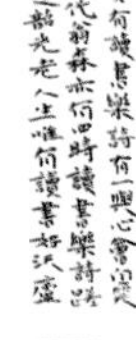

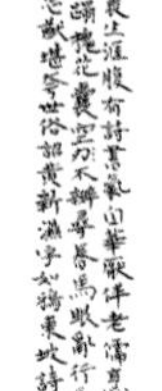

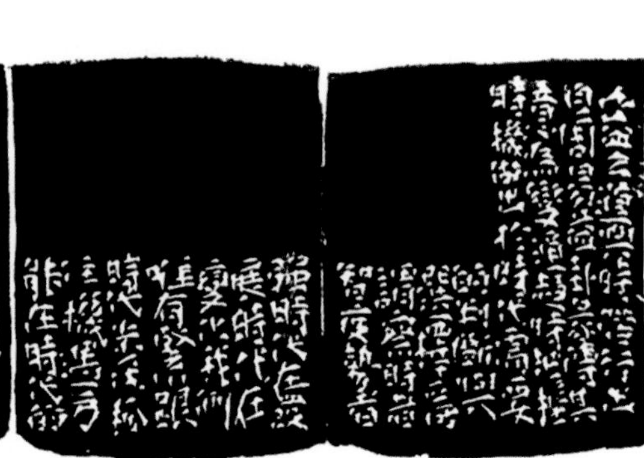

凡益之道，与时偕行（附边款）

书中自有千钟粟（附边款）

特邀作品

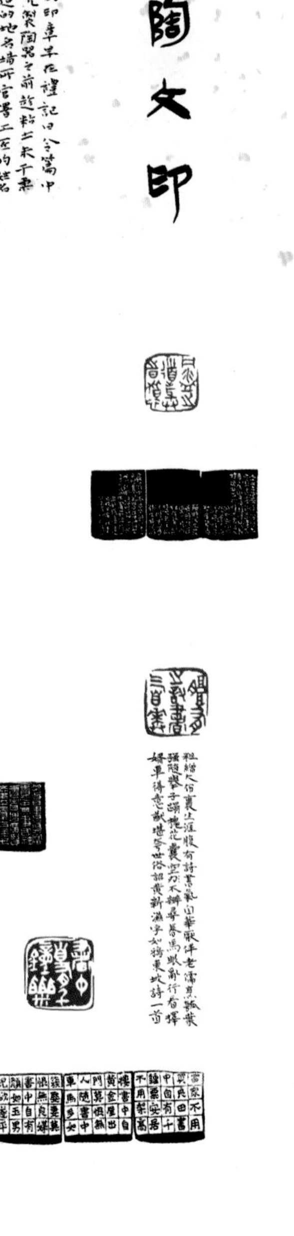

李砺，中国书法家协会会员，湖南省书协主席团委员，民进湖南开明书画院副院长，岳麓印社社长，民进长沙开明书画院院长，宁乡市书协主席。

老砚刻印

安得猛士兮守四方（附边款）

天是鹤家乡

特邀作品

李智野，中国书法家协会会员，西泠印社社员，内蒙古书法家协会理事，北疆印社副社长。

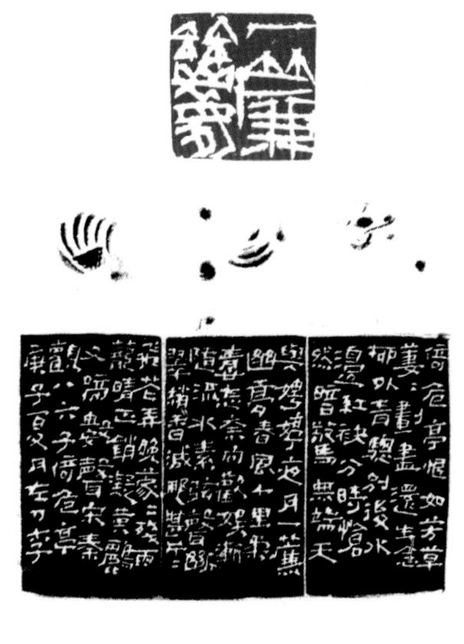

一帘幽梦（附边款）

并蒂芙蓉本自双（附边款）

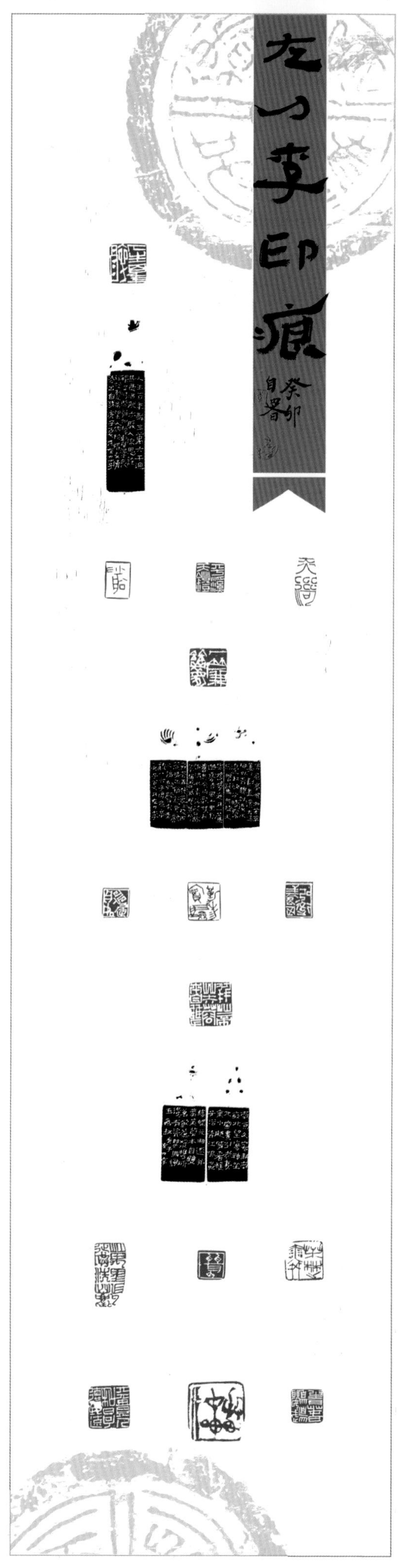

特邀作品

李滔，中国书法家协会会员，海上小刀会成员，上海市青年书法家协会副主席。

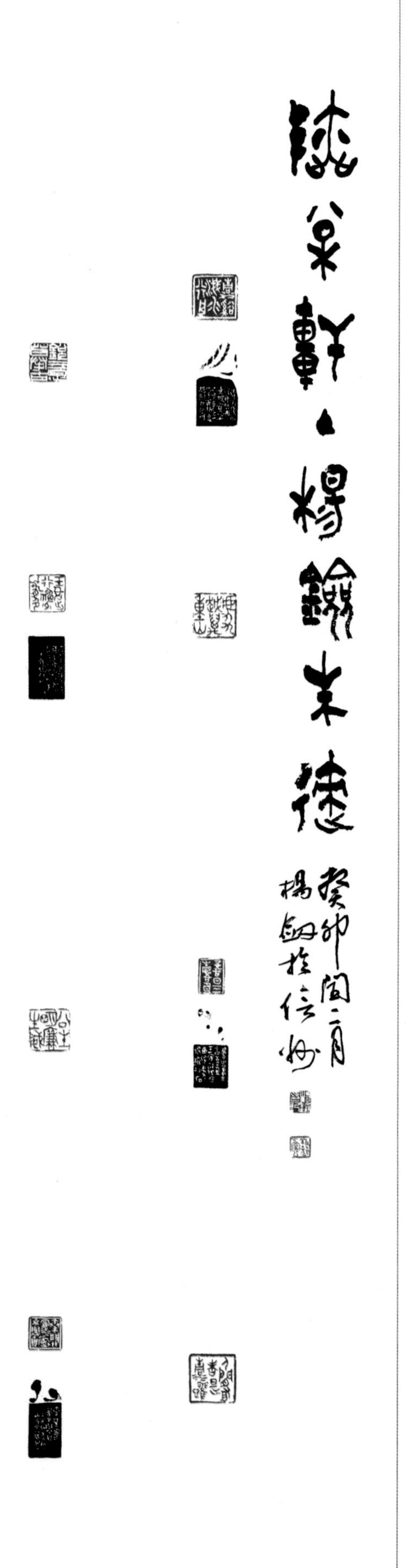

虎越万重山

人间有味是清欢

特邀作品

杨剑，江西省人民政府文史研究馆馆员，西泠印社社员，西泠印社美术馆顾问，中国书法家协会会员，中国计量大学客座教授，江西省书协原副主席，上饶市书法家协会名誉主席，吴俊发艺术馆馆长等。

爱达未来（附边款）

以笔墨作佛事

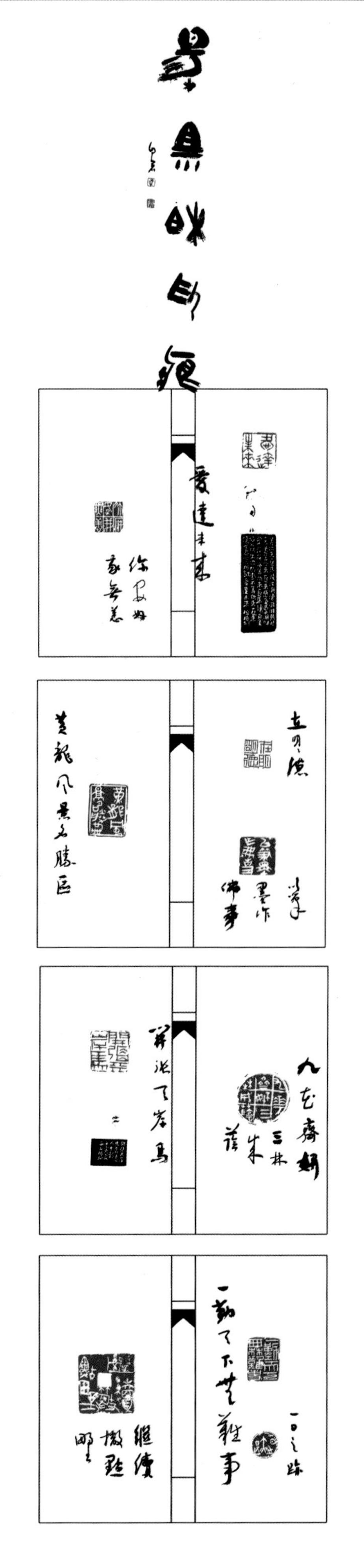

特邀作品

杨祖柏，西泠印社社员，中国书法家协会会员，上海市书法家协会刻字专业委员会副主任，上海市嘉定区文学艺术界联合会顾问，上海市嘉定印社社长。

吴自標印稾

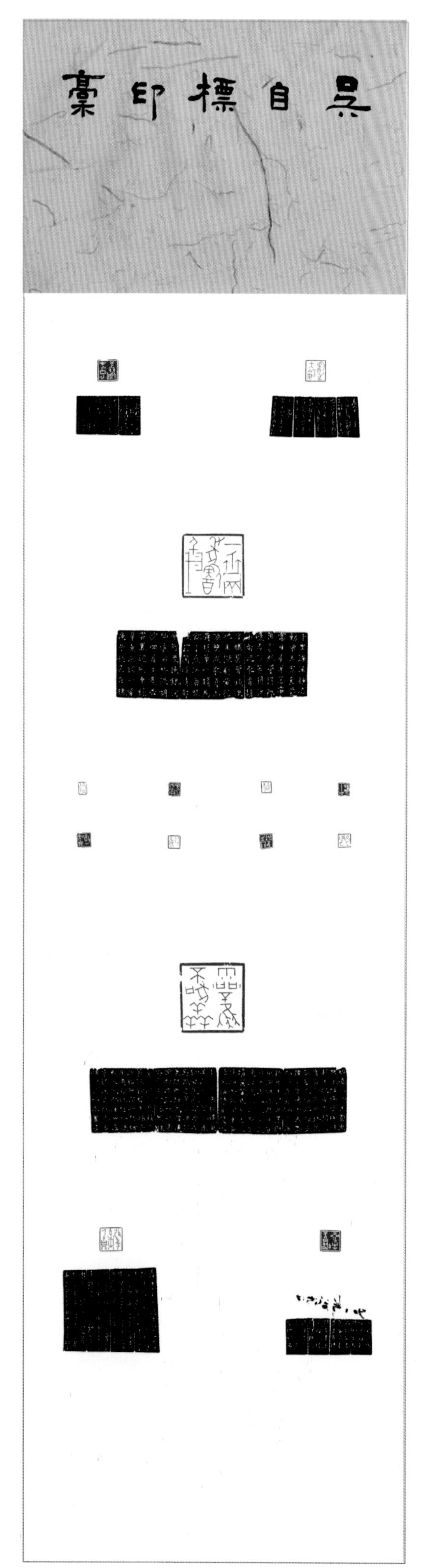

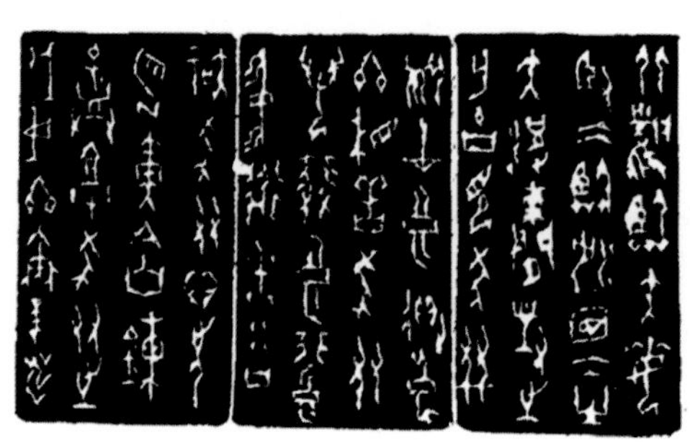

求友须在良（附边款）

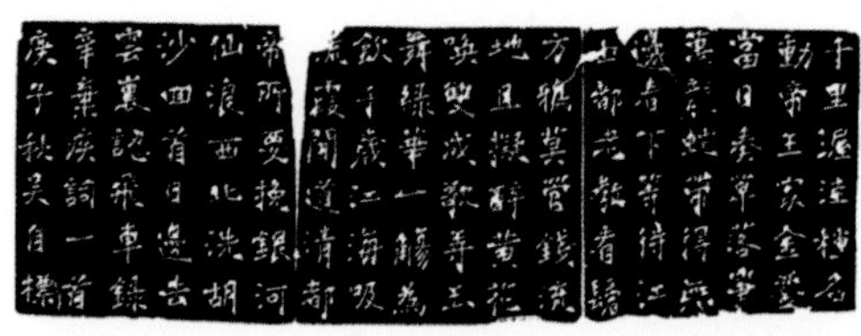

一觞为饮千岁（附边款）

特邀作品

吴自标，中国书法家协会会员，江苏省篆刻研究会理事兼创作委员会副主任，江苏甲骨印社副社长，南京印社理事，淮安市书法家协会副主席，淮阴区文联副主席，淮阴区文化馆副馆长，淮上印社社长。

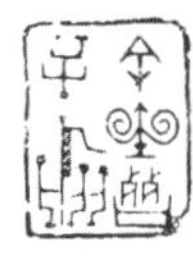

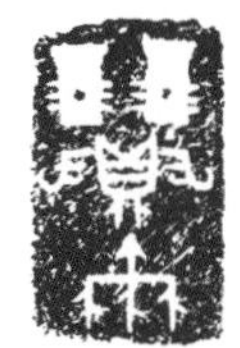

江水方东我独西

空自笑

特邀作品

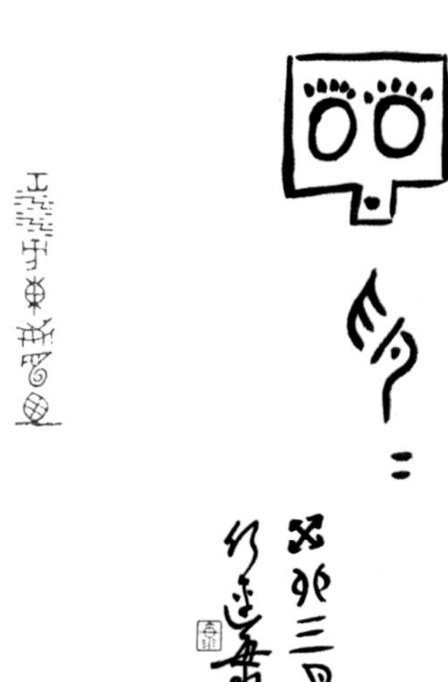

何连海，一级美术师，艺术学博士，西泠印社社员，中国书法家协会会员，江苏省书法家协会常务理事，连云港市书法家协会主席。

思泓居何國門印迹

癸卯二月自题

砚田生活

城市山林

特邀作品

何国门，中国书法家协会刻字与综合材料创作委员会委员，中国美术家协会会员，西泠印社社员，绍兴市美协副主席，新昌县文联副主席，新昌县美协主席。

宠辱若惊（附边款）

逸兴何当叩隐扉（附边款）

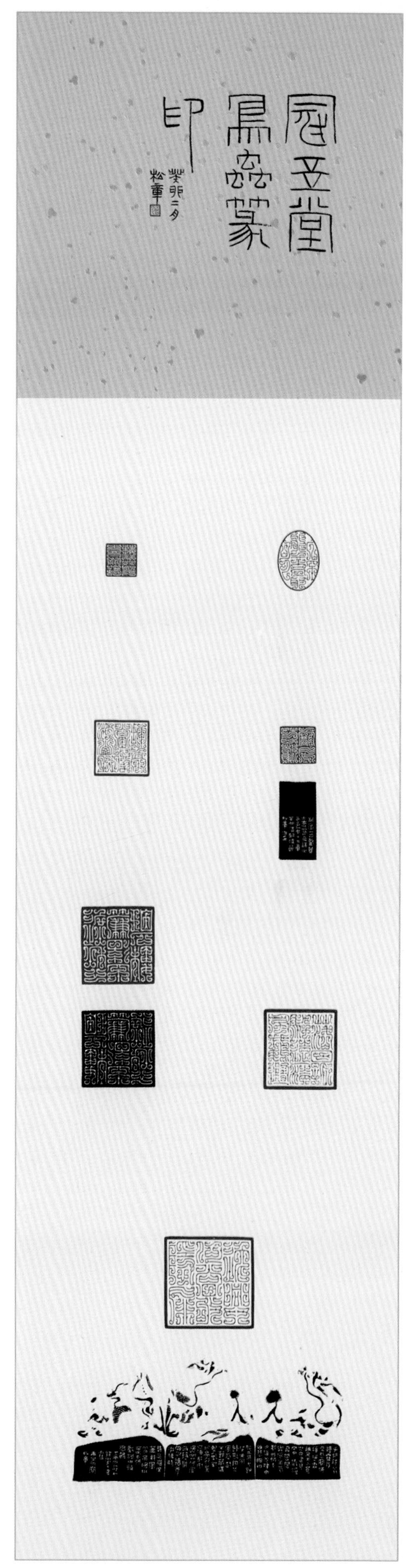

特邀作品

谷松章，中国艺术研究院中国篆刻艺术院研究员，西泠印社理事，中国书法家协会篆刻专业委员会委员，河南印社副社长兼秘书长，河南省青年书法家协会副主席。

万象在旁

德有邻（附边款）

特邀作品

汪占革，国家一级美术师，中国书法家协会会员，中国楹联协会会员，九三学社中央书画院成员，西泠印社社友会会员，黑龙江省书法家协会理事，篆刻委员会委员，齐齐哈尔市政协委员，九三学社社员，齐齐哈尔市书画院副院长。

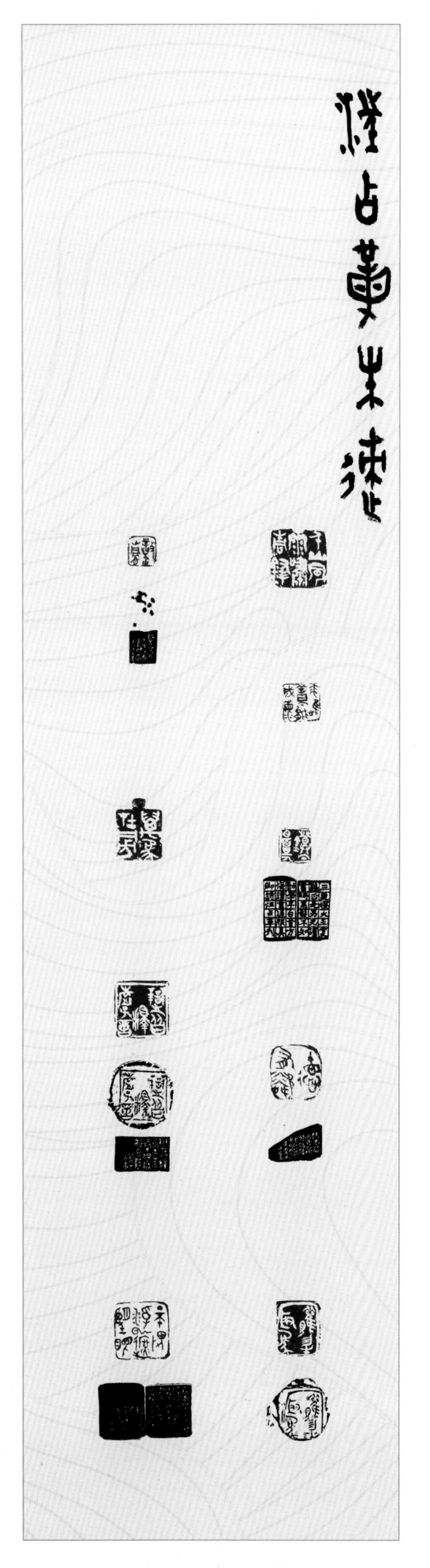

白发渔樵江渚上

古今多少事，都付笑谈中

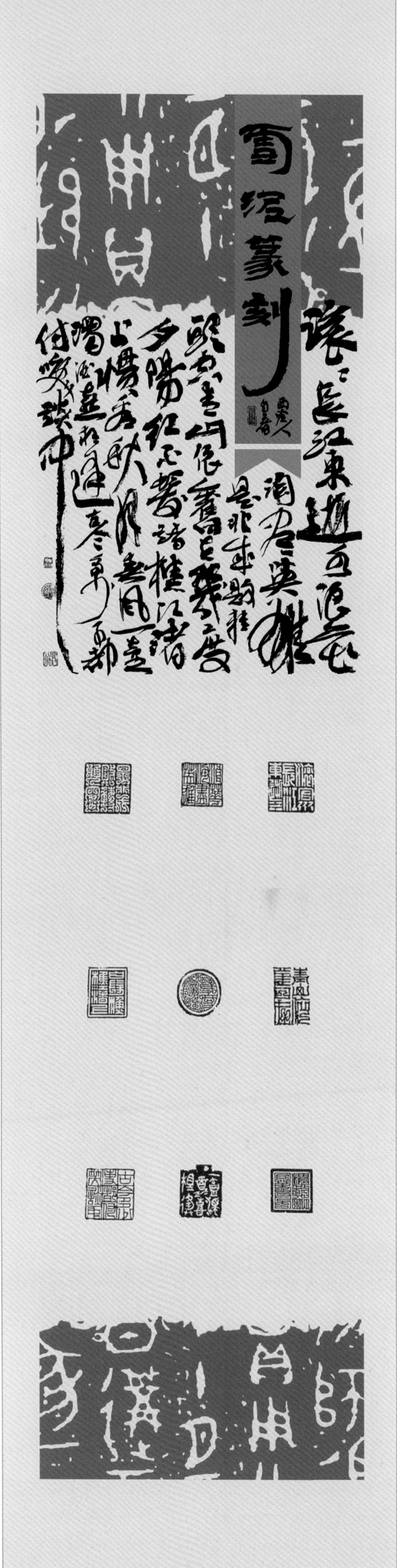

特邀作品

张呈君，西泠印社社员，中国书法家协会会员，中华诗词学会会员，中国宋庄印学馆馆长，宋庄篆刻艺术院院长，中国教育电视台《墨香》书画栏目导师，《中国印》主旋律大型MTV篆刻创作人。

定生慧（附边款）

莲花之君子者也

特邀作品

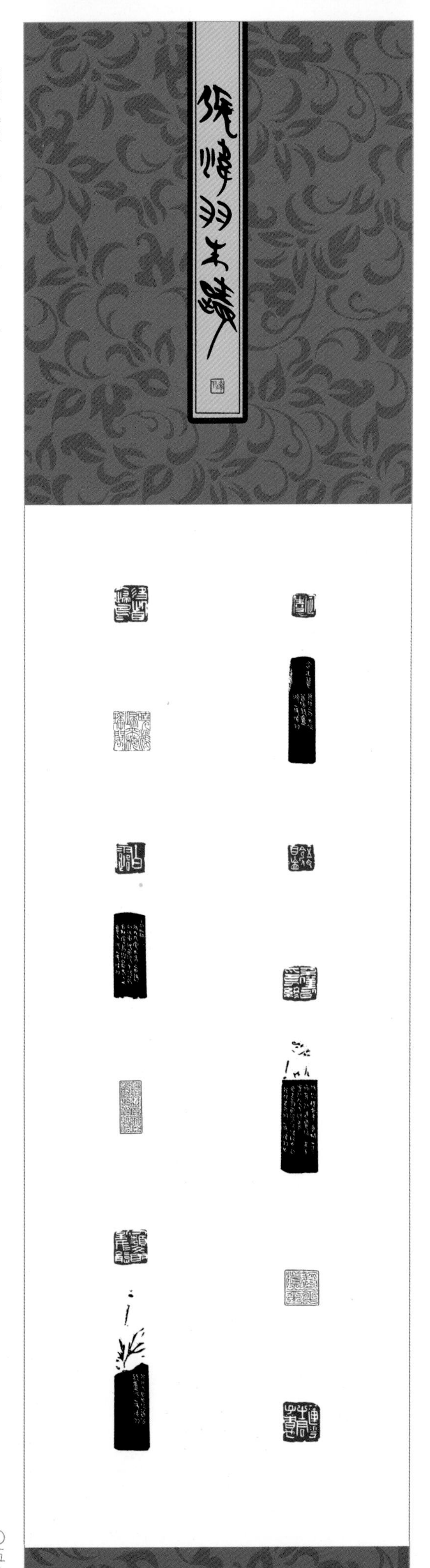

张炜羽，中国篆刻艺术院研究员，西泠印社理事，中国书法家协会会员，上海市书法家协会常务理事兼篆刻专业委员会副主任、秘书长，上海韩天衡美术馆馆长。

張學軍印存

德修立义

素人之书

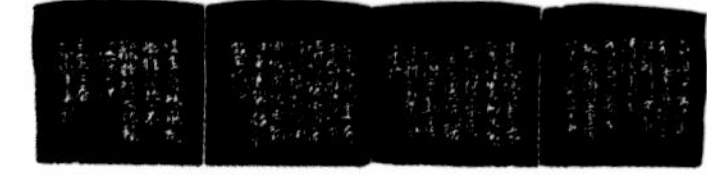

特邀作品

张学军，江苏省书法家协会会员，南京印社社员，淮上印社副理事长、副秘书长，淮安市清江浦区书法家协会篆刻委员会主任。

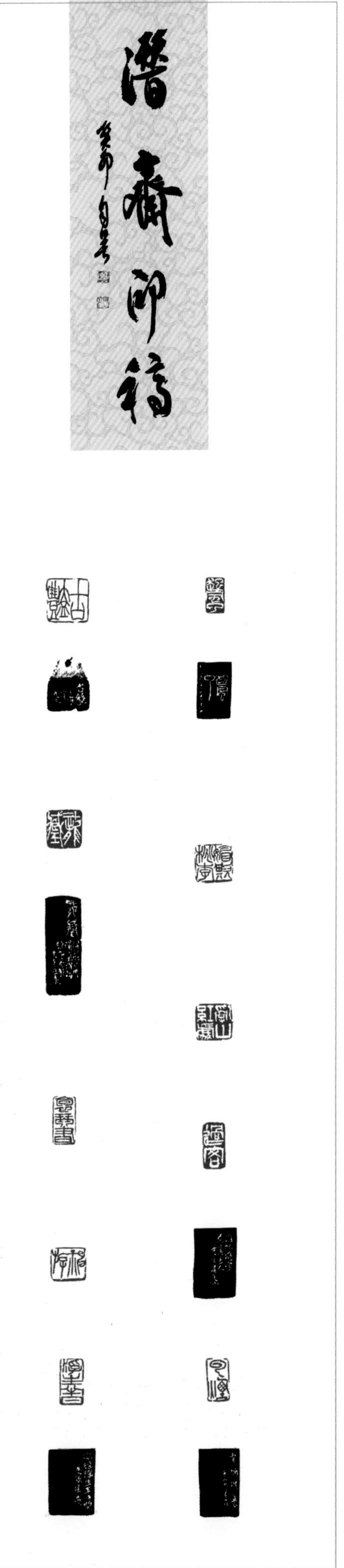

起风了（附边款）

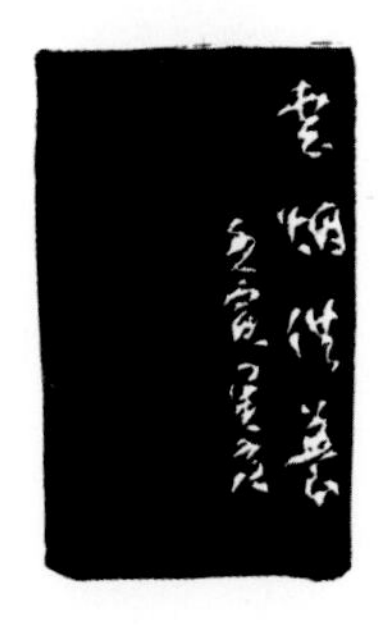

云烟（附边款）

特邀作品

张星亮，中国书法家协会会员，山西省书法家协会理事，太原市书法家协会副主席，晋阳印社副社长。

江上绿杨芳草，想见故园春好（附边款）

相见欢（附边款）

特邀作品

张哲，西安书学院创作研究部主任，西泠印社社员，中国艺术研究院篆刻院研究员，中国书法家协会会员，终南印社副社长兼秘书长，陕西省书法家协会篆刻委员会副主任。

张铭篆刻

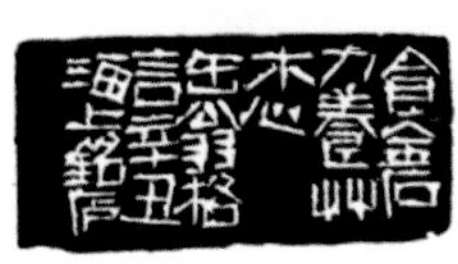

金石力（附边款）

在明明德

特邀作品

张铭，中国书法家协会会员，上海市书法家协会理事兼篆刻专业委员会副主任，海上小刀会成员，上海书画院签约画师，海上印社社员。

玉壶买春

似曾相识，无可名状（附边款）

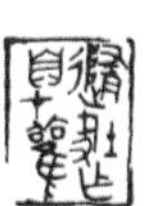

特邀作品

陈道林，安徽省书画院书法创作研究院研究员，中国美术学院古文字研究中心成员，安徽省书法家协会第四、五届篆书篆刻专业委员会委员，合肥市书法家协会篆书专业委员会秘书长。

吾将上下而求索（附边款）

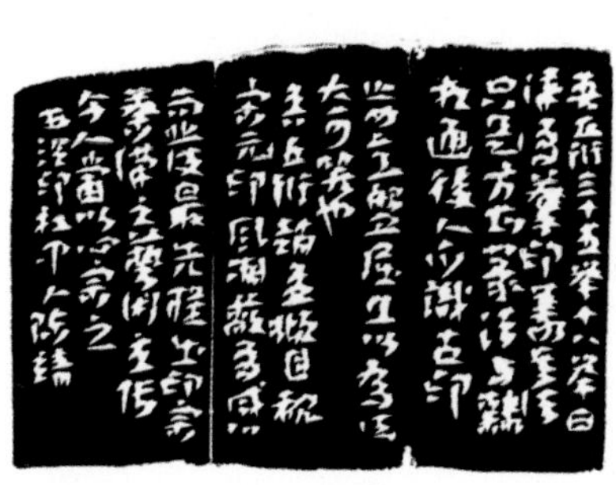

印宗秦汉（附边款）

特邀作品

陈靖，西泠印社社员，中国书法家协会篆刻专业委员会委员，山东省书法家协会副主席，篆书委员会主任，山东印社社委秘书长。现任教于山东艺术学院书法学院、副教授，硕士研究生导师。

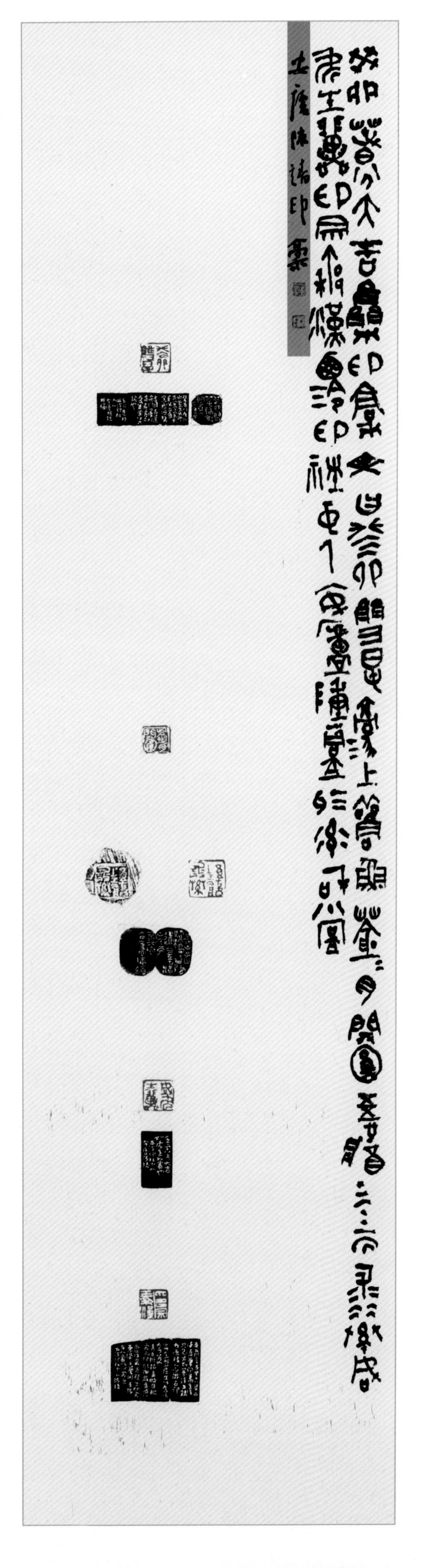

我心永恒

古人名在今人口（附边款）

特邀作品

林尔，中国书法家协会书法新文艺群体委员会委员，西泠印社社员，南京印社副社长。

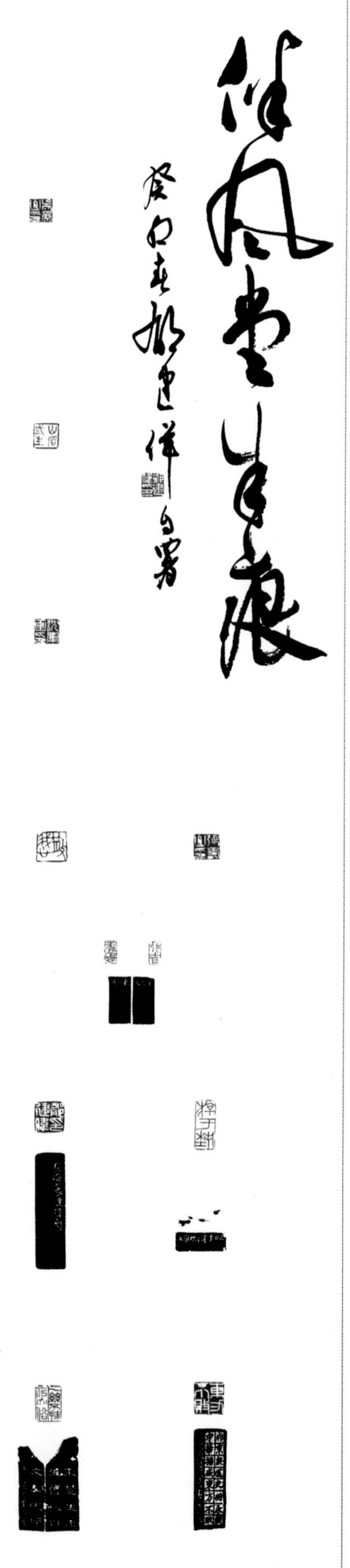

一丝不挂似太俗（附边款）

东方不败（附边款）

特邀作品

郁建伟，一级美术师，淮上印社副社长，中国书法家协会会员，江苏省青年书法家协会副主席，淮安市书法家协会副主席兼秘书长。现任淮安市图书馆馆长，

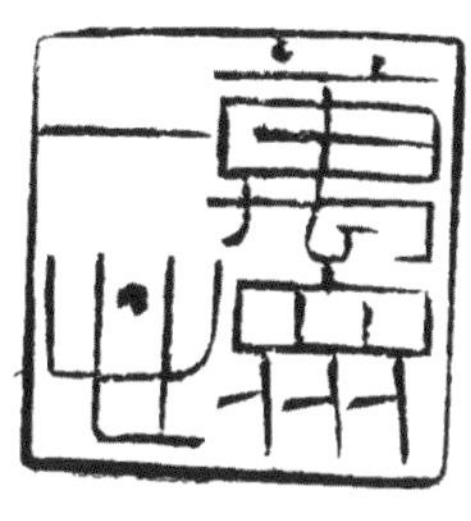

万众一心

于斯为盛

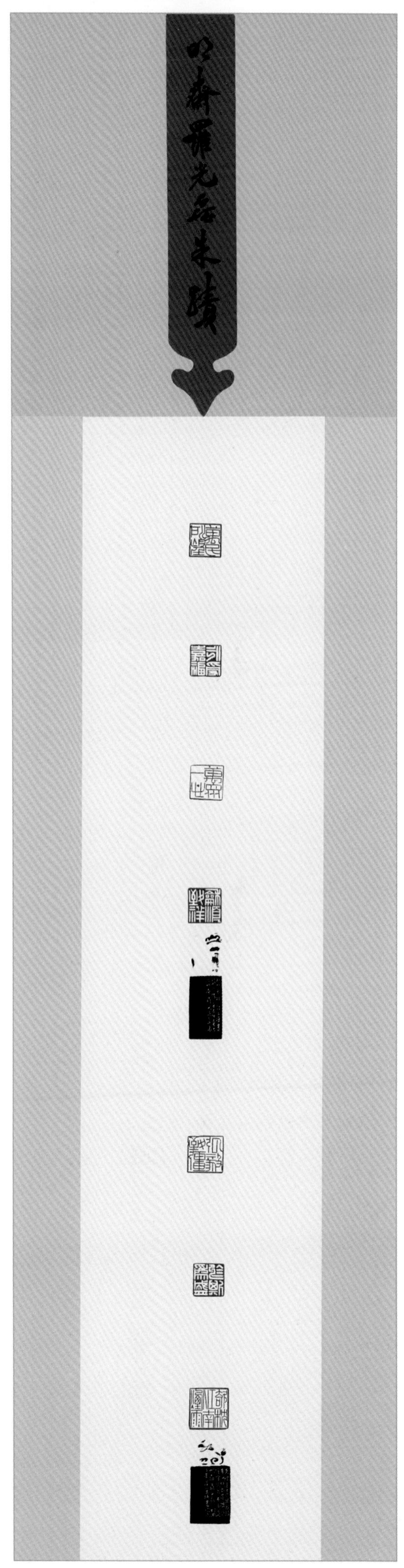

特邀作品

罗光磊，西泠印社社员，中国书法家协会会员，湖南省文史馆特约研究员，湖南民盟书画院副院长，长沙民盟书画院院长，岳麓印社名誉社长，长沙市书法家协会名誉主席，央视书画频道“一日一印”授课嘉宾，非物质文化遗产项目“长沙篆刻”市级代表性传承人。

周大成印稾

釋文鳳硯齋禮之用和為貴君子泰而不驕我愛其禮萬變不離其宗調素琴閱金經大成書畫印章

辛丑正月初一日周大成又識

礼之用，和为贵（附边款）

君子泰而不骄（附边款）

特邀作品

周大成，中国书法家协会会员，南京印社社员、淮安市书画院特聘画师，淮阴书画院名誉院长，荣宝斋画院范扬山水画工作室画家。

守望相助

直挂云帆济沧海（附边款）

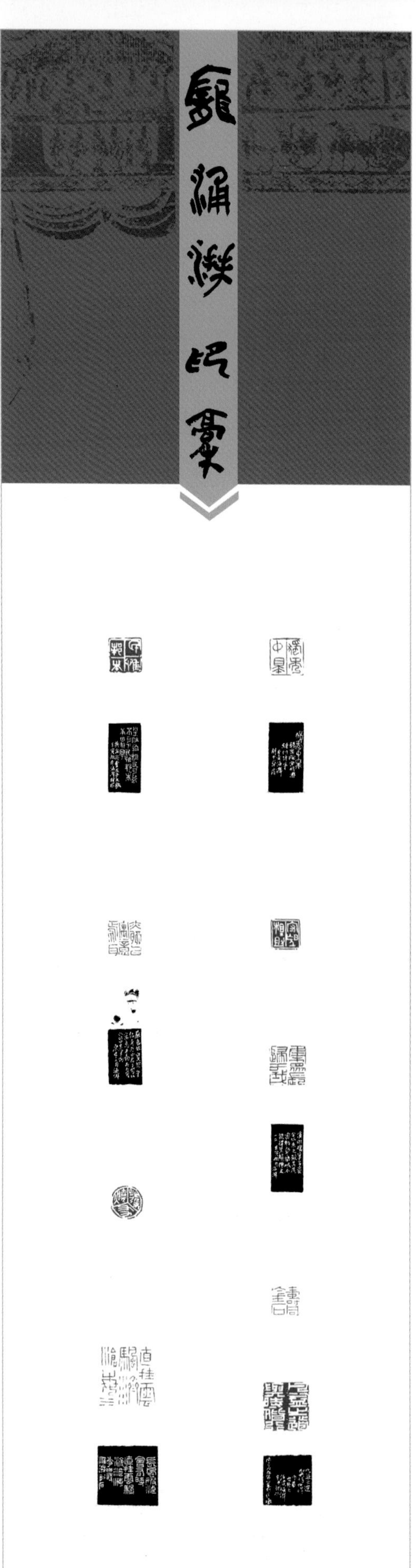

特邀作品

庞涌湃，中国书法家协会会员，河北省书协篆刻委员会副主任，篆书委员会委员，衡水印友会总执事。作品入选中国书协全国第四、六届篆刻艺术展，西泠印社第四、六、十届篆刻作品评展等。曾组织策划“篆刻与摇滚”主题创作全国篆刻邀请展等活动。

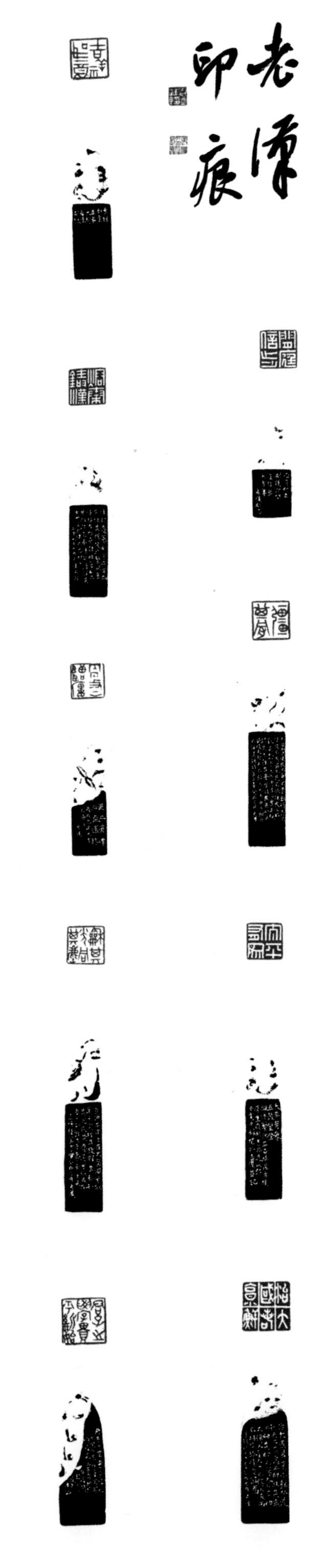

吉祥如意（附边款）

更上层楼（附边款）

特邀作品

赵立新，辽宁省书法家协会副主席，辽宁省篆刻委员会副主任兼秘书长，中国书法家协会新文艺群体委员会委员，沈阳市文史研究馆研究员等。

爱己之钩

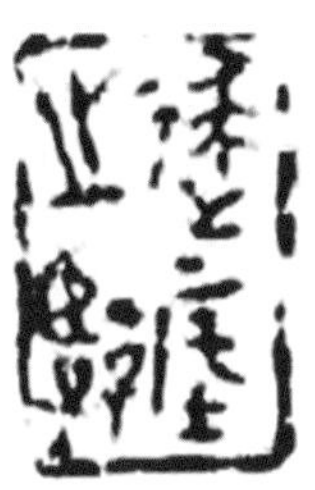

徙宅之贤

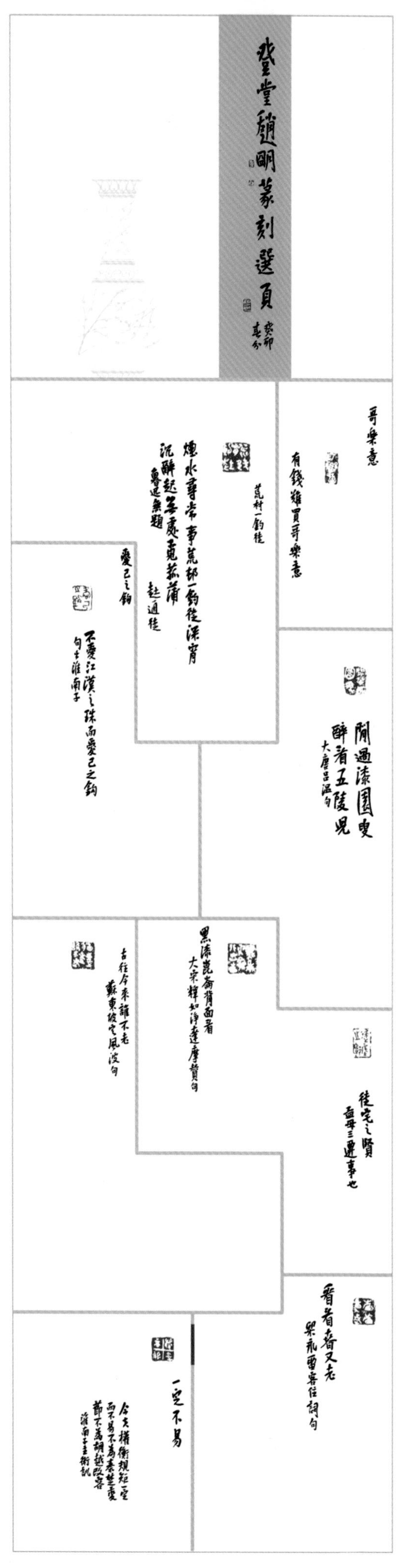

特邀作品

赵明，中国书法家协会会员，中国篆刻网网授导师，临沂印社顾问，临沂市博物馆学术顾问，临沂大学兼职教授，河北美术学院特聘教授，职业书法篆刻理论教育家。

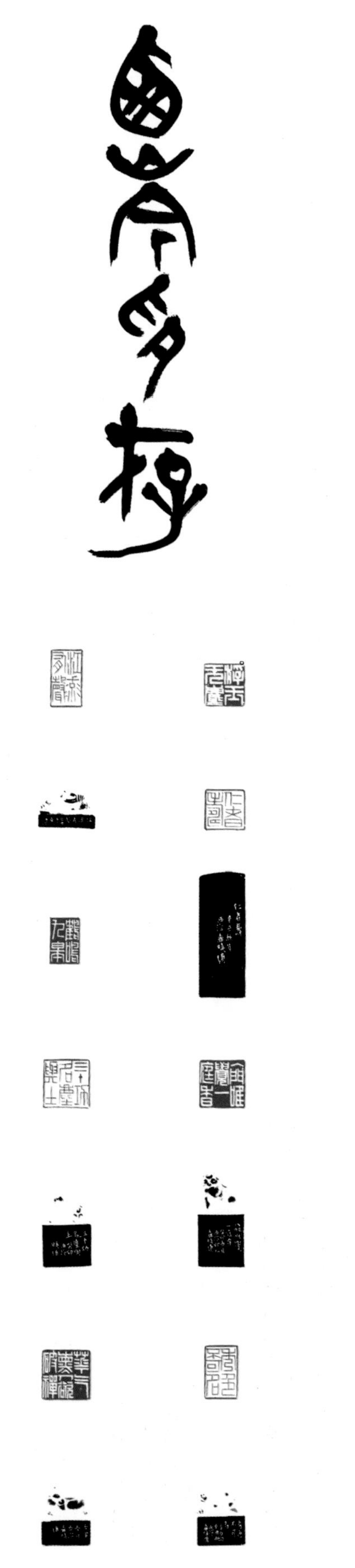

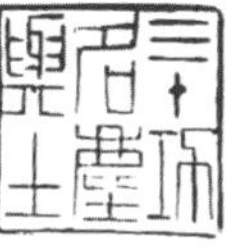

三十功名尘与土（附边款）

入门唯觉一庭香（附边款）

特邀作品

柳晓康，西泠印社社员，中国书法家协会会员，中国电力书法家协会副主席，浙江省书法家协会副秘书长，浙江省甲骨文书法学会副会长，昌硕印社社长，西泠印社美术馆顾问。

洪亮篆刻自作诗句

癸卯春二月 西泠洪九斗

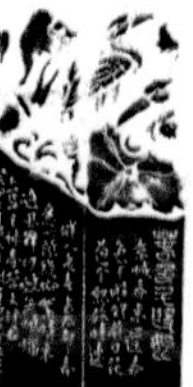

春色千般好（附边款）

梅花含笑冰霜里（附边款）

特邀作品

洪亮，九三学社中央书画院副院长，中国艺术研究院篆刻院研究员，导师委员会委员，荣宝斋画院教授，西泠印社社员，中国书法家协会会员。

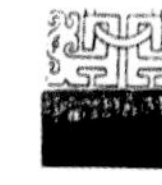

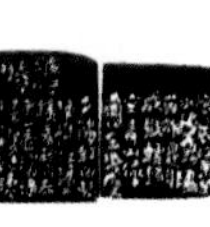

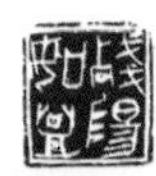

用祈眉寿（附边款）

残阳如血（附边款）

特邀作品

桂建民，张荣庆先生入室弟子。汉上堂成员，中国书法家协会会员，湖北省书协篆刻专业委员会委员，武汉书协篆刻专业委员会主任。

谦受益（附边款）

无行所悔（附边款）

欲善楼篆印留痕

庚子春 顽工自署

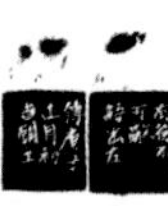

特邀作品

顾工，中国书协学术委员会委员，西泠印社社员，江苏省篆刻研究会副会长兼秘书长，文博研究馆员，一级美术师。

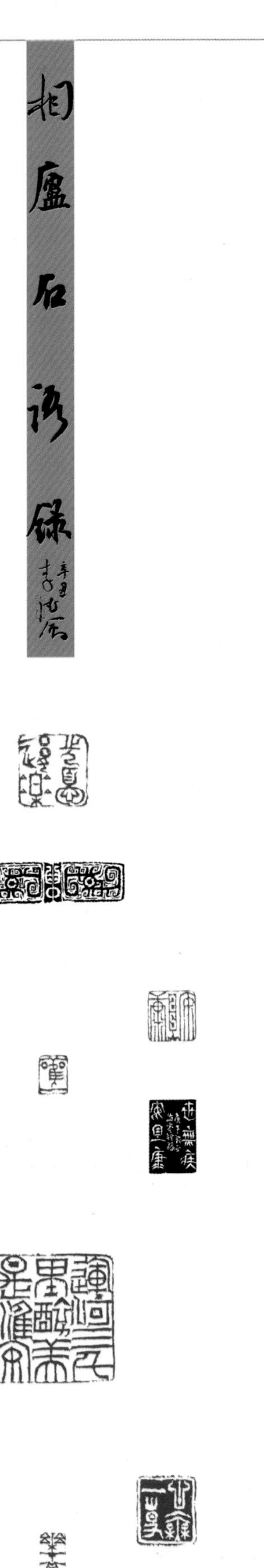

先忧后乐（附边款）

安且康（附边款）

特邀作品

徐为零，淮上印社顾问，淮安市美术馆副馆长，淮安书画院副院长，中国民主同盟盟员，中国书法家协会会员，南京印社社员。

烟云供养

知足长乐，能忍即安

特邀作品

徐正濂，中国书法家协会会员，西泠印社社员，中国书法家协会第七届篆刻委员会委员、副主任，上海市书法家协会顾问，中国艺术研究院书法院研究员、篆刻院研究员，淮上印社名誉社长。

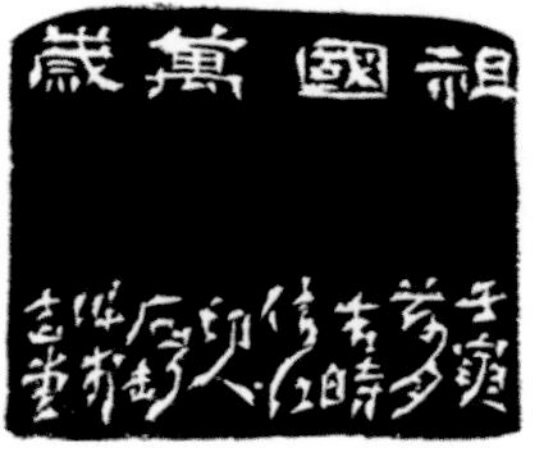

祖国万岁（附边款）

金石寿（附边款）

特邀作品

翁石匋，中国书法家协会会员，西泠印社社友会会员，中国汉画学会会员，《中国印林》主编，江西省书法家协会理事，长江美术馆画师，湖上印社副社长，鄱湖印社社长，上饶书法家协会副主席兼篆刻委员会主任。

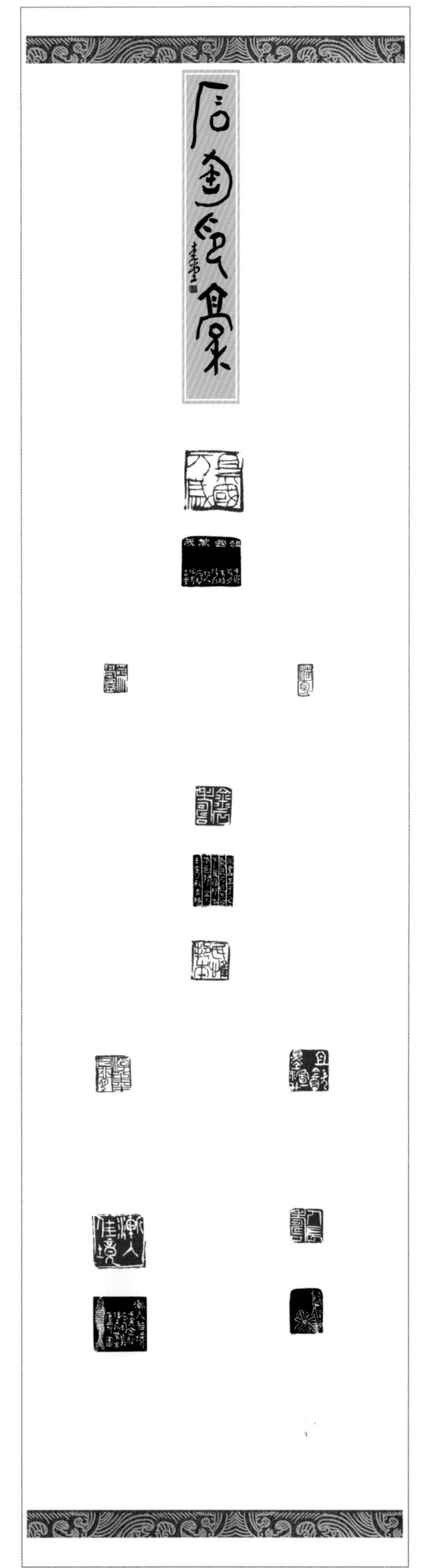

新生事物（附边款）

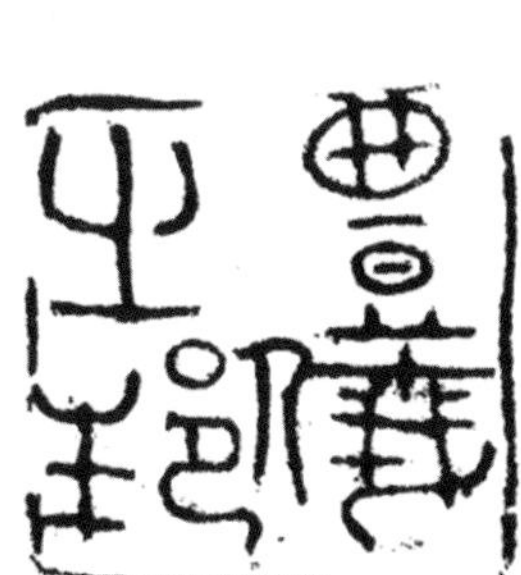

礼义之邦

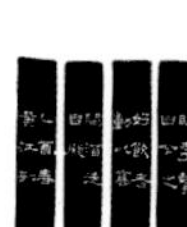

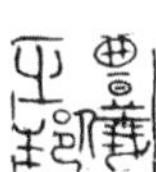

特邀作品

黄江，淮上印社顾问，淮安市书法家协会副主席，淮安市职工书法家协会主席，民盟中央美术学院理事。

黄敬東篆刻

直挂云帆济沧海（附边款）

静画红妆等谁归（附边款）

特邀作品

黄敬东，中国书法家协会会员，中国煤矿书法家协会副秘书长兼篆刻委员会副主任，淮南煤矿书法美术家协会副主席，淮南市政协委员。

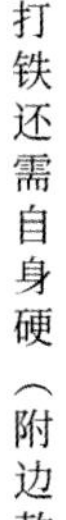

打铁还需自身硬（附边款）

在明明德（附边款）

习近平主席语录治印选

癸卯正春于古越 盛柏林作

特邀作品

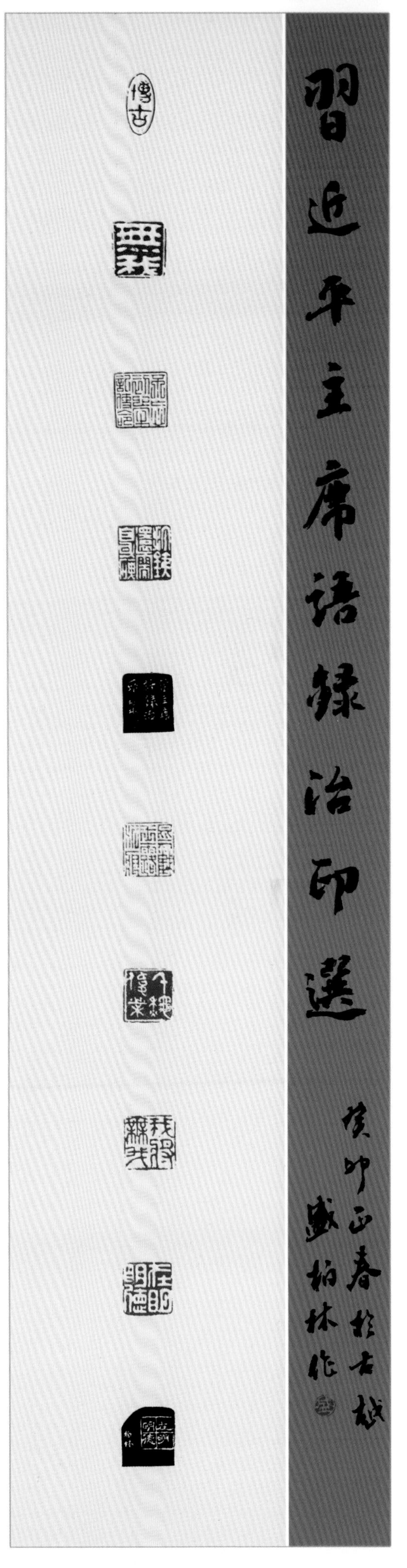

盛柏林，曾受江苏费新我、刘方明及北京王十川、苏元章等先生指导。退役后以书为友，设“好友书院”从事书法、篆刻培训交流。

仁者乐山

特邀作品

鹿守璋，中国书法家协会会员，江苏省新文艺群体委员会委员，无锡市书法家协会副主席，无锡市篆学研究会会长，无锡五湖印社社长，江南大学艺术研究院研究员。曾先后获得中国文联，江苏省文联优秀文艺工作者称号。

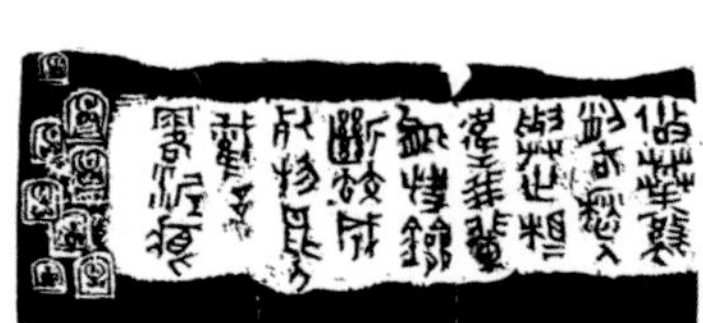

快剑断蛟（附边款）

凡益之道，与时偕行

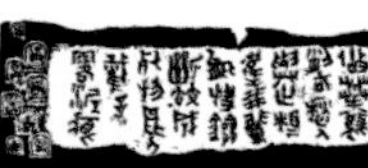

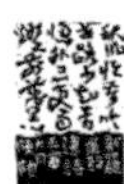

特邀作品

屠陈陀，中国书法家协会会员，山东印社理事，山东省书协篆刻委员会委员，济宁印社副社长，兖州印社社长。

三乐（附边款）

几生修得到梅花

特邀作品

董建，文博研究馆员，一级美术师，西泠印社社员，中国书法家协会会员，中国文艺评论家协会会员，安徽省书法家协会篆刻委员会委员，安徽省文艺评论家协会理事，黄山市文艺评论家协会主席，黄山市美术家协会副主席，黄山市书法家协会副主席。

齐心向未来

游于艺

董洪涛印稿

齐心向未来·游于艺

正大气象·大德必寿

敏于求·齐聚冰雪

超以象外·群贤毕至

特邀作品

董洪涛，中国书法家协会会员，黑龙江省书法家协会理事，大庆市书法家协会副主席，大庆市青年书法家协会副主席，大庆印社副社长，《甲骨文书法微刊》主编。

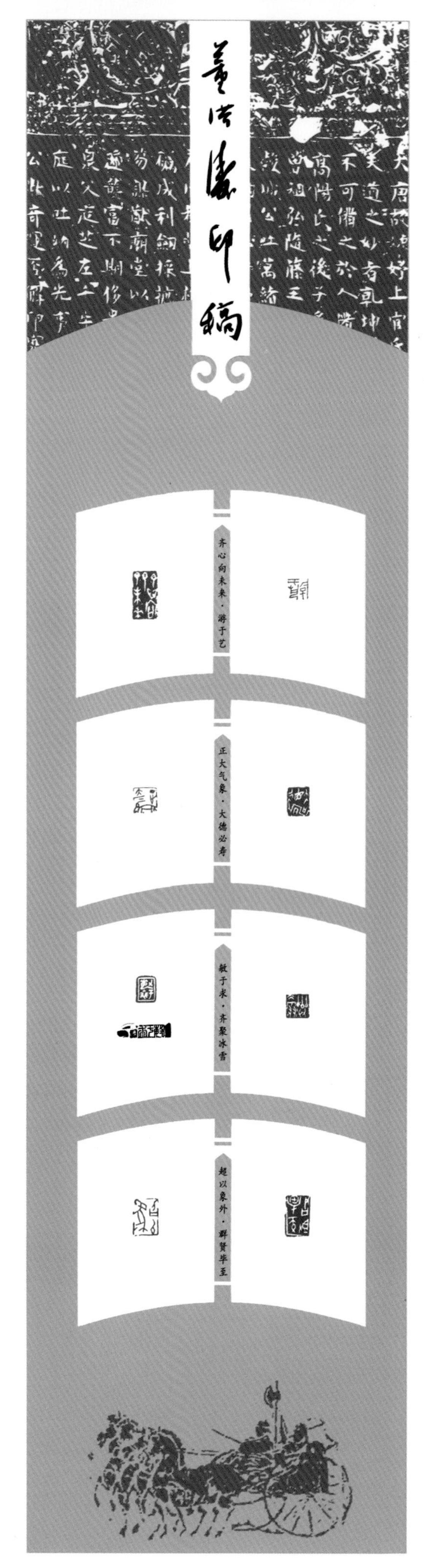

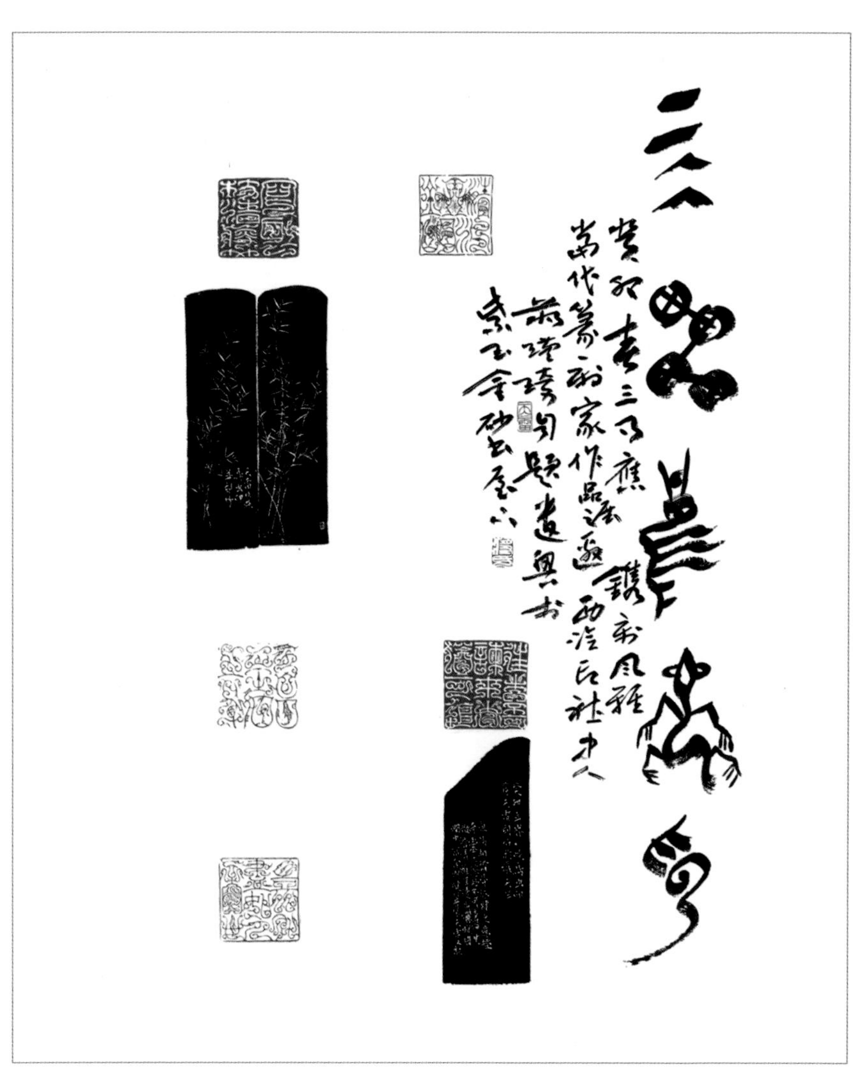

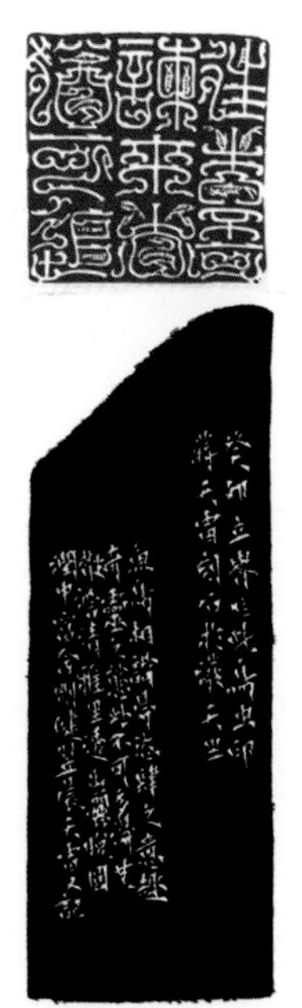

往者不可谏，来者犹可追（附边款）

岂能尽如人意

特邀作品

蒋瑾琦，西泠印社社员，中国书法家协会会员，江苏省篆刻研究会副会长兼创作委员会主任，南京印社理事，江苏省国画院特聘书法家，无锡市篆刻委员会副主任，江苏省青年篆刻展评委，西泠印社海选赛区终评评委，中央电视台书画频道篆刻主讲嘉宾等。

慎独（附边款）

久有凌云志

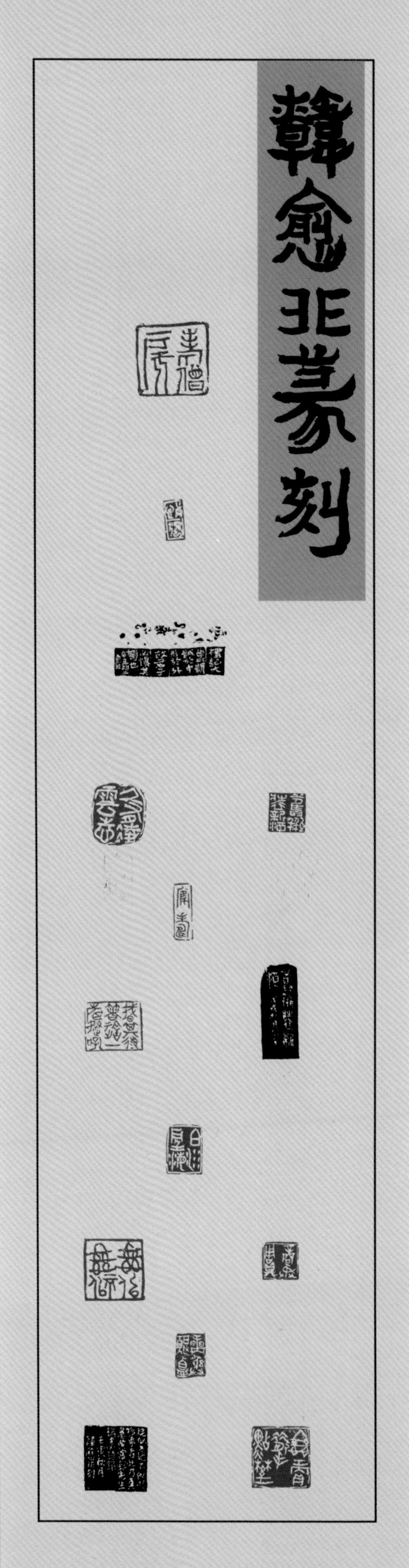

特邀作品

韩愈非，中国书法家协会会员，中华诗词学会会员，中国楹联学会会员兼书画艺术委员会委员，海南省文联第四五六届委员，海南省书协第六届副主席兼第四、五、六届篆刻委员会主任，海南省政协书画艺术研究院理事，海南省书画院书画师，海南印社社长。

周而不比

大匠运斤（附边款）

特邀作品

蔡大礼，中国国家画院专职艺术家，中国艺术研究院书法院研究员，中国书法家协会会员，京华印社副社长。

若木印迹 癸卯若木

君子五德（附边款）

紫气东来（附边款）

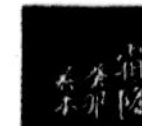

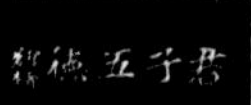

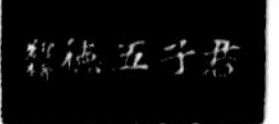

特邀作品

蔡永锋，淮上印社理事长，淮安市设计艺术研究会副会长，淮安市印章行业协会副会长，栖霞古寺云谷艺术馆副馆长，淮安市收藏艺术品商会监事长。

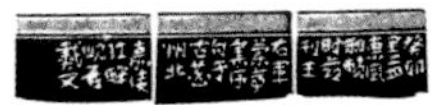

信可乐也（附边款）

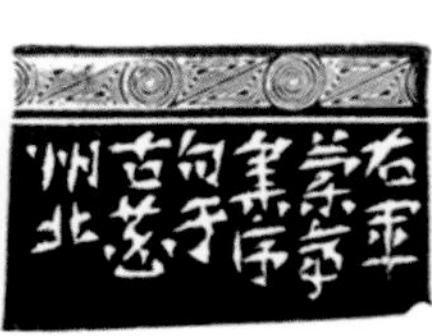

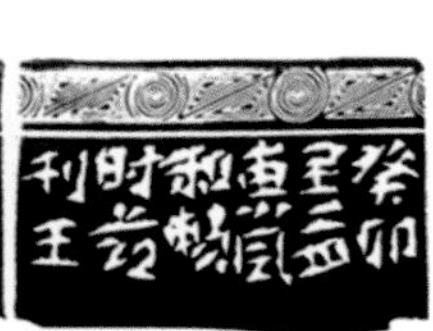

汲古为新（附边款）

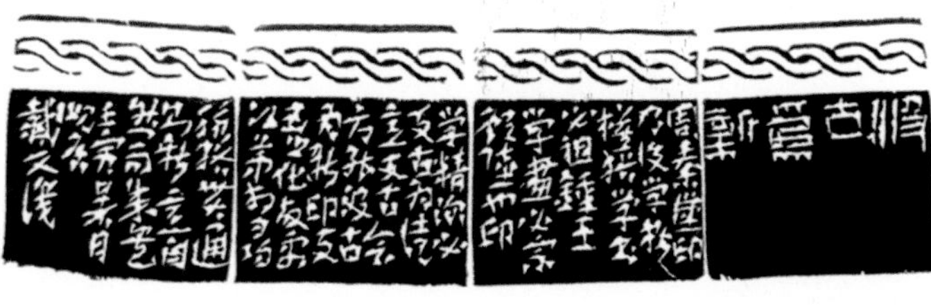

特邀作品

戴文，中国书法家协会篆书委员会秘书长，中国艺术研究院篆刻院研究员，艺术培训中心导师，重庆市书法家协会副主席，篆书委员会主任，西泠印社社员。

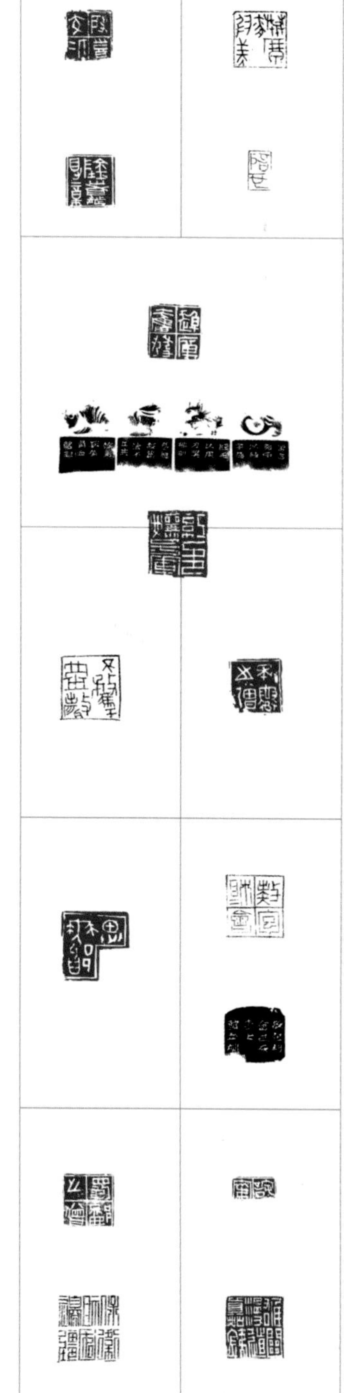

思无邪

敖包相会（附边款）

特邀作品

戴武，中国书法家协会篆刻专业委员会委员，中国艺术研究院篆刻院研究员，西泠印社社员，安徽省人民政府文史研究馆馆员。

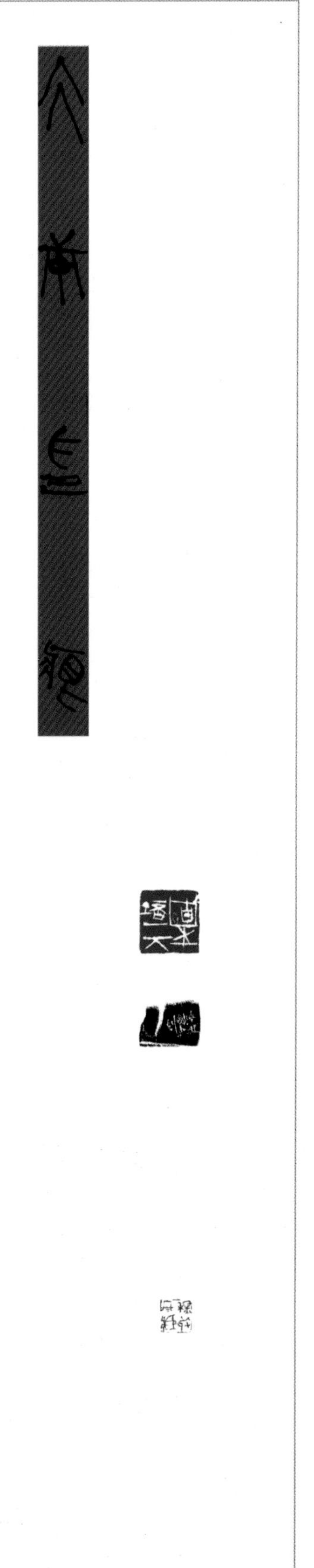

风从龙

黄河颂

特邀作品

魏杰，中国国家画院研究员，国家一级美术师，中国书协篆刻委员会委员，中国艺术研究院中国篆刻艺术院研究员，西泠印社社员，终南印社社长。

镌刻风雅

當代篆刻家作品選

李刚田题

〇三 获奖作品

（按姓氏笔画排序）

龙泉夜雨

直挂云帆济沧海（附边款）

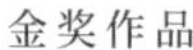

金奖作品

徐来，本名徐健，中国书法家协会会员，美术学博士。

凡益之道，与时偕行（附边款）

民惟邦本

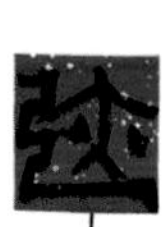

【天風閣印痕】

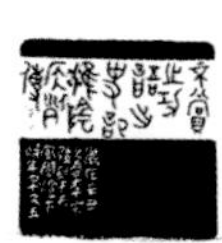

银奖作品

李宗强，中国书法家协会会员，贵州省书协篆刻委员会副主任，金华印社理事，中华佛像印研究中心研究员，遵义市书法家协会副主席。

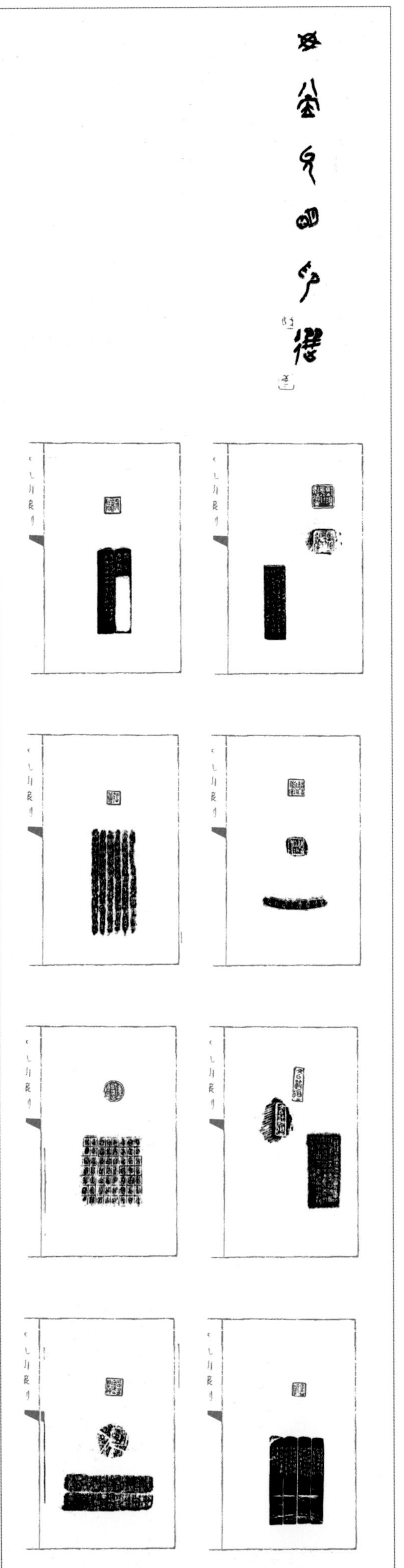

强其骨（附边款）

文以载道（附边款）

银奖作品

吴允明，浙江省书法家协会会员，浙江省书法家协会篆刻创作委员会委员，衢州市篆刻家协会主席团委员。

立秋（附边款）

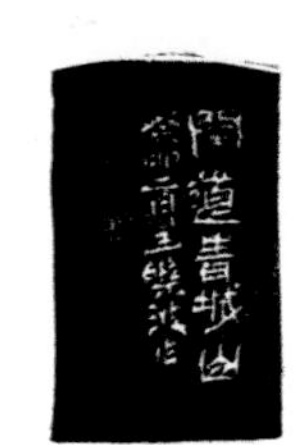

问道青城山（附边款）

铜奖作品

王晓波，作品入展全国第六届篆刻艺术作品展，江苏省第四、五、六届青年书法篆刻展。

宠辱不惊

左右趣之

铜奖作品

庞学虎，中国书法家协会会员，甘肃省书法家协会会员，篆刻委员会委员，中国硬笔书法协会会员。

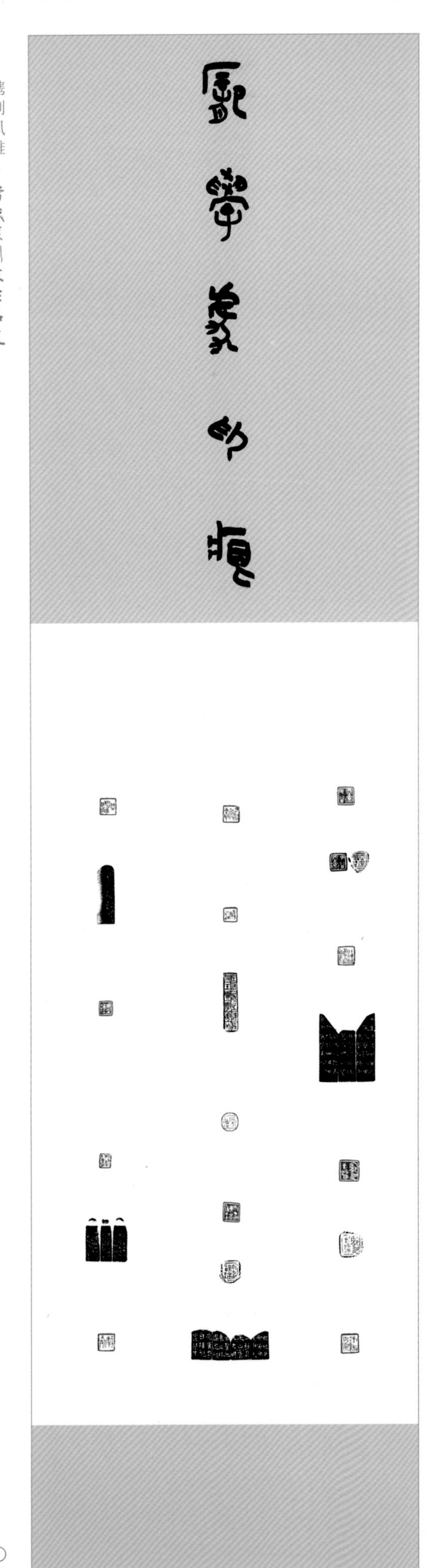

侯宇洲篆刻

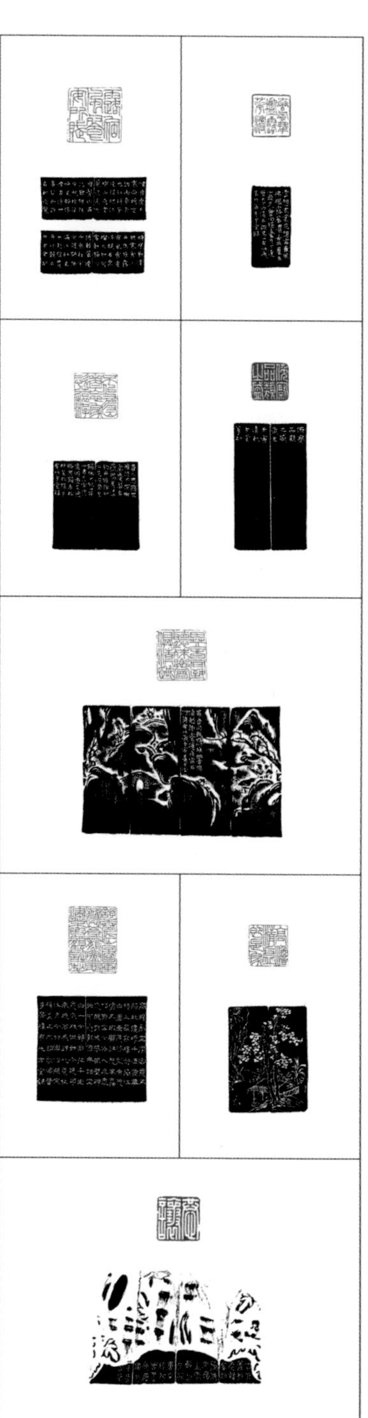

露宿风餐安所赋（附边款）

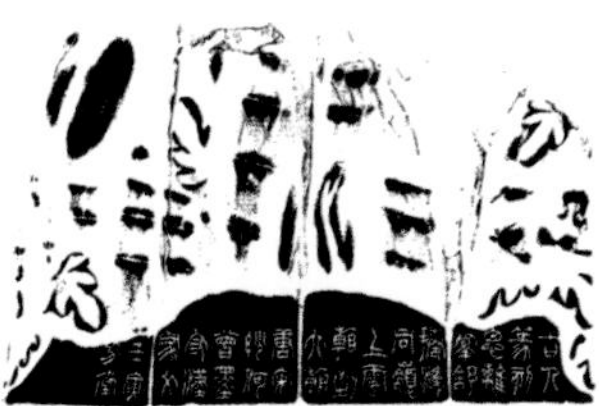

恭让（附边款）

铜奖作品

侯宇洲，中国书法家协会会员，北京书法家协会会员，山西省书法家协会会员，江苏省书法家协会会员，东隅印社秘书长，常州印社社员，河北美术学院特聘教师。

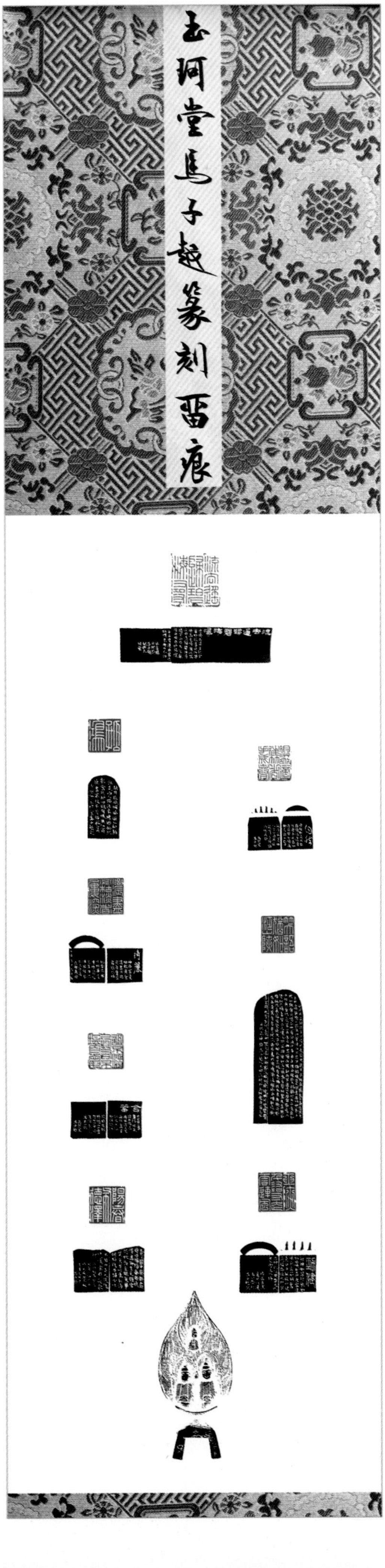

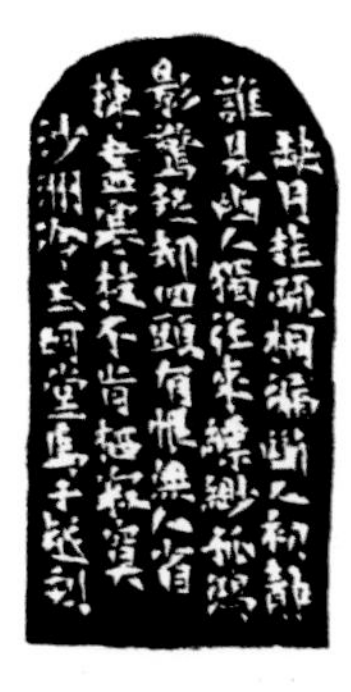

孤鸿（附边款）

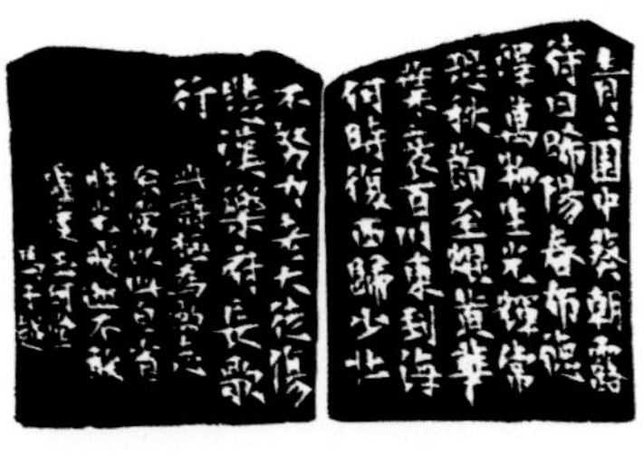

阳春布德泽（附边款）

优秀奖作品

马子越，河南省书协会员，河南印社社员，郑州市篆刻委员会委员，郑州印社社员，作品入展西泠印社第十届篆刻艺术评展，第九届中国书坛新人新作展等。

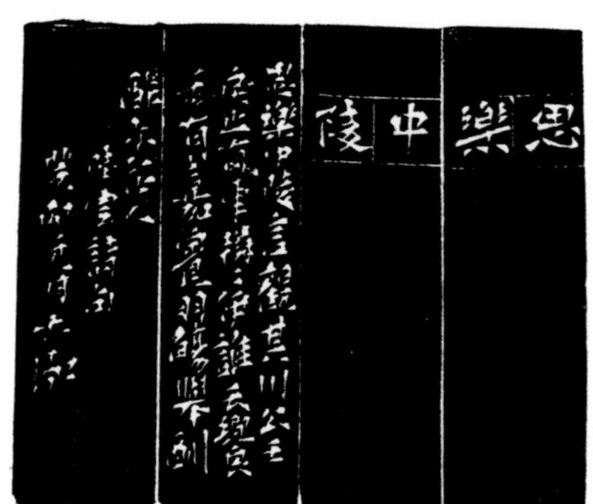

思乐中陵（附边款）

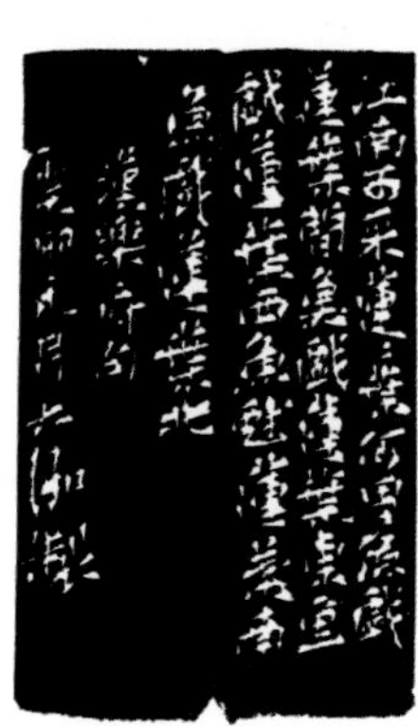

鱼戏（附边款）

优秀奖作品

王恩泓，作品入展辽宁省第三届篆刻展，辽宁省政协喜迎二十大书法展，首届《十钟山房印举》国际临创展等。

大泓朱迹

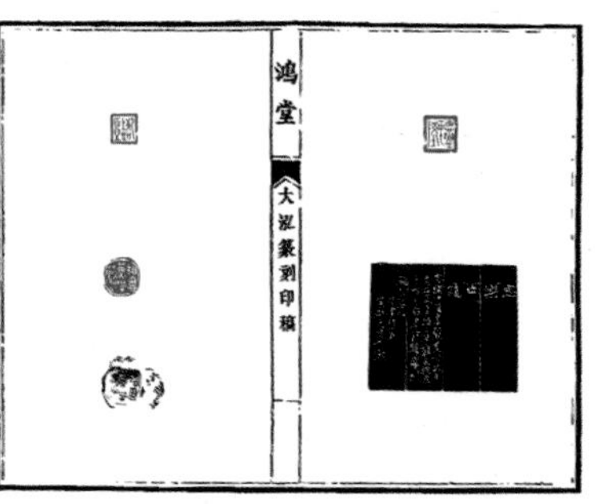

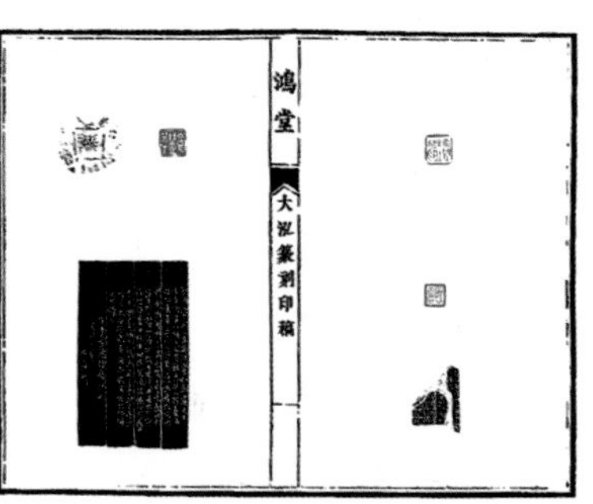

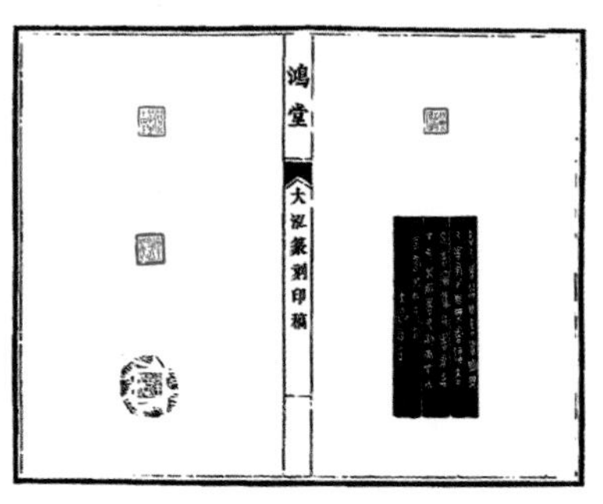

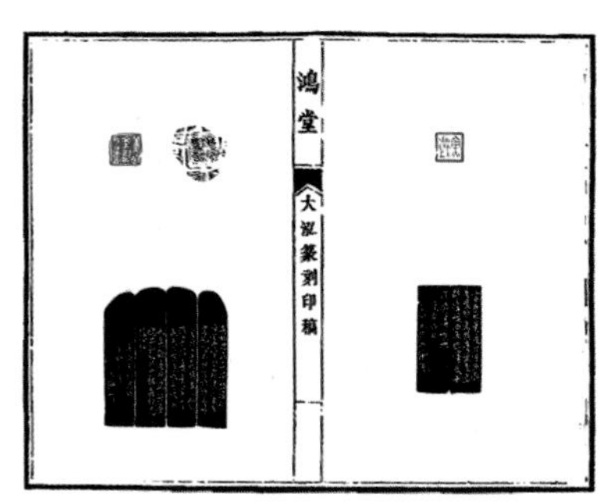

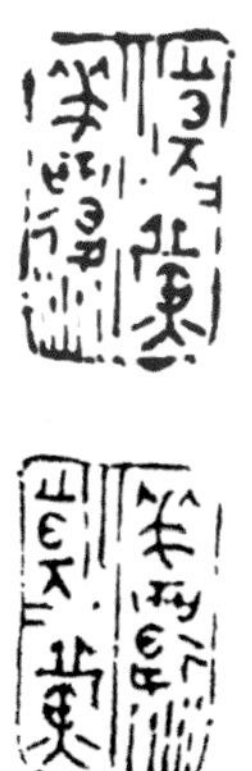

漠漠黄花覆水（附边款）

优秀奖作品

王鲁生，作品入展全国大学生篆刻大展，“万印楼”当代国际篆刻精英收藏工程，“齐鲁青未了”庆祝中国共产主义青年团成立100周年山东省青年书法篆刻展等。

穆如清风（附边款）

文章千古事

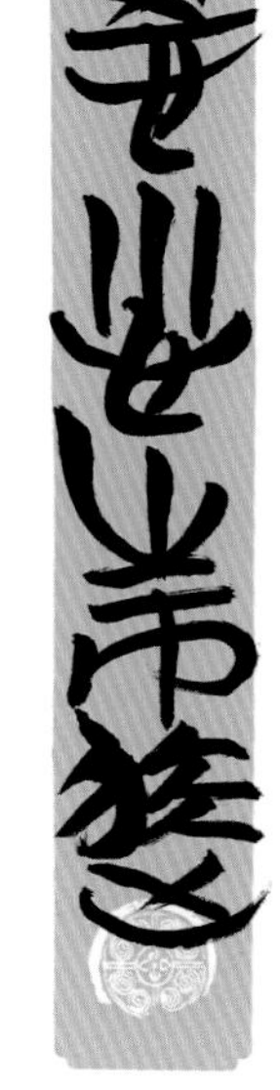

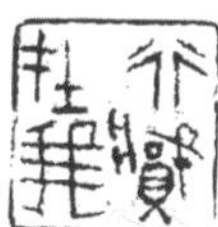

优秀奖作品

田志顺，辽宁省书法家协会会员，辽宁印社社员，抚顺市书法家协会理事。作品入展辽宁省第五届书法篆刻作品展，“不忘初心”全国篆刻艺术展(提名奖)等。

仝昊製秦王印

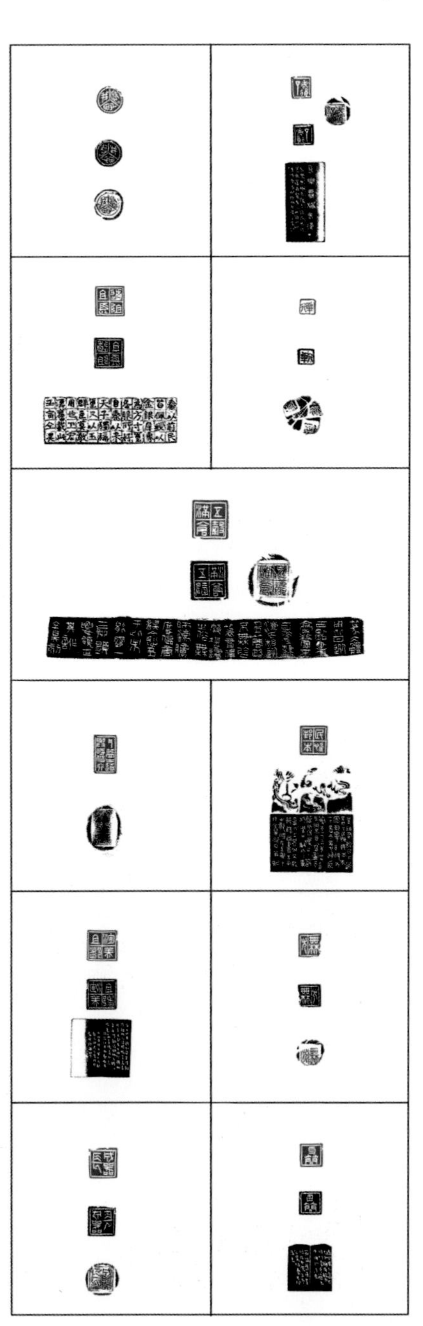

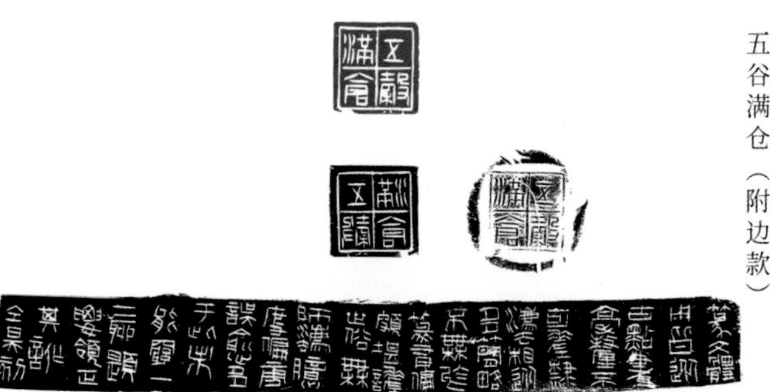

五谷满仓（附边款）

民惟邦本（附边款）

优秀奖作品

仝昊，山东省书法家协会会员，陕西省书法家协会会员，山东省青年书法家协会会员，滨州市青年书法家协会理事，中国佛像印艺术研究中心副研究员等。

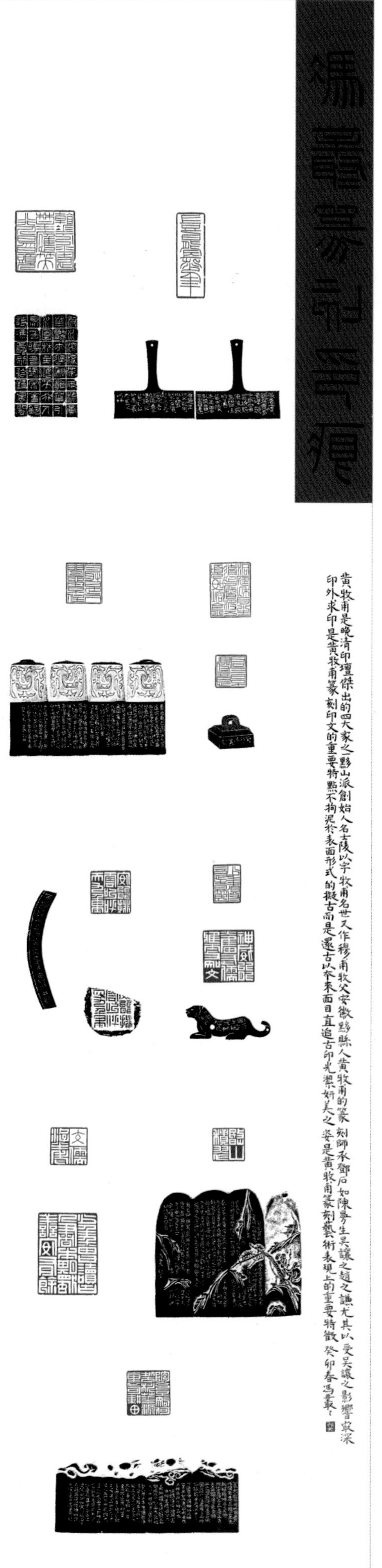

神威能奋武，儒雅更知文（附边款）

看花引水园林主，应笑行人易白头（附边款）

优秀奖作品

冯丛丛，作品多次发表大学书法杂志、书法报等，作品被“万印楼”当代国际篆刻精英收藏工程，青田印石博物馆收藏等。

冯凯治秦印选

扫千军有笔阵（附边款）

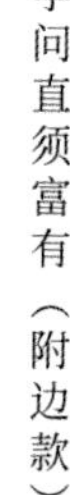

学问直须富有（附边款）

优秀奖作品

冯凯，作品入展天水首届书法小品，甘肃省第六届新人新作书法展，江西省第十一届青年书法作品展。

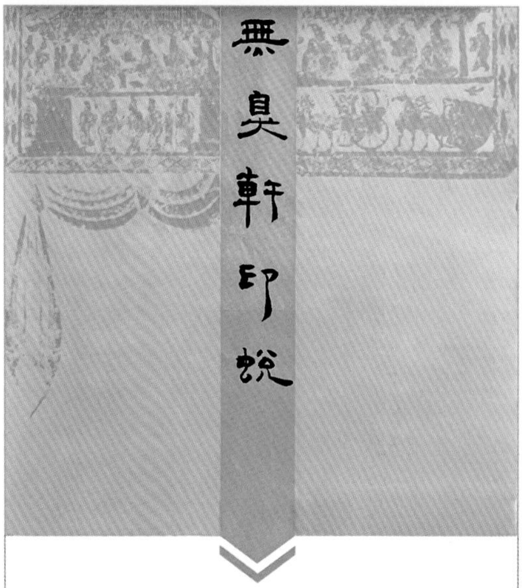

無臭軒印蛻

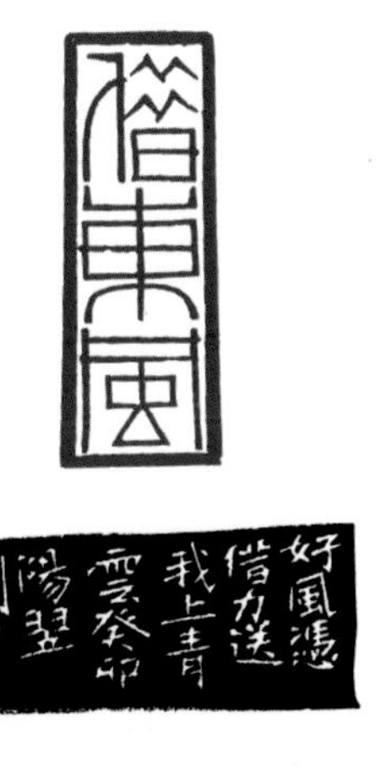

借东风（附边款）

益損上益下民說無疆自
上下下其道大光利有攸往
中正有慶利涉大川木道
乃行益動而巽日進無疆
天施地生其益無方凡益
之道與時偕行語出周易
益卦彖傳壬寅秋月朱陽
翌刻於古楚淮陰無臭齋

凡益之道，与时偕行（附边款）

优秀奖作品

朱阳翌，淮上印社理事。作品曾入展“巴山夜雨杯”全国书法篆刻大赛，“乐平古戏台”全国书法大赛作品展，江苏省第二届篆刻艺术展，江苏省第七届青年书法篆刻展等。

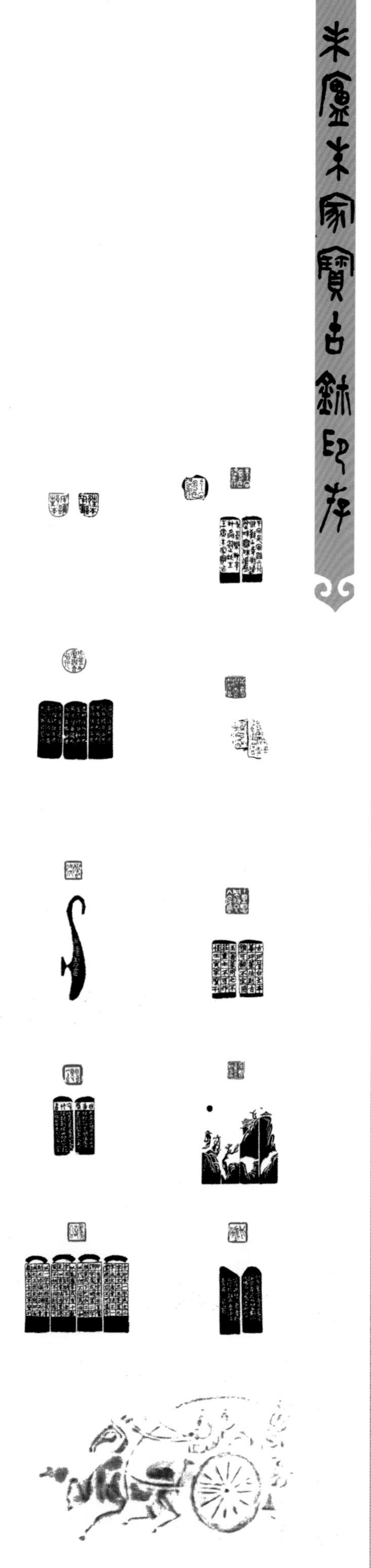

民惟邦本

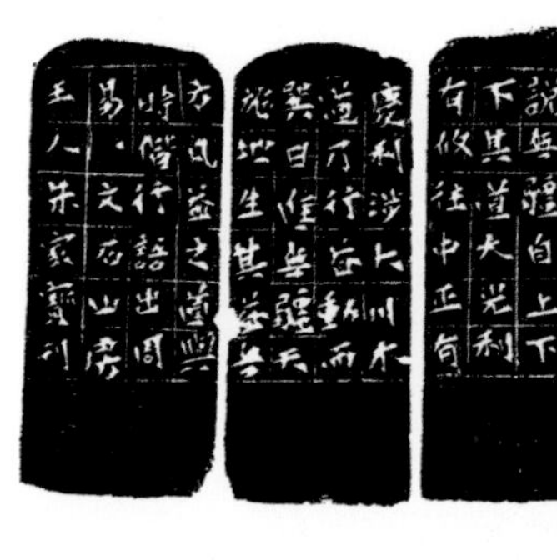

凡益之道，与时偕行（附边款）

优秀奖作品

朱家宝，浙江省书法家协会会员，湖州市书法家协会篆刻委员会委员，湖州市文联南太湖新峰计划文艺人才，湖州市笔道艺术创新团队成员。

偷得浮生半日闲

外修兵备

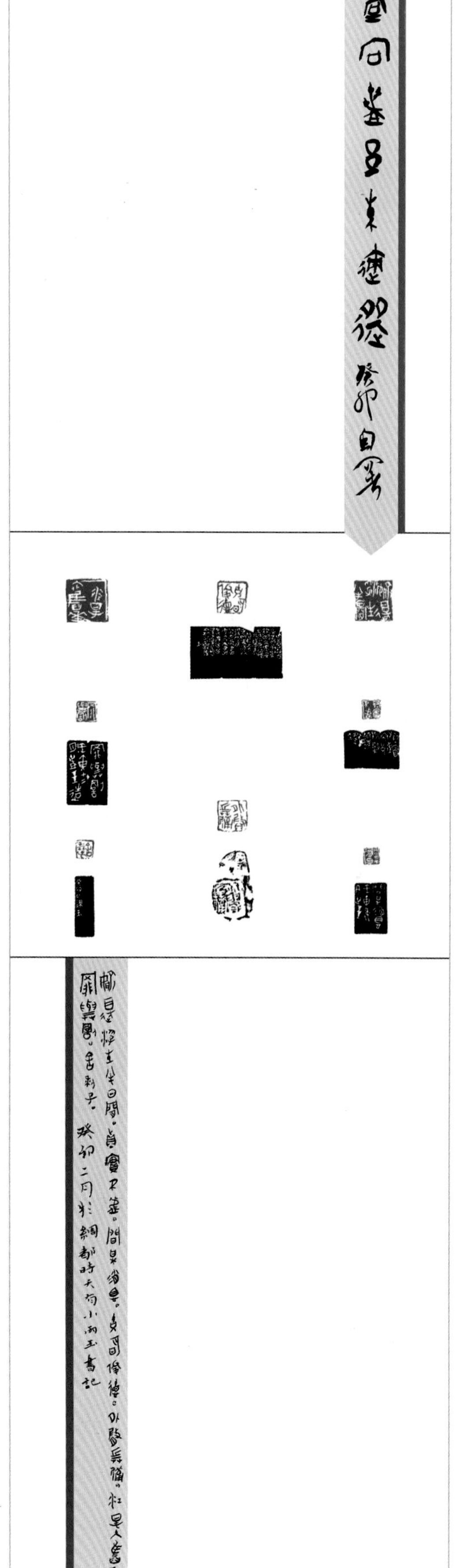

优秀奖作品

向世玉，作品入展四川省首届川东北片区篆刻艺术展，第三届全国黄庭坚书法艺术展，四川省第七届书法篆刻展获优秀奖等。

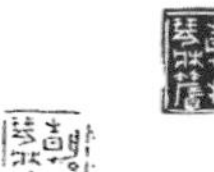
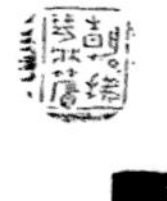

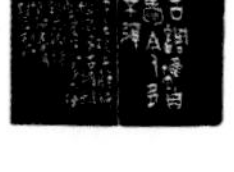

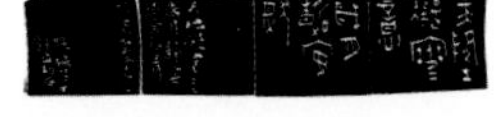

龙行虎步（附边款）

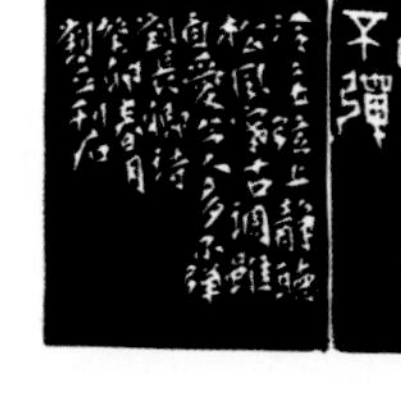

古调自爱（附边款）

优秀奖作品

刘立，作品入展全国第二届青年书法展，山东省第一、二届篆刻展，“万印楼”当代国际篆刻精英收藏工程等。

月中玉兔

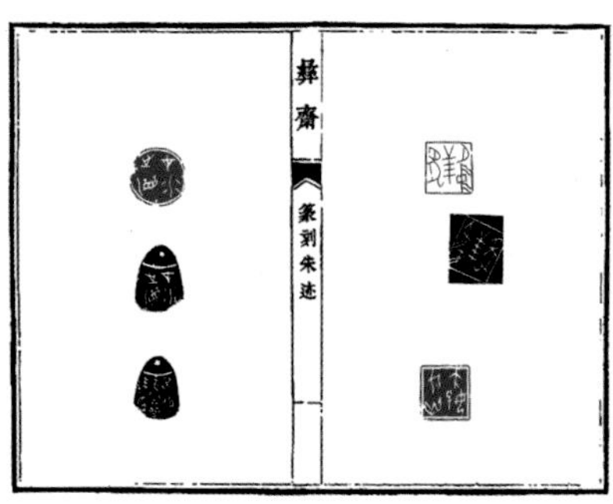

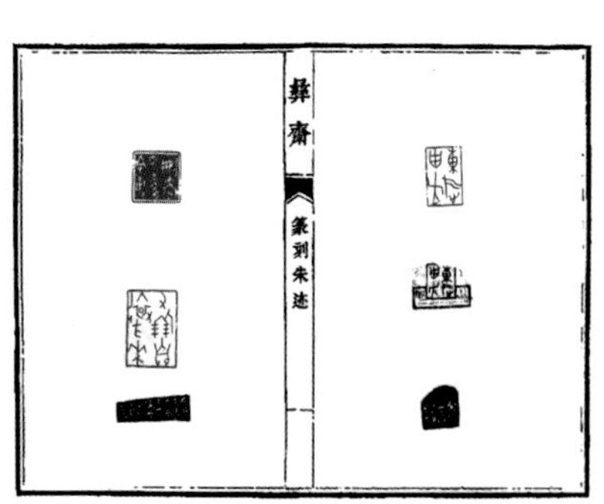

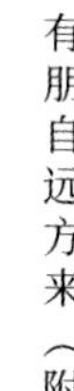

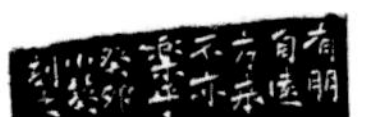

有朋自远方来（附边款）

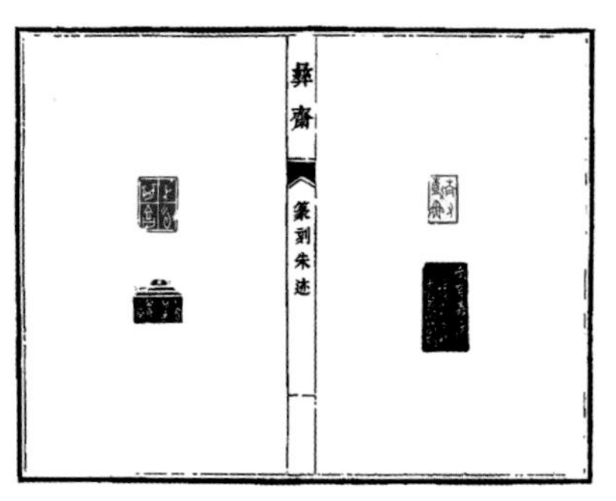

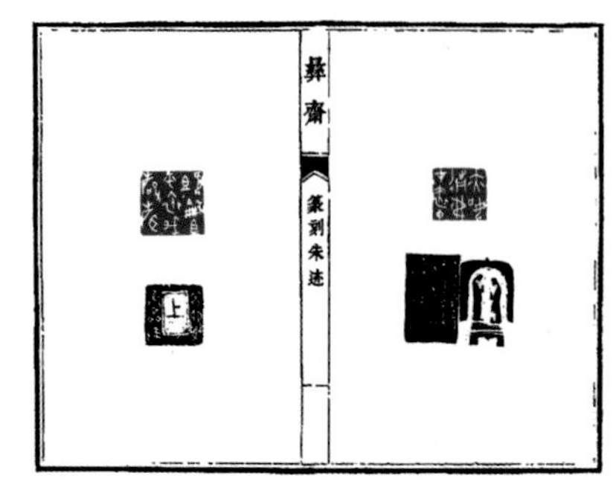

优秀奖作品

安小葵，云南印社社员。作品入选“心印传铭”庆祝中华人民共和国七十周年云南篆刻精品展暨云南印社第二届篆刻艺术展，《诗经》篇目全国书法篆刻大展等。

鐫刻風雅當代篆刻家作品展癸卯之春心齋盧玉龍朱跡選

吾所謂刀法者如字之有起有伏有轉折有輕重各完筆意不得孟浪非雅鐫刻畫以斜為古以碎為奇之刀也刀法也者所以傳筆法也刀法渾融無迹可尋神品也有筆無刀妙品也有刀無筆能品也節錄朱簡印論

光阴似箭（附边款）

文明之祖（附边款）

优秀奖作品

芦玉龙，北京市书法家协会会员，北京书法家协会篆书、篆刻、刻字委员会委员，中国钧瓷文化传承人，浙江兰亭王羲之艺术研究院篆刻研究员。

民惟邦本（附边款）

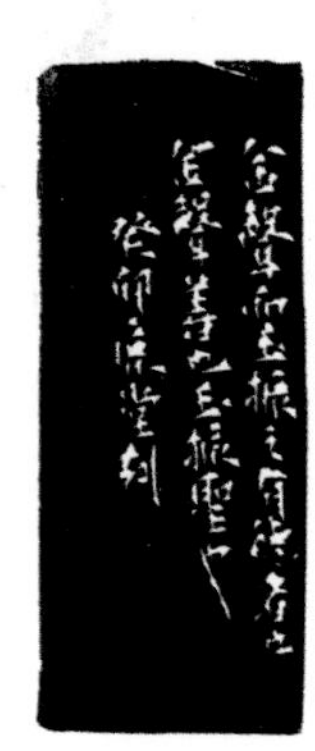

金声玉振（附边款）

优秀奖作品

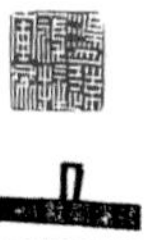

杜家航，华东师范大学书法篆刻专业硕士研究生。作品被滁州市博物馆，“万印楼”当代国际篆刻精英收藏工程，华东师范大学美术馆等单位收藏。

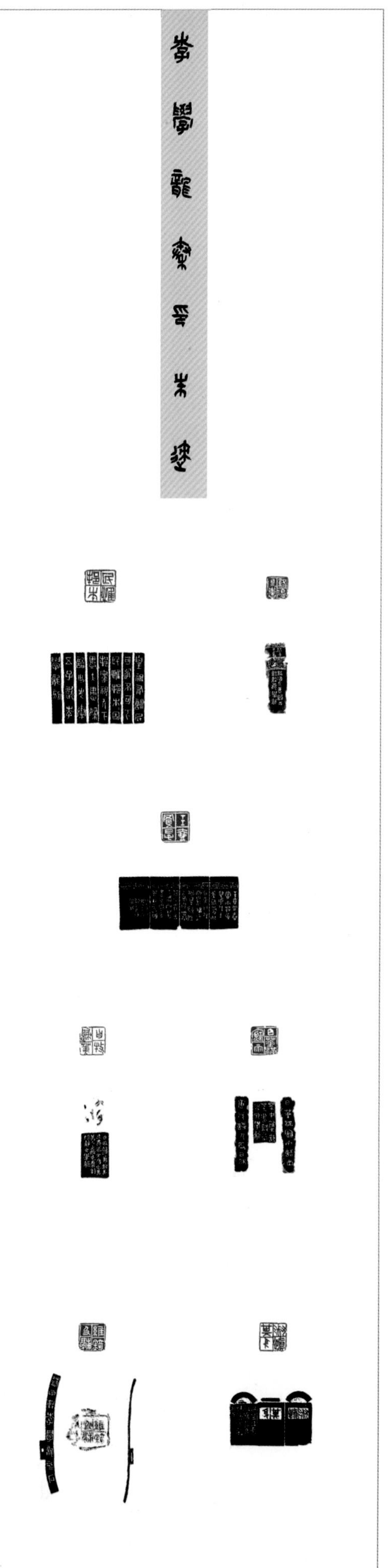

民惟邦本（附边款）

玉壶买春（附边款）

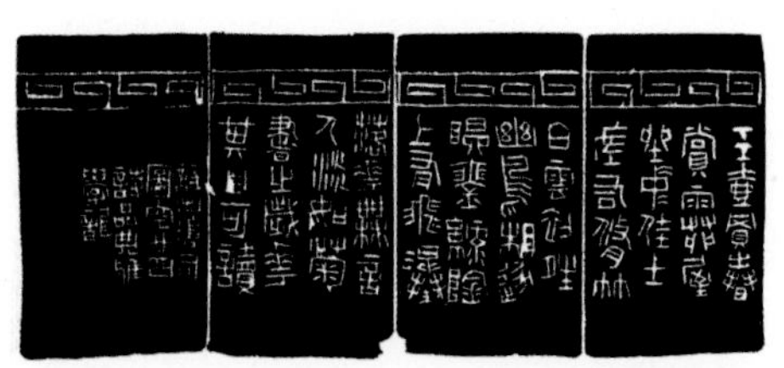

优秀奖作品

李学龙，山东省青年书法家协会会员，公益事业委员会委员，滨州市书法家协会会员，滨州市青年书法家协会主席团委员。

春种一粒粟（附边款）

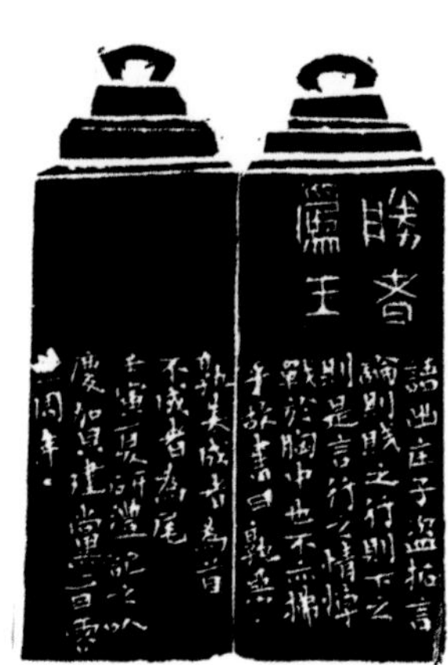

胜者为王（附边款）

优秀奖作品

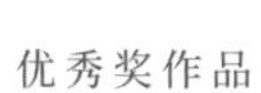

李研沣，作品入展庆祝中国共产党建党100周年广西青年书法篆刻作品展，庆祝中国共产党成立100周年“百年印记”全国篆刻大赛等。

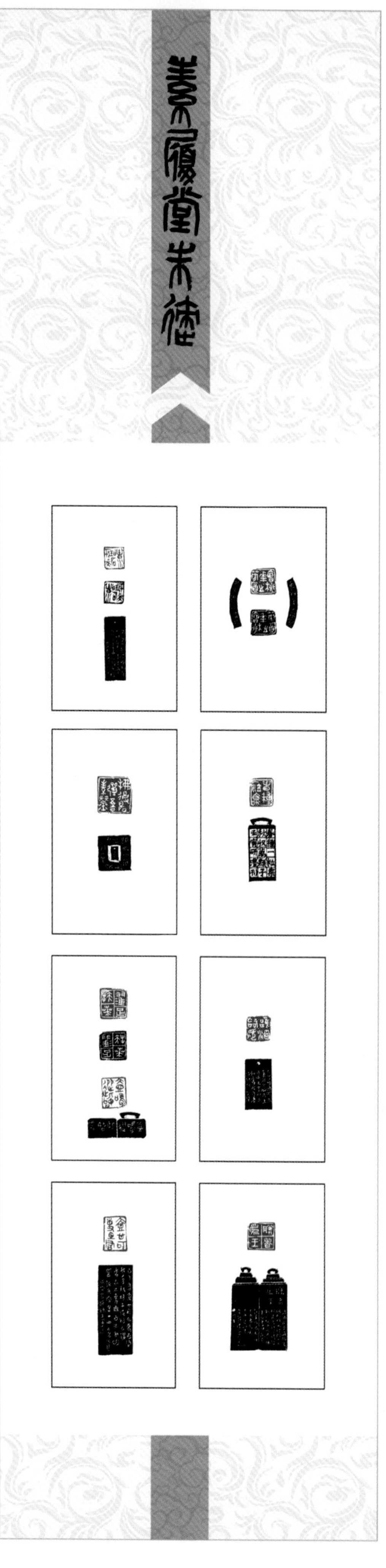

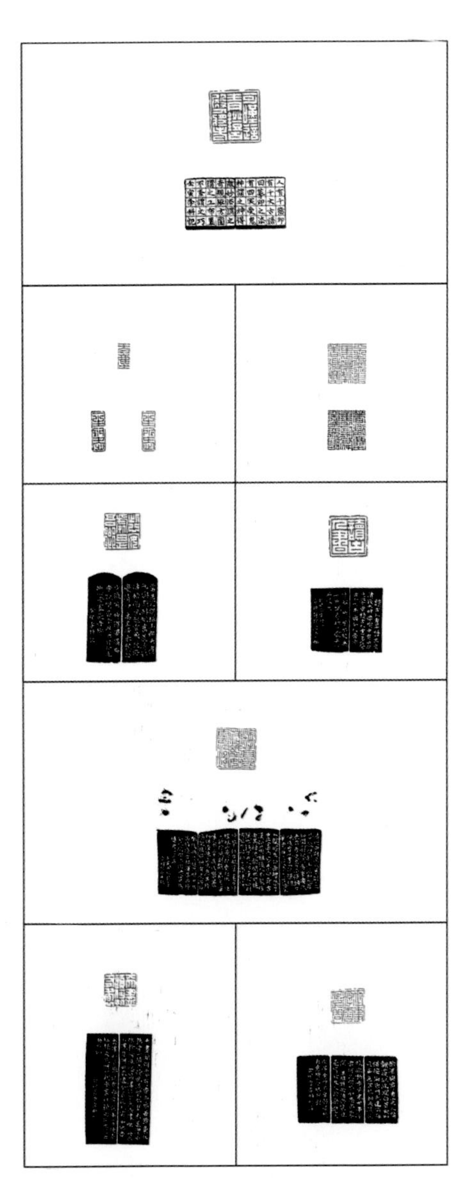

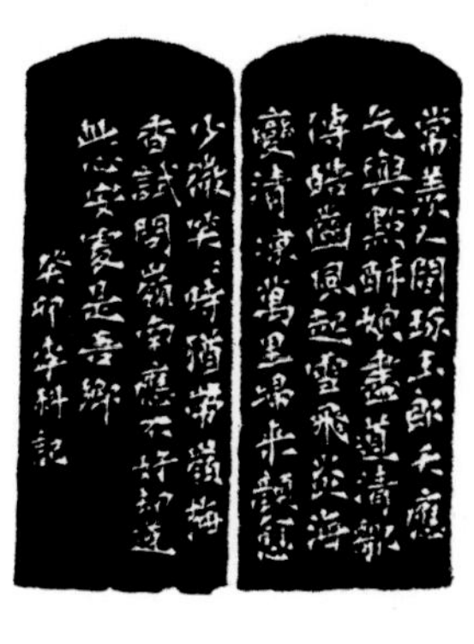

此心安处是吾乡（附边款）

读古人书（附边款）

优秀奖作品

李科，四川省书法家协会会员，内江市书法家协会会员，内江市市中区书法艺术家协会副会长。作品入展“大千艺坛·翰墨薪”传书画篆刻作品展，内江市首届临书临印展等。

楼外青山楼外楼

民惟邦本

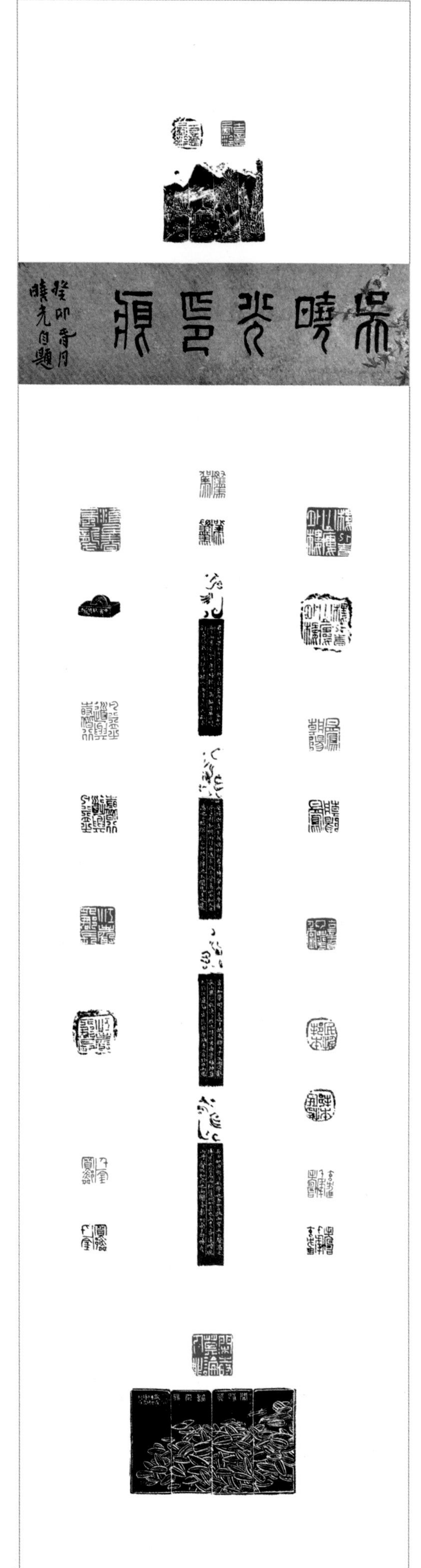

优秀奖作品

吴晓光，中国美术家协会会员，中国书法家协会会员，西泠印社社友会会员，中国工笔画学会会员，吉林省美术家协会理事，吉林市美术家协会副主席等。

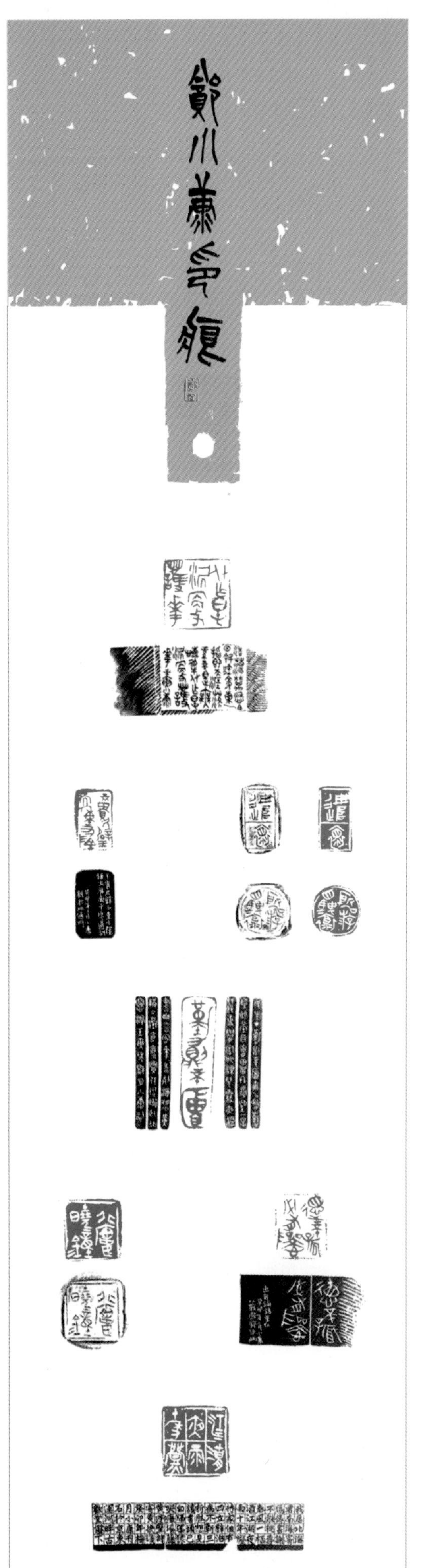

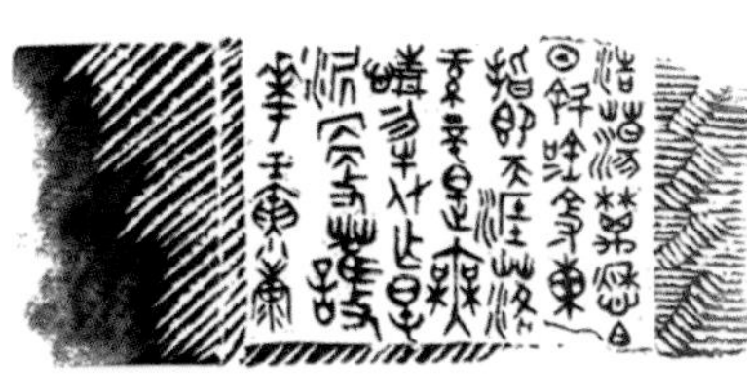

化作春泥更护花（附边款）

遗怀

优秀奖作品

郑小康，作品曾获得海峡两岸中青年篆刻展银奖，第二届内蒙古临书展入展。

吟红颂华章（附边款）

独立东风看牡丹

优秀奖作品

赵尧龙，山东省书法家协会会员，山东省青年书法家协会会员，龙口市书法家协会理事，沧湾印社副秘书长、京东印社社员。

得齋印稿

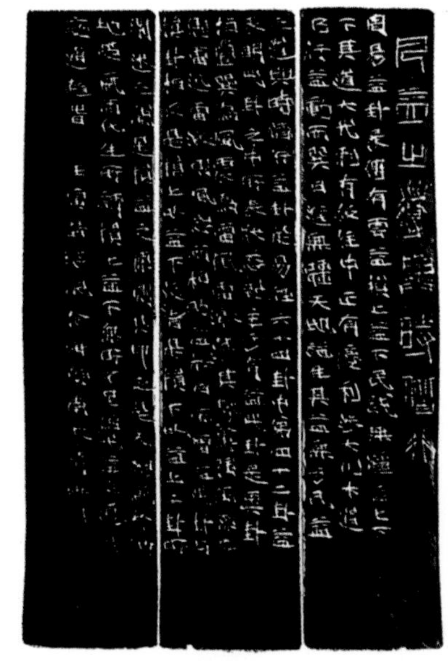

凡益之道，与时偕行（附边款）

尘烟（附边款）

优秀奖作品

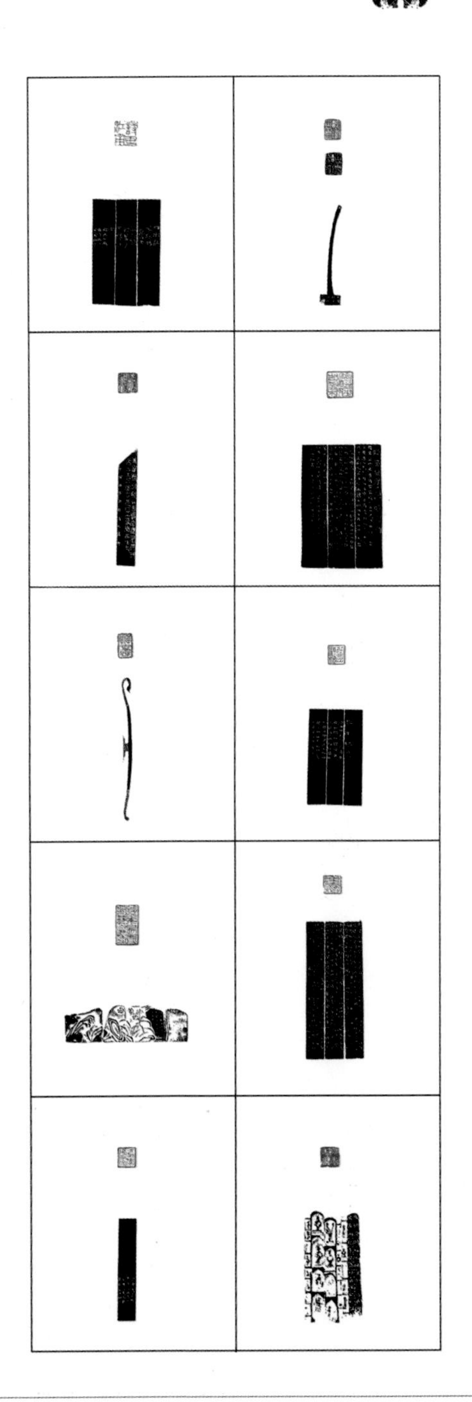

俞喆淳，浙江省书法家协会会员，嘉兴市篆刻委员会副秘书长，海盐县书法家协会副秘书长，九三学社社员。

虚室生白（附边款）

万取一收（附边款）

优秀奖作品

党鑫，作品多次入展全国、省级展览。

倪仕旭自选印稿

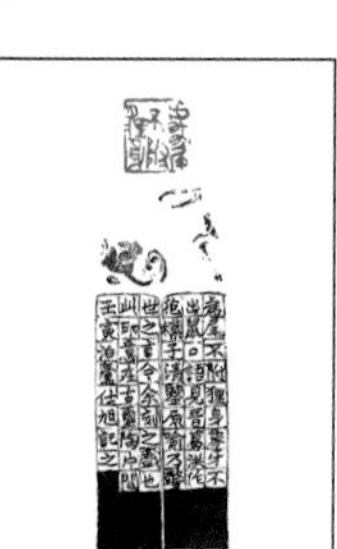

泊庐印痕

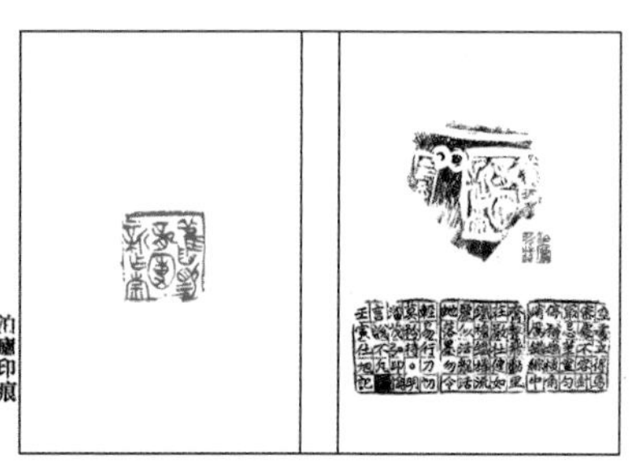

泊庐印痕

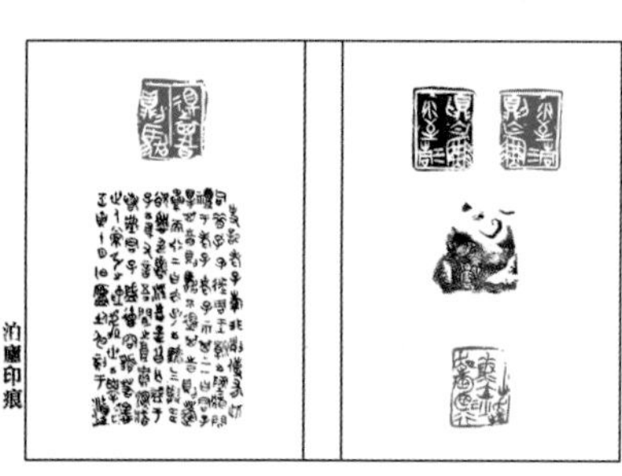

泊庐印痕

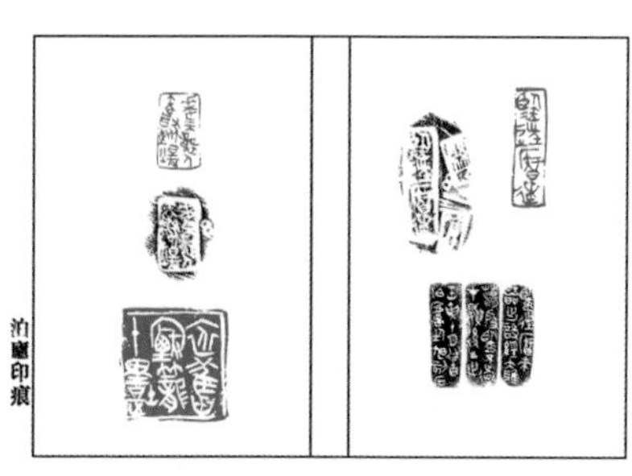

泊庐印痕

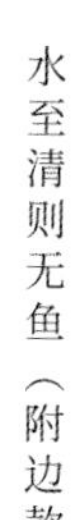

水至清则无鱼（附边款）

得其时则驾（附边款）

优秀奖作品

倪仕旭，福建省书法家协会会员，福建省篆刻协会会员。作品多次入展全国、省级展览。

少长咸集（附边款）

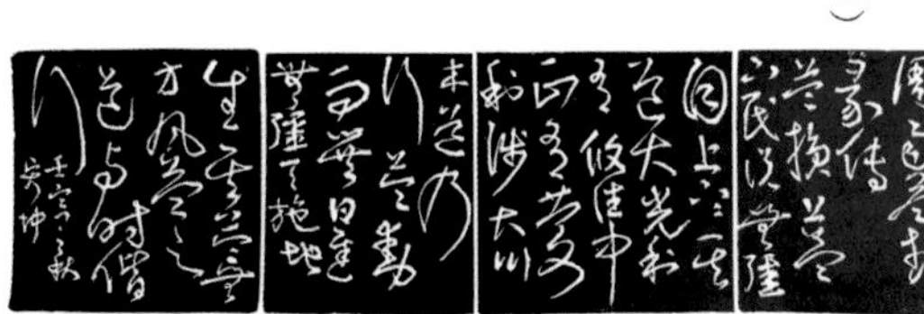

凡益之道，与时偕行（附边款）

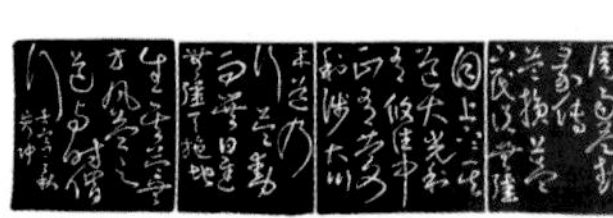

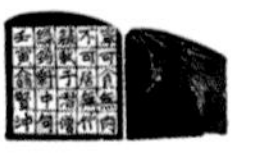

优秀奖作品

翁贤冲，海南省书法家协会会员，海南省书法家协会篆刻委员会委员，海南印社理事。

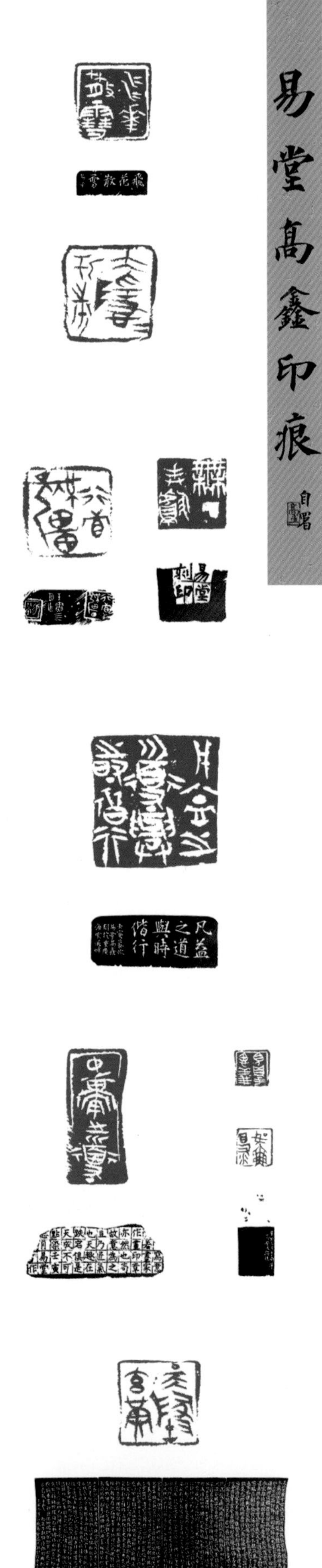

中庸之道（附边款）

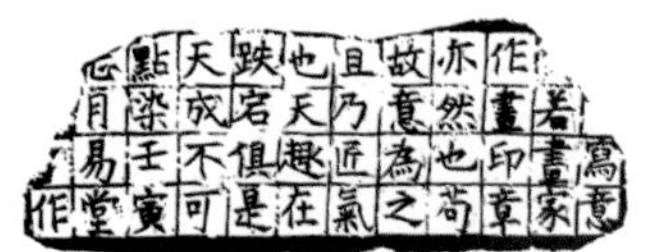

天地玄黄（附边款）

优秀奖作品

高鑫，作品入展西泠印社第九、十届海选，西泠印社第六、七届海峡两岸大赛，全国第八届篆刻展。

西北望，射天狼（附边款）

一梦醉千年（附边款）

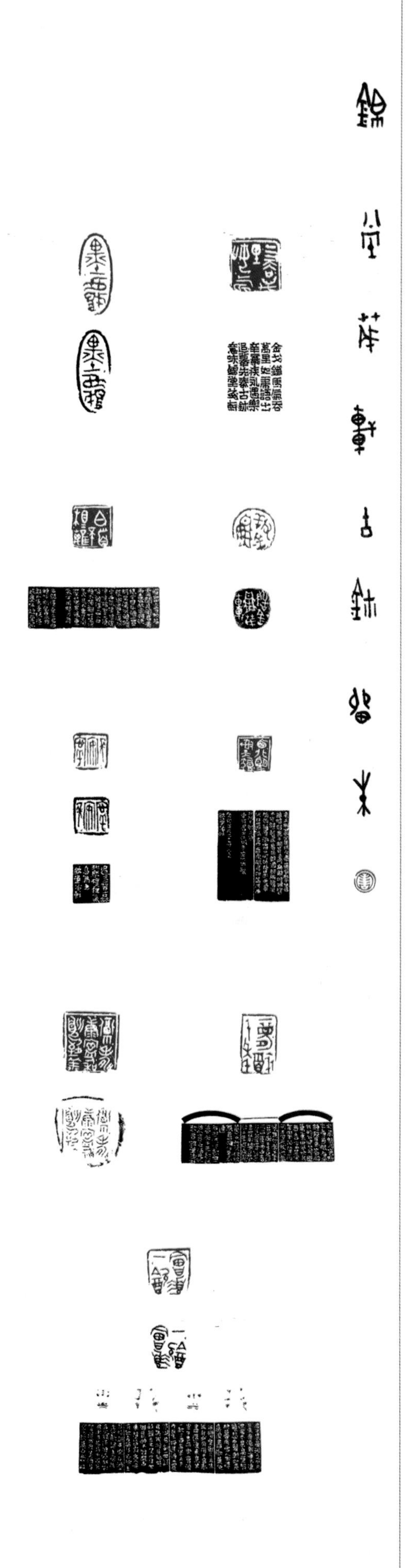

优秀奖作品

唐茂轩，中国书法家协会会员，重庆市书法家协会篆书委员会委员，重庆市青年书法家协会理事，篆刻委员会委员。

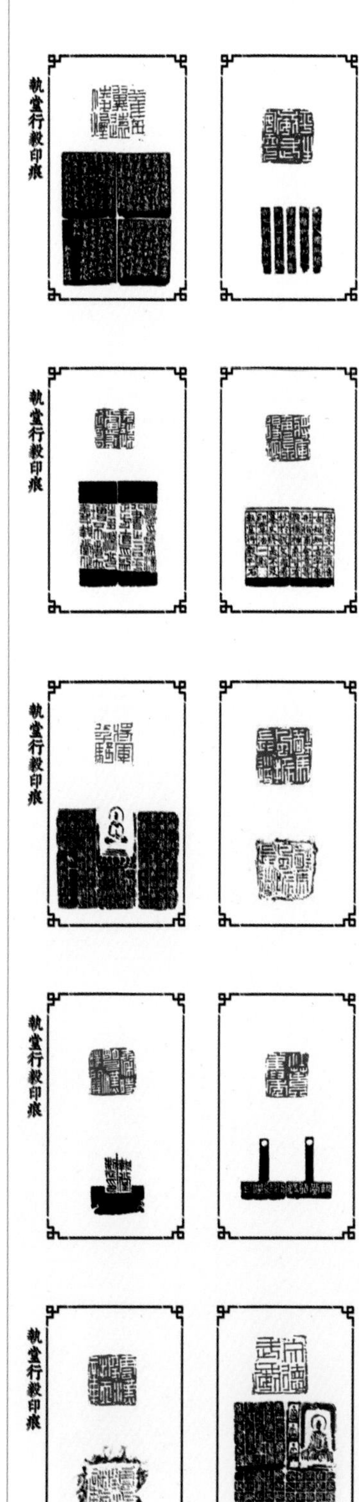

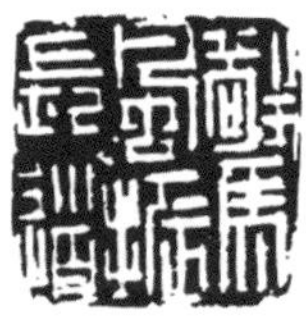

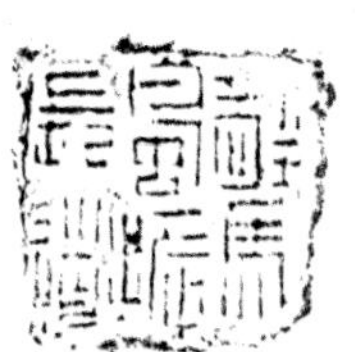

惊风振长道

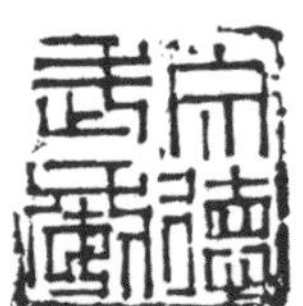

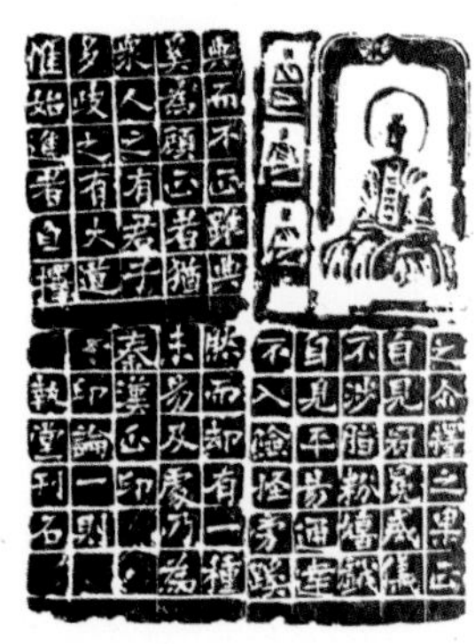

文德武威（附边款）

优秀奖作品

黄行毅，作品入展第二届“王羲之杯”书法艺术大展，首届长三角书法篆刻大展，首届《十钟山房印举》国际临创作品展。

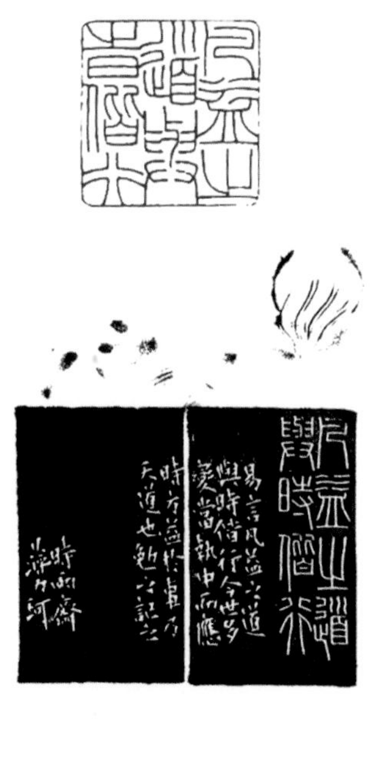

凡益之道，与时偕行（附边款）

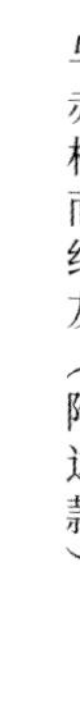

与赤松而结友（附边款）

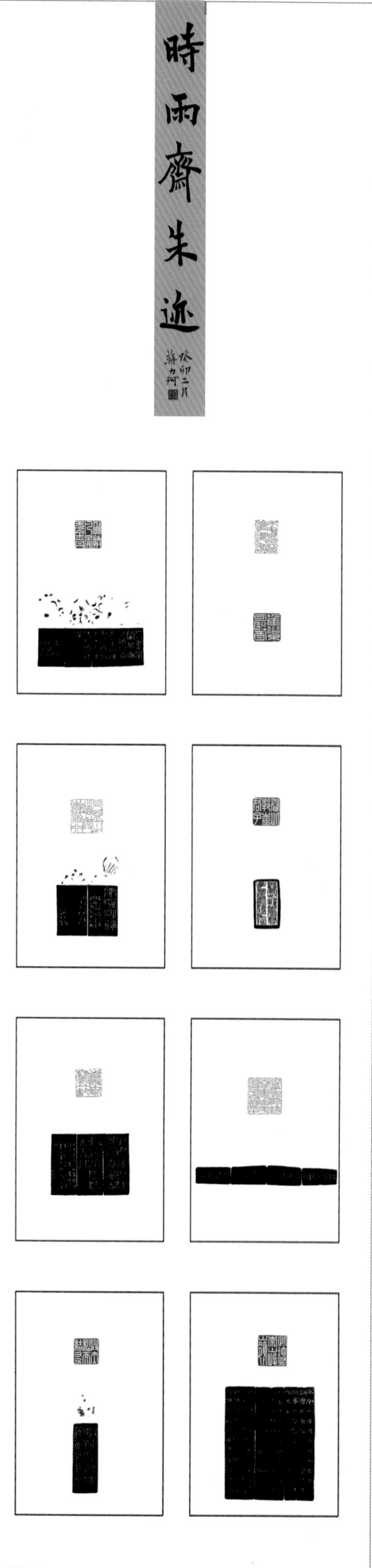

优秀奖作品

蒋力珂，江苏省书法家协会会员，江苏省篆刻研究会会员，常州市书法家协会会员。

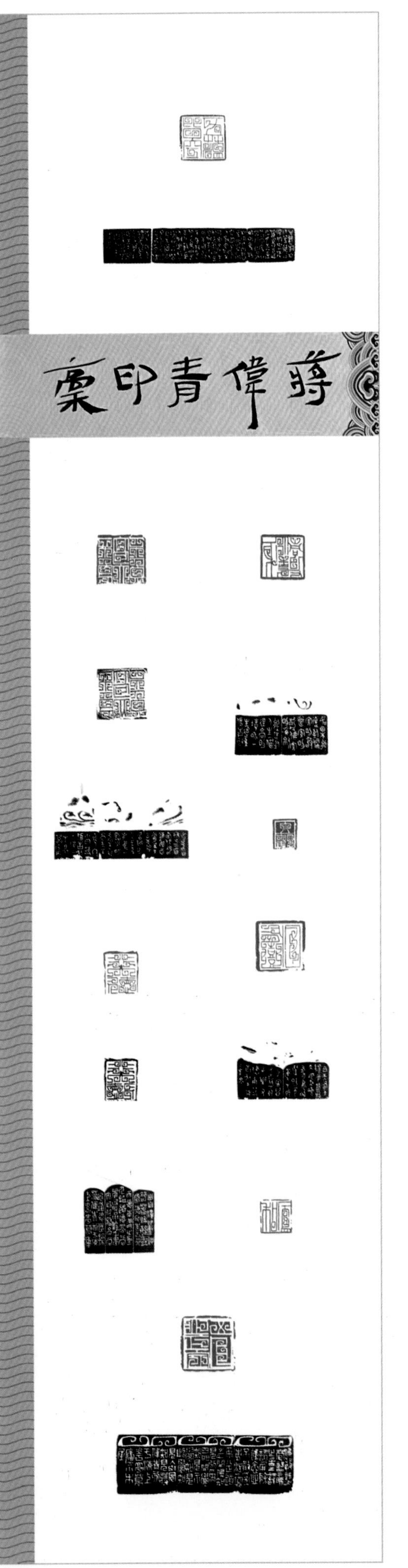

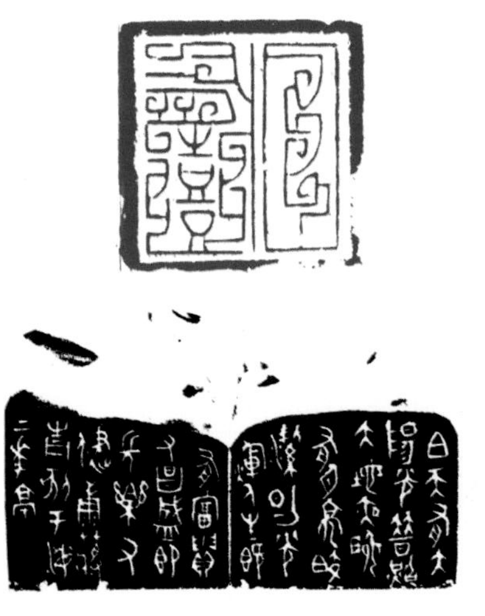

日有喜（附边款）

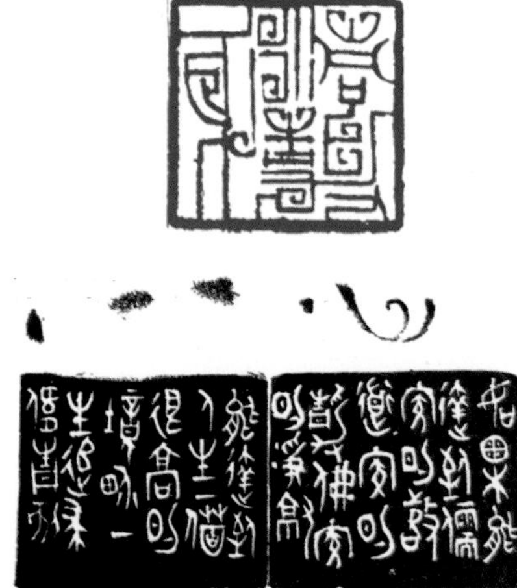

清静身（附边款）

优秀奖作品

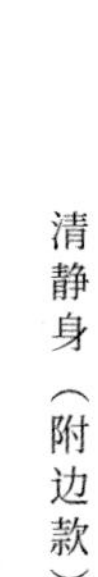

蒋伟青，中国殷商文化学会甲骨文书法专业委员会会员，书法、篆刻爱好者。

奋进新时代（附边款）

春阳载和（附边款）

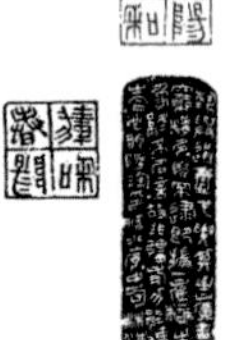

优秀奖作品

廖林浩，湖南省书法家协会会员。作品入展2021年中国书法临书大会等。

镌刻风雅

當代篆刻家作品選

李剛田題

〇三 入展作品

（按姓氏笔画排序）

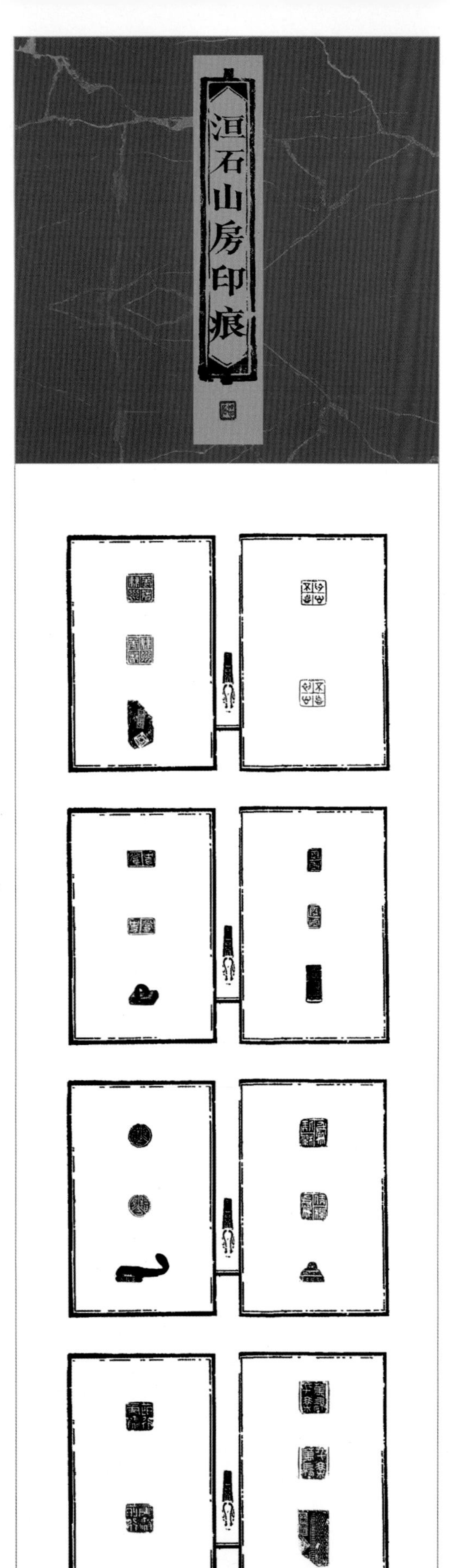

曹州花都（附边款）

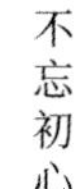

不忘初心

入展作品

马贵骏，中国电力书法家协会会员，安阳市书法家协会篆刻委员会会员，安阳殷契印社社员，国网安阳供电公司职工书画篆刻协会会长。

踏雪探梅（附边款）

垂衣而治，万国义安

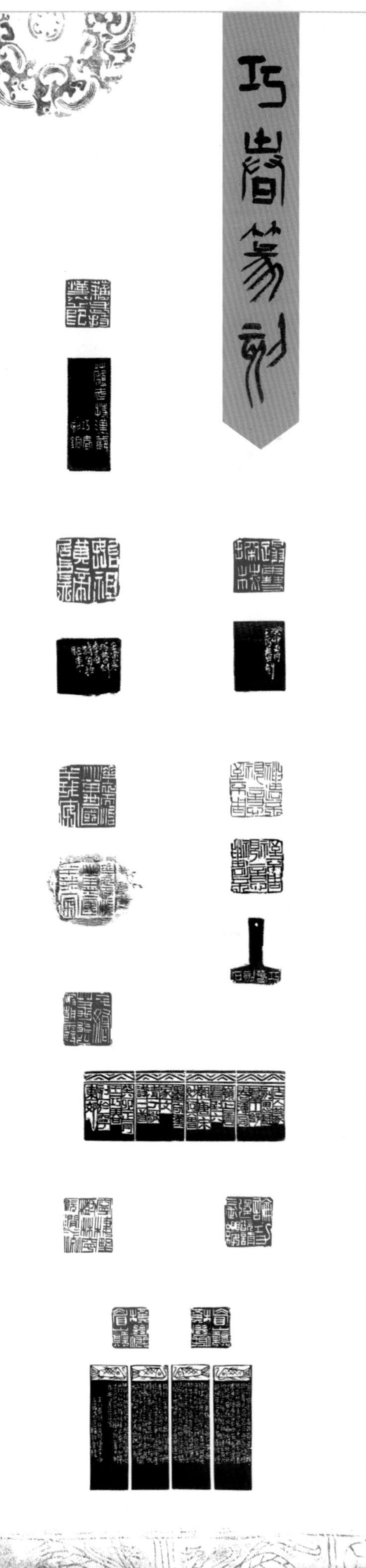

入展作品

王巧春，八十年代随端木仲森先生学习书法，师从苏金海、孙国柱先生学习篆刻。

王宇航篆刻選

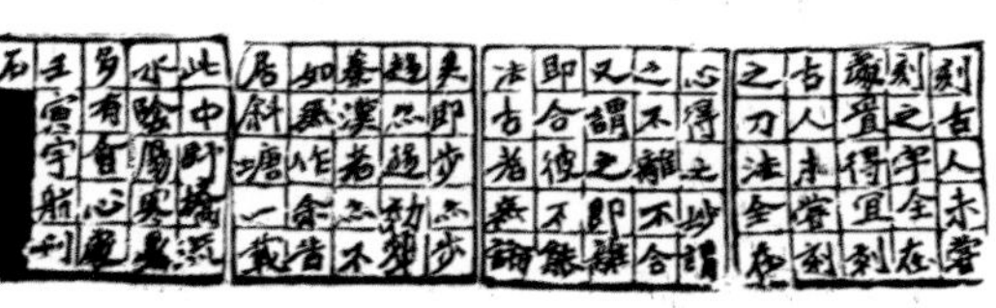

鹤鸣九皋（附边款）

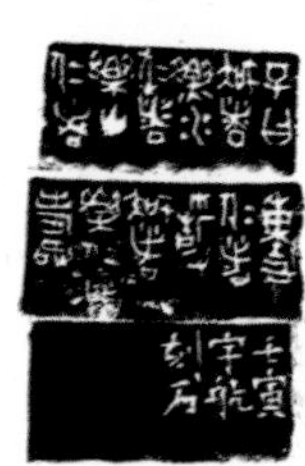

仁者寿（附边款）

入展作品

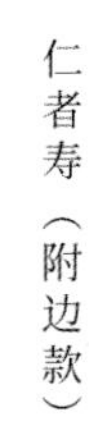

王宇航，作品入展郑州市首届书法篆刻大展，河南省第二届青年篆刻展,2022“笔祖·蒙恬杯”全国书画篆刻大赛。

王連慶篆刻

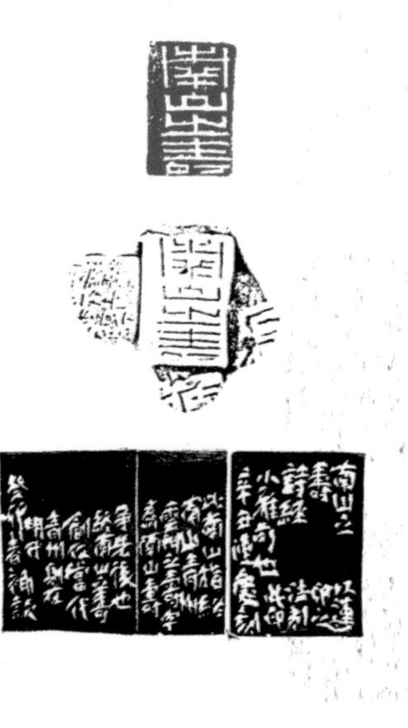

南山之寿（附边款）

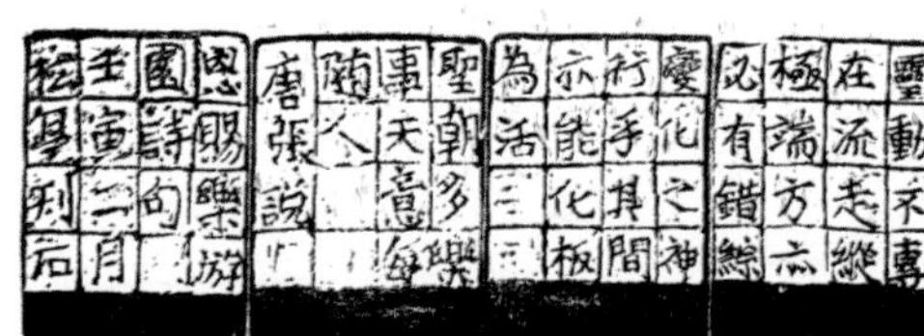

天意每随人（附边款）

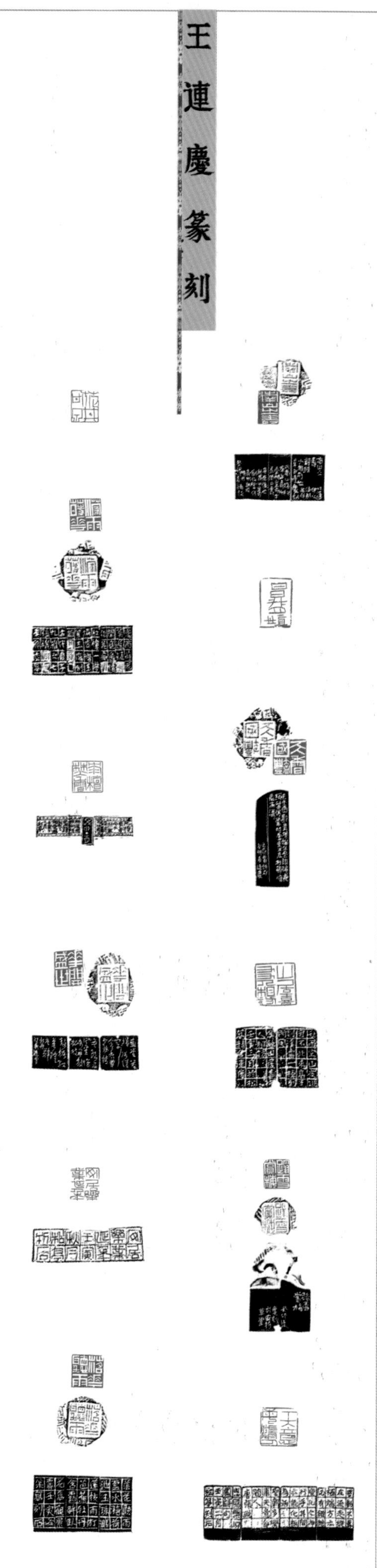

入展作品

王连庆，山东省书协会员，万印楼印社副秘书长，潍坊市书协第五届理事，徐正濂印友会成员，《青云》杂志主编。

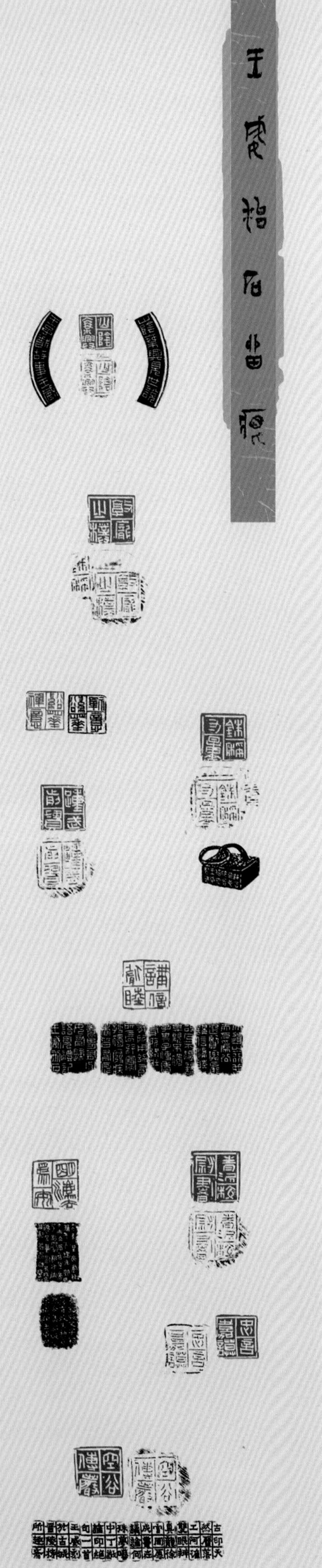

明法为安（附边款）

空谷传声（附边款）

入展作品

王威，江苏省书法家协会会员,南京印社社员，江苏省篆刻研究会会员。作品入选江苏省第九届新人书法篆刻作品展，第二届江苏省篆刻艺术展，江苏篆刻艺术大展等。

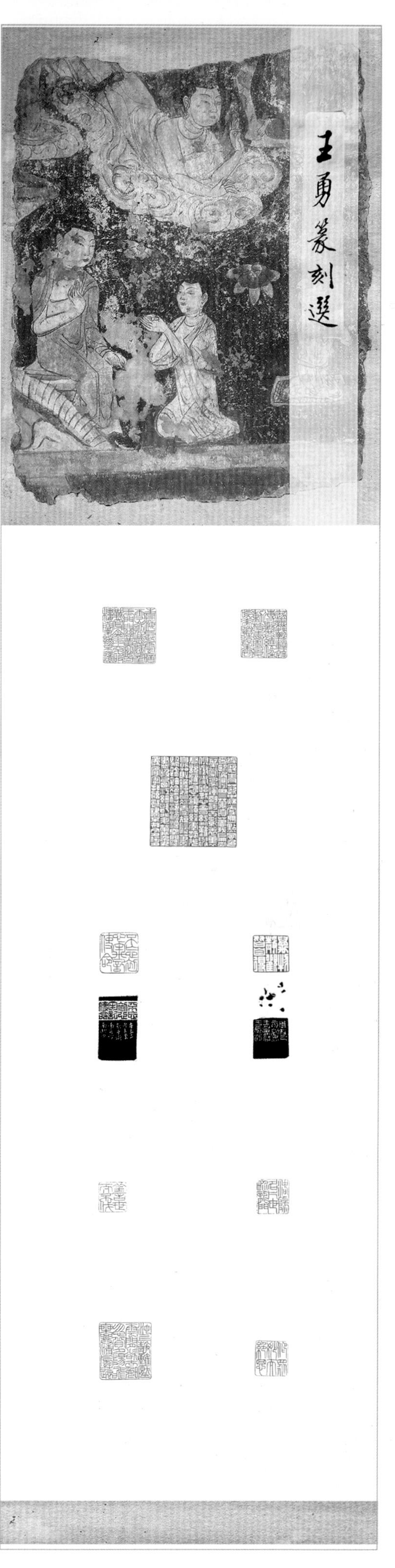

万物静观皆自得（附边款）

洛阳名片，世界龙门

入展作品

王勇，中国书法家协会会员，长沙市书法家协会副秘书长，天心印社秘书长，岳麓印社理事。中华诗词学会会员，湖南省诗词协会理事，湖南省工笔画学会会员，湖南省摄影家协会会员。

王哲篆刻作品選

民惟邦本（附边款）

江海不逆小流

入展作品

王哲，作品入展“浙江省第二届新人书法篆刻展”，上海市高校“渊雷杯”楹联书法作品展，传承与弘扬·首届《十钟山房印举》国际临创大展等。

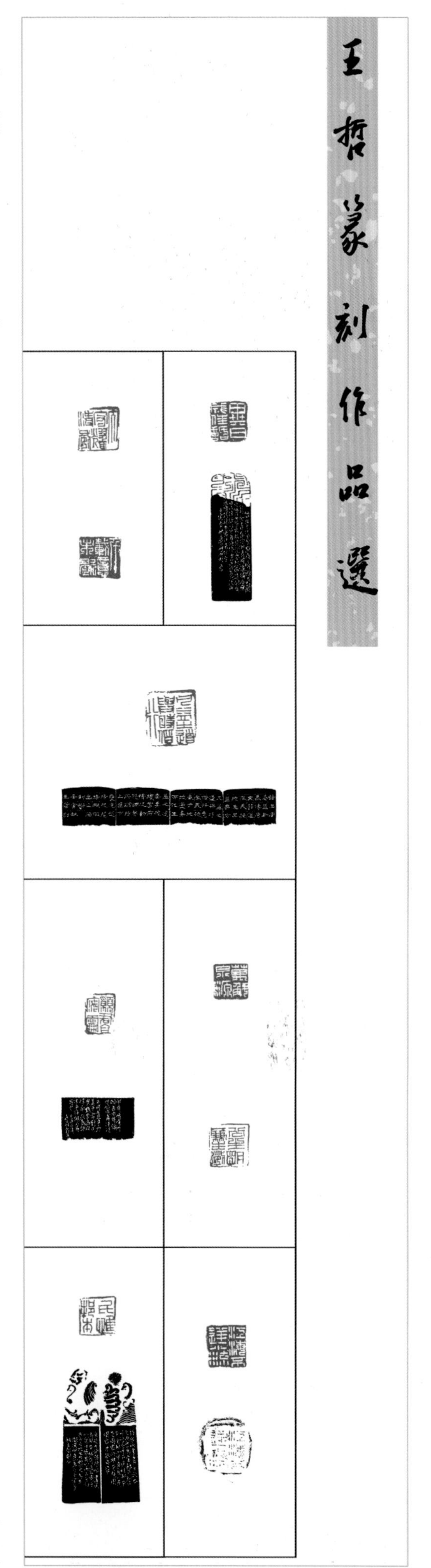

独上高楼看远山（附边款）

碧波万顷（附边款）

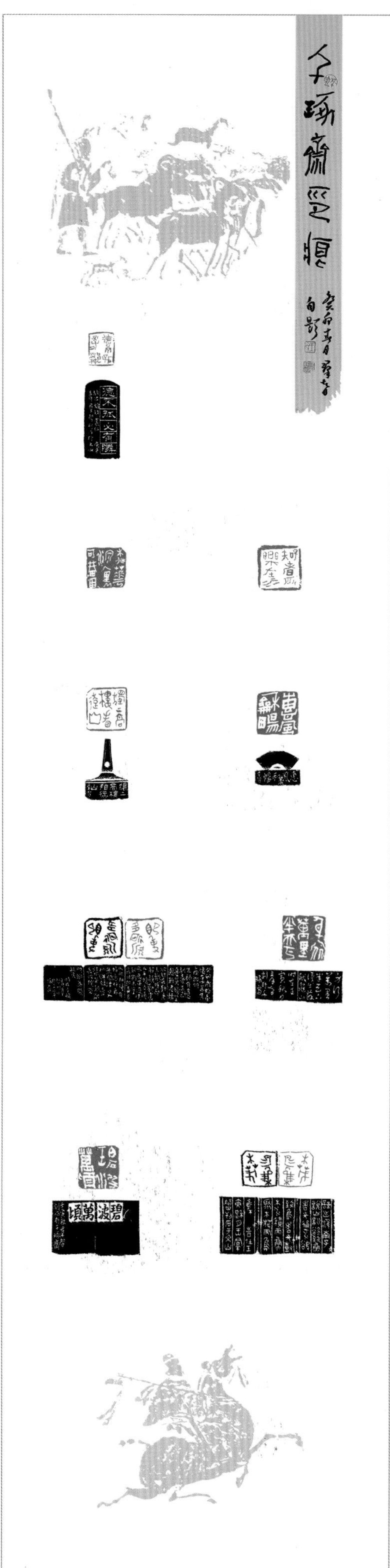

入展作品

王群智，云南印社社员，陕西石门印社社员，广西南越印社社员，四川开明印社社员。文山州书法家协会副秘书长，文山州美术家协会会员。翰疏院签约艺术家。

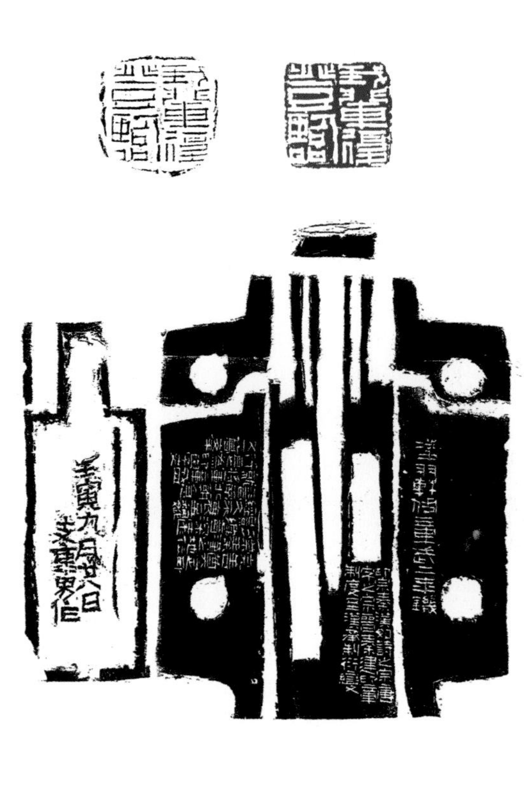

我辈复登临（附边款）

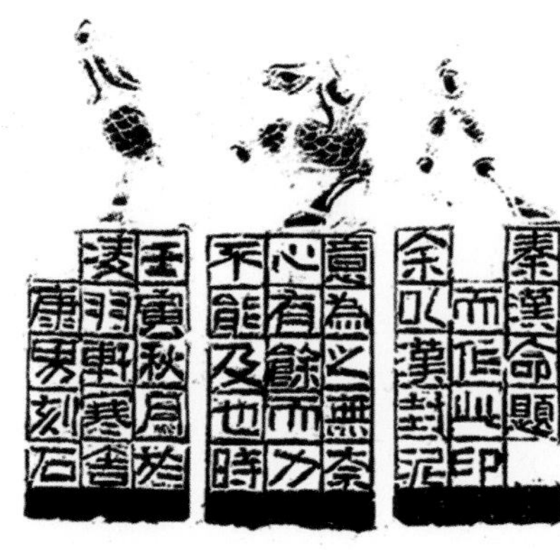

激浊扬清（附边款）

入展作品

支康男，河南省书法家协会会员，河南省青年书协会员，鄢陵县青年书法家协会副主席等。

一溪烟半山云（附边款）

知而能容愚（附边款）

一東印痕

入展作品

尹一东，淮上印社社员，江苏省书法家协会会员，淮安市美术家协会会员。作品曾入展江苏省第七届书法刻字艺术展，淮安市时代印记篆刻展入展，首届《十钟山房印举》国际临创大展等。

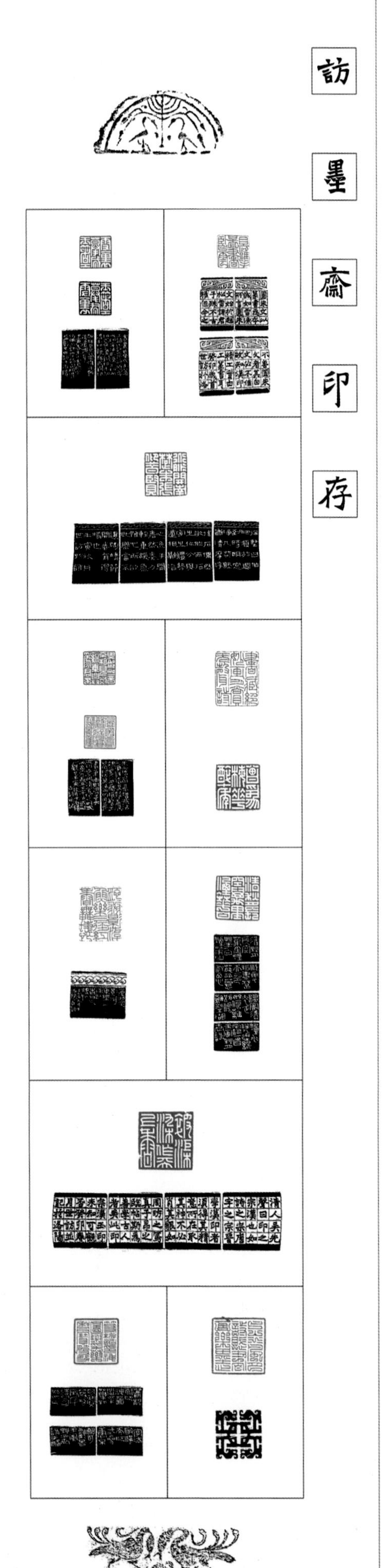

曾为梅花醉十年

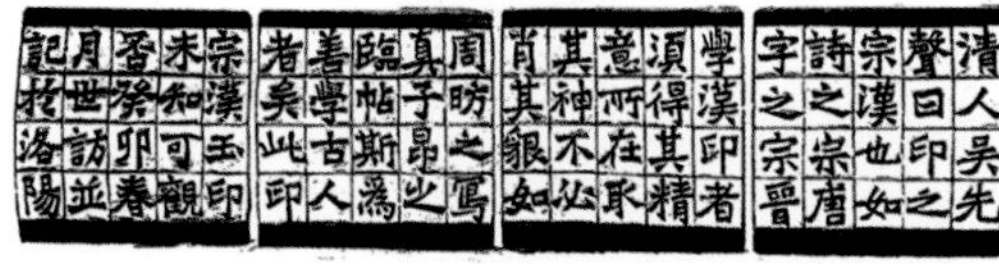

清人吳先聲曰印之宗漢也如詩之宗唐字之宗晉學漢印者須得其精意所在取其神不必肖其貌如周昉之寫真子昂之臨帖斯為善學古人者矣此印宗漢玉印未知可觀否癸卯春月世訪並記於洛陽

被渠染作天上香（附边款）

入展作品

尹世访，中国书法家协会会员，河南印社社员。作品入展西泠印社第七届篆刻艺术评展，信德杯全国个体私营企业书法展，“渊源与流变”晋唐楷书展，全国首届楷书作品展等。

人生自有诗意（附边款）

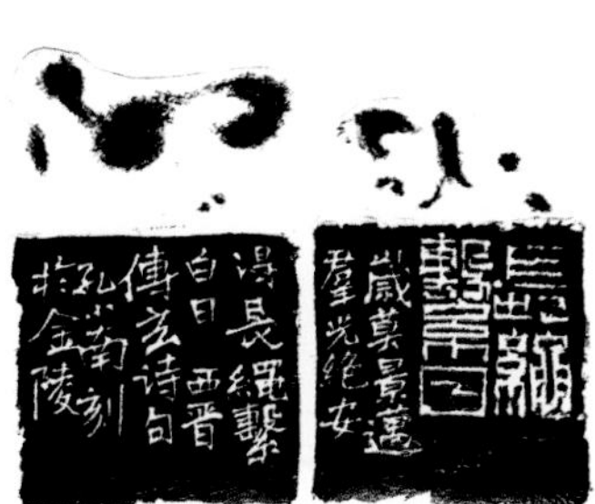

长绳系日（附边款）

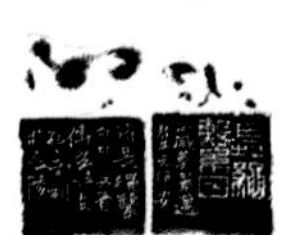
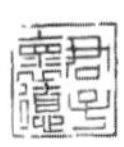

入展作品

孔小南， 南京市书法家协会会员，江苏省书法家协会会员，江苏省篆刻研究会会员。

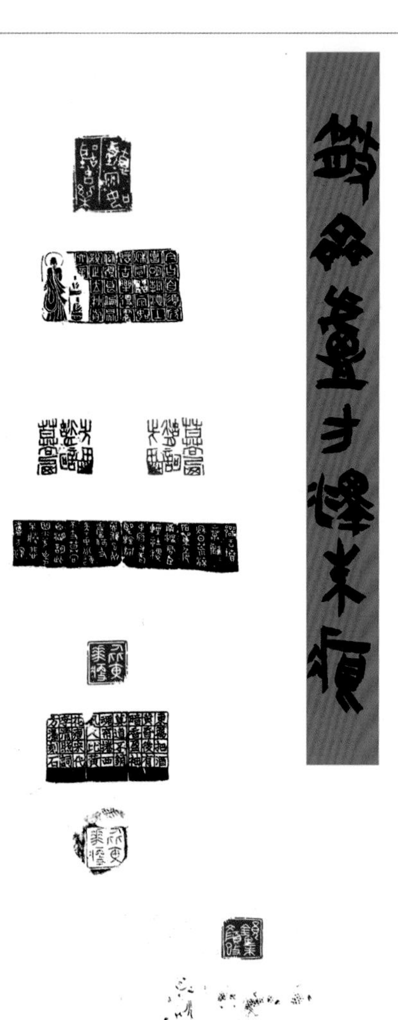

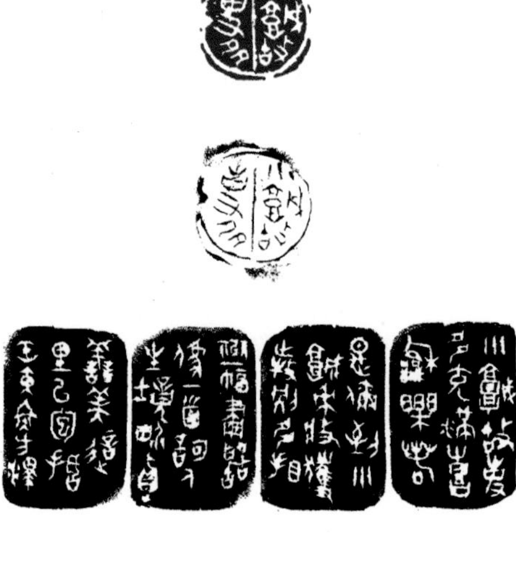

小城故事多（附边款）

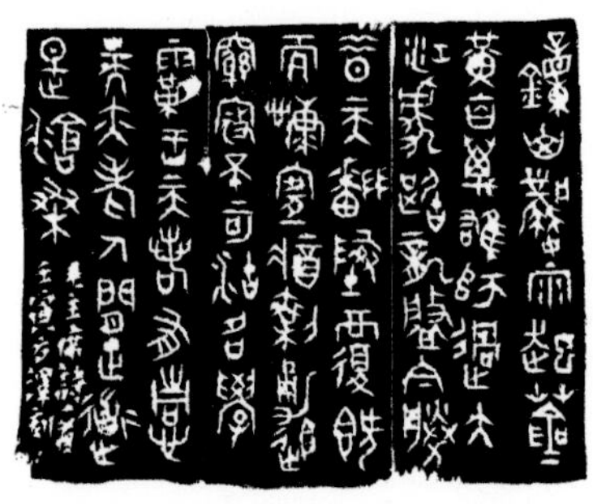

天翻地覆（附边款）

入展作品

卢方泽，作品入展2021年百年印证·万印楼全国当代篆刻艺术大展，湖北省第九届书法篆刻作品展优秀奖，首届《十钟山房印举》国际临创大展等。

正是江南好风景，落花时节又逢君

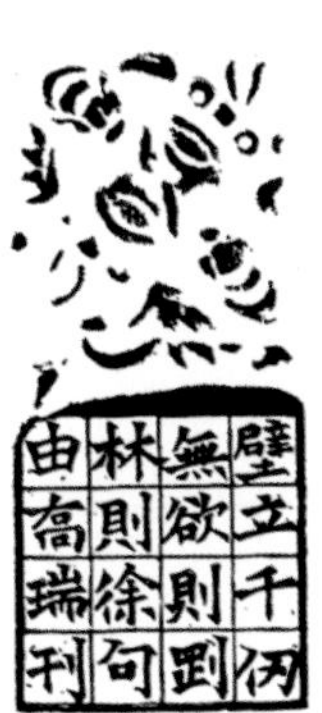

壁立千仞，无欲则刚（附边款）

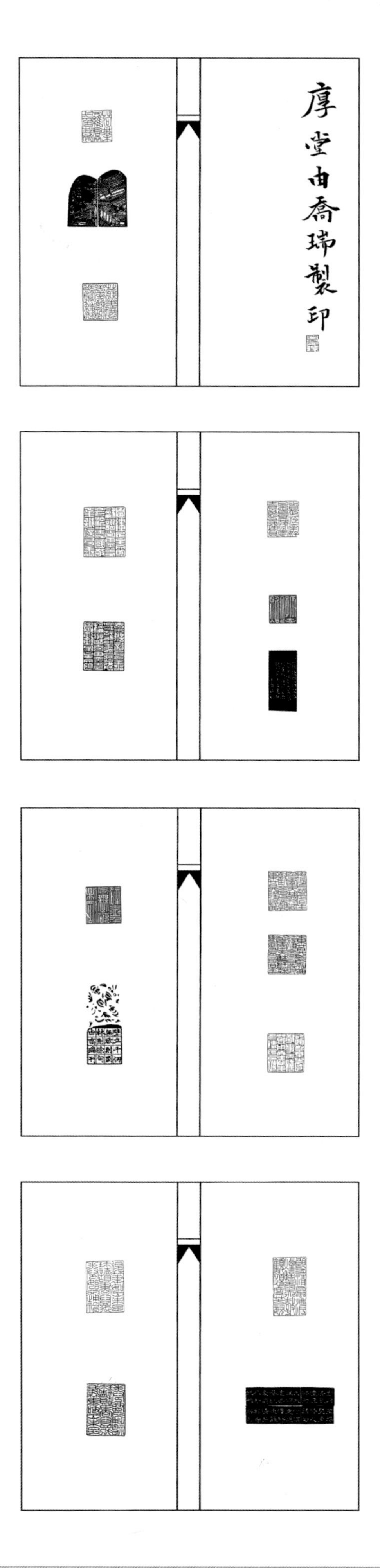

入展作品

由乔瑞，中国艺术人类学学会会员，黑龙江省书法家协会会员，黑龙江省农民书法家学会理事。

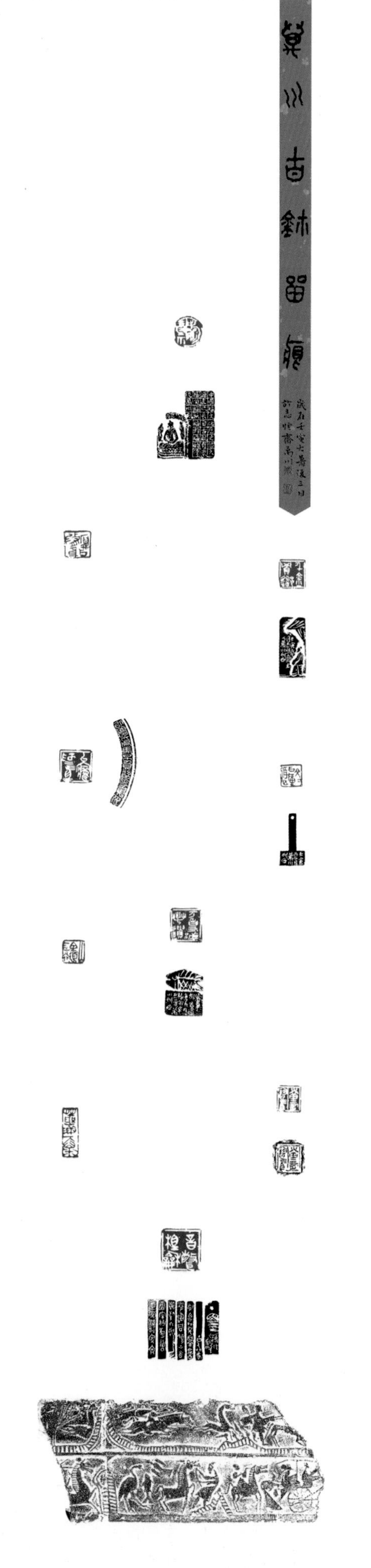

万事都若遗（附边款）

沧海一粟

入展作品

付万川，甘肃省书法家协会会员，刻字委员会委员，东隅印社社员，中国金融书法家协会会员等。

竹西亭长（附边款）

长安居（附边款）

入展作品

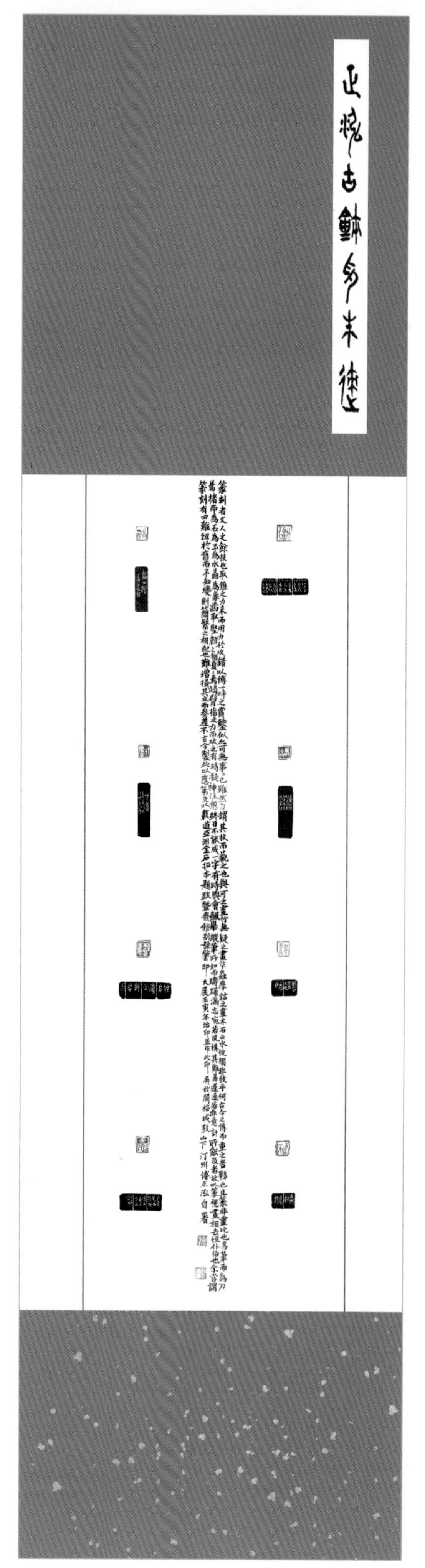

付正泓，作品入展全国第二届甲骨文金文篆书大展，第六届西泠印社篆刻艺术评展，首届《十钟山房印举》国际临创大展，全国第四届大书法作品展，第二届中国砚都杯全国书法篆刻展。

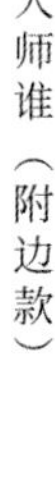

古人师谁（附边款）

一片冰心在玉壶

入展作品

皮郁华，中国书法家协会会员，作品入展全国现代篆刻艺术大展，首届“皖北煤电杯”全国书法篆刻展等。

散烟依瘦竹（附边款）

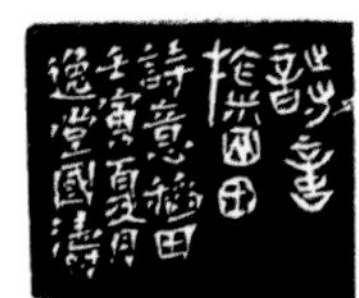

诗意稻田（附边款）

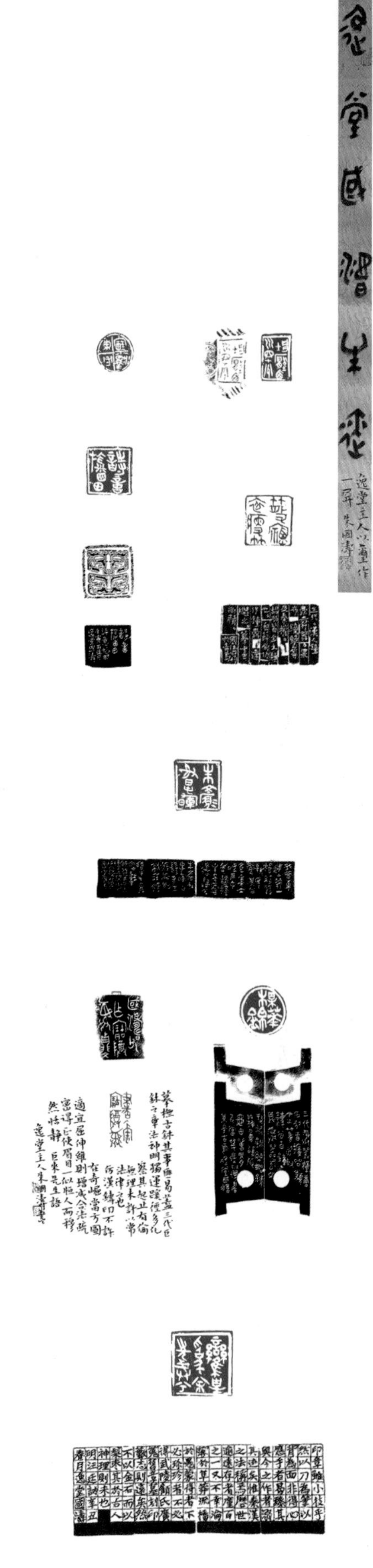

入展作品

朱国涛，山东省书法家协会会员，山东省青年书法家协会青少年工作委员会委员。作品入展第十三届中国艺术节全国优秀书法篆刻作品展，第九届中国书坛新人新作展览等。

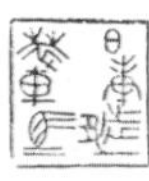

南船北马

奇正相生（附边款）

入展作品

朱荣光，中国书法家协会会员，江苏省书法家协会刻字委员会委员，南京印社社员，江苏省篆刻研究会会员，淮安市书法家协会理事，淮安市职工书法家协会刻字委员会主任，淮上印社理事。

直挂云帆济沧海

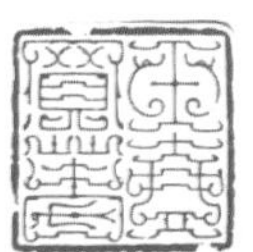

玉壶买春（附边款）

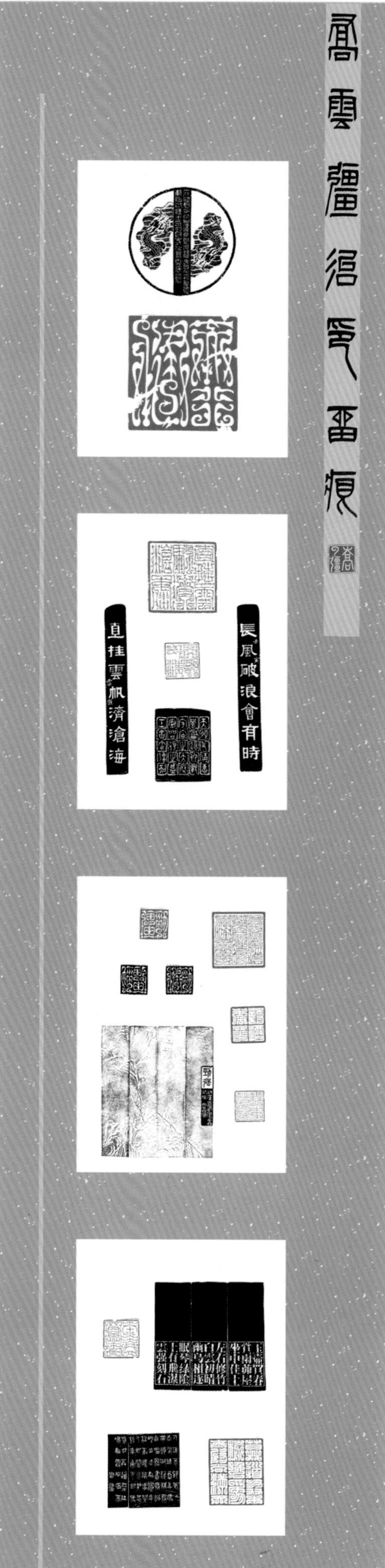

入展作品

乔云强，2019年毕业于湖南人文科技学院。

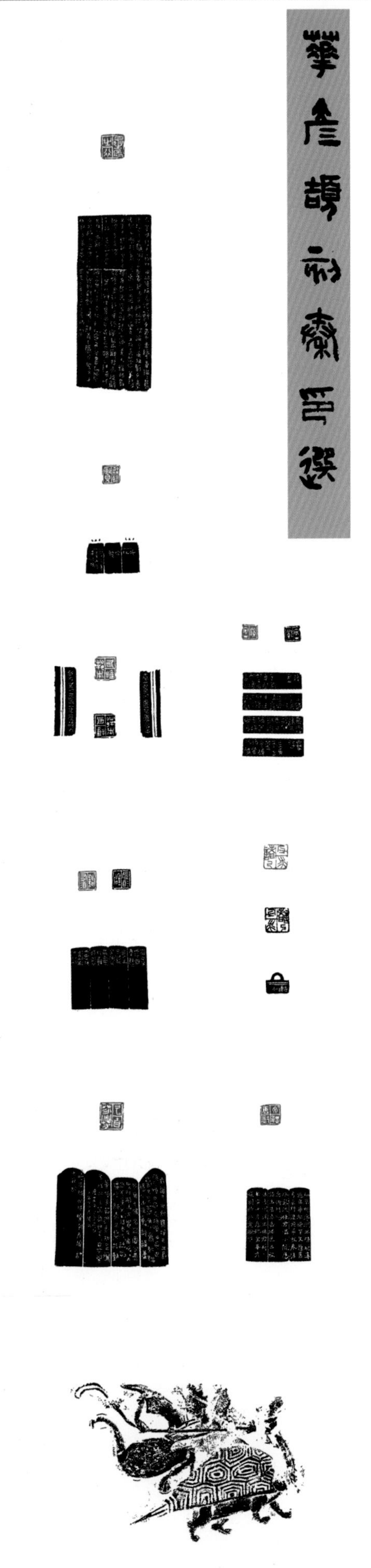

反求诸己（附边款）

入展作品

华彦颉，作品入展上海市第三届篆刻艺术展，首届长三角书法篆刻大展，上海市第十二届书法篆刻大展。

激浊扬清

客至汲泉烹茶（附边款）

劉藝印痕

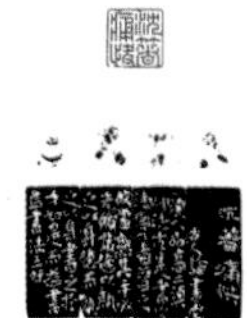

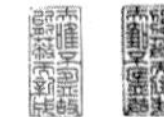

入展作品

刘艺，作品入展湖北省尚意小品展，湖北省第二届临书临印展，江西省第十三届书法临帖展。

秋高山骨露（附边款）

民惟邦本（附边款）

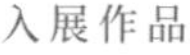

入展作品

刘俭锟，江苏省书法家协会会员，江苏省青年书法家协会会员，常州高校硬笔书法家协会理事，常州市书法家协会会员，常州市青年书法家协会会员等。

闻鸡起舞

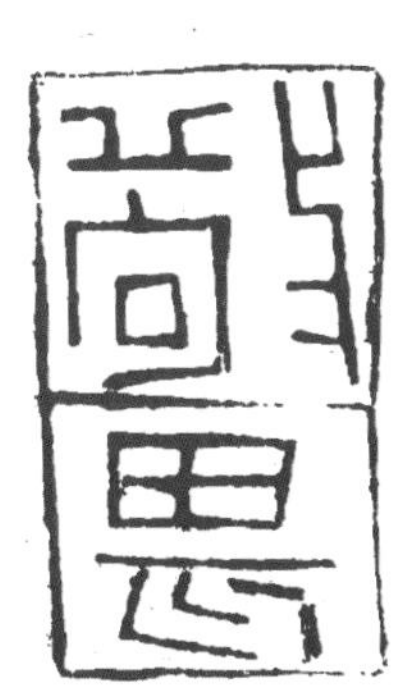

敬畏（附边款）

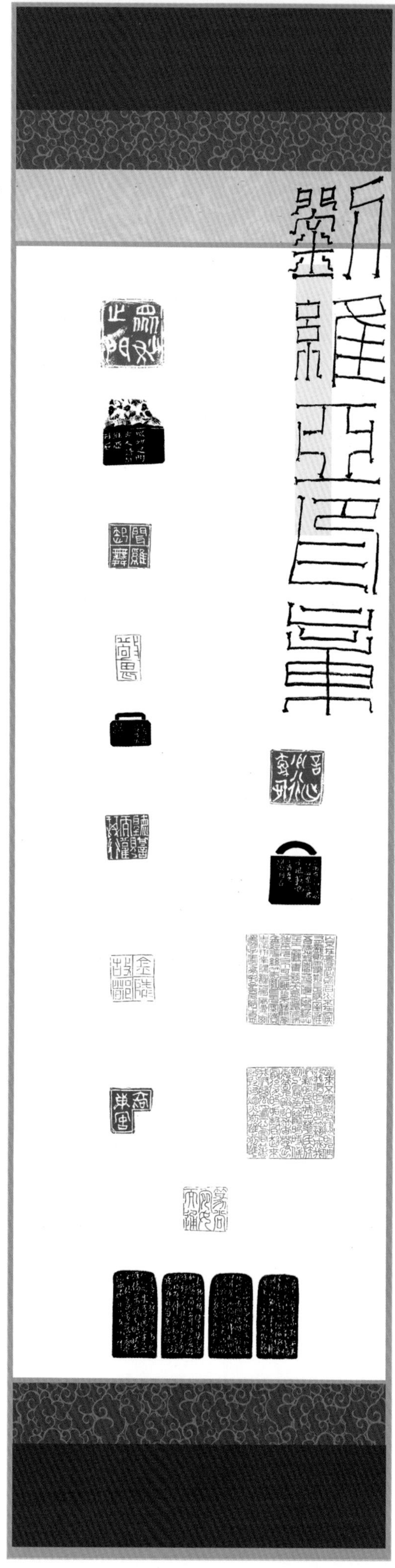

入展作品

刘维亚，西泠印社社友会会员。曾获首届“万印楼”国际篆刻精英收藏展“精英奖”。2014-2016年北京戴武书法篆刻高研班班长、导师助理。

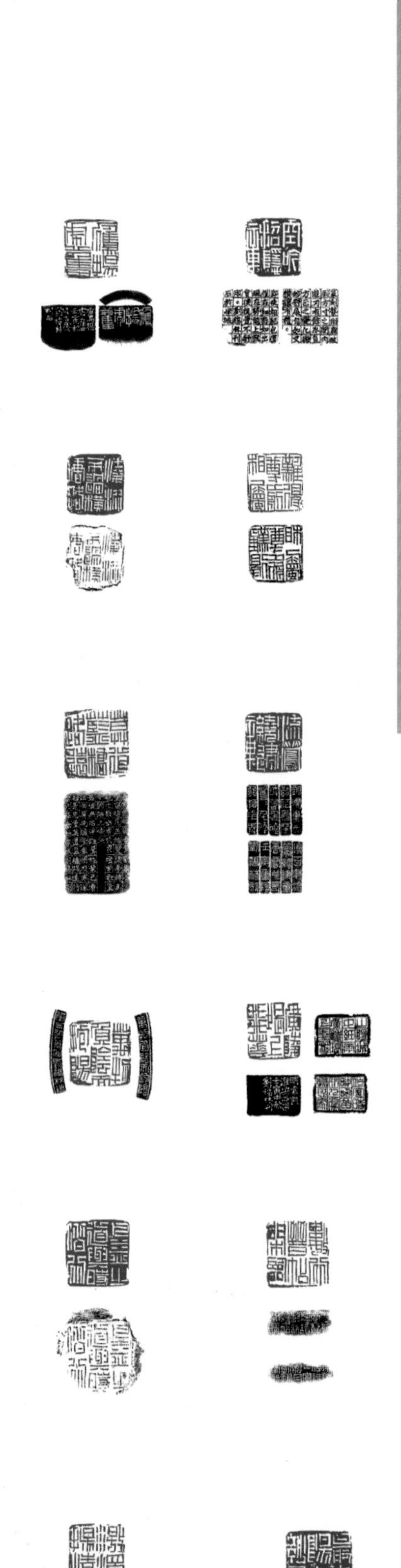

莫道蓝桥路远（附边款）

数行晋帖闲临（附边款）

入展作品

刘福林，作品入展江西省第三届篆刻展，首届《十钟山房印举》国际临创大展，作品获江西省十二届书法临帖展优秀奖，首届“书圣故里，魅力琅琊”全国书画篆刻展荣获优秀奖等。

开张天岸马，奇逸人中龙（附边款）

直挂云帆济沧海（附边款）

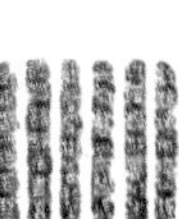

入展作品

刘德金，浙江省书法家协会会员，作品入展全国性展览和省展。

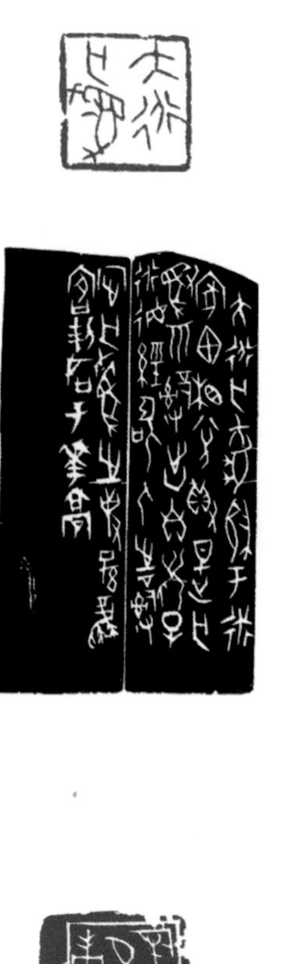

大道无为（附边款）

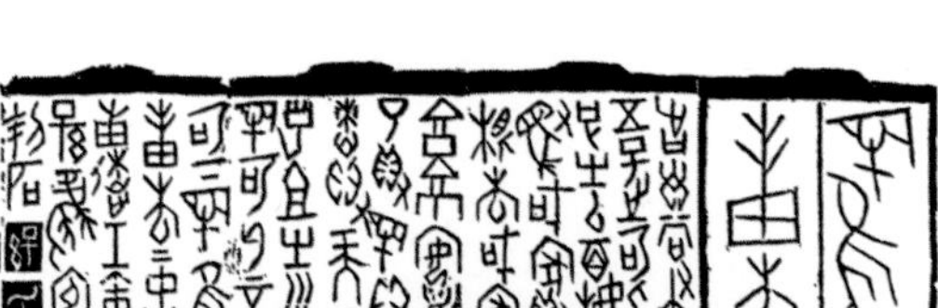

民惟邦本（附边款）

入展作品

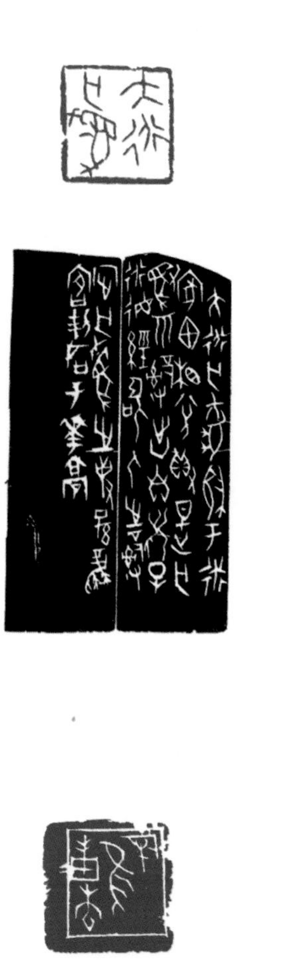

孙凤庭，中国殷商文化学会甲骨文书法专业委员会会员，江苏甲骨文印社社员，上海市书法家协会会员。作品入展全国甲骨文书法篆刻展，第七届上海市民艺术大展书法专题展等。

君子义以为质（附边款）

幽居少四邻

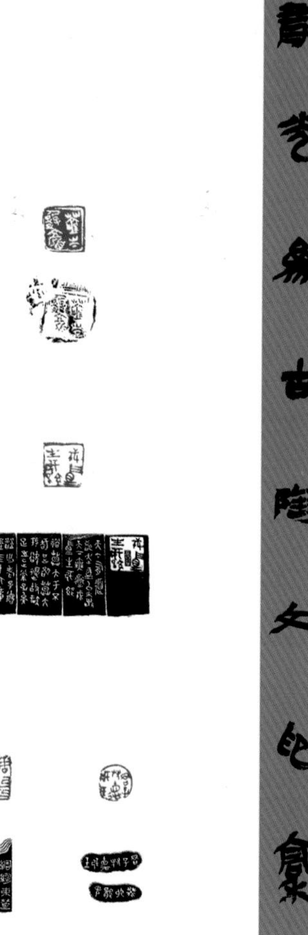

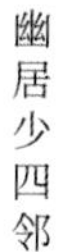

入展作品

孙龙光，作品入展第二届王羲之杯书法艺术大展，滁州市第二届青年书法篆刻展，“邹鲁雅集”全国中国画书法篆刻大赛，印记中国师生篆刻大赛等。

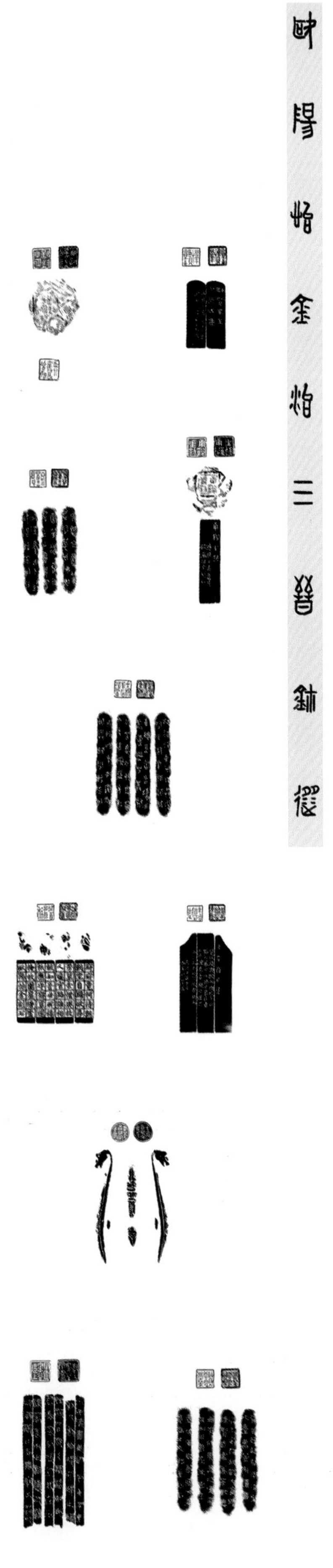

南溪垂钓（附边款）

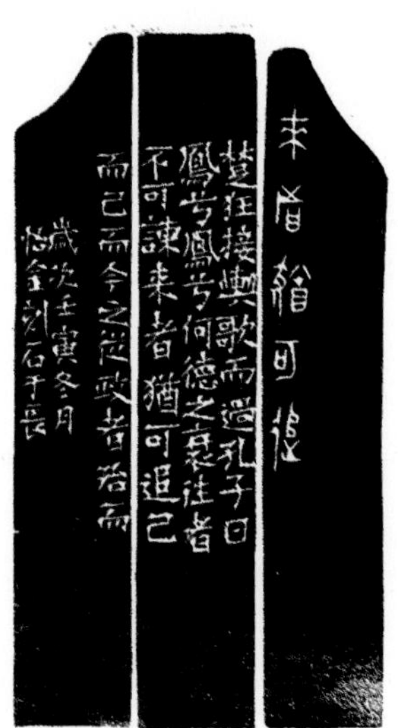

来者犹可追（附边款）

入展作品

阳怡金，江西省书法家协会会员。作品入展湖南省第八届中小学教师书法作品展，首届《十钟山房印举》国际临创展。

万里长城饮马归（附边款）

九德之臣（附边款）

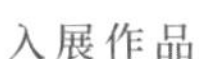

入展作品

杜浚生，作品入展黑龙江东部地区书法篆刻精品展，黑龙江煤城书法联展，作品获“万印楼”当代国际篆刻精英收藏工程精英奖。

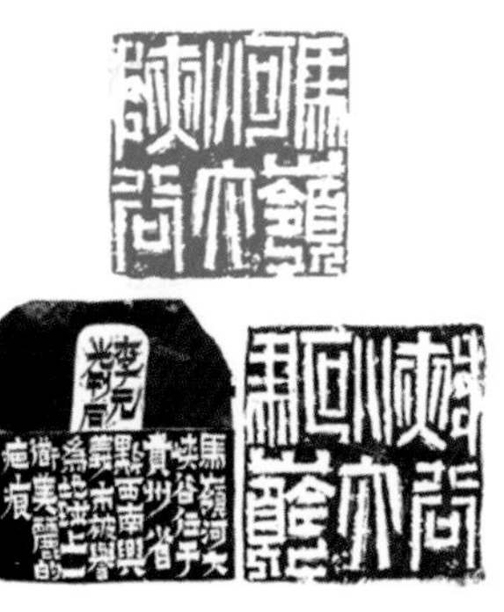

马岭河大峡谷（附边款）

民惟邦本（附边款）

入展作品

李元光，贵州省书法家协会会员，黔东南州文联书协篆书、篆刻委员会秘书长等。

不可一日无茶（附边款）

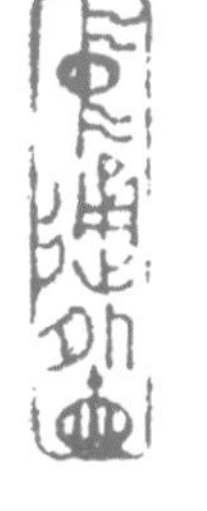

中通外直

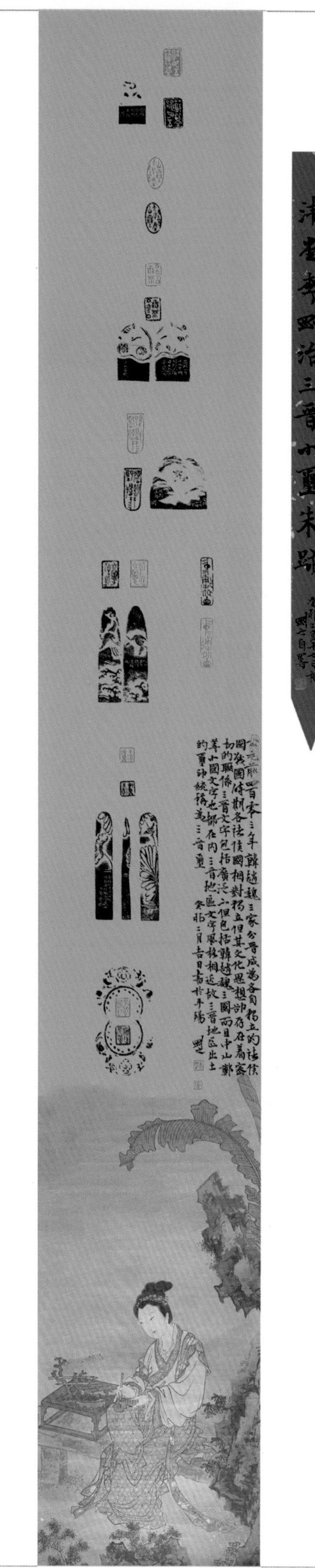

入展作品

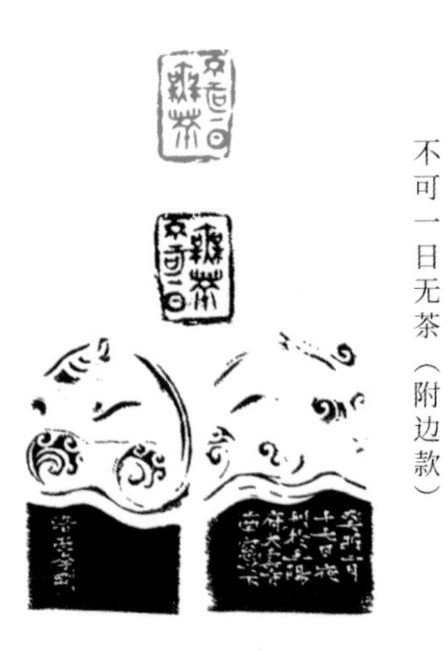

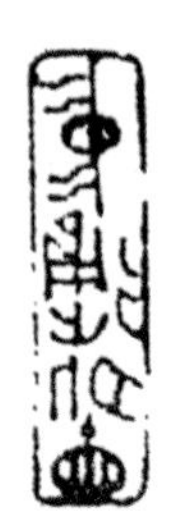

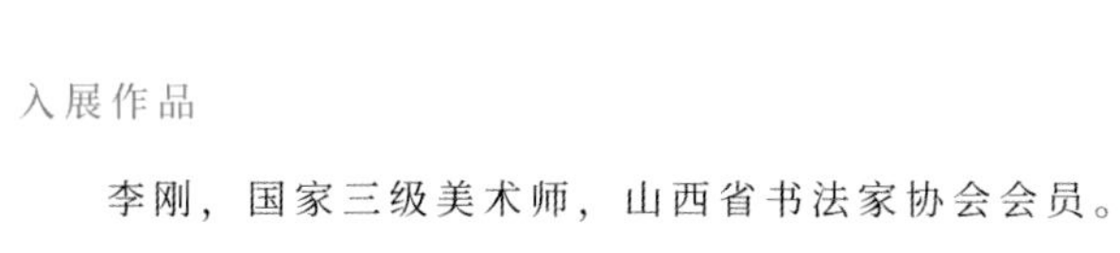

李刚，国家三级美术师，山西省书法家协会会员。

青春之歌

花好月圆人寿

入展作品

李迩墨，现为云艺拍美术馆执行馆长、策展人。

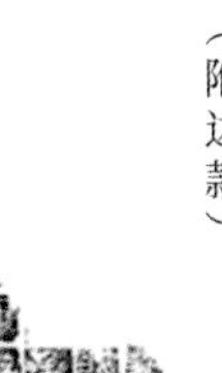

事无三不成（附边款）

红尘漫步

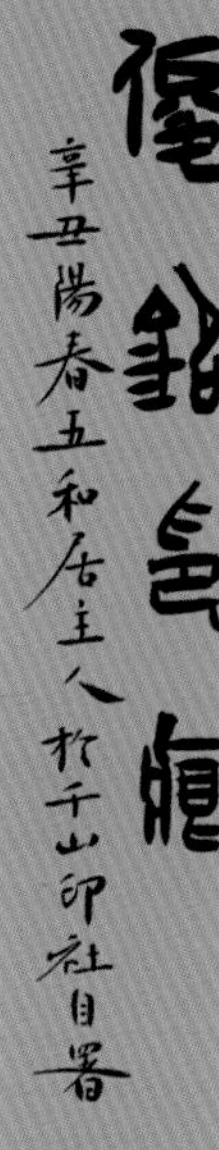

入展作品

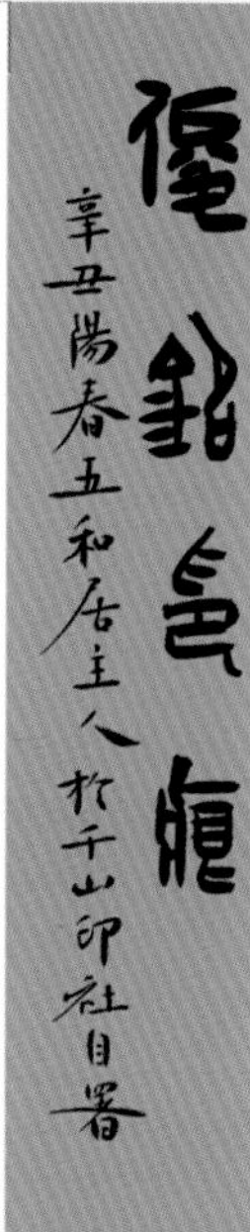

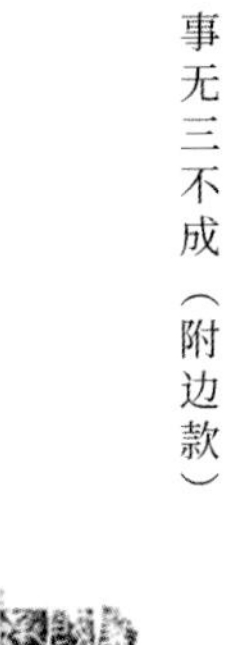

李俊铭，作品入展“万印楼”当代国际篆刻精英收藏工程，辽宁省第三届篆刻展提名，百年峥嵘辽宁省大书法作品展。

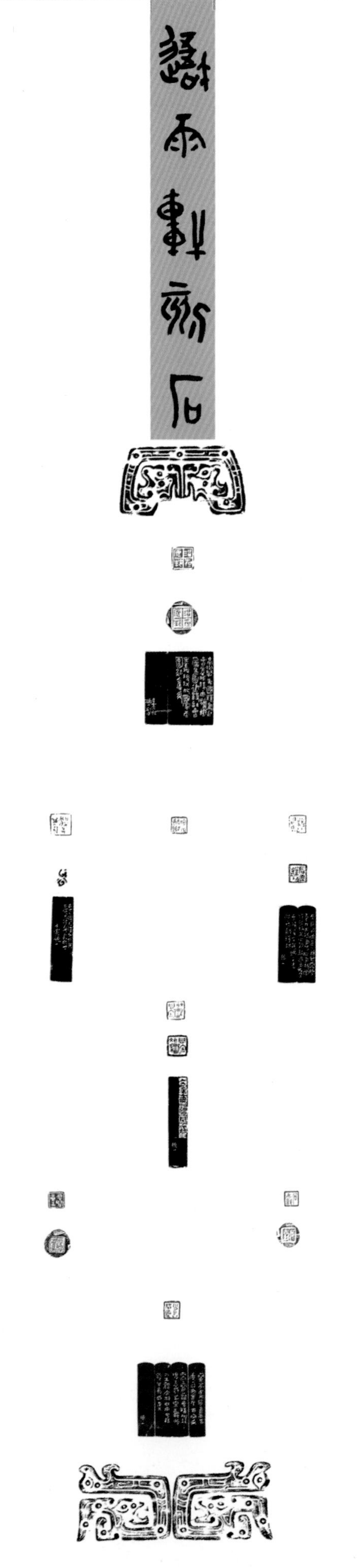

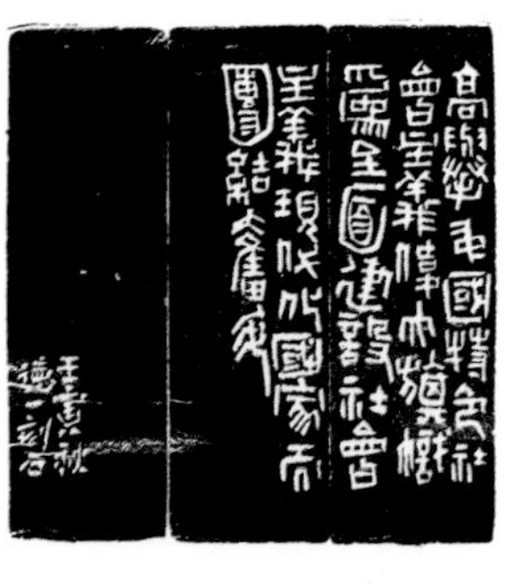

治国安邦（附边款）

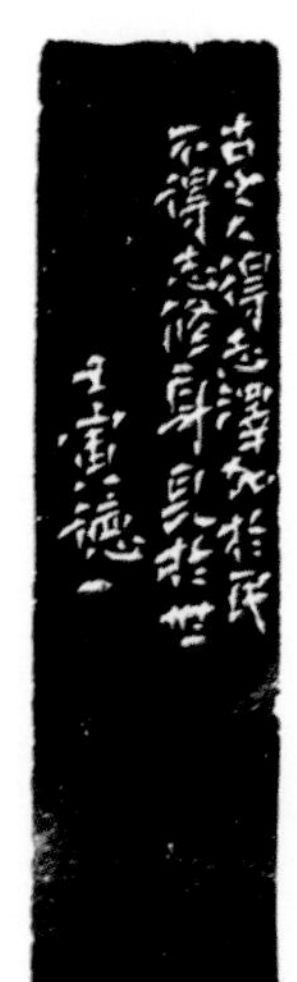

独善其身（附边款）

入展作品

李泰鹏，作品入展辽宁省第三届篆刻展，首届《十钟山房印举》国际临创大展。

尺书继月传双鲤（附边款）

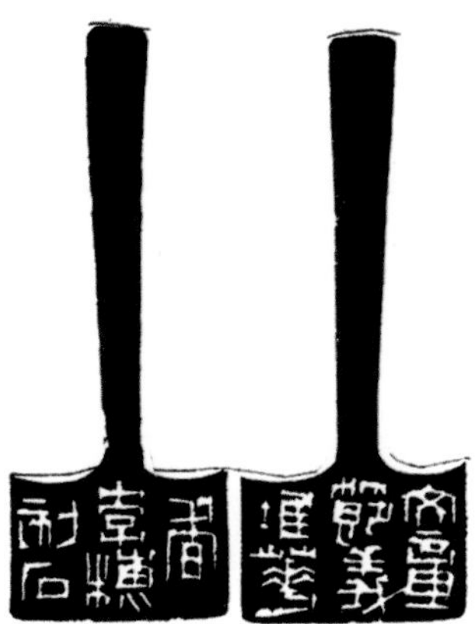

文章节义堆花香（附边款）

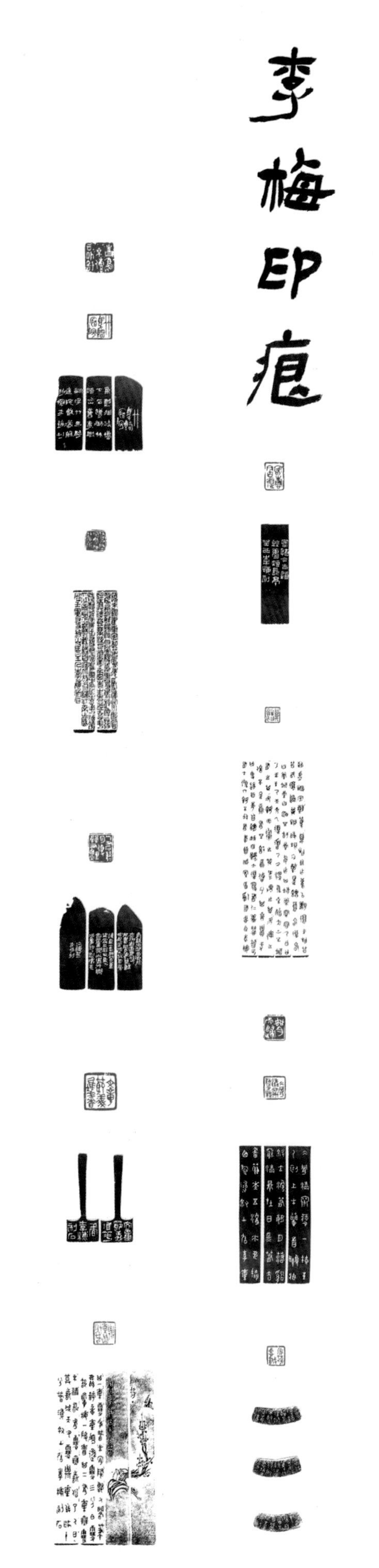

入展作品

李梅，江苏省书法家协会会员，日照市青年书法家协会理事。作品获首届“李阳冰杯”全国书法篆刻大展优秀作品提名，《大学书法》2021年度大学生“十佳创作奖”提名奖。

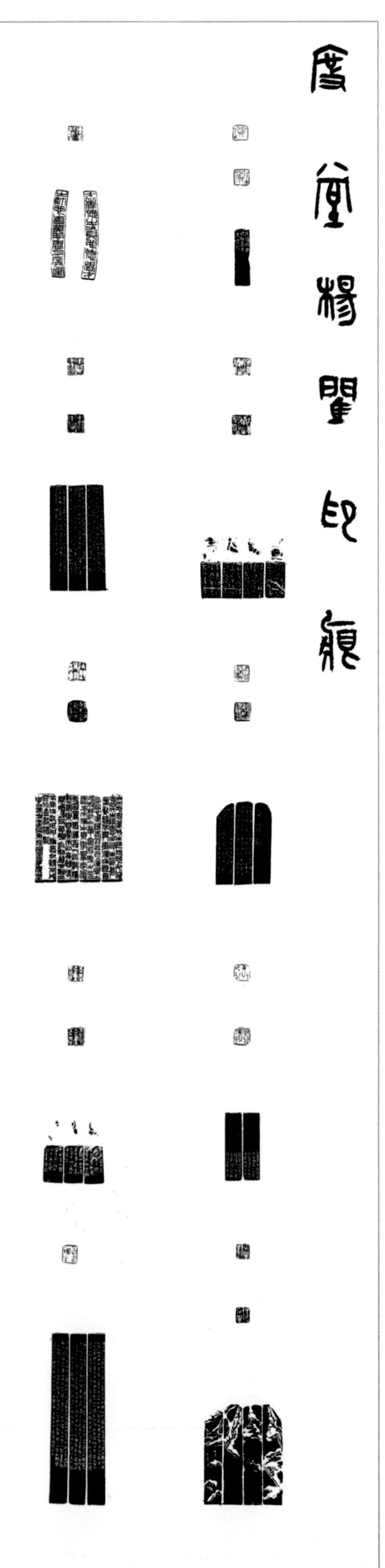

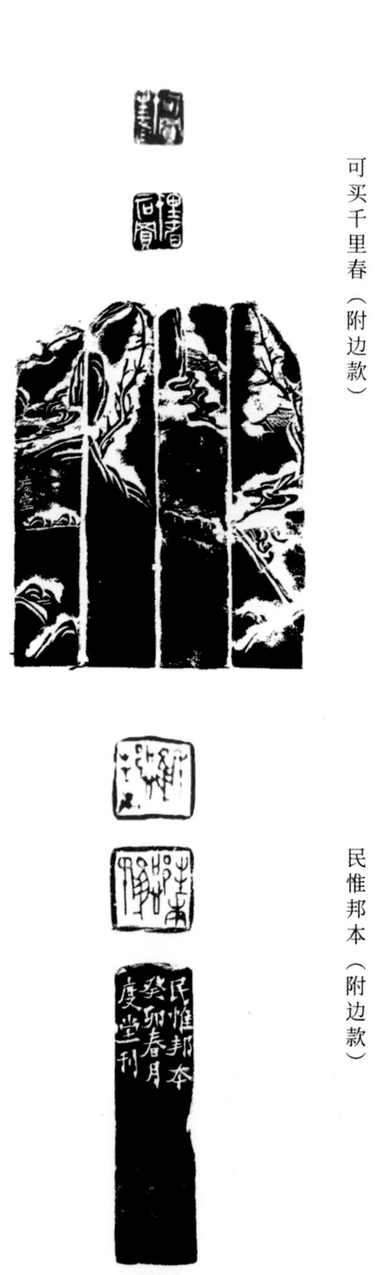

可买千里春（附边款）

民惟邦本（附边款）

入展作品

杨闯，河南省书法家协会会员，南阳市青年书法家协会理事。作品入展第二届“中国砚都杯”全国书法篆刻大展，“轩辕情·中国梦”全国书法篆刻作品展。

楊宇印痕

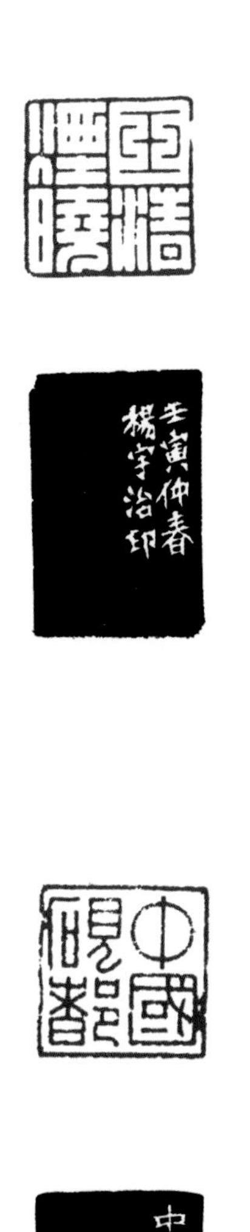

玉清烟晓（附边款）

中国砚都（附边款）

入展作品

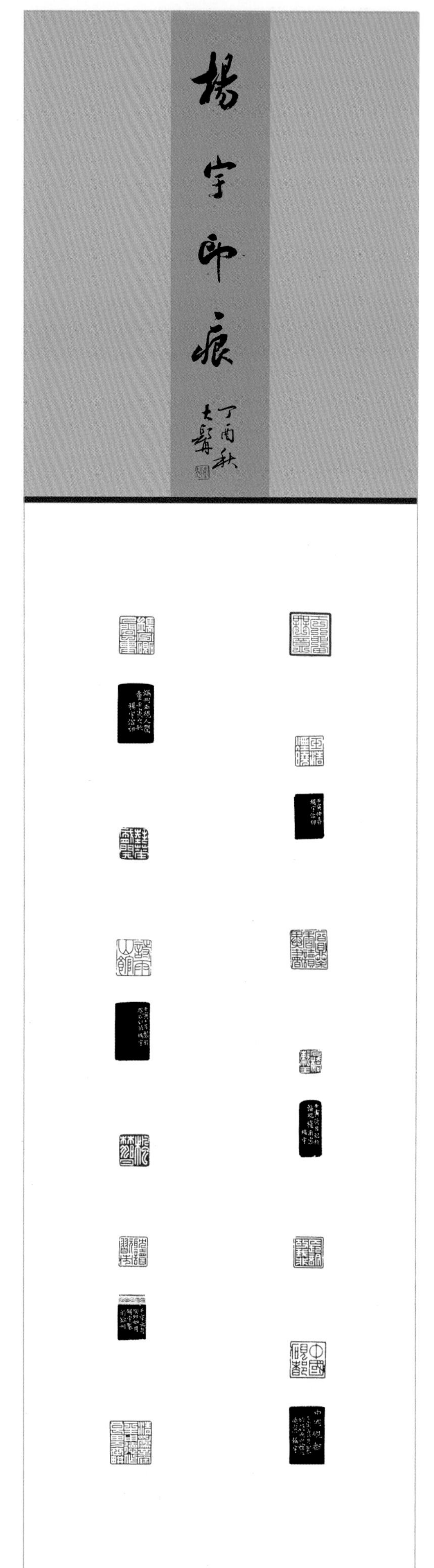

杨宇，中国书法家协会会员，辽宁省书法家协会篆刻委员会委员，锦州市书法家协会副主席，碣石印社副社长兼秘书长。

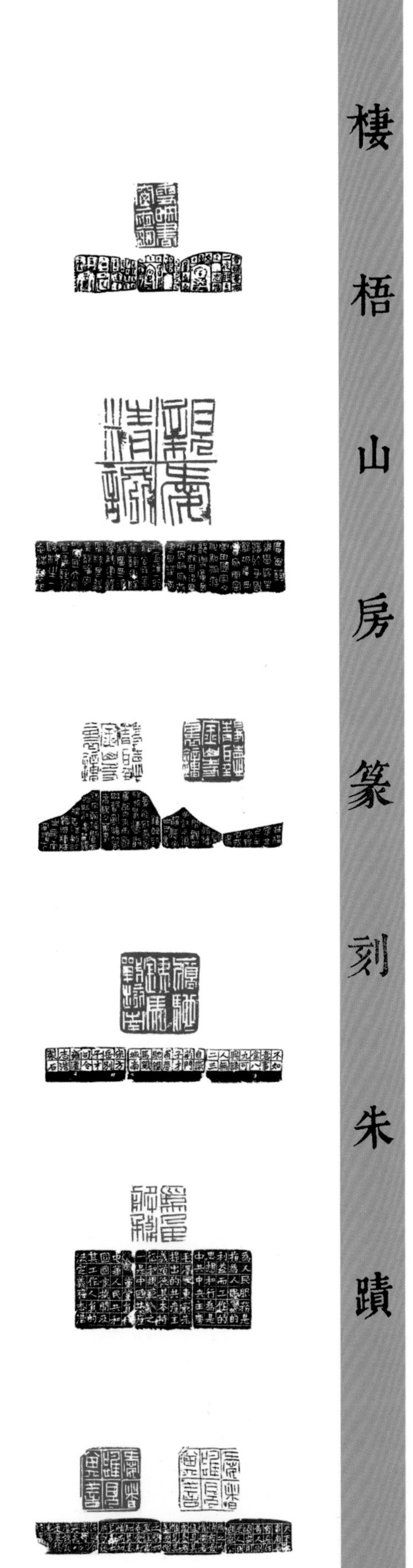

静听金山寺里钟（附边款）

为人民服务（附边款）

入展作品

杨志浩，湖南省青年书法家协会会员，怀化市书法家协会会员。

万山红遍，层林尽染（附边款）

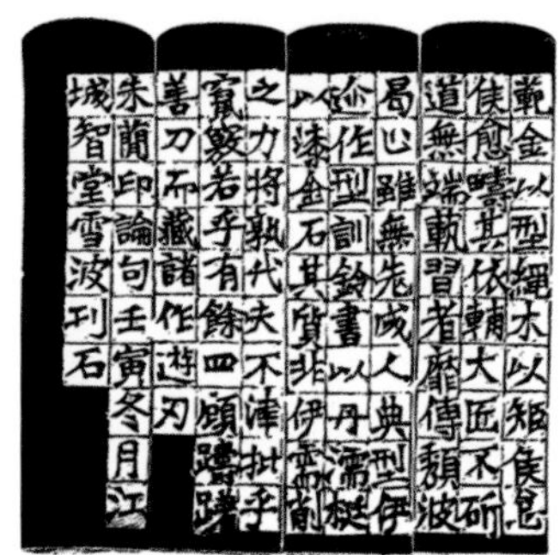

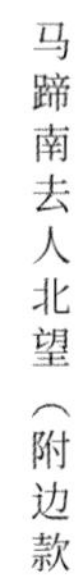

马蹄南去人北望（附边款）

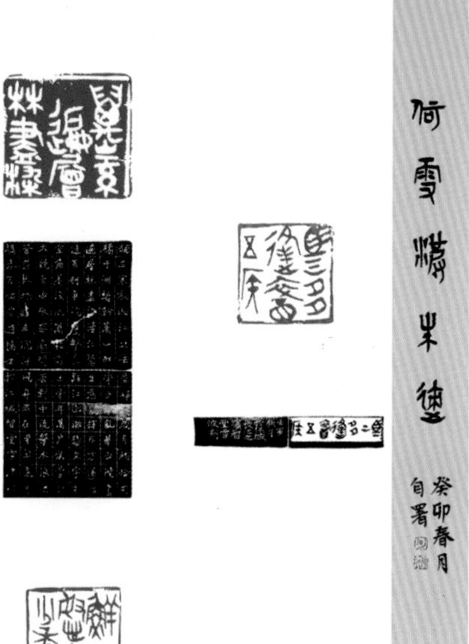

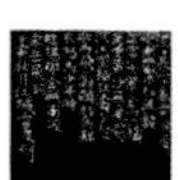

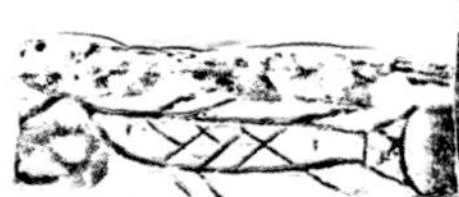

入展作品

何雪波，湖北省美术家协会会员，湖北省书法家协会会员，湖北篆刻研究院研究员，中流印社副秘书长。

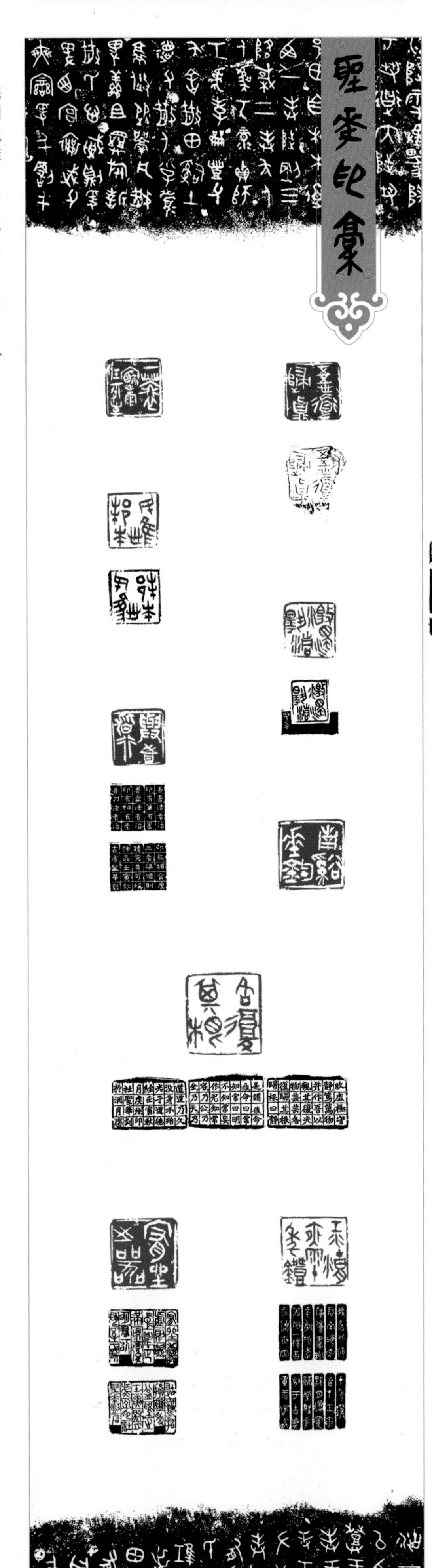

致虚极守静笃万物并作吾以观其復夫物芸芸各復归其根归根曰静是谓復命復命曰常知常曰明不知常妄作凶知常容容乃公公乃全全乃天天乃道道乃久没身不殆老子道德經壬寅秋月虔州印社聖華刻於潤月齋

各复其根（附边款）

江湖夜雨十年灯（附边款）

入展作品

余圣华，作品入展全国第八届篆刻艺术展，首届“中国恒美花都杯”全国书法大展，第二、第三届“陈介祺奖”万印楼篆刻艺术大展。

浩然之气（附边款）

与古为徒（附边款）

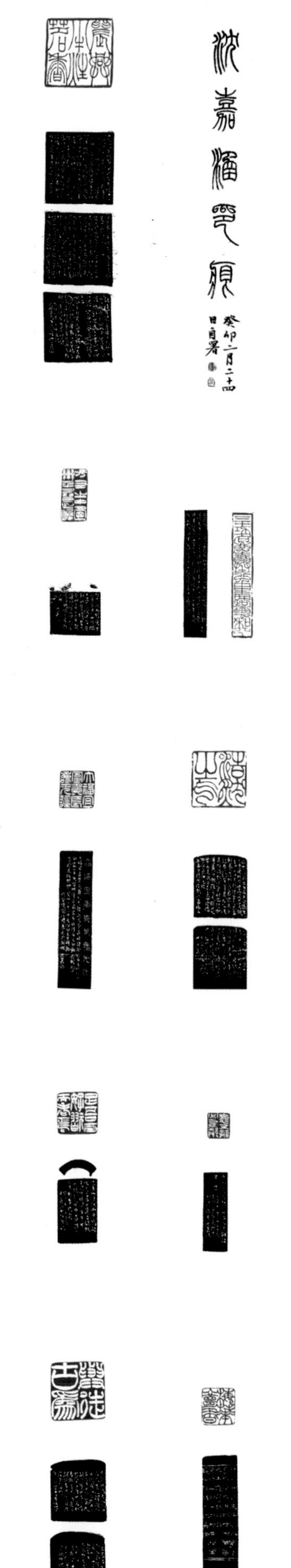

入展作品

沈嘉涵，江苏省书法家协会会员，江苏省青年书法家协会会员，江苏省篆刻研究会会员。

更与何人说（附边款）

入展作品

张文杰，四川省书法家协会会员。

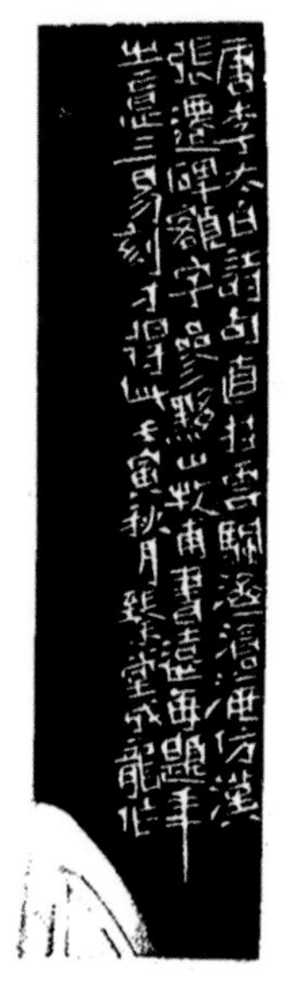

直挂云帆济沧海（附边款）

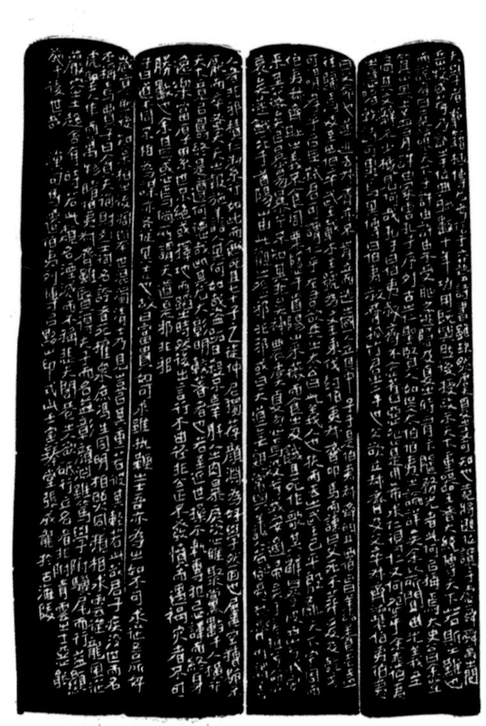

如不可求，从吾所好（附边款）

入展作品

张成龙，泰州市青年书法家协会理事，河南省书法家协会会员。

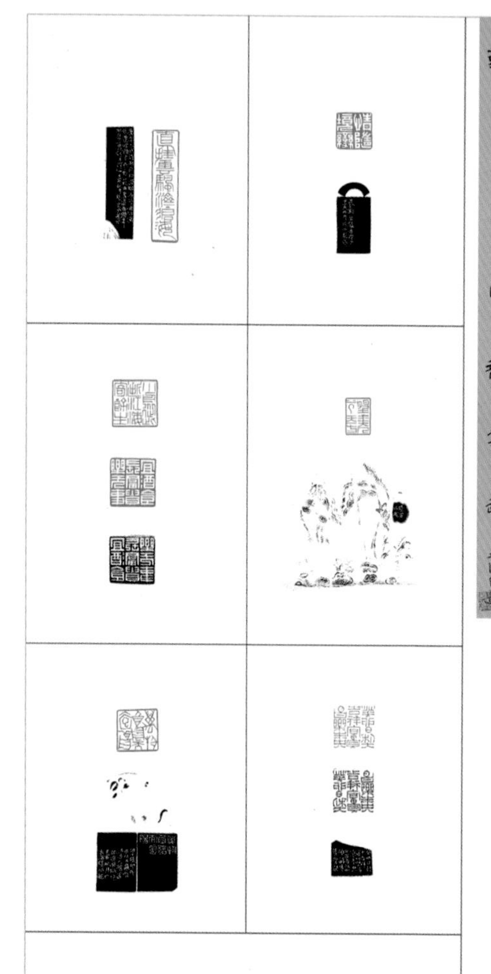

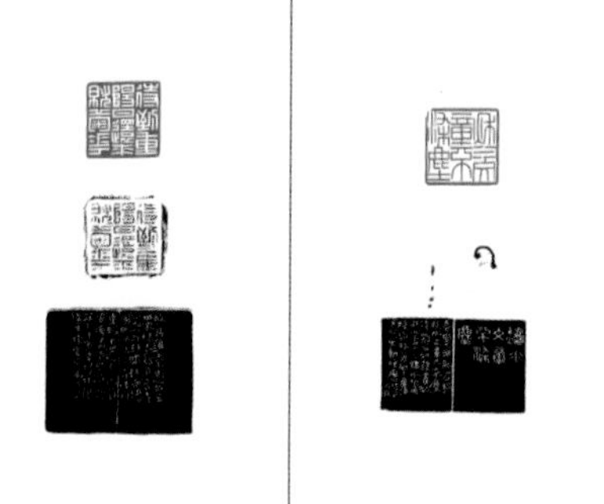

張先宋篆刻作品選

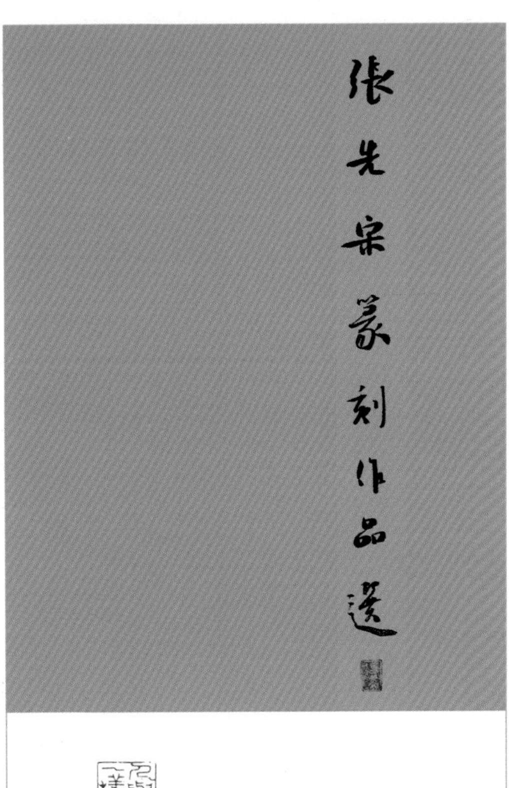

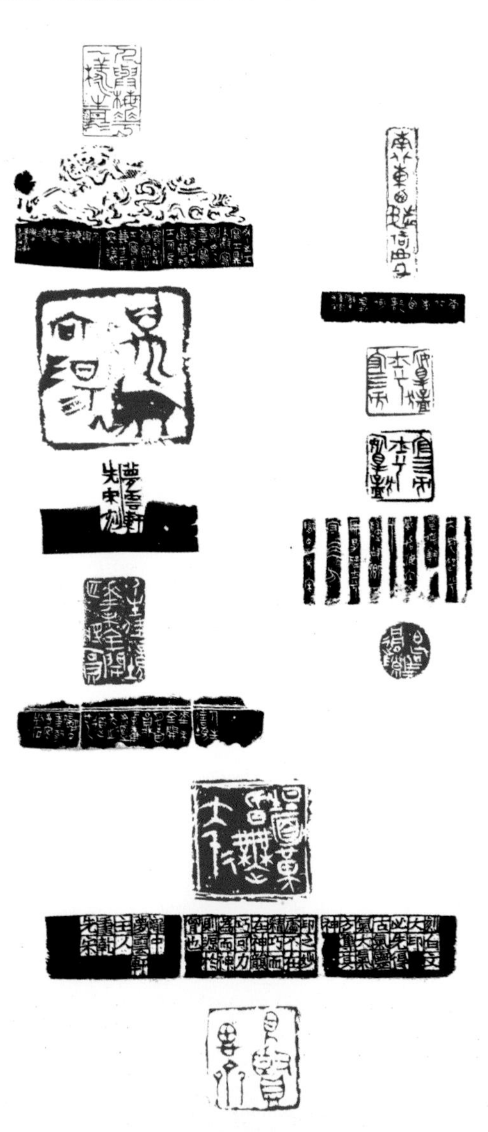

人与梅花一样清（附边款）

见贤思齐

入展作品

张先宋，中国硬笔书法协会会员，甘肃省书法家协会第三届篆刻委员会委员，甘肃印社理事，京东印社社员，金轮印社副社长，陇中印社副社长，陇中画院特聘画师。

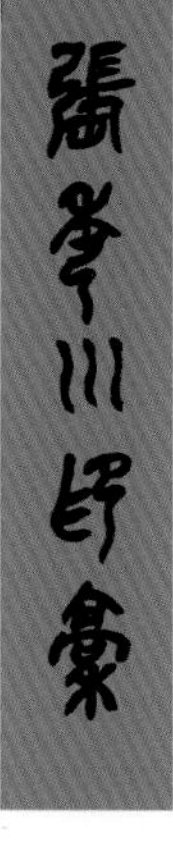

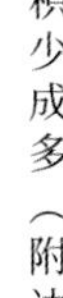

积少成多（附边款）

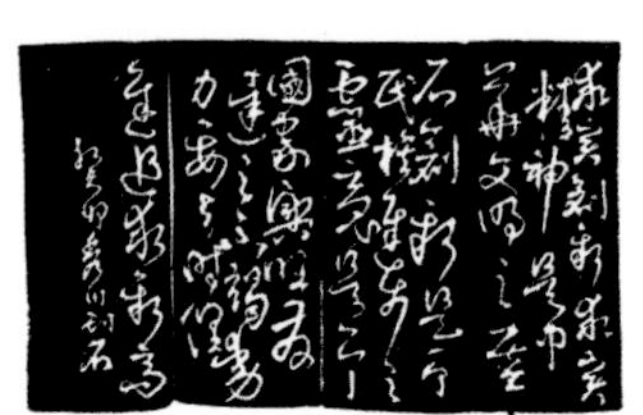

求实创新（附边款）

入展作品

张秀川，作品入展“笔歌冬奥、墨舞冰雪迎冬奥倒计时一周年”书法作品展，“万印楼”当代篆刻精英收藏工程。

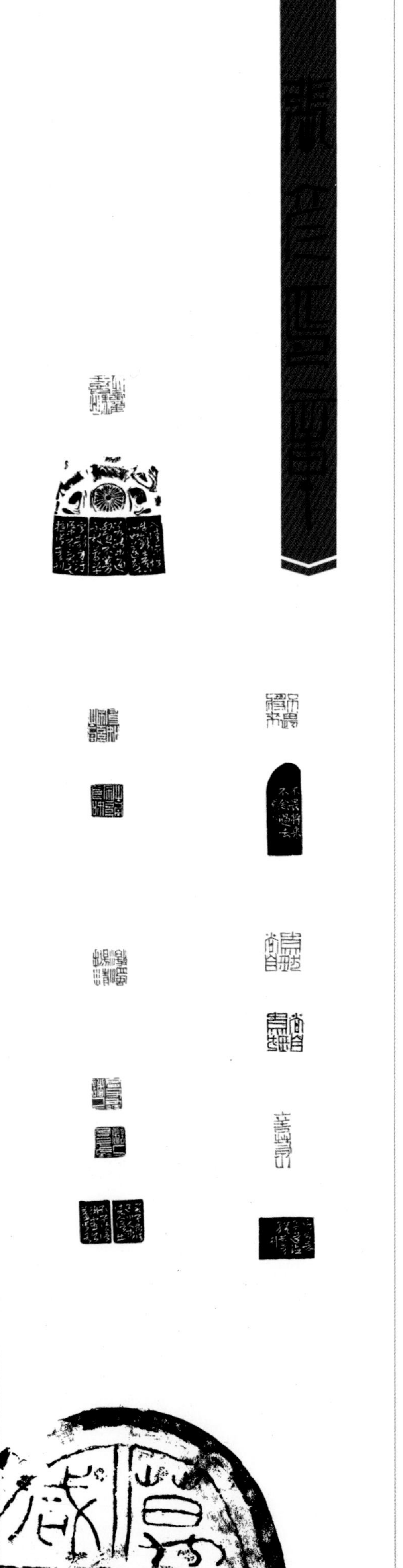

不畏将来（附边款）

激浊扬清

入展作品

张彦，南京印社社员，江苏省篆刻研究会会员。

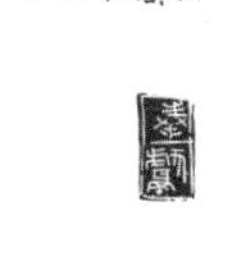

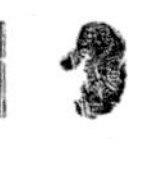

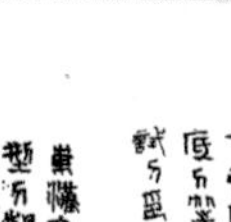
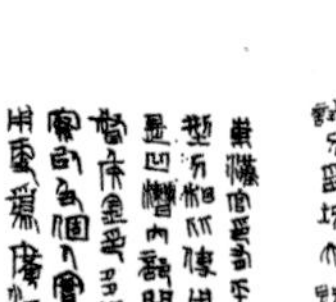
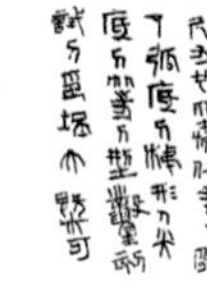

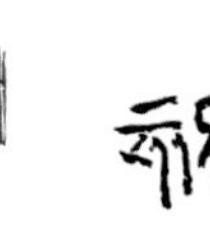

问梅消息

祖国万岁

入展作品

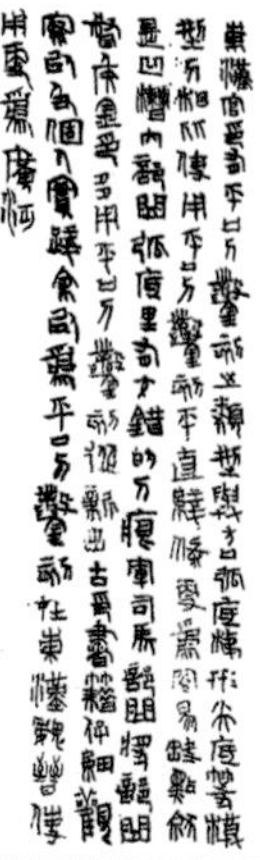

张虔，作品入展河南省第二届青年篆刻作品展，河南印社第二届篆刻艺术展，山东省第九、第十届青年书法篆刻展。

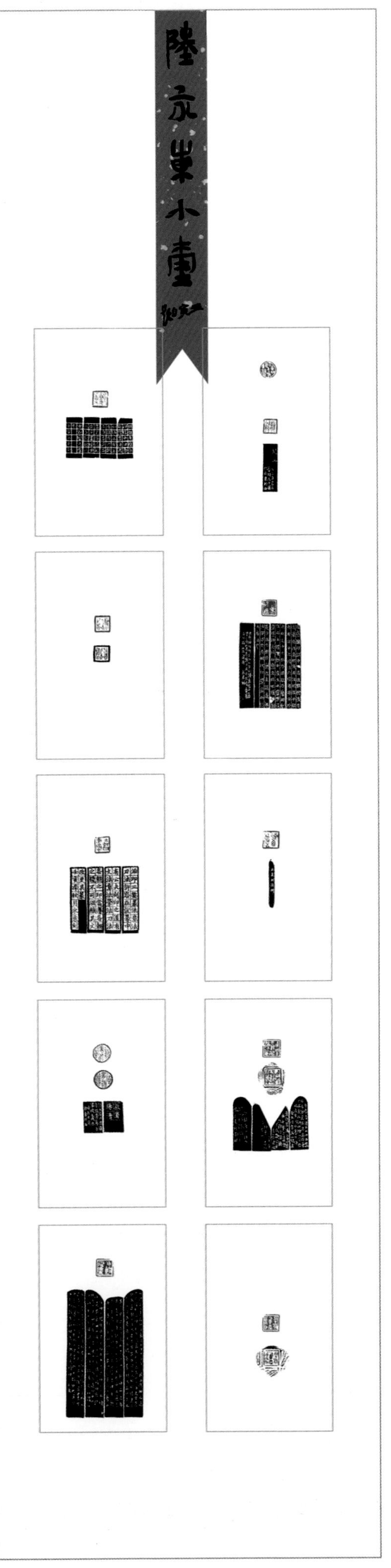

治印三要篆法章法刀法許容在説篆中有云夫刻印之道有文法章法筆法刀法各朝之印當尊各朝之體不可混雜其文改更其篆壬寅秊秋月永東刻

大智若愚（附边款）

激浊扬清（附边款）

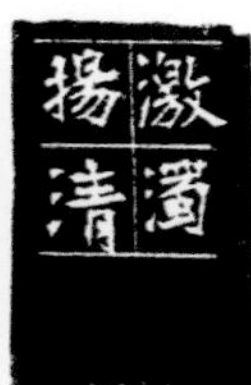

入展作品

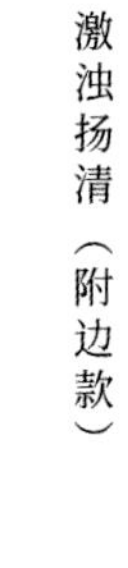

陆永东，师从西泠印社社员，中国书法协会培训中心导师，深圳市书法家协会副主席宁树恒。

周功林印说

万法归一

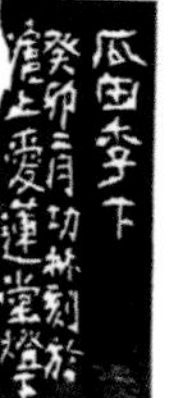

瓜田李下（附边款）

入展作品

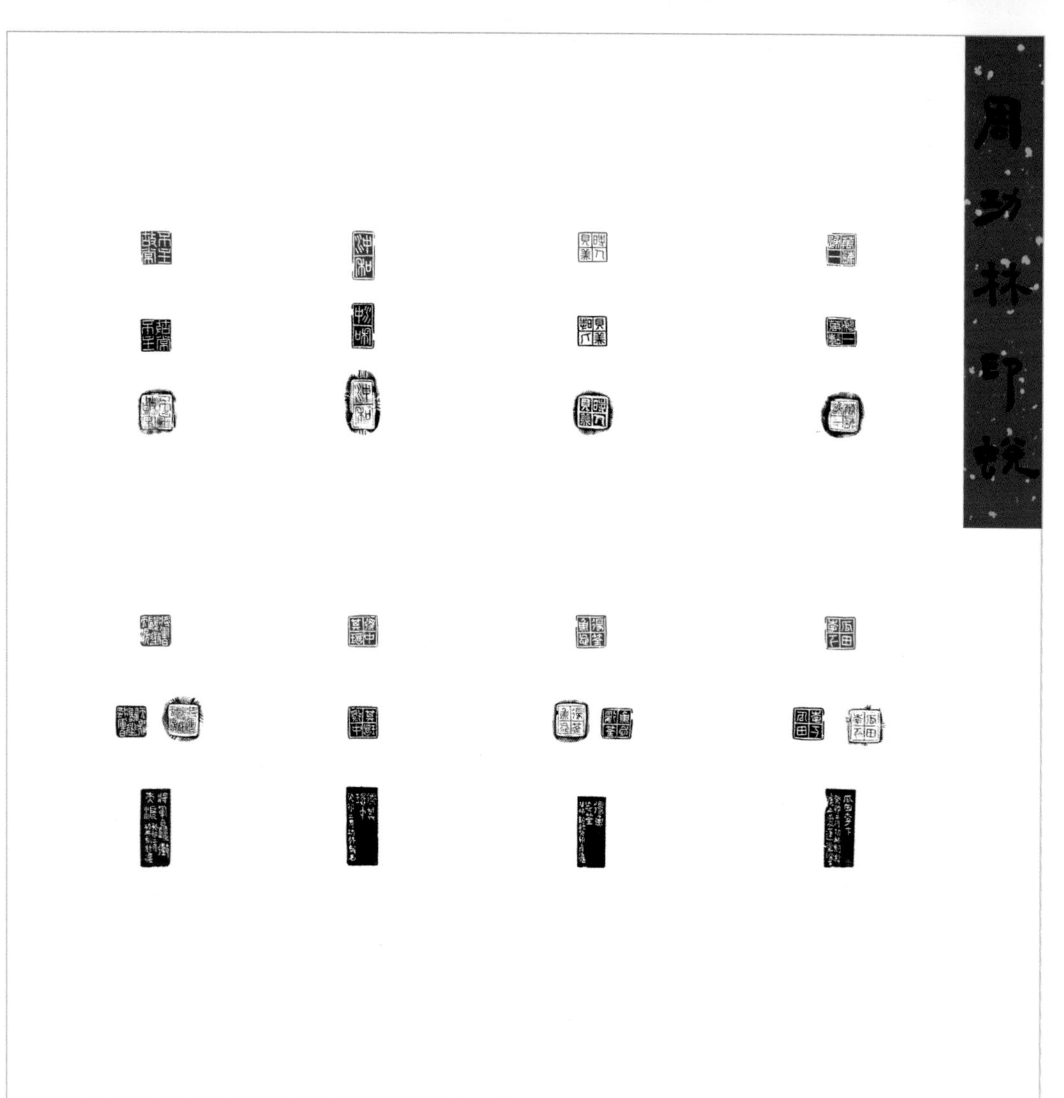

周功林，南京印社社员，淮上印社理事。作品入展上海市第七届书法篆刻大展，全国第七届篆刻艺术展，第二届“四堂杯”全国书法精品展等。

清泉石上流

怀德（附边款）

入展作品

侯勇，国家一级美术师，南京石书堂书画院院长，苏州篆刻艺术收藏馆馆长，原江苏省甲骨文学会副会长（驻会）。

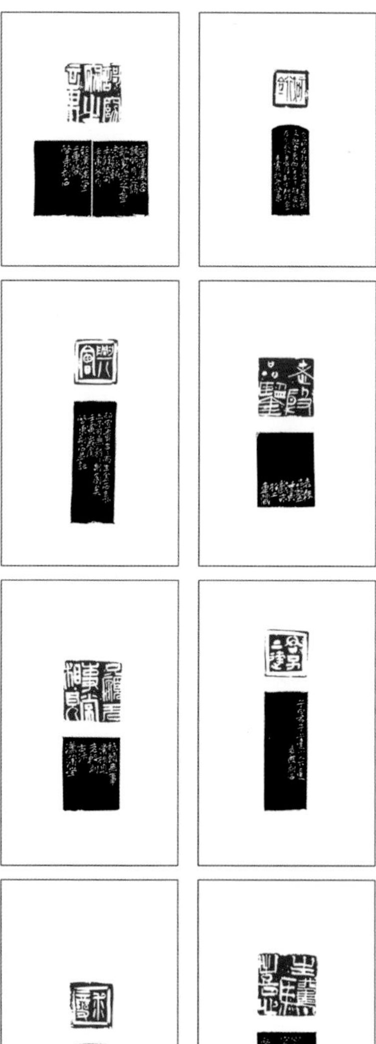

知行合一（附边款）

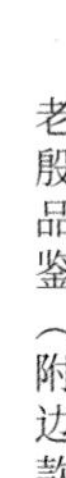

老殷品鉴（附边款）

入展作品

殷启东，中国书法家协会会员，西泠印社社友会会员，开封市书法家协会理事，开封大学客座教授。

予堂凌贺印痕留朱

一片冰心在玉壶（附边款）

寒雨连江夜入吴平明送客楚山孤洛阳亲友如相问一片冰心在玉壶唐王昌龄诗凌贺刻

大道之行也，天下为公（附边款）

入展作品

凌贺，作品入展河南省第二届青年篆刻展，“国都杯”全国诗书画印交流大赛银奖。

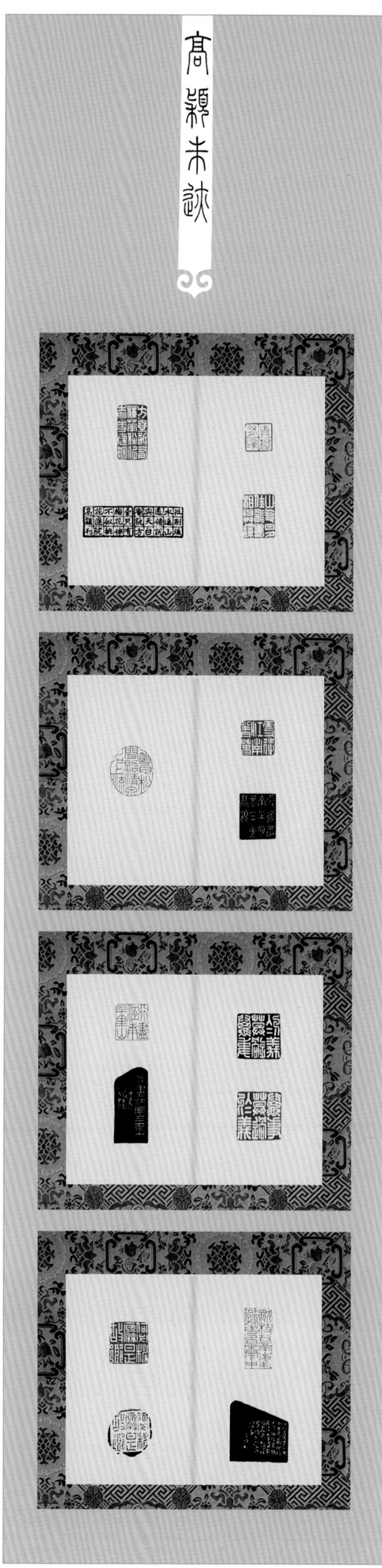

明月松间照，清泉石上流

万事莫过于义

入展作品

高颖，浙江省书法家协会会员，浙江省书法研究会会员，昌硕印社社员。

吉墨刻石小記

凡益之道，与时偕行（附边款）

入展作品

郭树杞，作品入展“万印楼”当代国际篆刻精英收藏工程，济宁首届“黄易奖”。

黄東印彙

思量只有梦来去（附边款）

西北望长安（附边款）

入展作品

黄东，湖北省书法家协会会员，武汉市书法家协会会员。

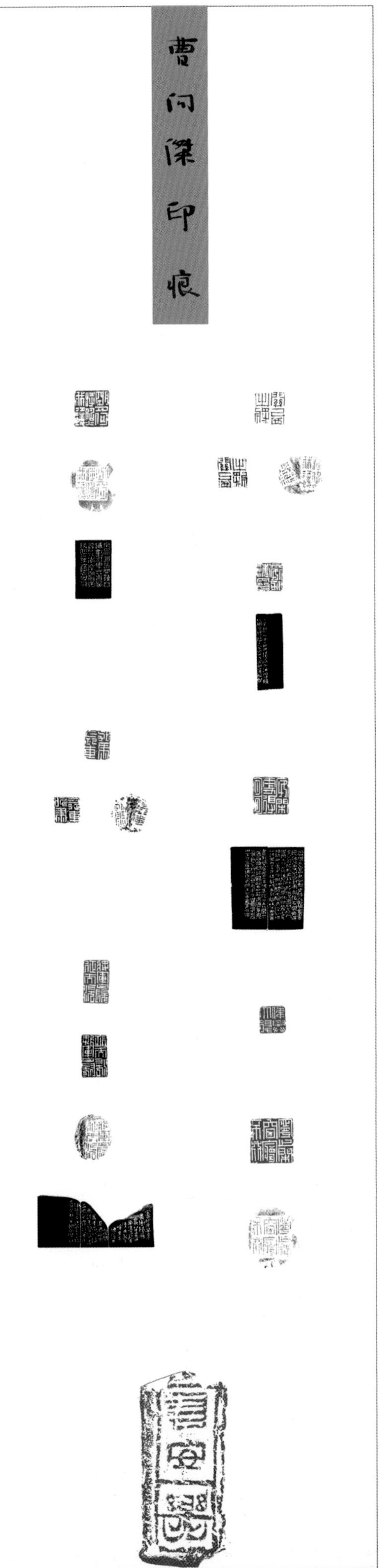

明月何时照我还（附边款）

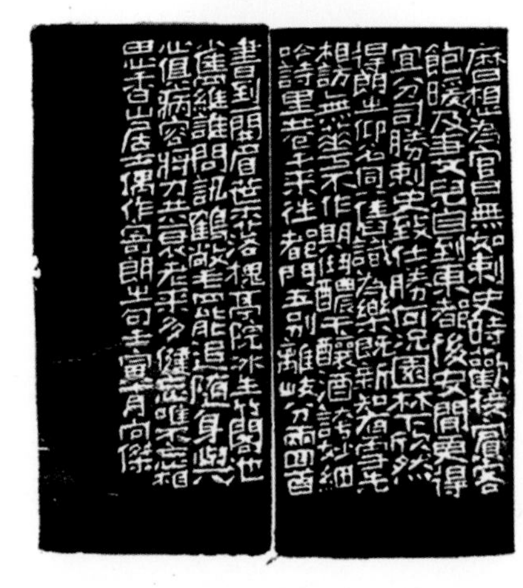

安闲更得宜（附边款）

入展作品

曹向洁，作品入展首届《十钟山房印举》国际临创大展。

一年好景君须记（附边款）

无欲则刚

入展作品

曹旭东，河北省书法家协会会员，沧州市书法家协会会员，沧海印社社员，沧州市市直书法家协会理事。

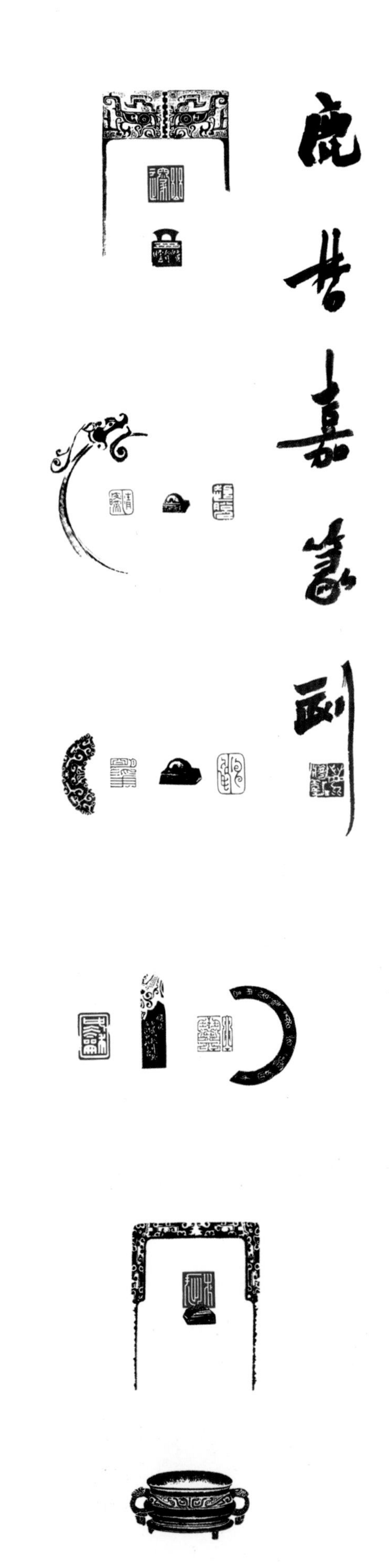

幽邃（附边款）

超脱

入展作品

鹿梦嘉，作品入展江苏省第九届新人书法篆刻作品展，江苏省第六届新人美术展，江苏省第三届妇女书法篆刻作品展，江苏之星艺术设计大赛优秀奖。

篆隶印展

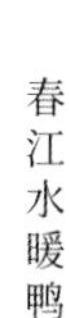

春江水暖鸭先知（附边款）

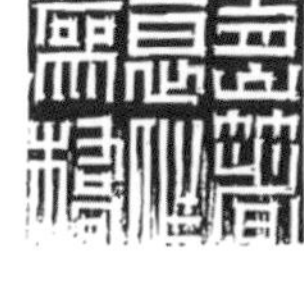

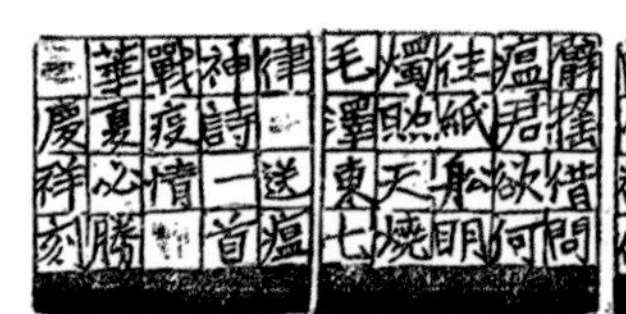

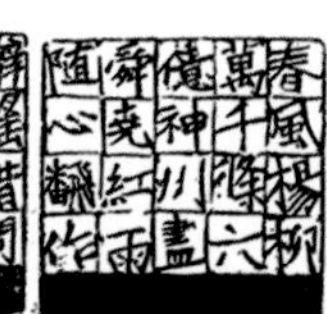

青山着意化为桥（附边款）

入展作品

梁庆祥，作品入展“五粮情杯”宿迁印社首届篆刻艺术作品展，江苏省十二届新人展书法篆刻作品展，全国高校教师书法篆刻作品展。

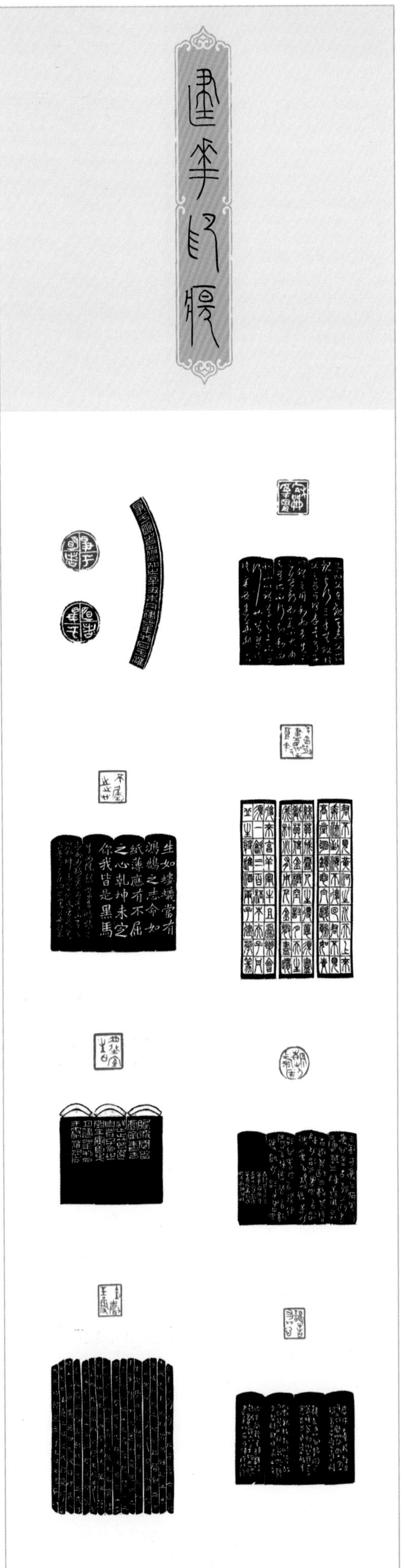

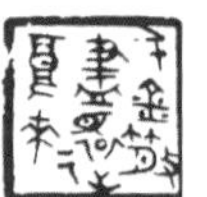

千金散尽还复来（附边款）

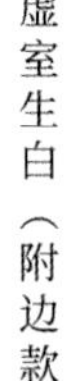

虚室生白（附边款）

入展作品

彭建华，江苏省书法家协会会员，江苏省篆刻研究会会员，古楚印社社员。

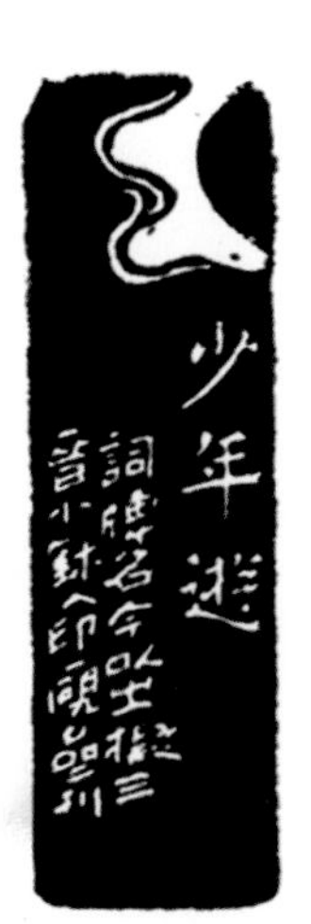

少年游（附边款）

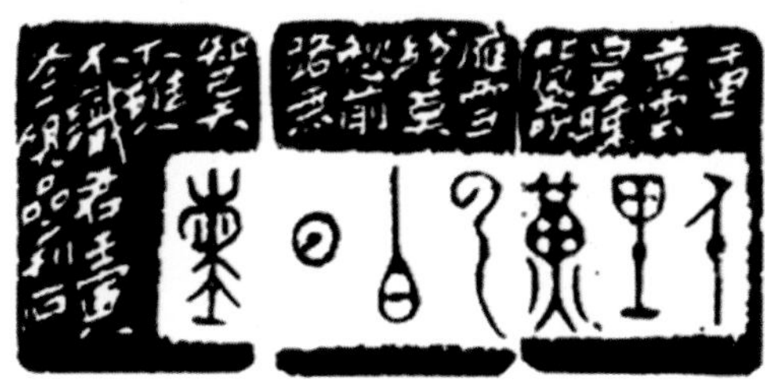

千里黄云白日曛（附边款）

入展作品

蒋芳顺，湖南省直书法家协会篆刻委员会委员，岳麓印社社员。

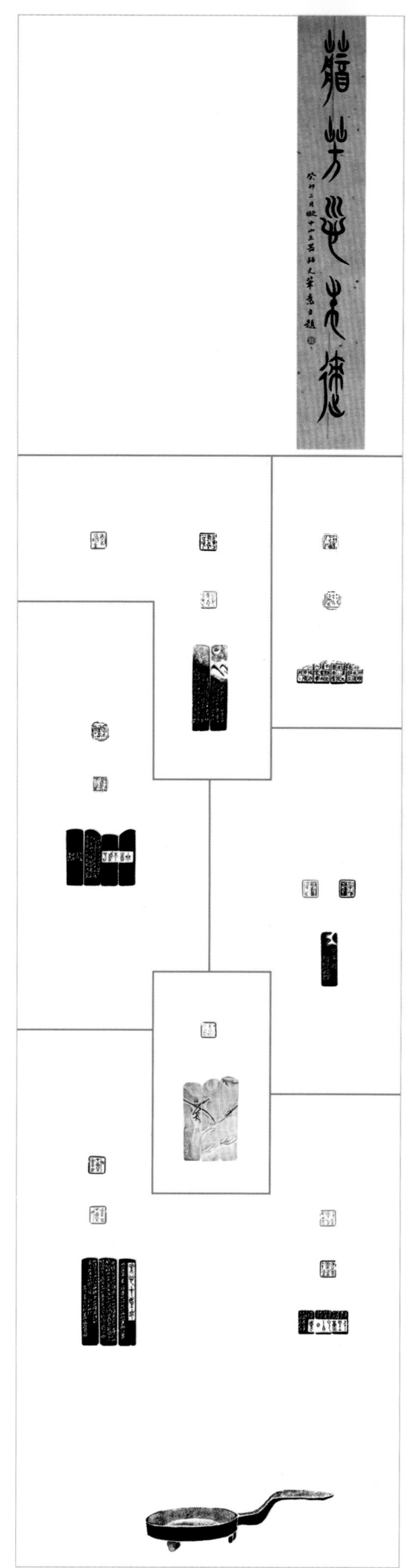

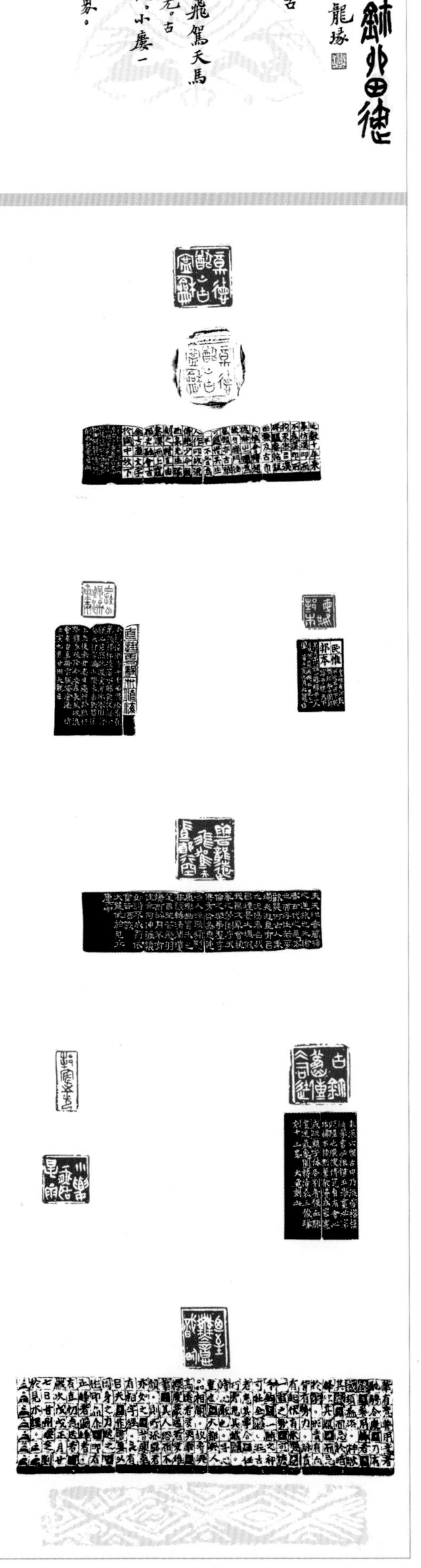

小楼一夜听春雨

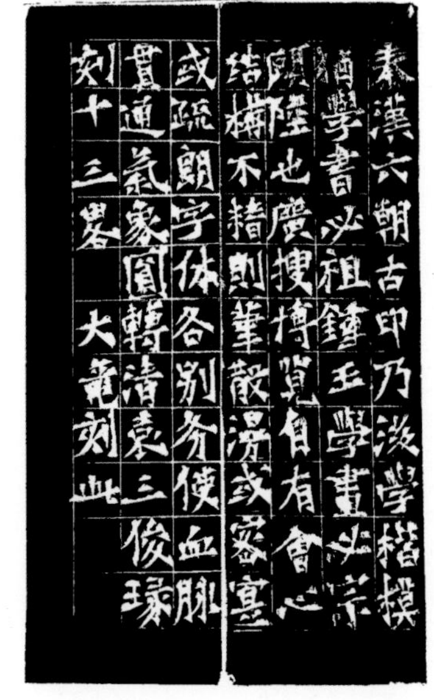

古玺旧传大司徒（附边款）

入展作品

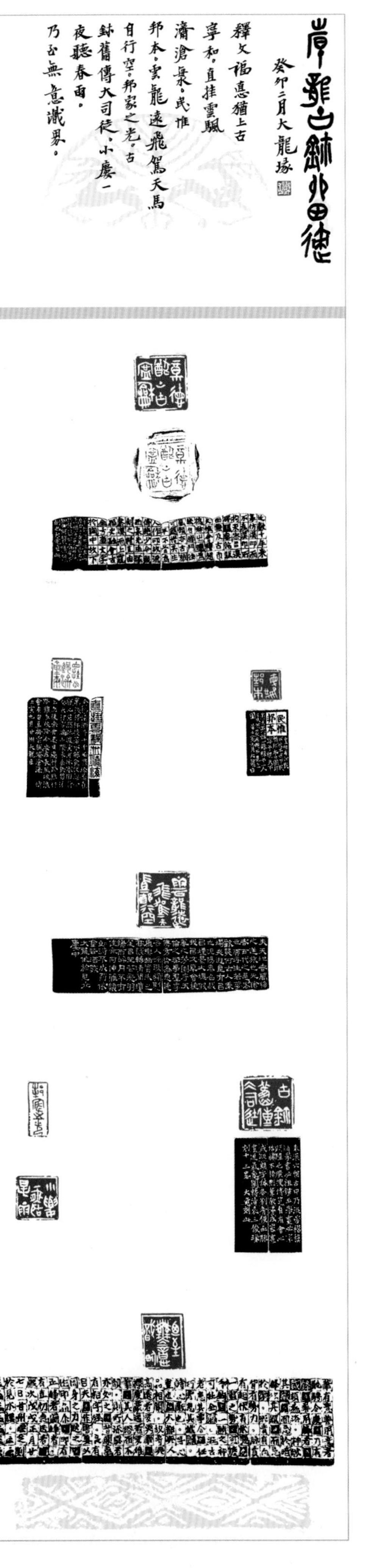

韩龙，中国书法家协会会员，甘肃省书法家协会会员、篆刻委员会委员，天津市书法家协会篆刻委员会委员。

大事作于细（附边款）

不以物喜（附边款）

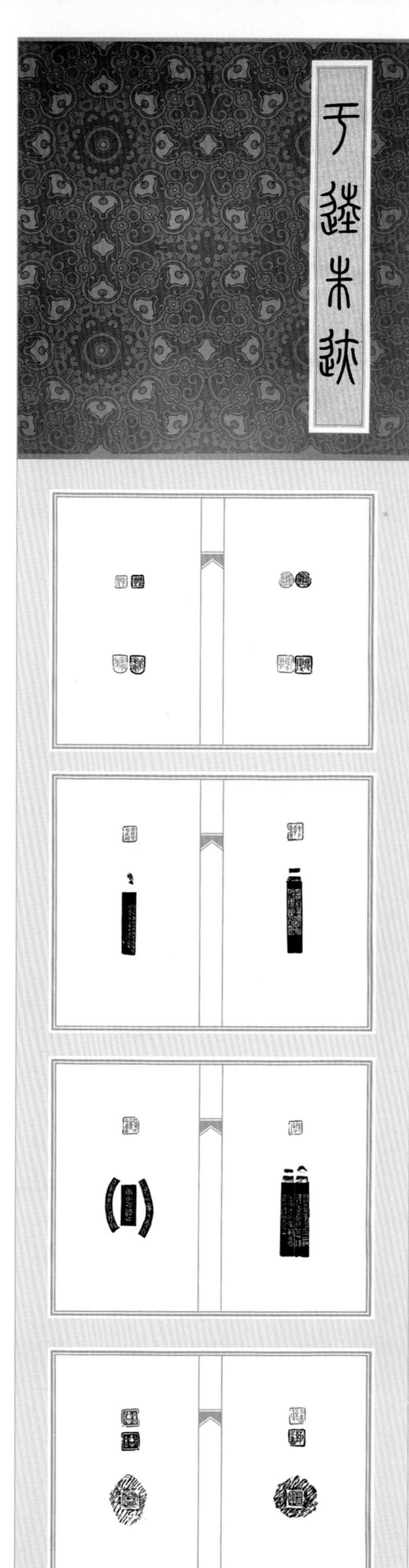

入展作品

赖于逵，中国楹联学会会员，广东省书法家协会会员，中山市书法家协会会员，中山市火炬开发区书法美术家协会创作委员会理事。

镌刻风雅

當代篆刻家作品選

李刚田题

〇四 入选作品

（按姓氏笔画排序）

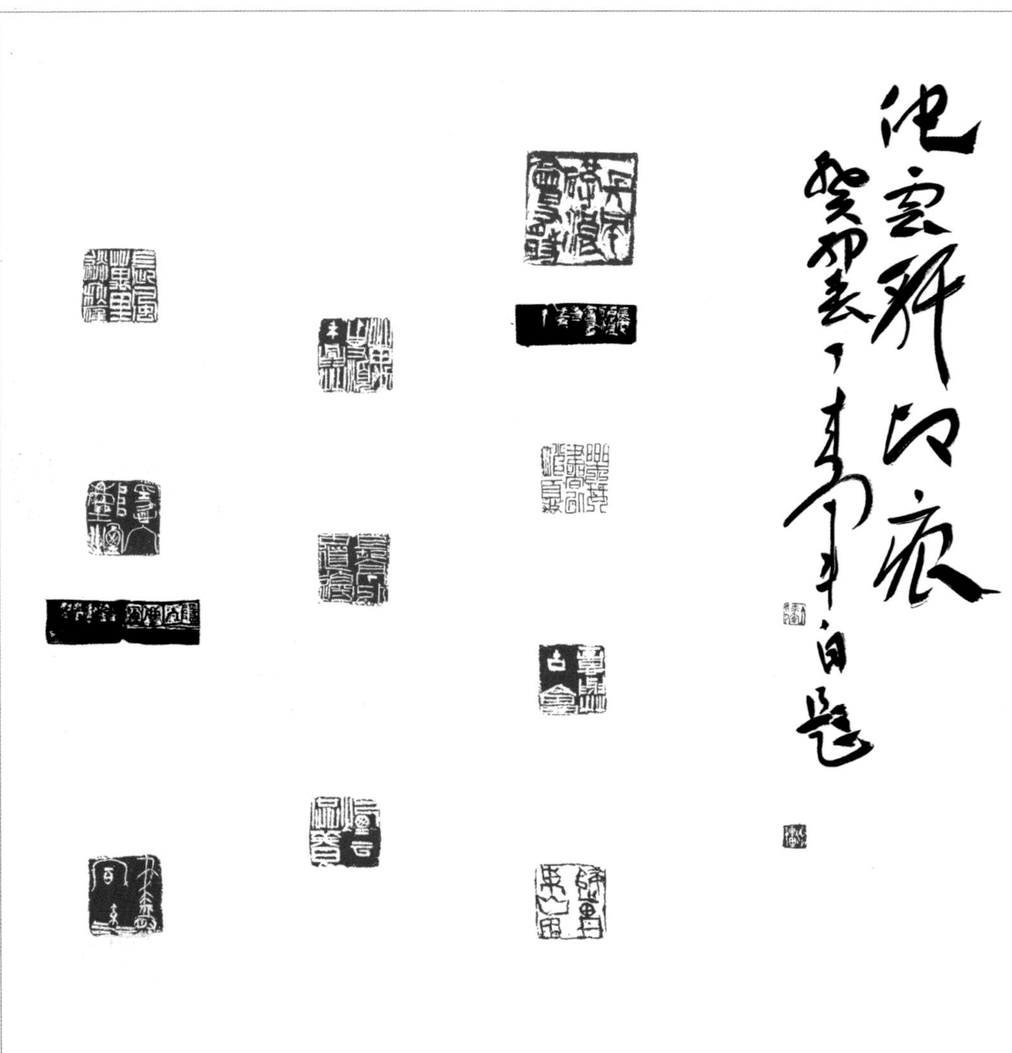

长风破浪会有时（附边款）

意与古会

入选作品

丁来军，江苏省书法家协会会员。

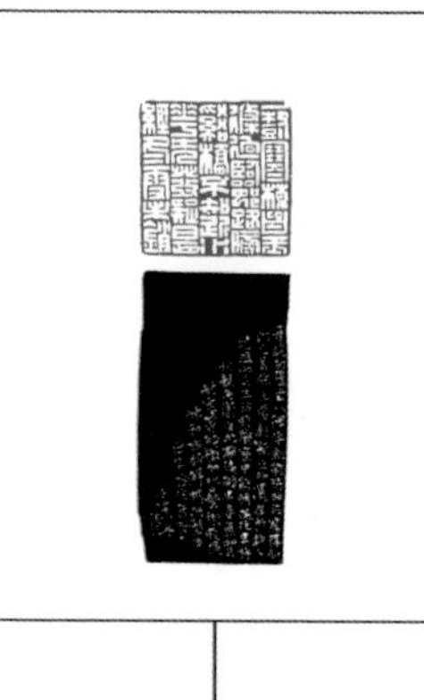

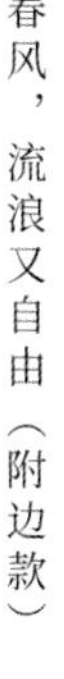

来生做春风，流浪又自由（附边款）

驻马诣当垆（附边款）

入选作品

万建宇，作品入展河南省第三十一届群众书法篆刻展，“青墩古韵”江苏省甲骨文书法篆刻展。

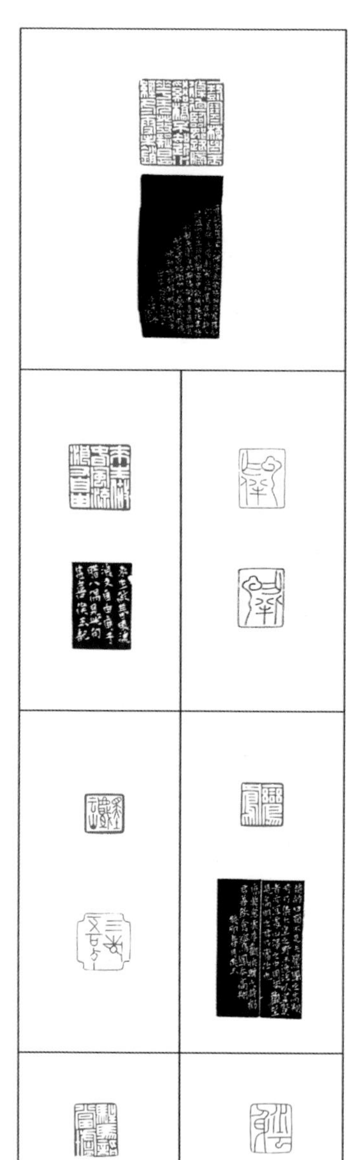

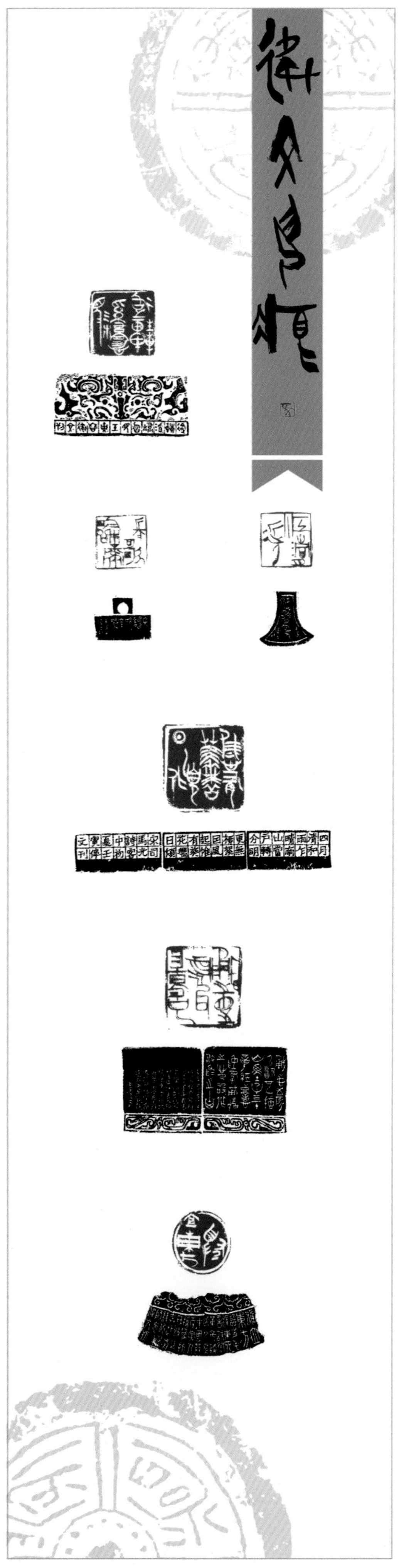

江清月近人（附边款）

雄立东方（附边款）

入选作品

马伟文，作品入选“李阳冰杯”首届全国书法篆刻大展等。

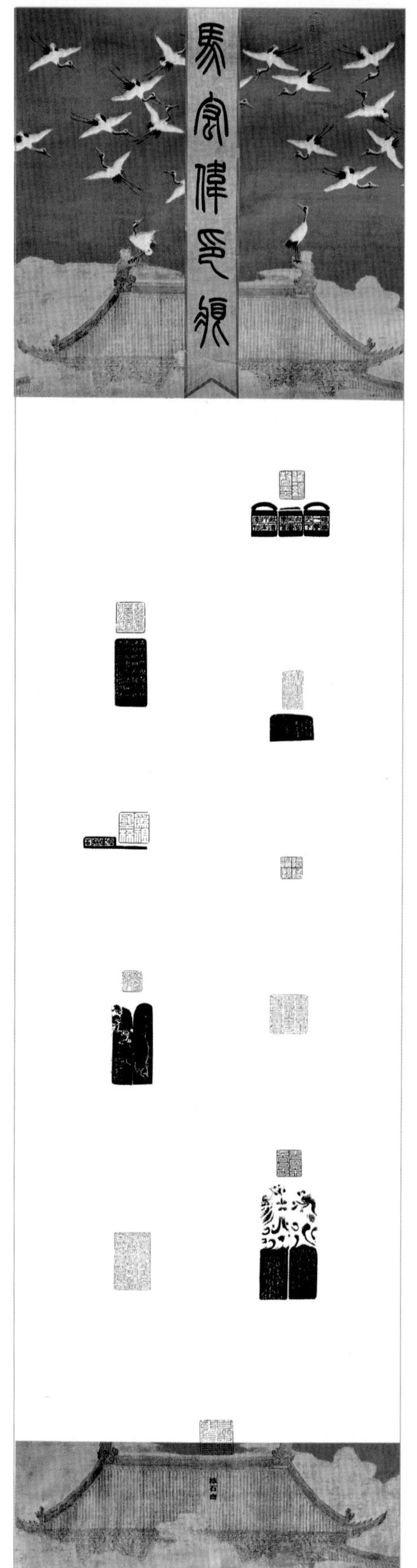

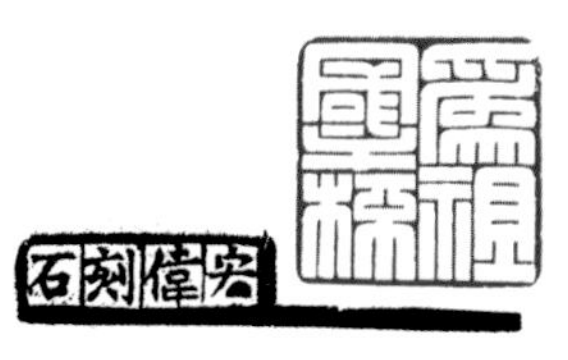

为祖国干杯（附边款）

无日不春风（附边款）

入选作品

马宏伟，中国书法家协会会员，甘肃省工笔画协会副会长，甘肃省书法家协会篆刻委员会副主任，甘肃书法院特聘书法家等。

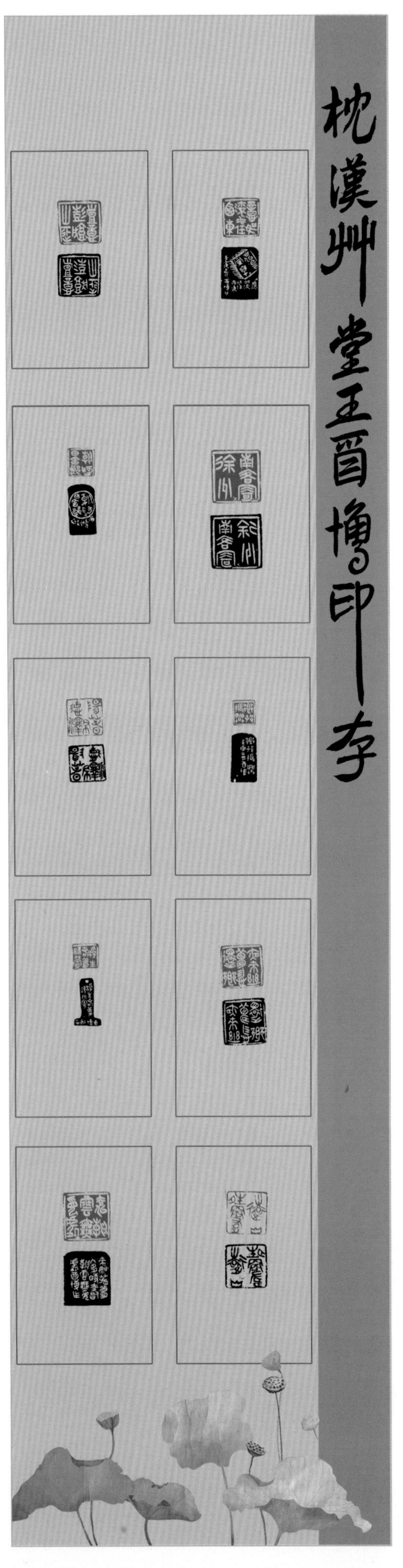

南客寄徐州

浮生若梦谁非寄（附边款）

入选作品

王西博，中国硬笔书法协会会员，上海市书法家协会会员，陕西省书法家协会会员，骊山印社艺术委员会委员。

山色连天碧

宠为下（附边款）

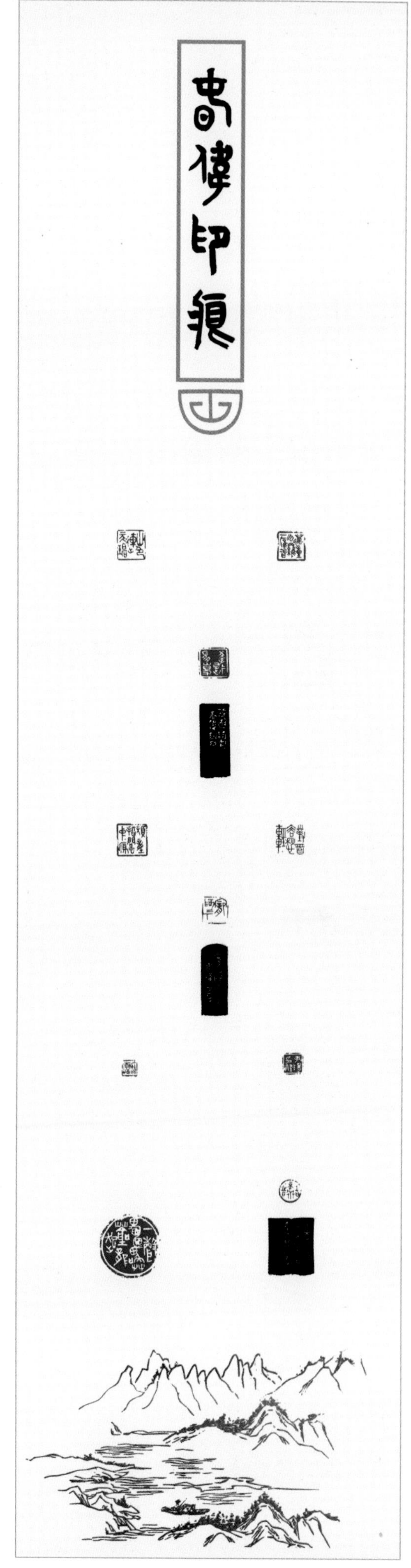

入选作品

王春伟，黑龙江省书法家协会会员，绥化市书法家协会会员，肇东市书法家协会理事，甜草印社理事，孔阳印社社员。

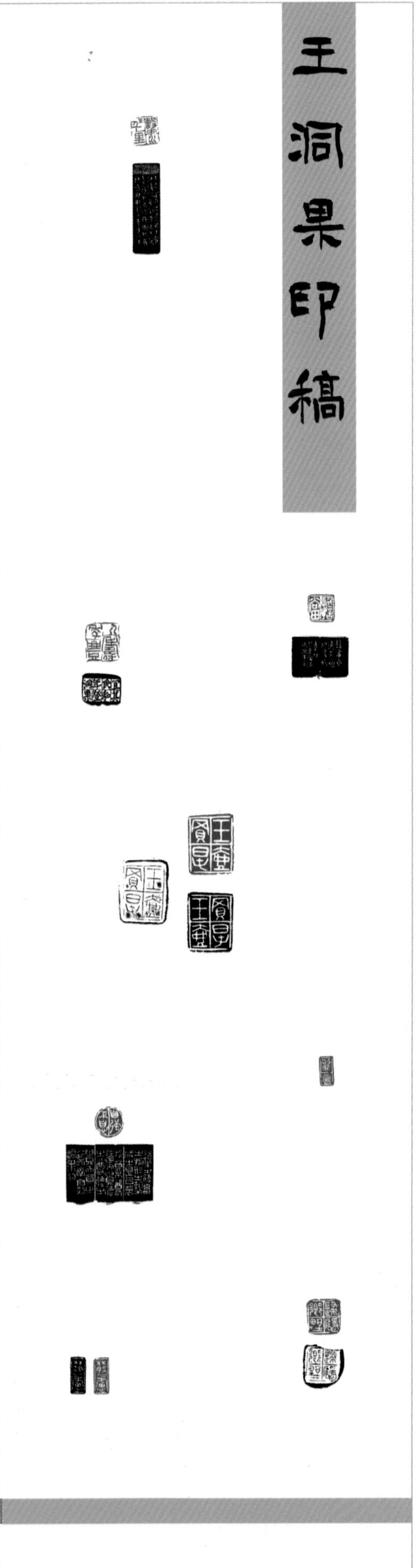

人寿年丰（附边款）

玉壶买春

入选作品

王洞果，江苏省篆刻研究会会员，苏州市书法家协会会员，亭林印社会员。

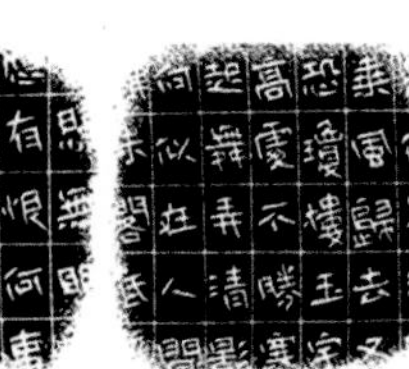
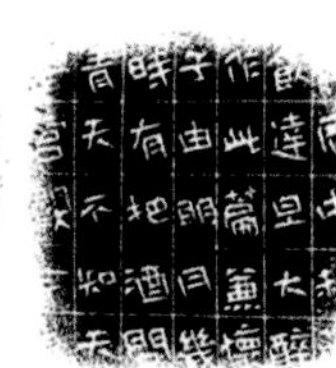

把酒问青天（附边款）

名师出高徒（附边款）

入选作品

王诺尔森，作品入展河南省三十一届群众书法展，河南省第二届青年篆刻展，“东楼书院杯”《诗经》篇目全国书法篆刻大展。

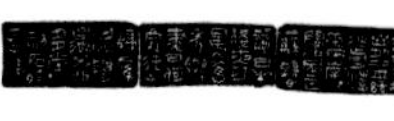
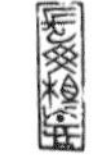

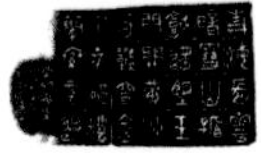

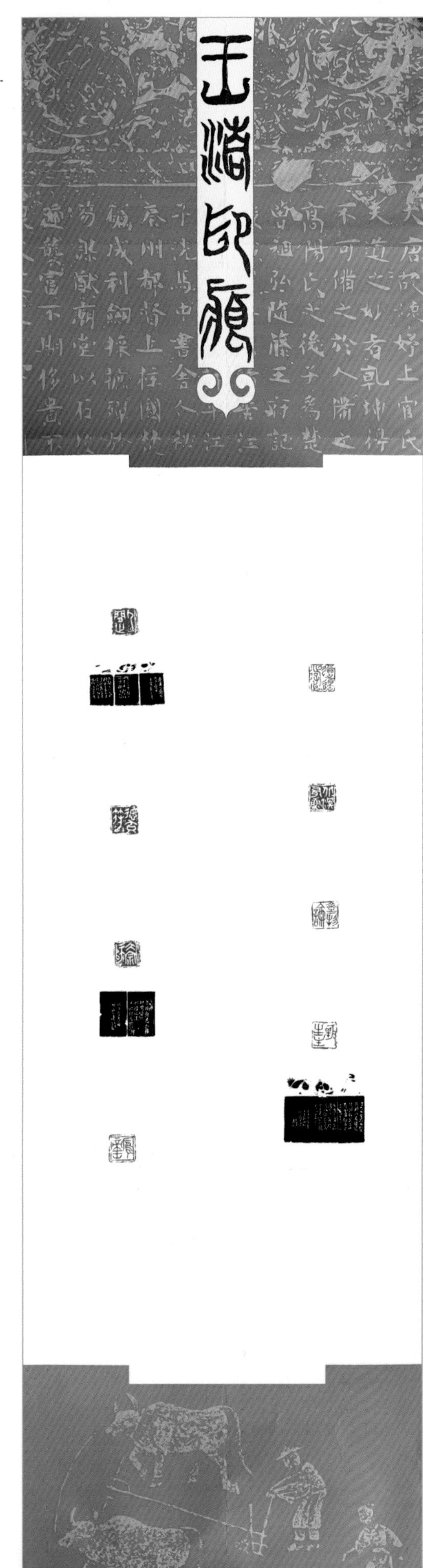

人间世（附边款）

大宗师（附边款）

入选作品

王清，北京市燕山书协会员。

寿如金石

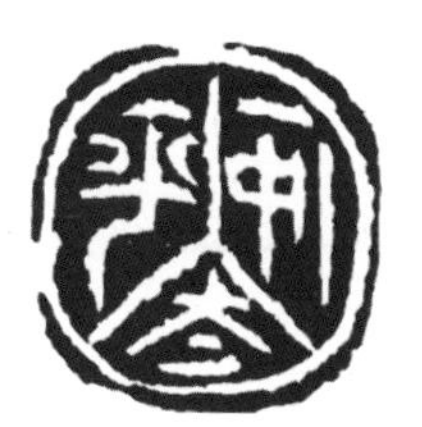

安平太

入选作品

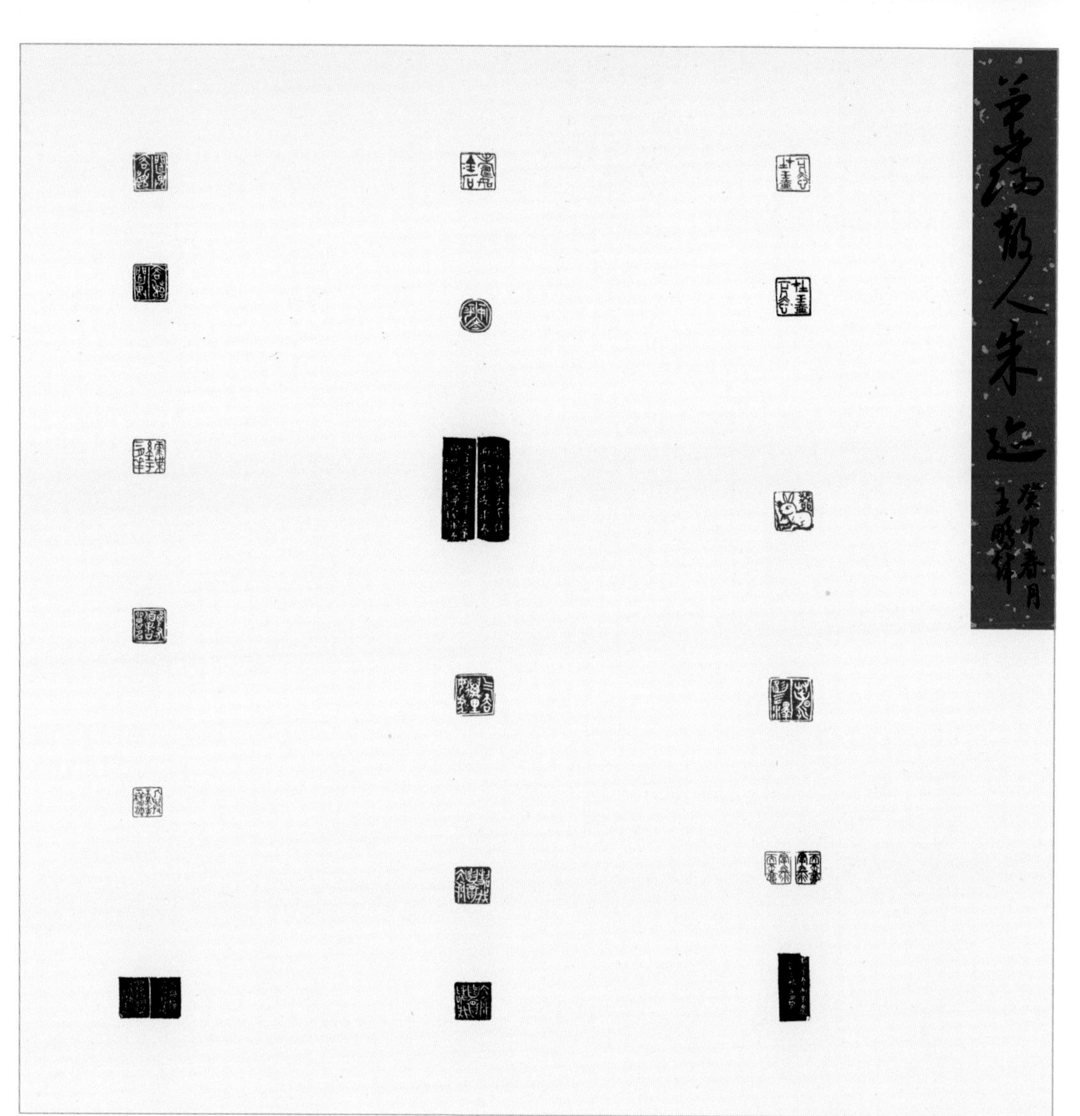

王鹏辉，深圳市青年书法家协会会员，三川印社社员。

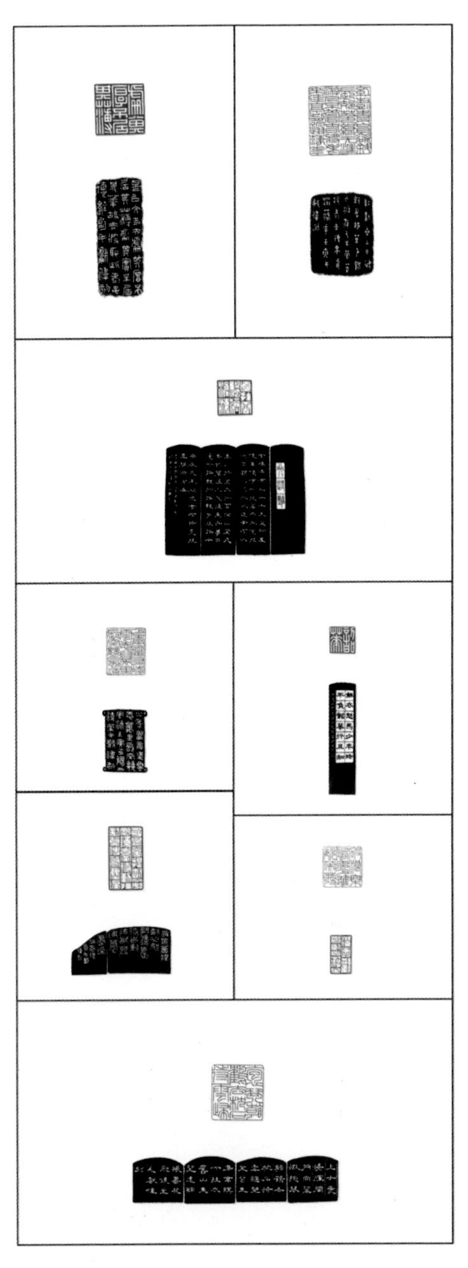

处其厚，不居其薄（附边款）

韶华（附边款）

入选作品

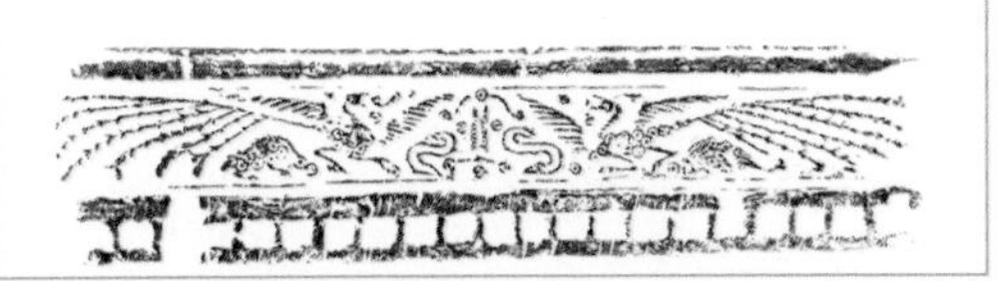

毛献伟，首届“巨来之星”全国古典细朱文印作品展（优秀奖提名），河南省第二届青年篆刻作品展。

正气歌（附边款）

君子成人之美（附边款）

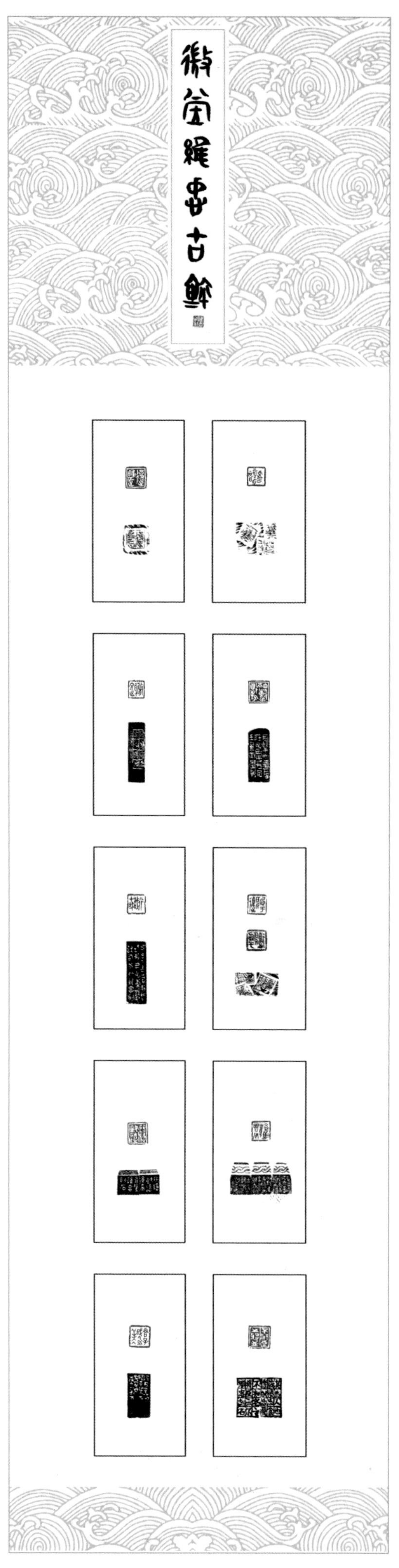

入选作品

卞维忠，作品入展第三届江苏省文艺大奖书法奖（篆刻），2018、2021、2022“万印楼”当代国际篆刻精英收藏工程“精英奖”，首届“中国竹根印艺术展”等。

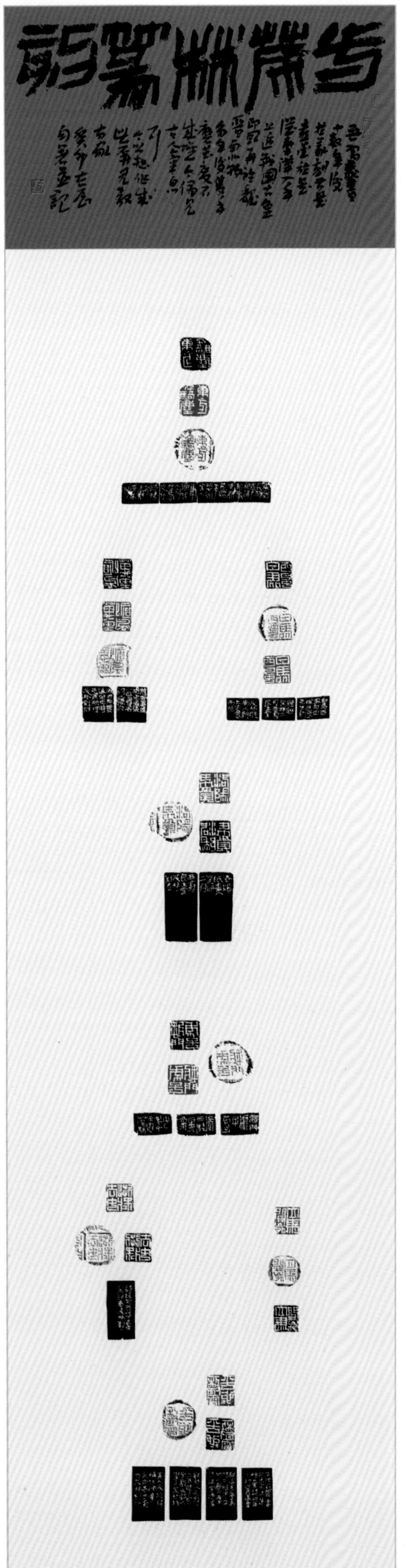

白马西风（附边款）

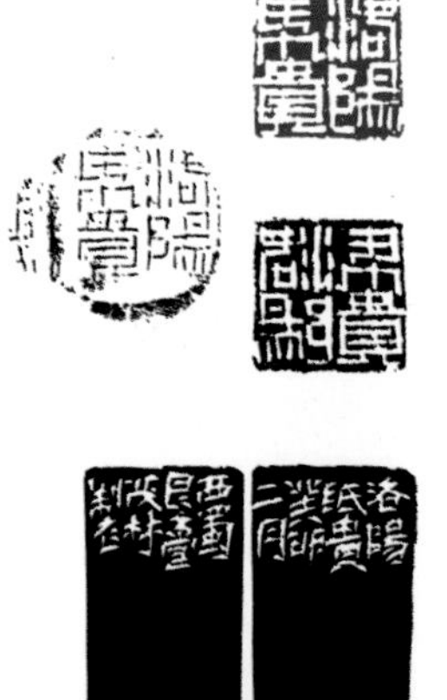

洛阳纸贵（附边款）

入选作品

方茂林，中国书法家协会会员，作品入展首届《十钟山房印举》国际临创大展。

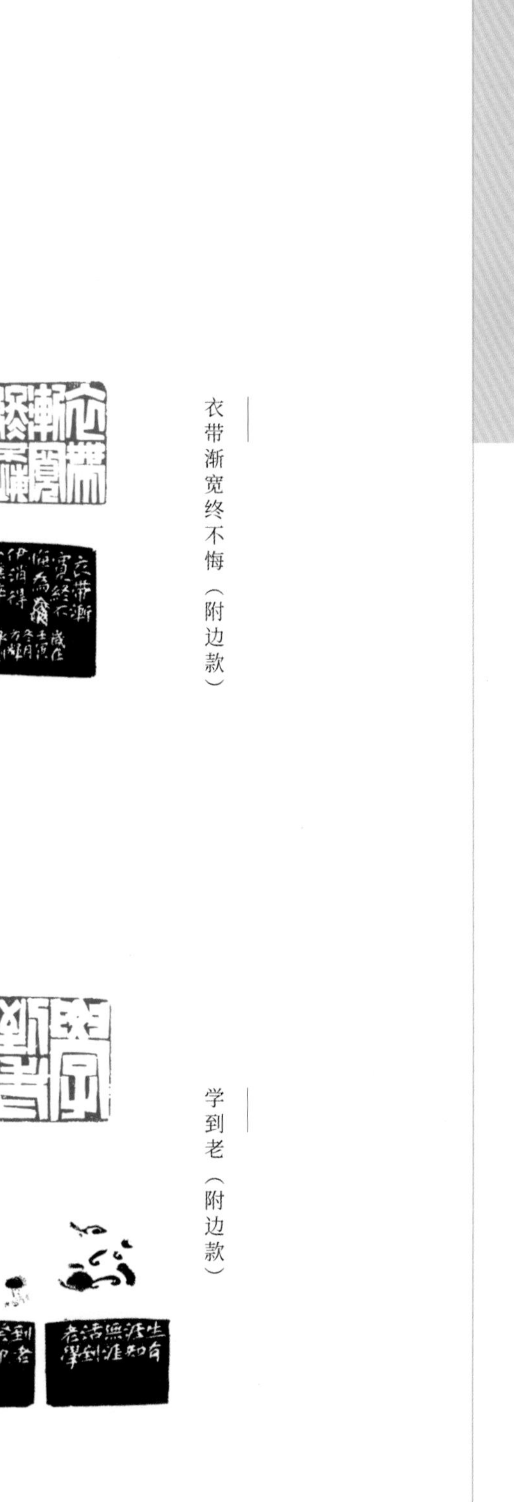
衣带渐宽终不悔（附边款）

学到老（附边款）

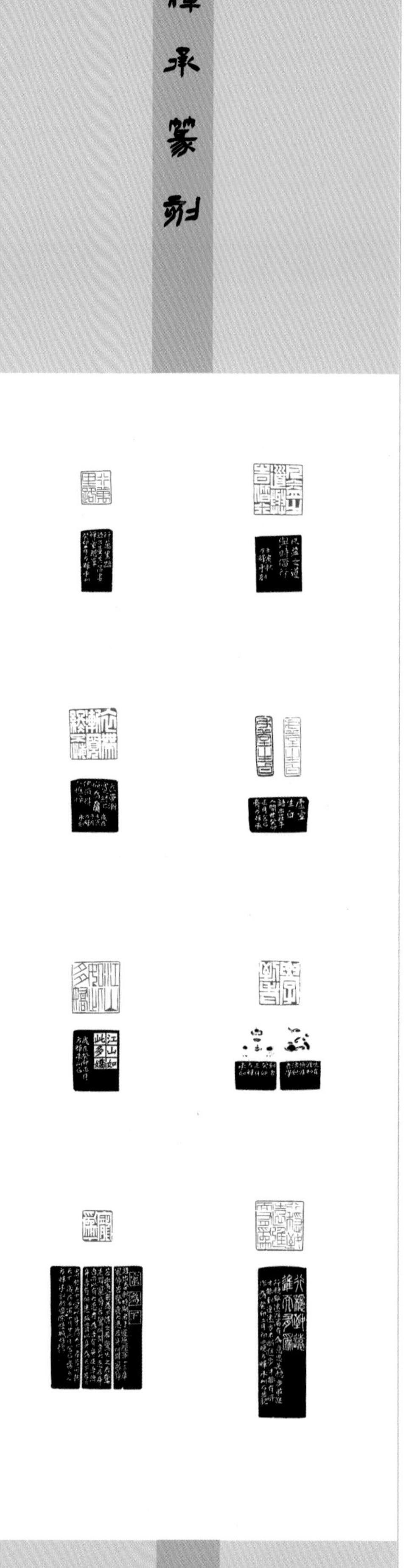

入选作品

方辉承，旌德县书法家协会会员，宣城市青年书法家协会会员，宣城市书法家协会会员，安徽省书法家协会。

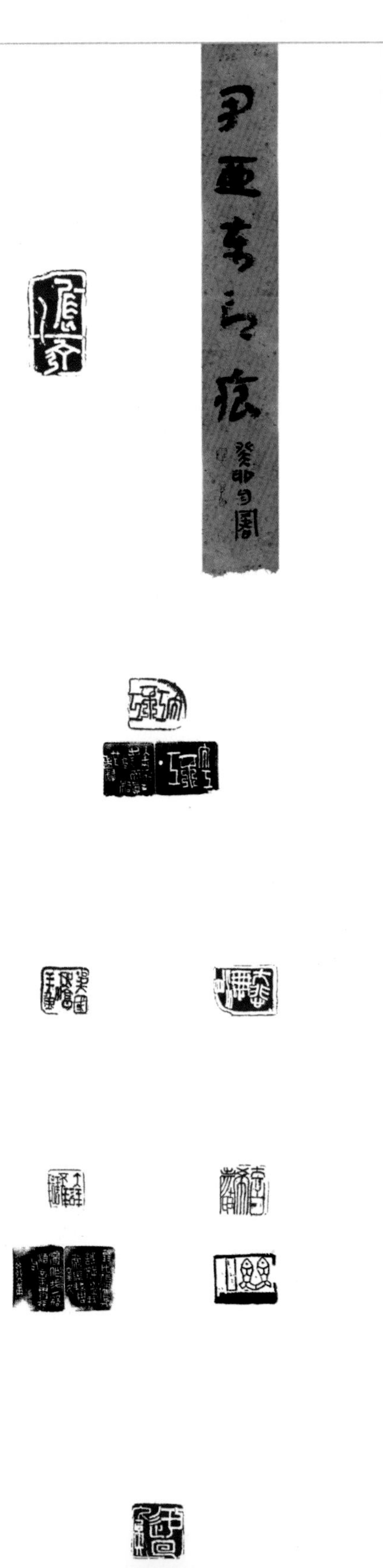

大工不工（附边款）

大辩不辩（附边款）

入选作品

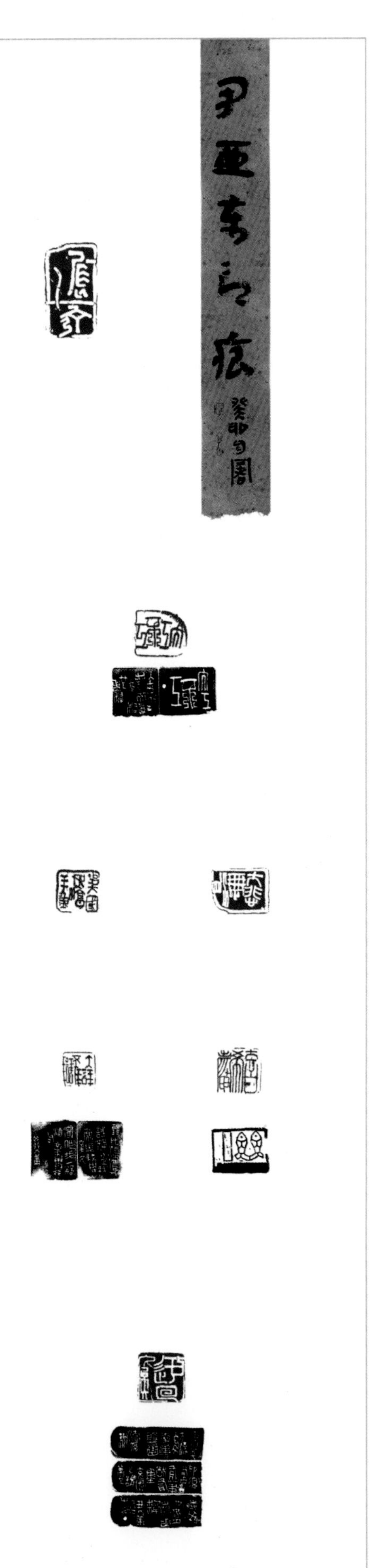

尹亚东，南京印社社员，江苏省书法家协会会员，淮上印社社员。

人间能得几回闻（附边款）

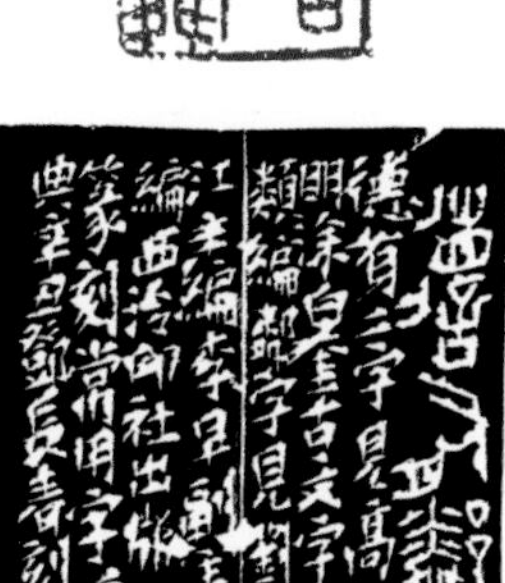

德有邻（附边款）

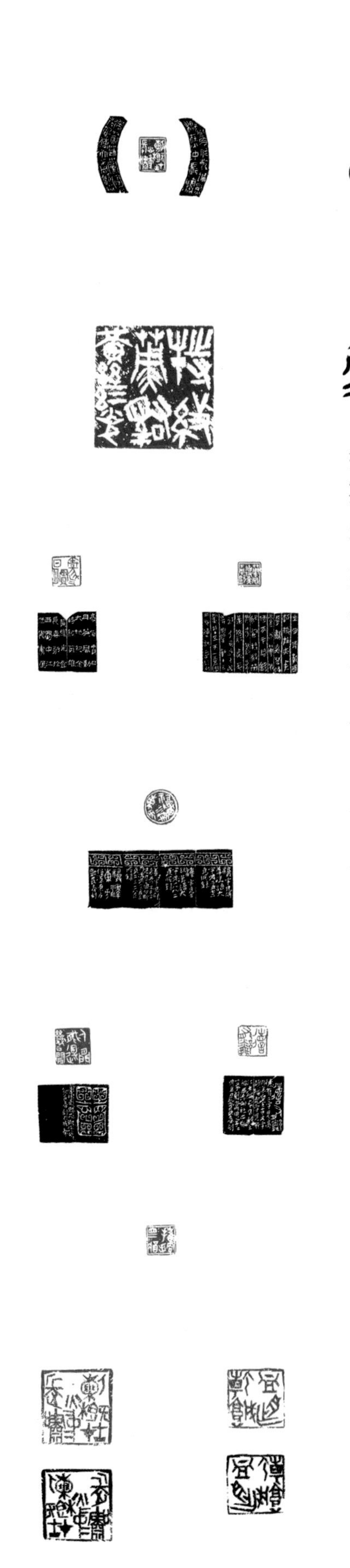

入选作品

邓长春，中国书法家协会会员，四川省书法家协会正书委员会委员、教育委员会委员，四川省诗书画院特聘美术师，成都市书法家协会理事、篆刻委员会副主任，郫都区政协诗书画院书法师等。

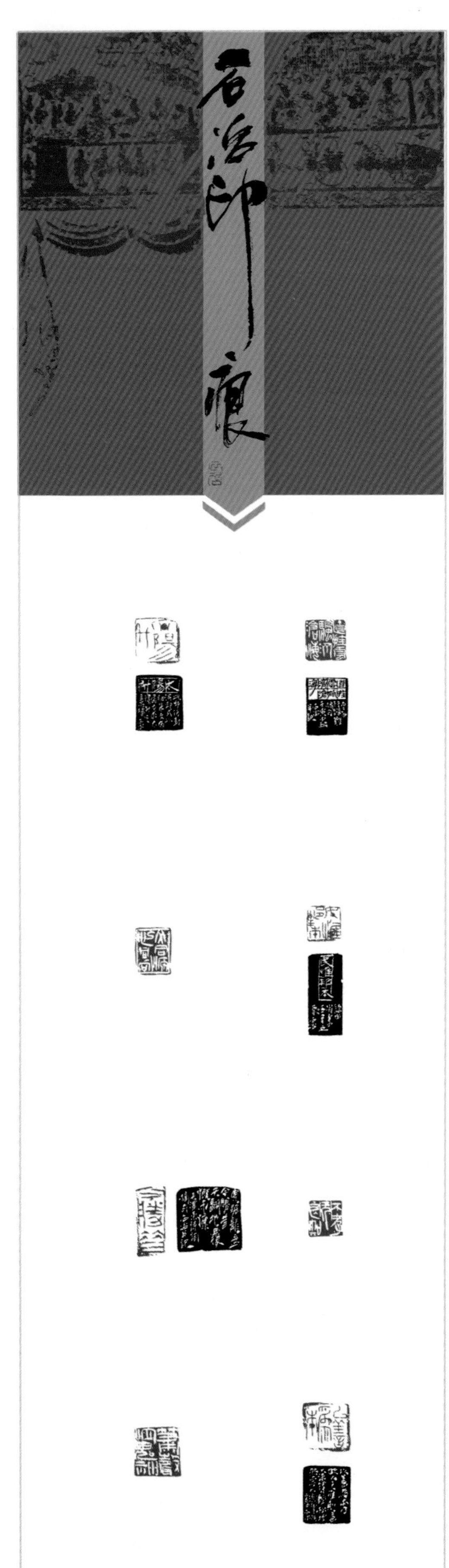

太阳升（附边款）

今胜昔（附边款）

入选作品

邓石冶，中国书法家协会会员，江苏省篆刻研究会会员，娄东印社名誉社长。作品先后五次入展由中国书协主办的三大国展。

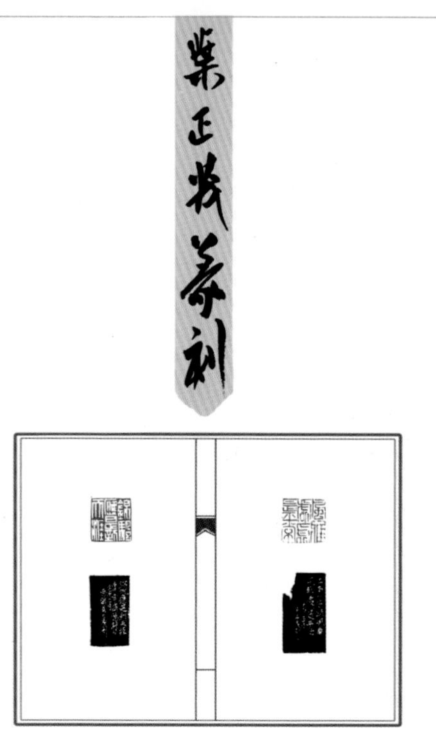

凡益之道，与时偕行

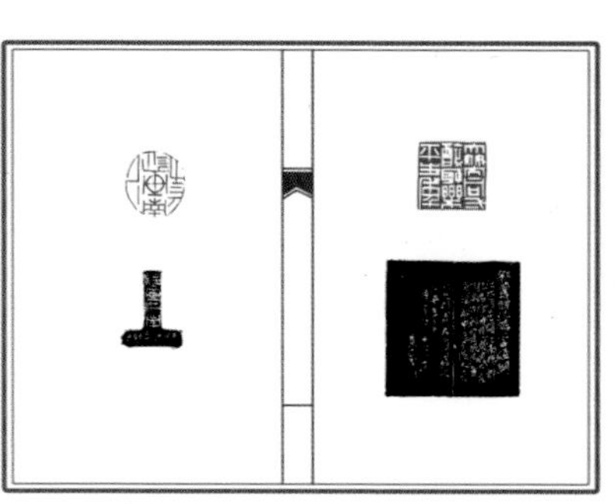

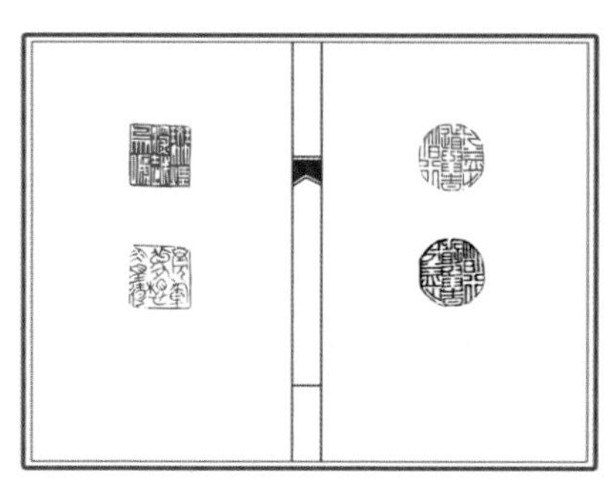

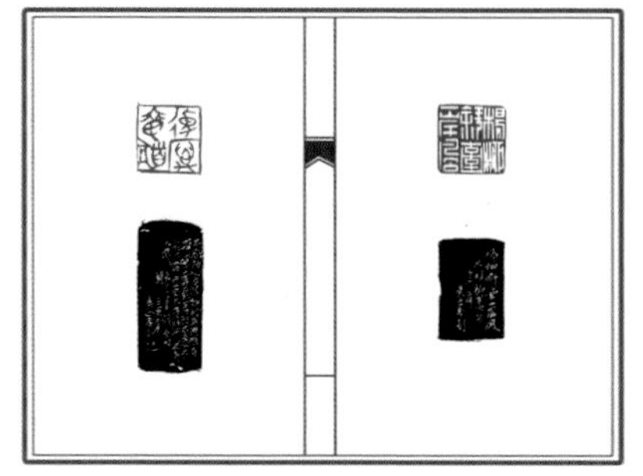

入选作品

叶正茂，作品入展“方介祺奖”温州首届篆刻大展，温州市第六届“华龄杯”中老年书画摄影大赛华龄特等奖。

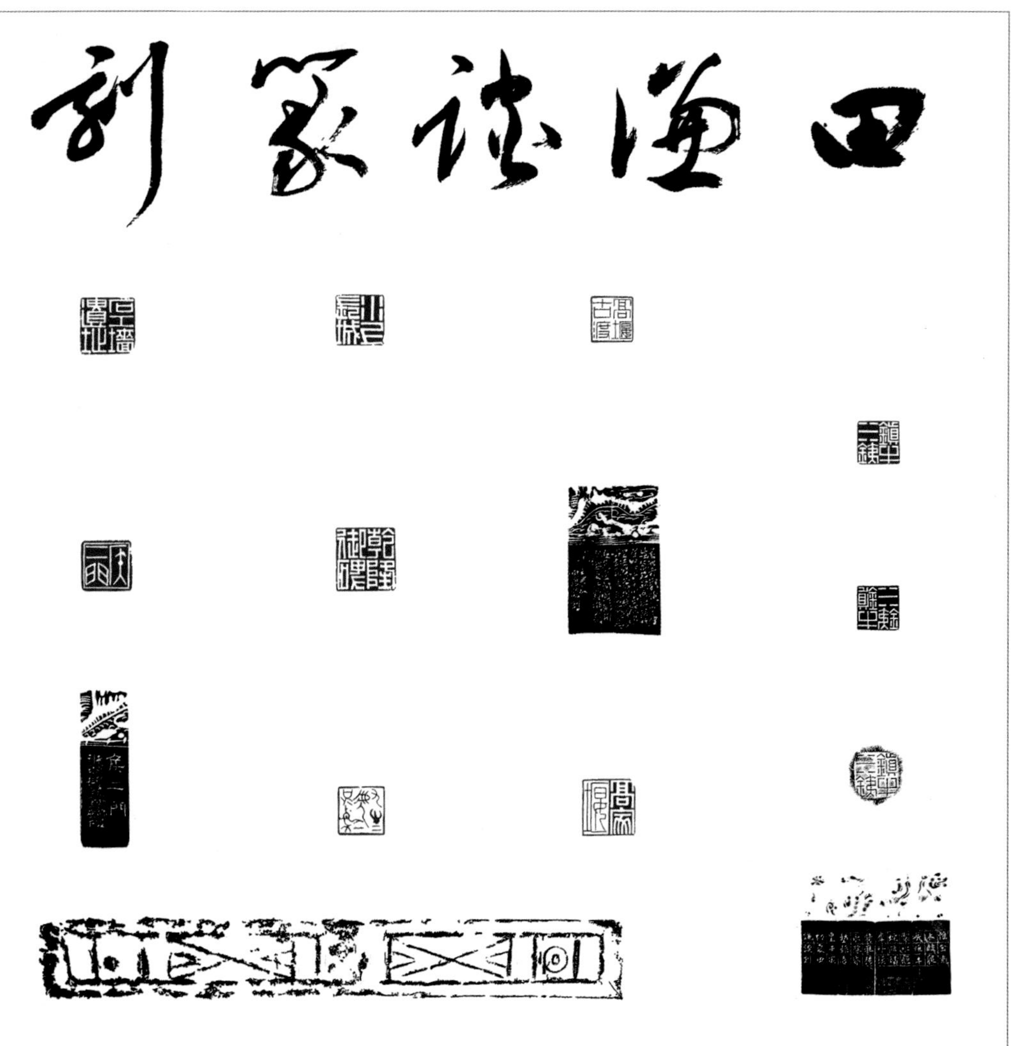

水上长城

镇水铁牛（附边款）

入选作品

田谦谈，作品获清江浦书法展优秀奖，作品入选淮安市“运都印象”书法篆刻展。

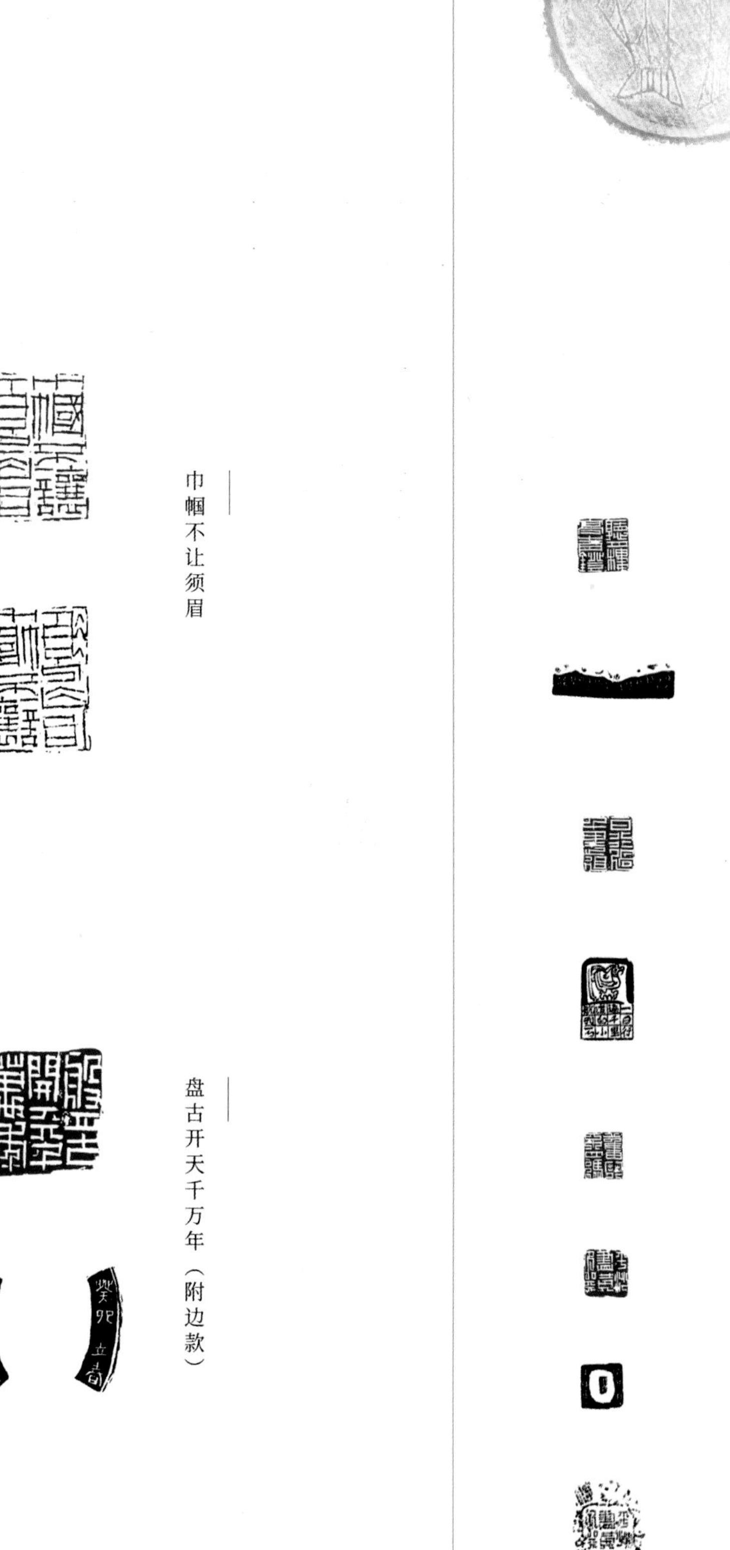

巾帼不让须眉

盘古开天千万年（附边款）

入选作品

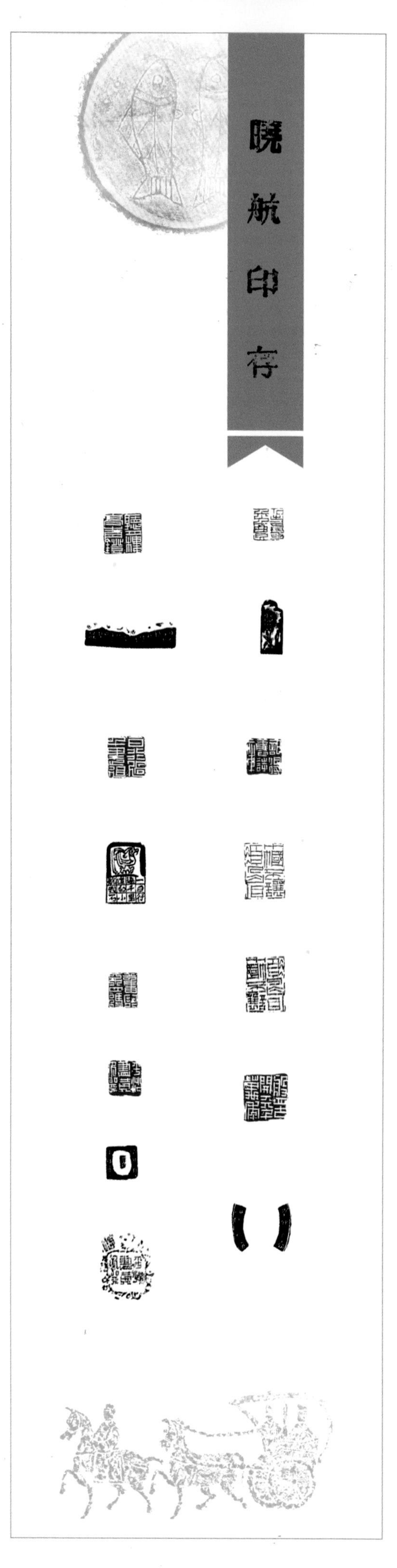

白晓航，中国书法家协会会员，内蒙古书法家协会会员，北疆印社社员。作品入展全国第六届妇女书法篆刻展，第五届中国西部书法篆刻作品展等。

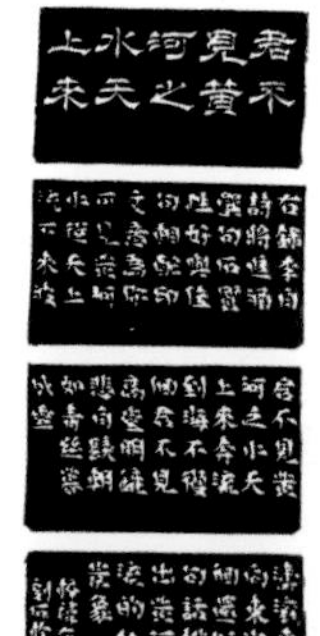

君不见黄河之水天上来（附边款）

入选作品

吕梓袆，浙江省书法家协会会员，浙江省甲骨文学会会员，昌硕印社社员，稽山印社社员。

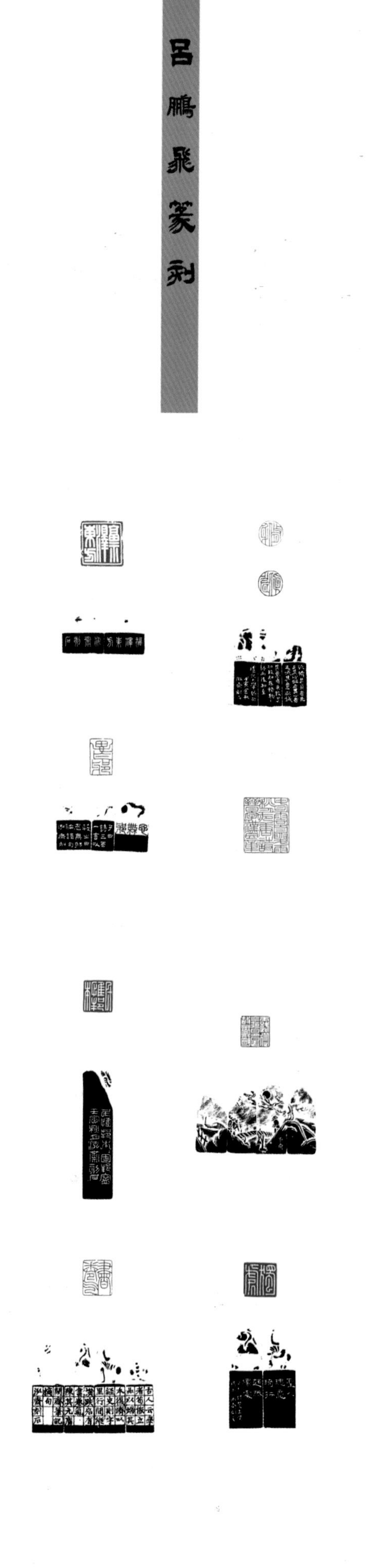

书卷气（附边款）

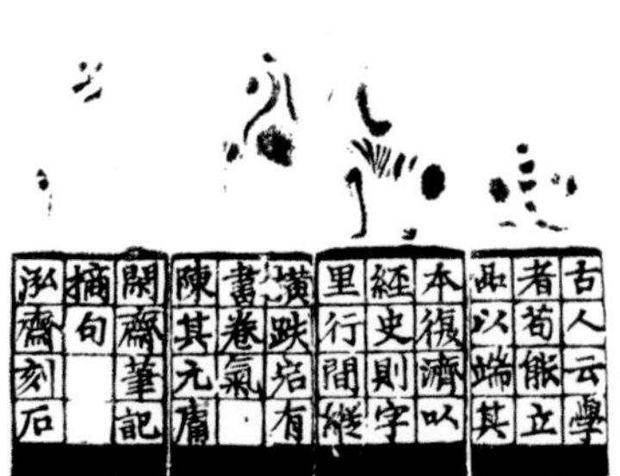

独处（附边款）

入选作品

吕鹏飞，2018年5月山东书法家协会国展研讨班优秀学员。作品入展第五届山东青年临书大展，山东省第三届篆刻艺术展。

青少年宫（附边款）

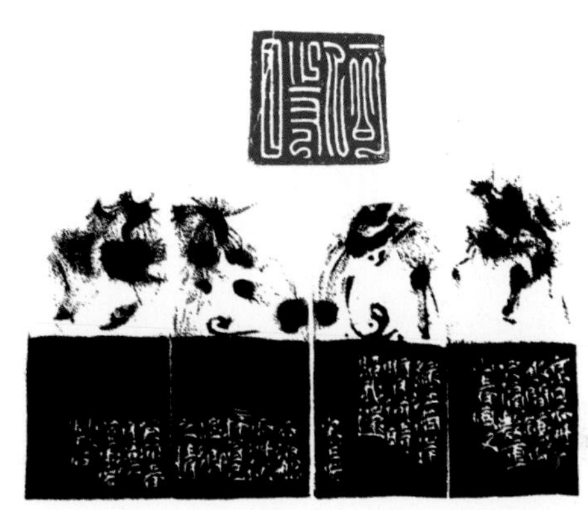

何时（附边款）

入选作品

朱宏，安徽省书法家协会会员，安徽省青年书法家协会理事，六安市书法家协会会员，六安市青年书法家协会理事。

道在瓦甓（附边款）

群贤毕至（附边款）

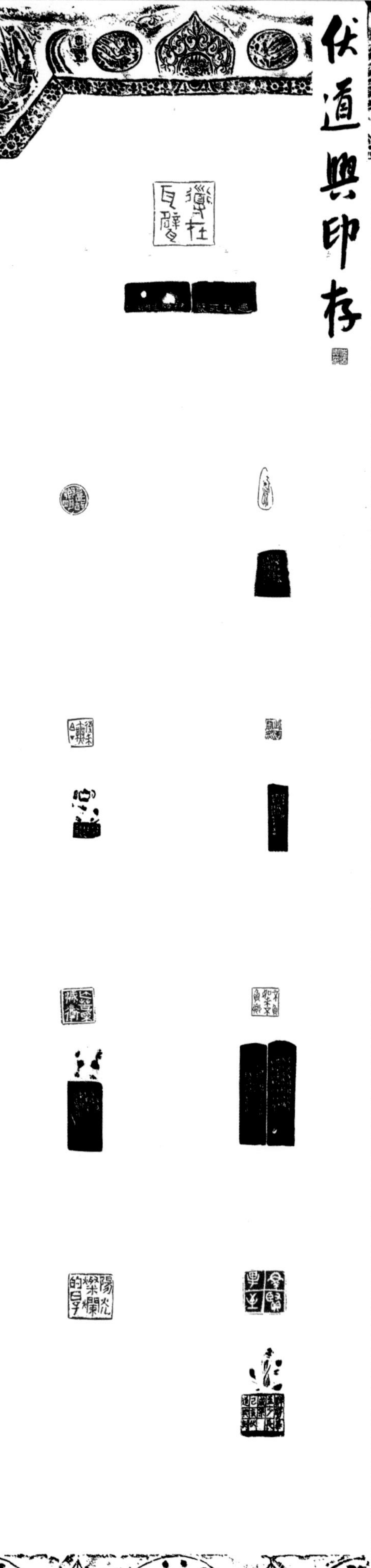

入选作品

伏道兴，上海市书法家协会会员。作品入展第七、第八届西泠印社全国篆刻展。

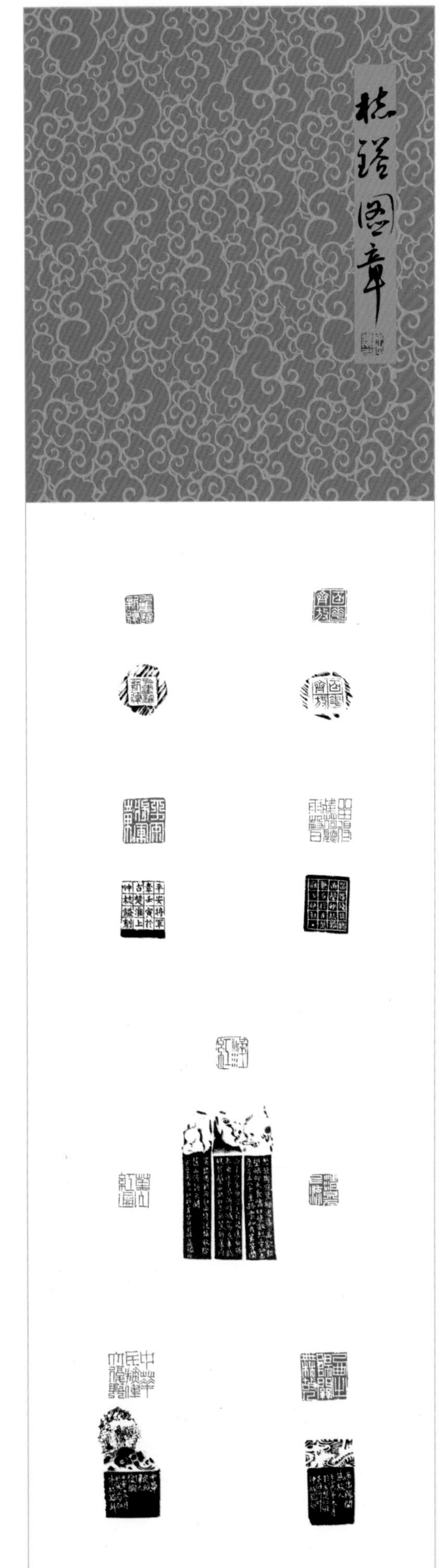

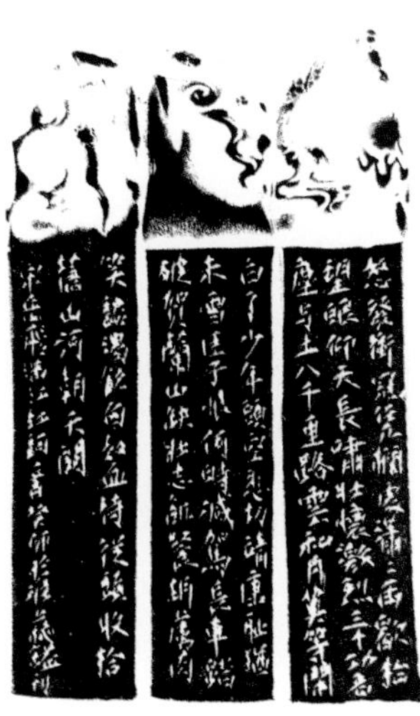

满江红（附边款）

中华民族伟大复兴（附边款）

入选作品

仲梽镒，淮上印社社员，江苏省教育书法家协会会员，淮安市书法家协会会员，淮安市水彩粉画研究会会员。

山海关

车马如龙（附边款）

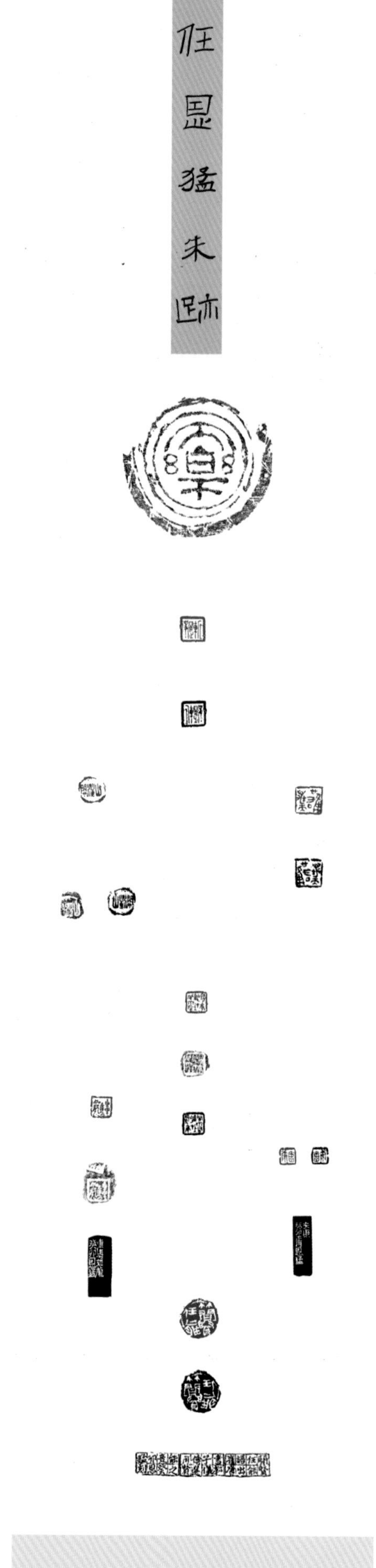

入选作品

任恩猛，作品入展首届《十钟山房印举》国际临创大展。

绿水无弦万古琴（附边款）

最是一年春好处（附边款）

入选作品

刘本镐，中国铁道书法家协会会员，中国铁道印社理事，民盟中央美院广东分院理事，湖北省书协会员，武汉市书协会员，中国佛像印艺术中心研究员，广铁集团书协理事。

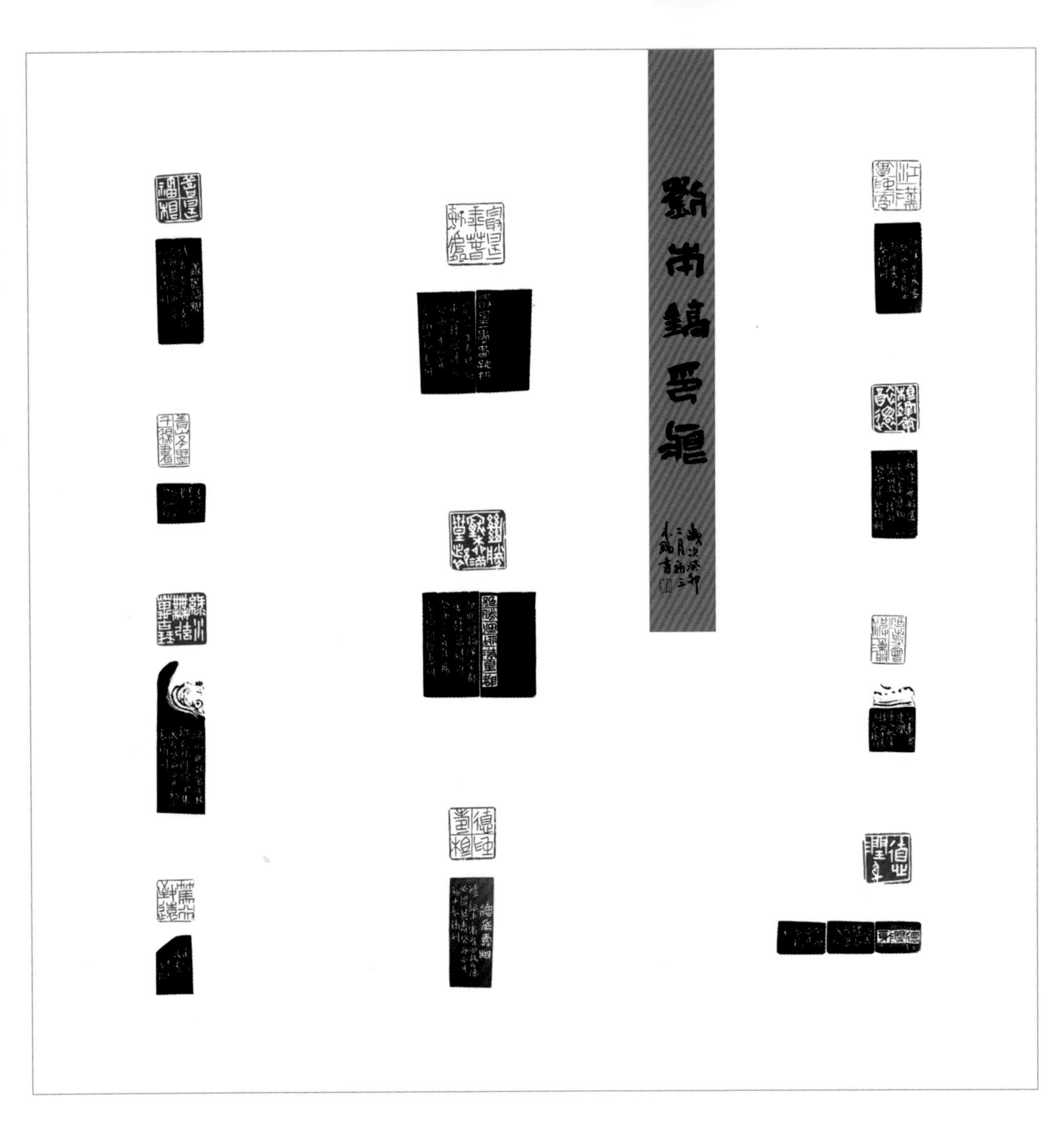

乐在其中

万壑传音（附边款）

入选作品

刘亚非，淮上印社社员。

劉亞非印蛻

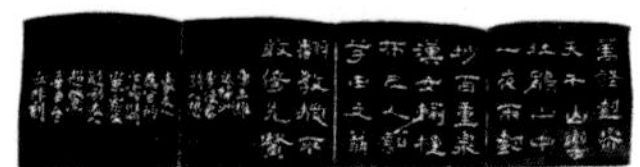

追想当年事（附边款）

乘醉听箫鼓（附边款）

入选作品

刘灿，江苏省青年书法家协会会员，徐州市书法家协会会员。作品入展江苏省第十三届书法篆刻新人展，徐州市第三届书法临帖展。作品获湖南省第十五届大学生书法篆刻展优秀奖。

铁马冰河入梦来（附边款）

我是清都山水郎（附边款）

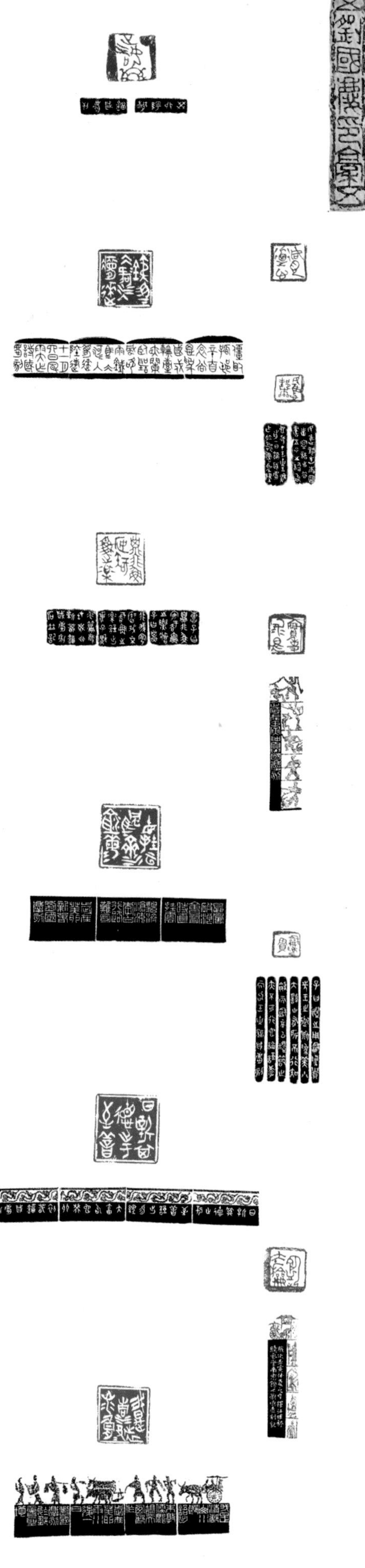

入选作品

刘国庆，中国煤矿书法家协会会员，山东省书法家协会会员，济宁市青年书法家协会副主席，济宁印社副秘书长，邹城市书法家协会副主席。

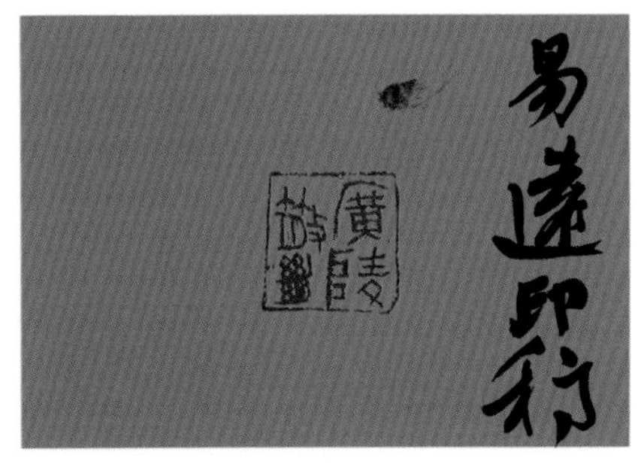

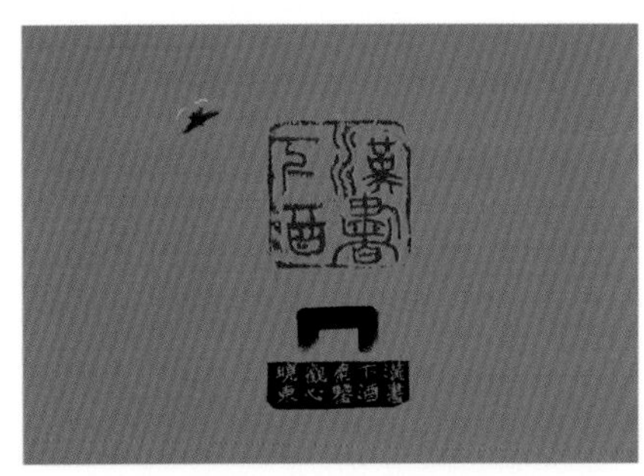

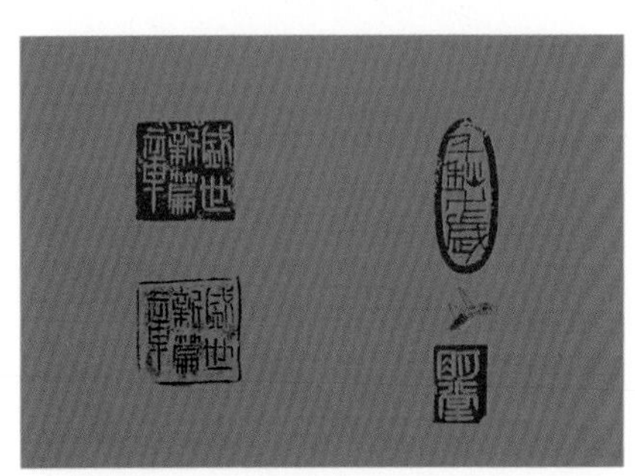

汉书下酒（附边款）

凡益之道，与时偕行（附边款）

入选作品

刘晓东，作品入展第十一届中国艺术节书法、篆刻展、全国第八届篆刻展、“和顺致祥”篆刻名家作品邀请展。

中国红（附边款）

大道至简（附边款）

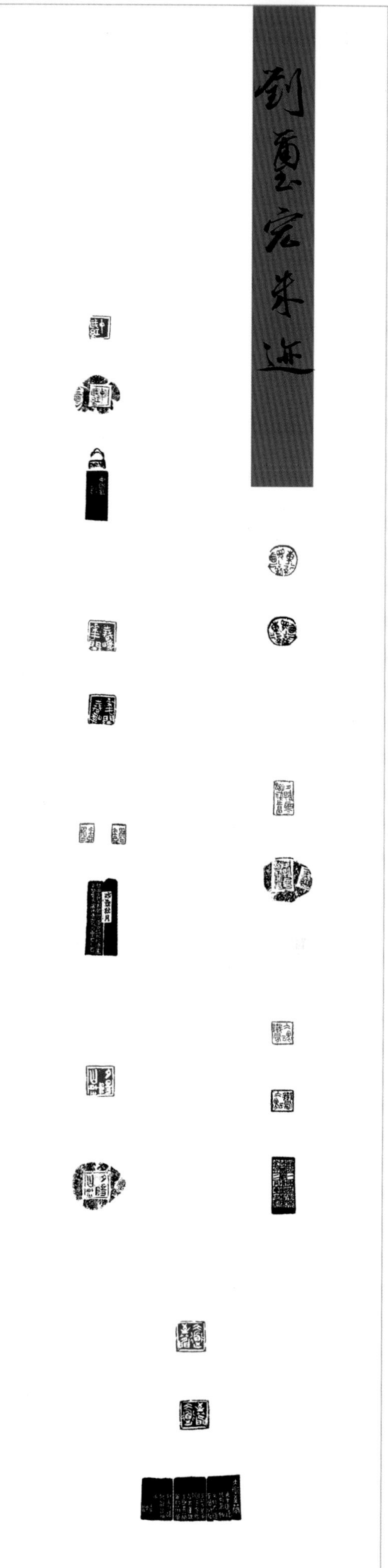

入选作品

刘玺宏，作品入展“庆祝建党一百周年暨全面建成小康社会”第五届全国篆刻邀请展，“万印楼”当代国际篆刻精英收藏工程。

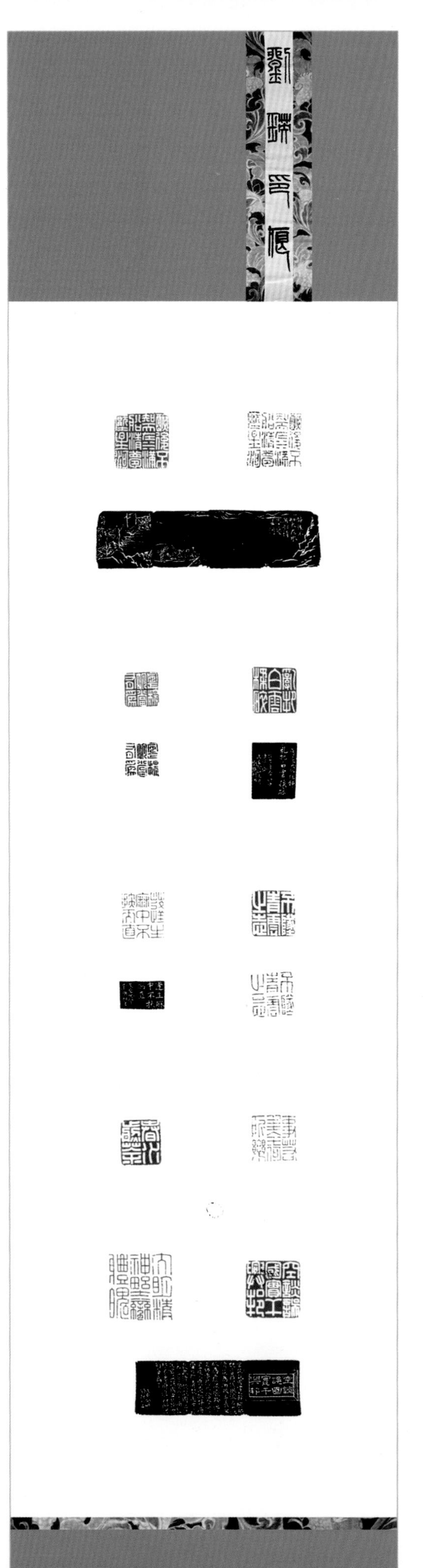

乱把白云揉碎（附边款）

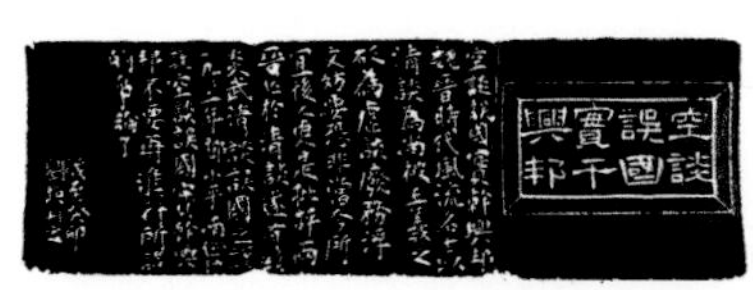

空谈误国，实干兴邦（附边款）

入选作品

刘瑛，作品获“观墨云”杯首届全国书画作品大赛成人组毛笔银奖，入展全疆新文艺群体书法篆刻展。

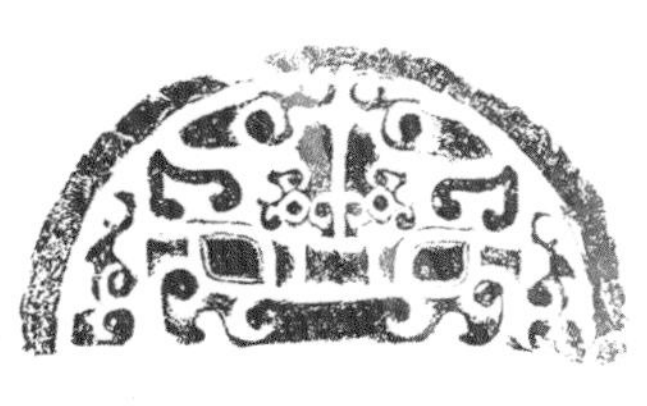

修竹高松无俗事（附边款）

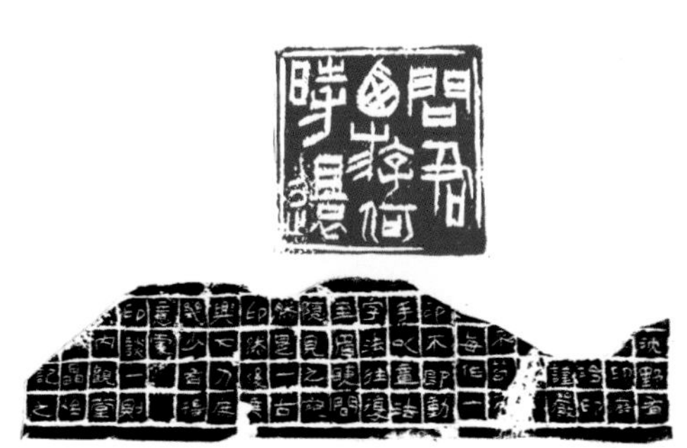

问君西游何时还（附边款）

入选作品

刘晶怡，作品入展上海市第六届篆隶书法展，上海市第五届草书展，上海市妇女书法篆刻展，上海市书法篆刻临摹作品展、上海市第十一届书法篆刻展，第六届上海市草书展。

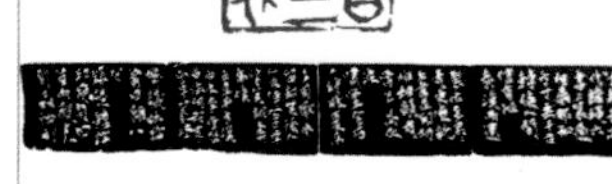

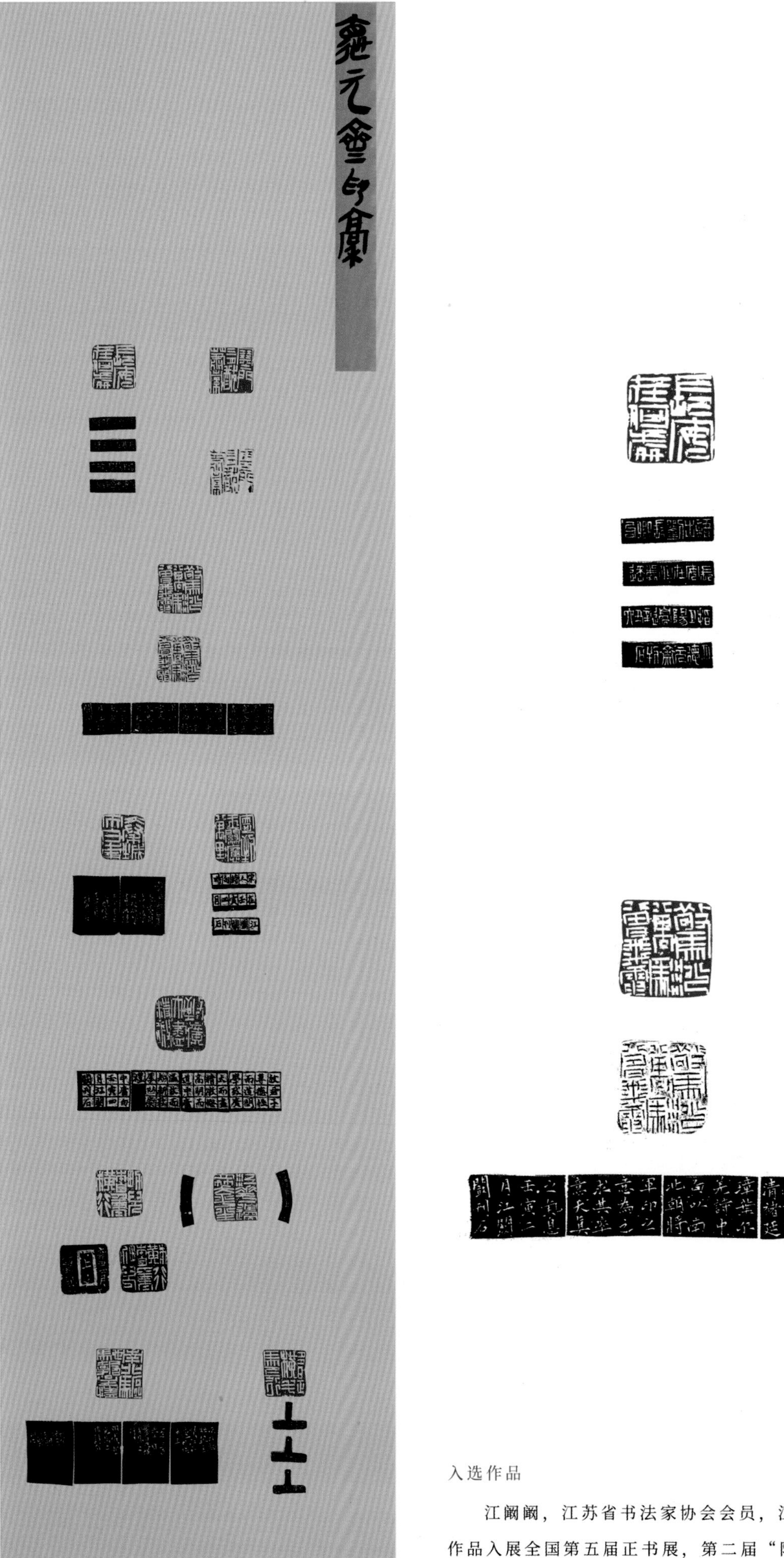

长安在何处（附边款）

惊沙万马曾飞电（附边款）

入选作品

江阚阚，江苏省书法家协会会员，江苏省篆刻研究会会员。作品入展全国第五届正书展，第二届“陈介祺奖”万印楼篆刻艺术大展。

池清露篆刻

溪畔听雨（附边款）

紫气东来（附边款）

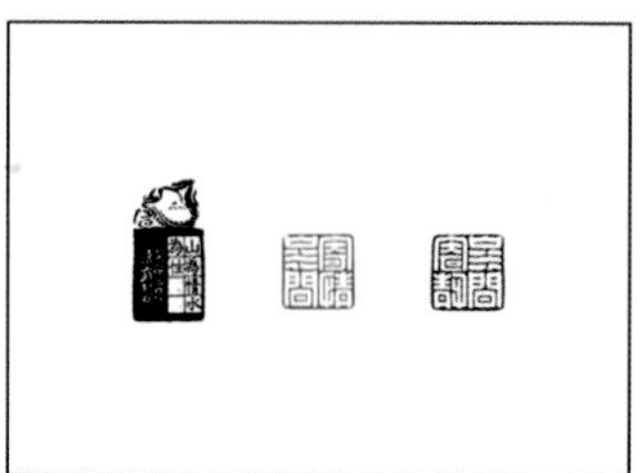

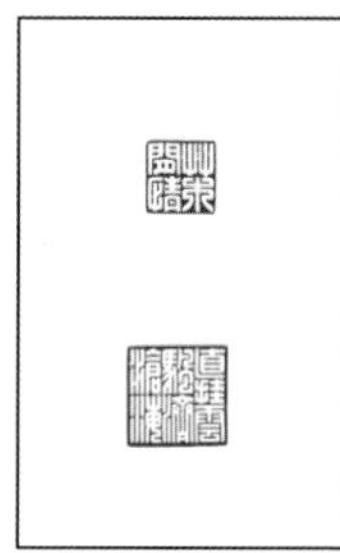

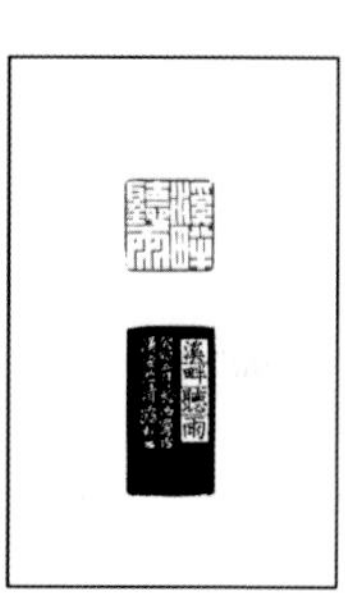

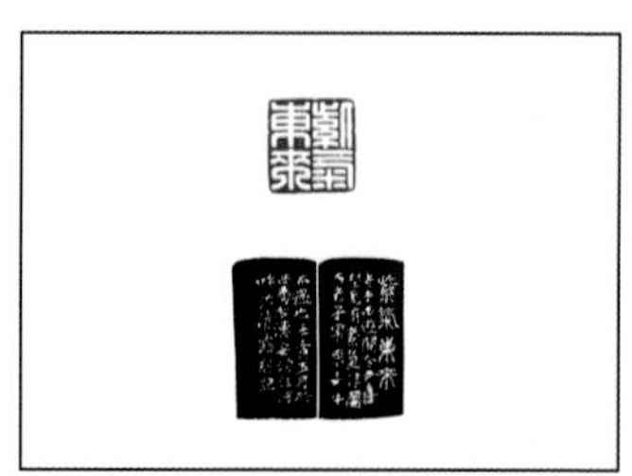

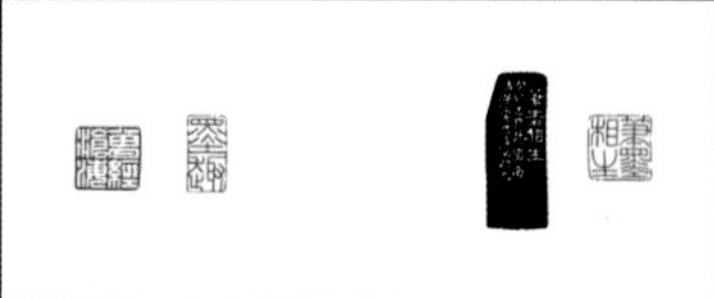

入选作品

池清露，内江市书法家协会会员，内江市汉安印社会员。

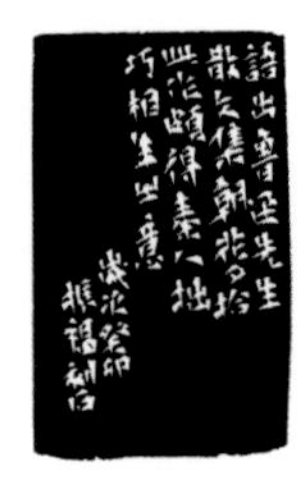

朝花夕拾（附边款）

以德为邻（附边款）

入选作品

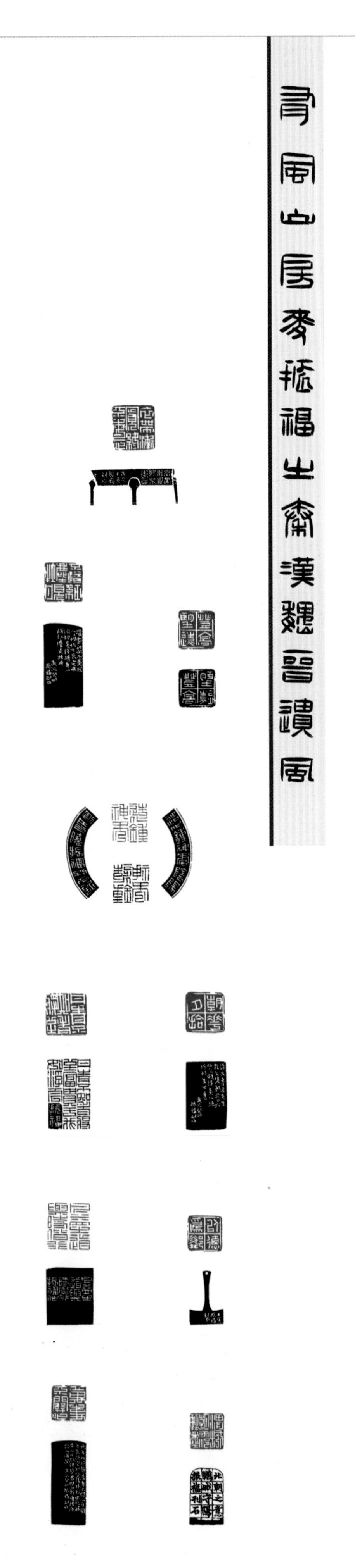

麦振福，广东省书法家协会会员，湛江市书法家协会会员，雷州市书法家协会会员，雷阳印社社员。

绿水青山就是金山银山（附边款）

民惟邦本（附边款）

入选作品

李小建，内蒙古书法家协会会员，兴安盟书法家协会理事。

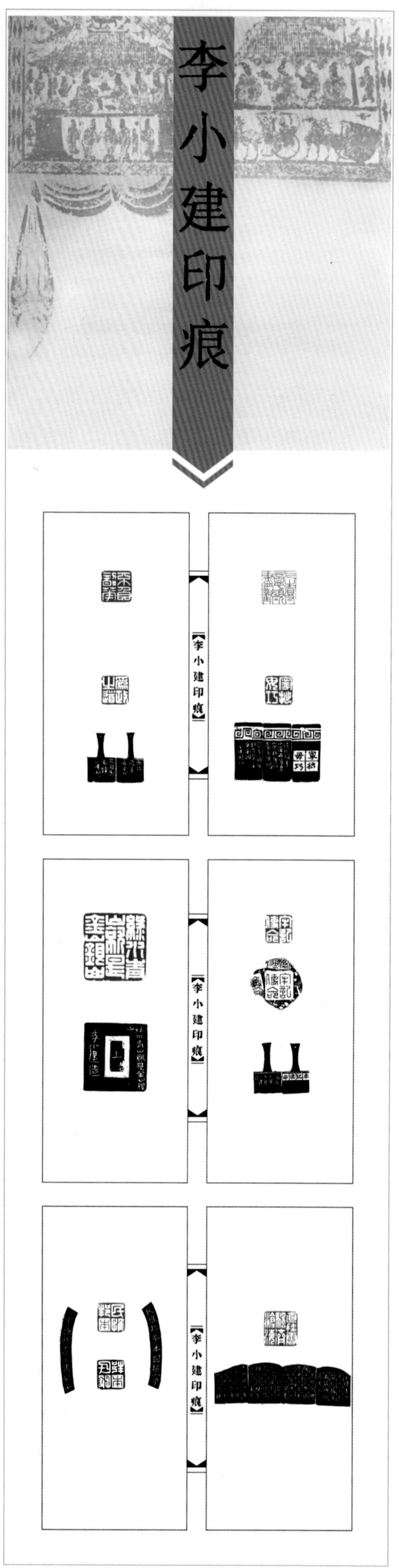

李天一印痕

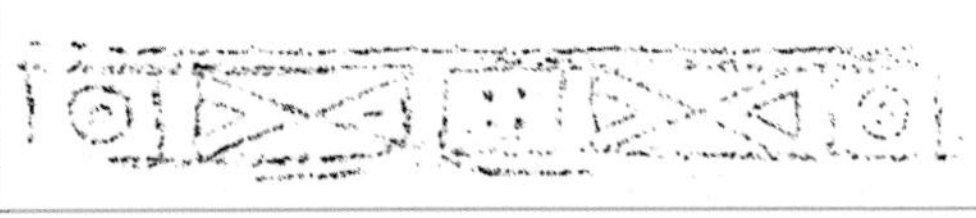

凡益之道，与时偕行（附边款）

濯枝（附边款）

入选作品

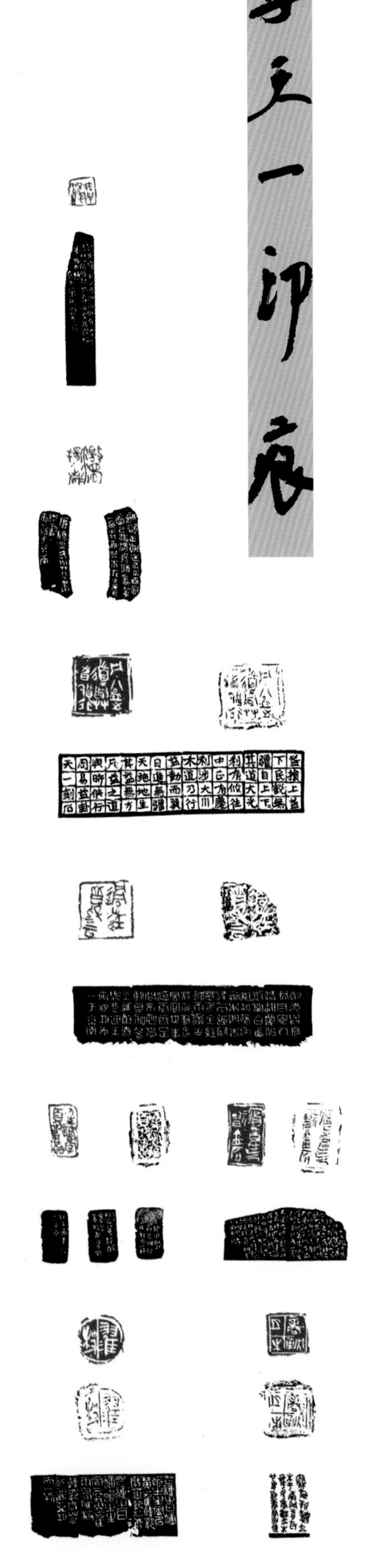

李天一，作品入展第三届“平复帖”杯国际书法篆刻大赛，“江山如画”庆祝新中国成立70周年暨第十届北京电视书法大赛三等奖，“爱河北爱家乡”青少年书画艺术作品展优秀奖。

看万山红遍（附边款）

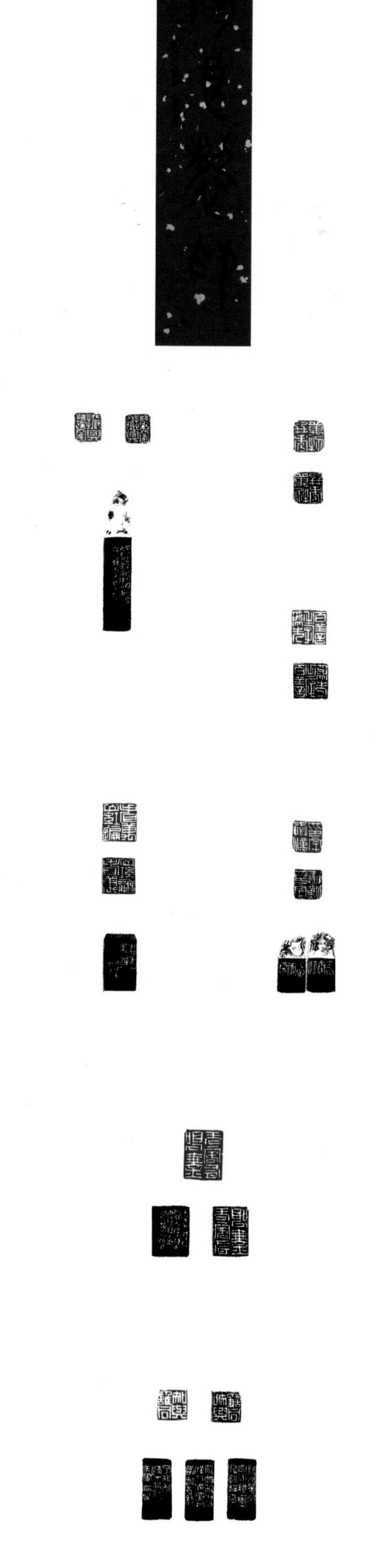

入选作品

李良，作品入展传承与弘扬·首届《十钟山房印举》国际临创大展，作品被中国水利博物馆收藏。

凡益之道，与时偕行

昆刀截玉露泥痕（附边款）

入选作品

李昱，作品入展第十二届全国书法篆刻展，全国第八届篆刻展，全国第二届扇面展，全国首届册页书法展，纪念傅山诞辰四百周年，第二届林散之奖书法双年展。

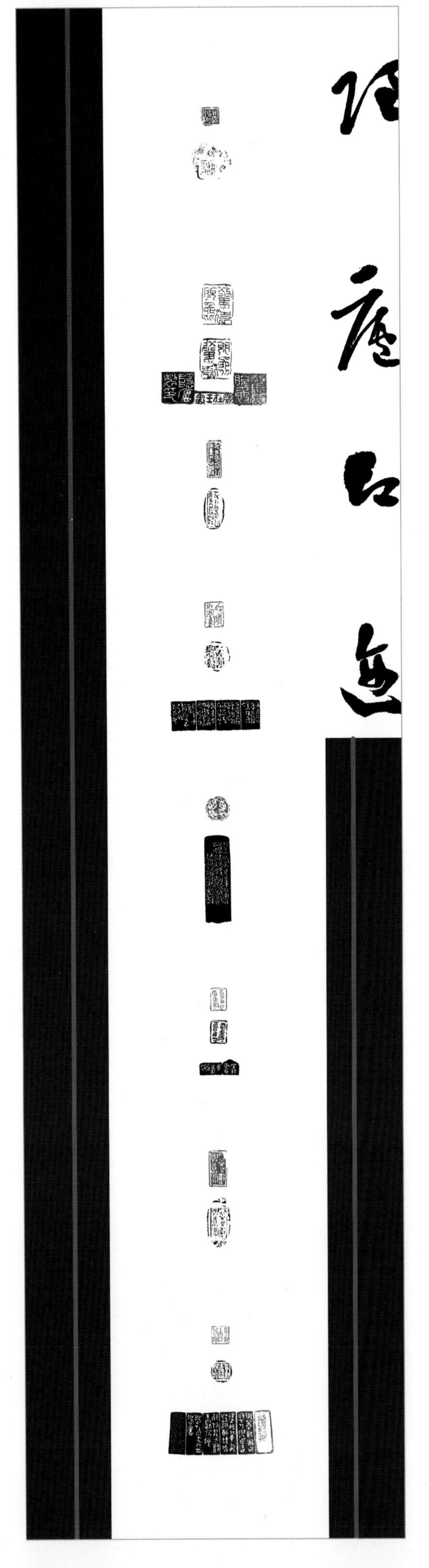

御风而行（附边款）

万紫千红（附边款）

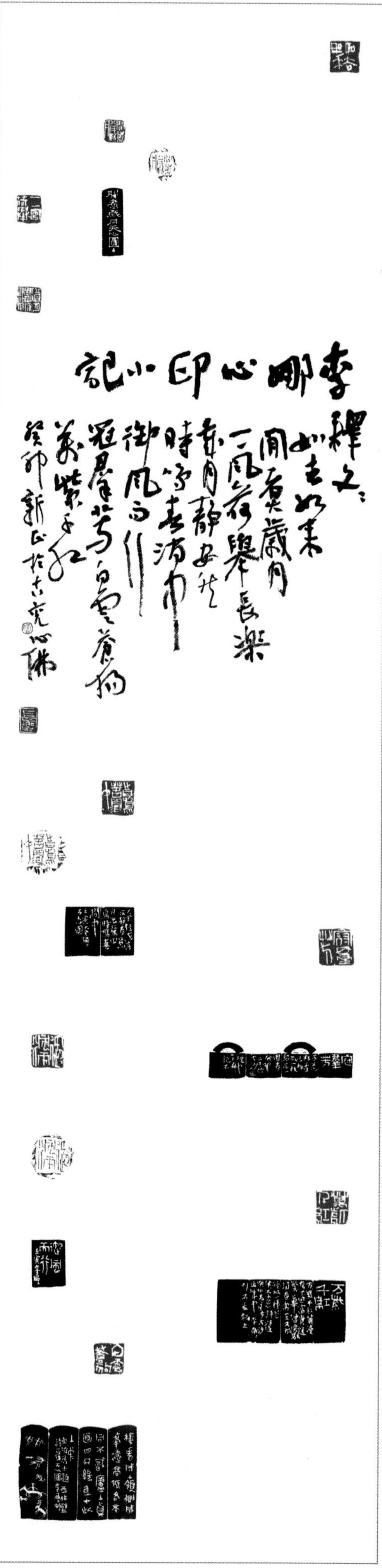

入选作品

李娜，作品入展《十钟山房印举》国际临创大展，洛宁印社社员展，“万印楼”当代国际篆刻精英收藏工程。

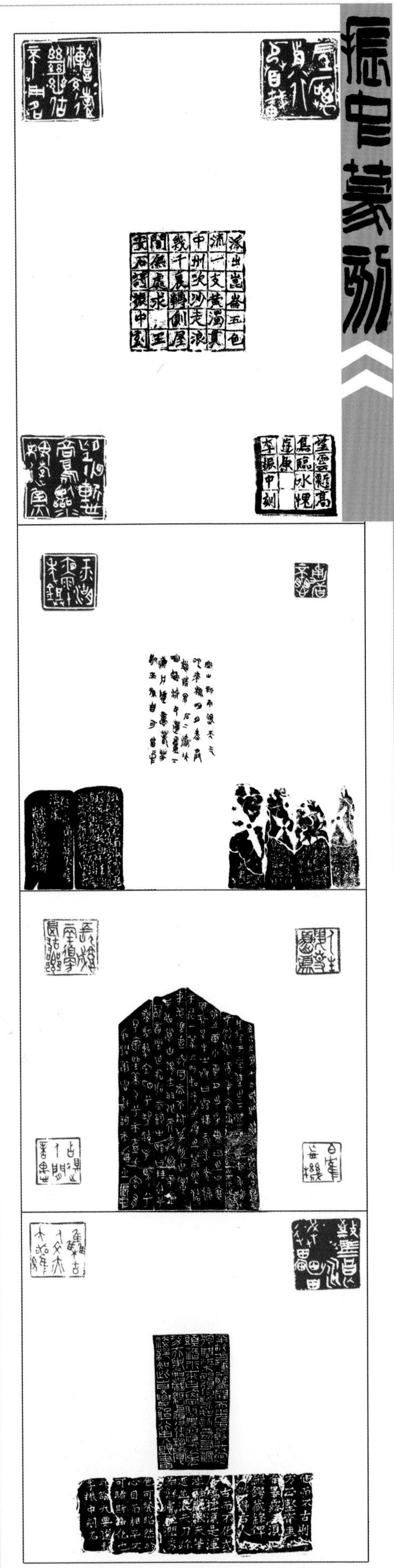

江湖夜雨十年灯（附边款）

白鹤忘机

入选作品

李振中，内蒙古书法家协会会员，中国诗书画研究会诗词研究中心创作员，“傅山奖”全国书法篆刻大赛优秀奖。

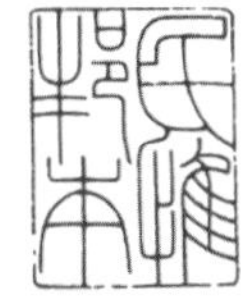

民惟邦行（附边款）

春山好处，空翠烟霏（附边款）

入选作品

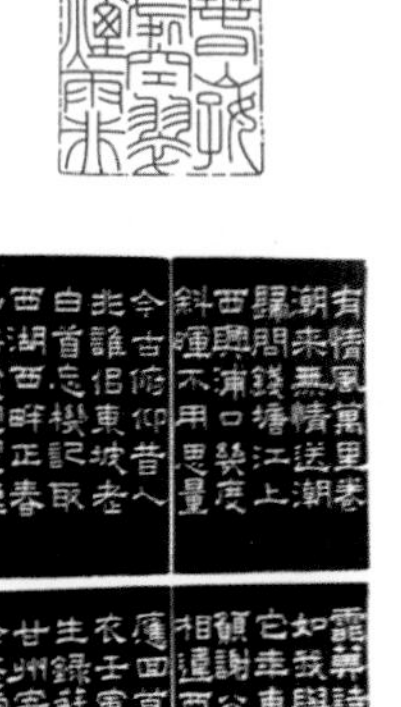

李谱生，作品入展安庆市首届书法篆刻作品双年展，入选鱼跃福地”第8届海峡两岸中青年篆刻大赛。

百尺樓楊濤篆刻印痕

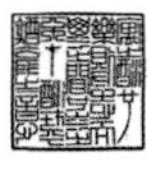

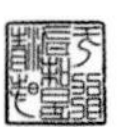

九层之台，起于垒土（附边款）

甘为孺子牛（附边款）

入选作品

杨涛，中国书法家协会会员，河南省书法家协会会员，河南印社社员，安阳学院特聘书法老师。作品获奖全国第八届篆刻艺术展。

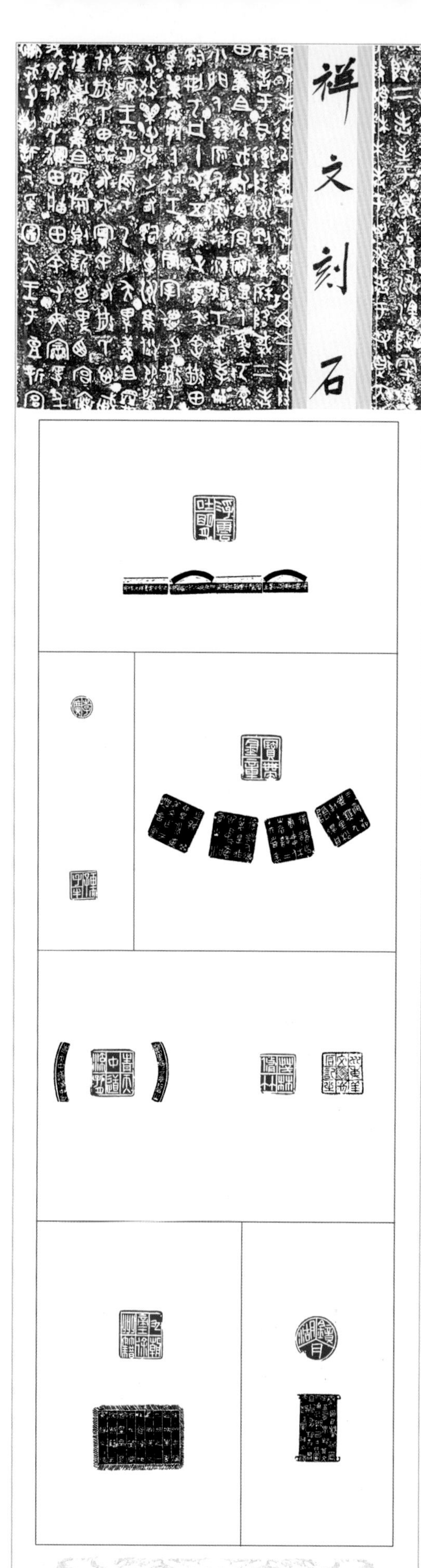

浮云吐明月（附边款）

镜湖月（附边款）

入选作品

杨祥文，四川省书法家协会会员。作品入展“福泽东方”第七届海峡两岸中青年篆刻大赛，湖湘文明·农耕传承篆刻艺术展。

新院篆刻印迹

莫教笔墨负兰亭（附边款）

竹新无俗韵，松古有劲风（附边款）

入选作品

杨新院，作品入展河南省第二届中青年篆刻展，兰亭雅集全国书画篆刻邀请展，金秋风华全国篆刻展，湖湘文明·农耕传承全国篆刻艺术展等。

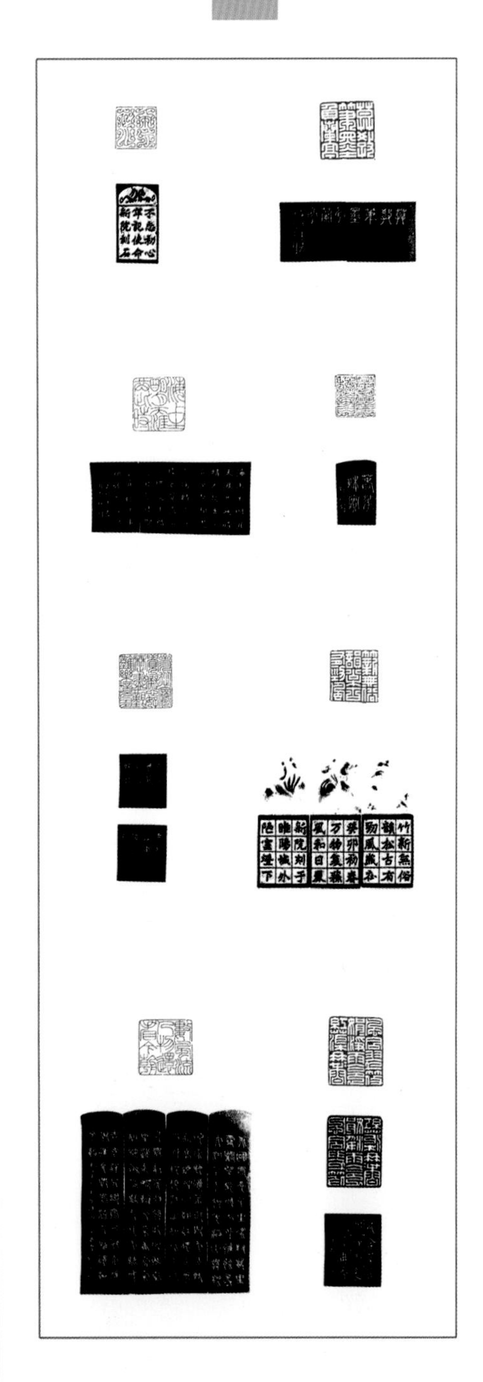

吴明重

凡益之道，与时偕行

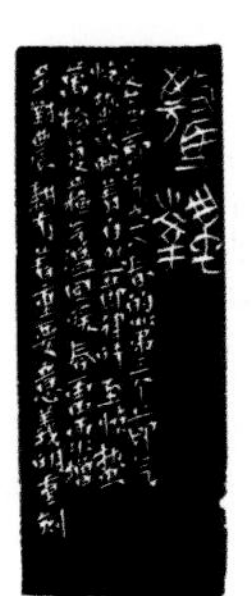

惊蛰（附边款）

入选作品

吴明重，中国书法家协会会员，陕西省美术家协会会员，陕西省青年书法家协会理事，安康青年书法家协会副主席，西安市美术家协会会员，骊山印社理事，终南印社社员，天津印社社员。

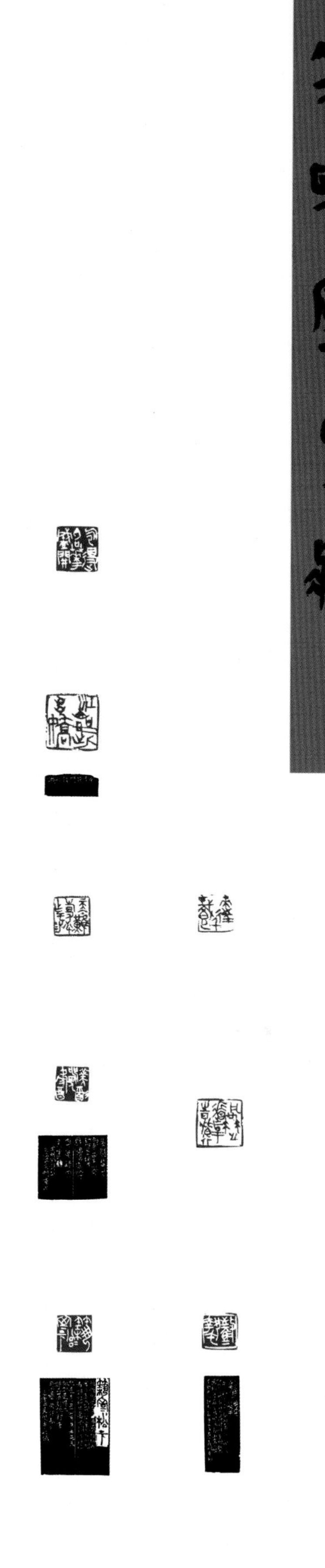

安得广厦千万间

将军白发征夫泪（附边款）

入选作品

吴展旗，作品入展湖南省第三届中青年书法大赛篆刻展，印见开福·中华优秀传统文化经典篆刻展，第七届海峡两岸篆刻大展，首届《十钟山房印举》国际临创大展。

何沖印迹

长安乐

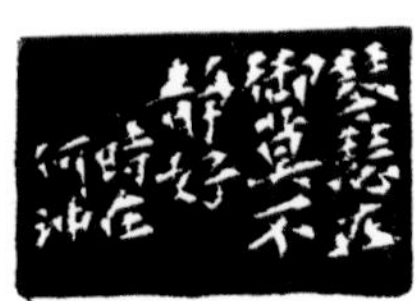

琴瑟在御，莫不静好（附边款）

入选作品

何沖，湖北省书法家协会会员，辽宁省书法家协会会员，武汉书法家协会篆刻委员会委员，武汉美术家协会会员。

谷彦生印留

世纪伟业（附边款）

春风不度玉门关（附边款）

入选作品

谷彦生，河南省书法家协会会员，河南印社社员，中国教育学会书法教育委员会会员，濮阳市书法家协会理事，濮阳市美术家协会会员，清丰县书法家协会理事。

下马饮君酒（附边款）

穆如清风（附边款）

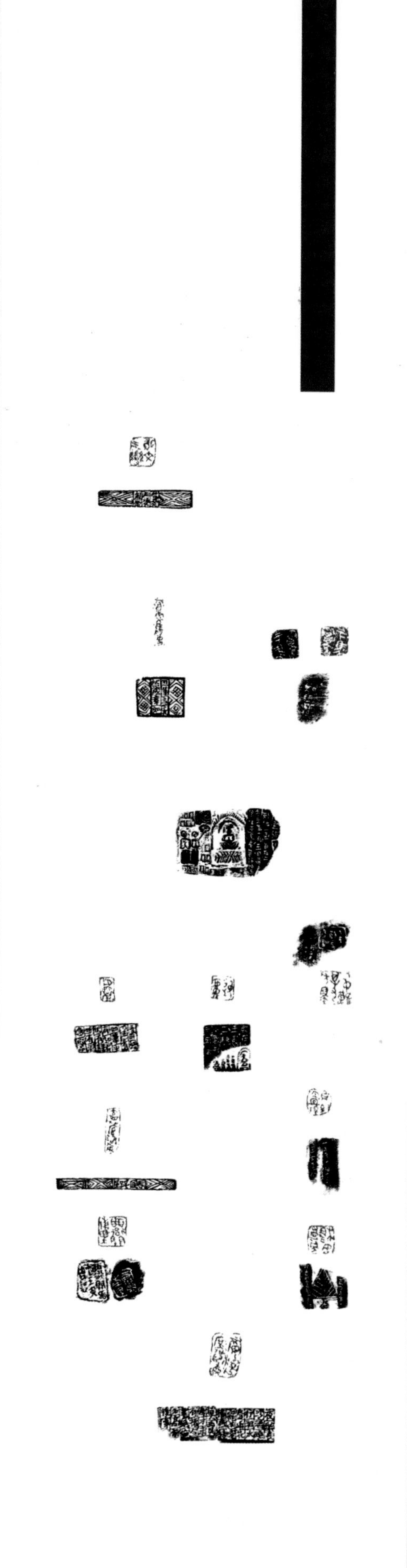

入选作品

汪如哲，江西省书法家协会会员。作品入展首届《十钟山房印举》国际临创大展，徐州市第三届篆刻刻字作品展，笔祖·蒙恬杯全国书画篆刻大赛，南昌市第四届书法篆刻展。

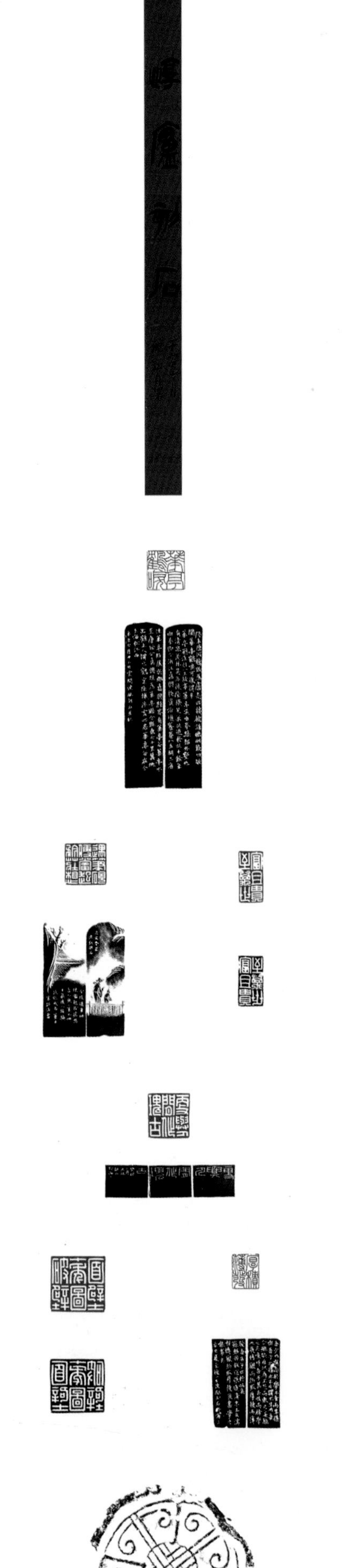

面壁十年图破壁

厚积薄发（附边款）

入选作品

沈钰，上海市书法家协会会员，上海市青年书法家协会理事，浦东篆刻会会员等。

国色天香（附边款）

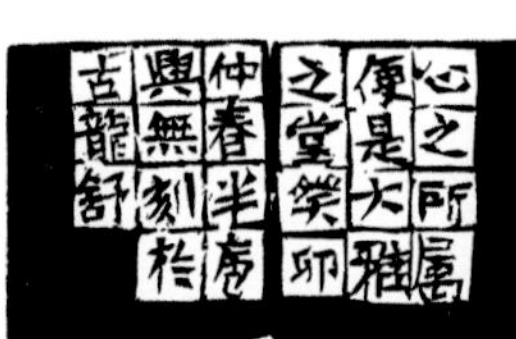

心之所属，便是大雅之堂（附边款）

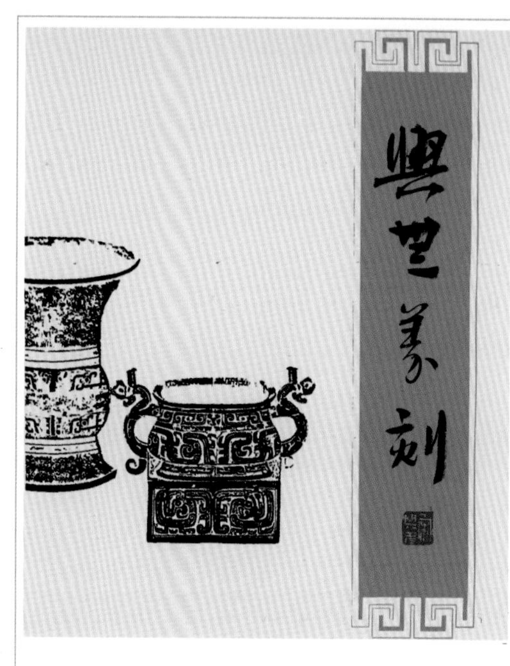

入选作品

宋兴无，安徽省书法家协会会员，安徽结庐印社社员。作品入选“中国书法·年展”全国书法作品展等。

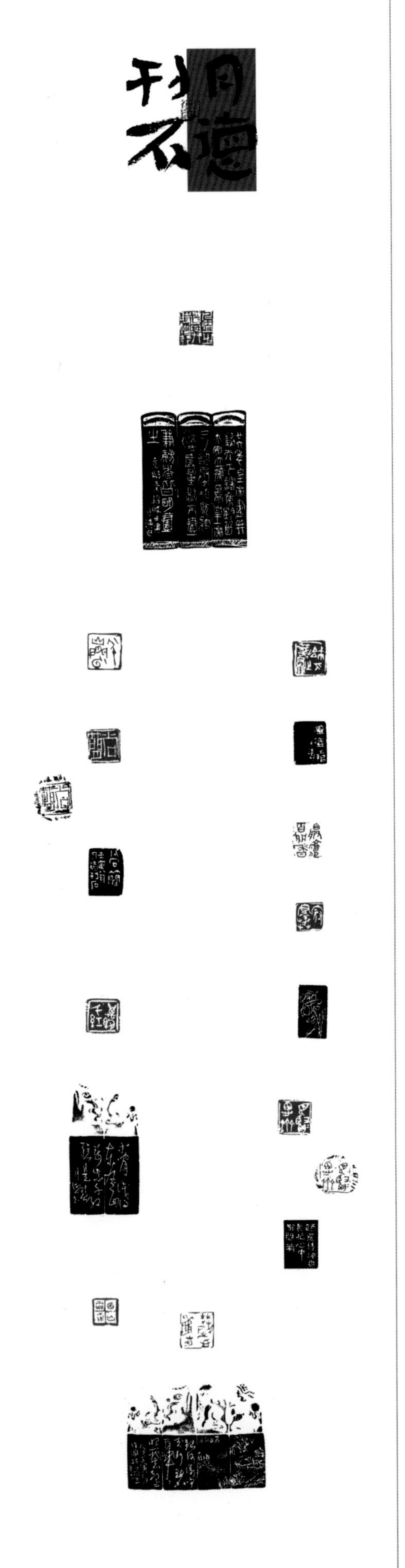

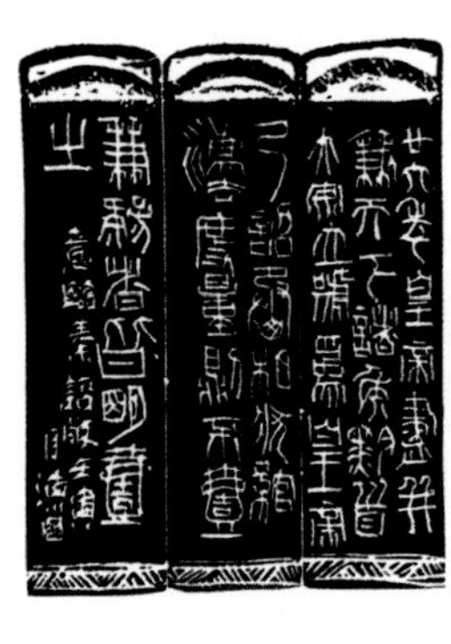

凡益之道，与时偕行（附边款）

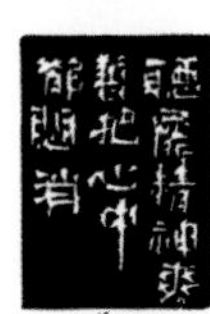

见贤思齐（附边款）

入选作品

张月德，青海省书法家协会，美术家协会会员，济宁印社理事，济宁书法家协会，美术家协会理事，中国国家画院郭石夫、吴悦石工作室画家。作品入展首届国际《十钟山房印举》临创展。

平心得福寿

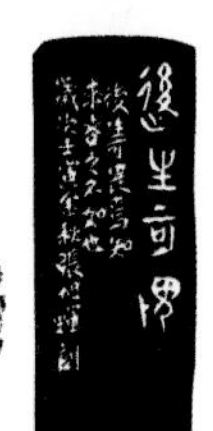

后生可畏（附边款）

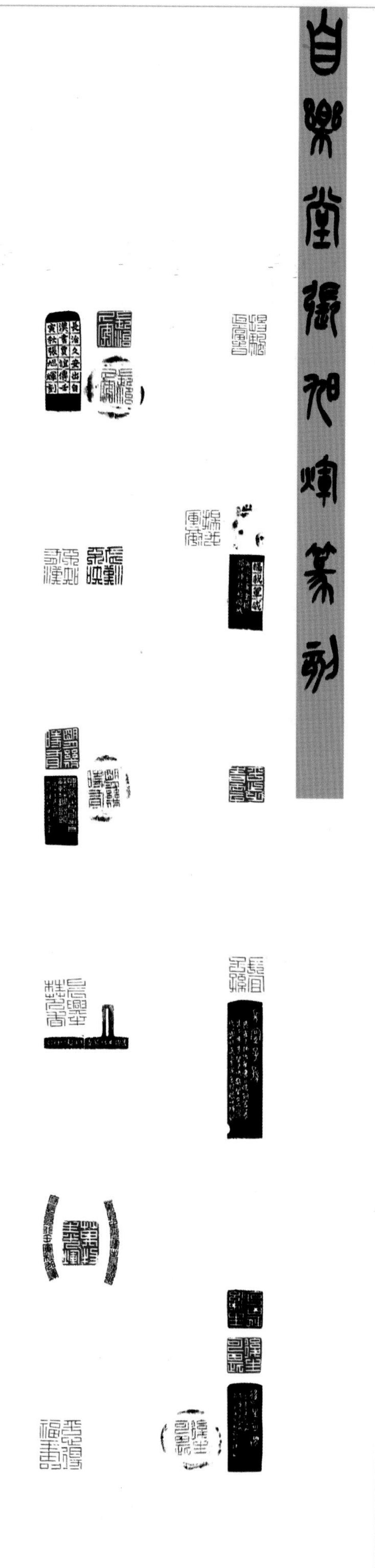

入选作品

张旭辉，西泠印社社友会会员，晋阳印社社员，宣城市书法家协会篆刻委员会主任。作品入展全国第三届老年书法作品展等。

張志成印存

白璧黄金万户侯

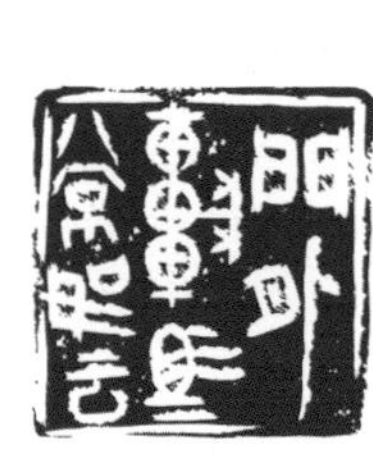

门外车马常如云

入选作品

张志成，黑龙江省书法家协会会员，青少年书法报艺术委员会委员。作品获得全国西泠印社社友会书画篆刻大赛银奖，黑龙江省大学生书法篆刻展最高奖，作品入展西泠印社第九届国际篆刻艺术评展等。

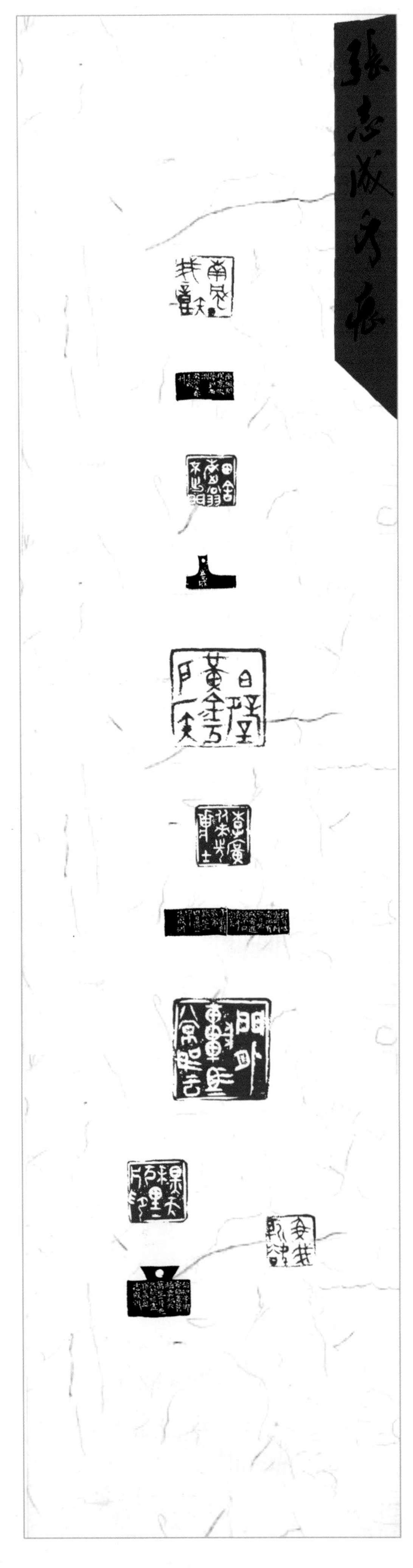

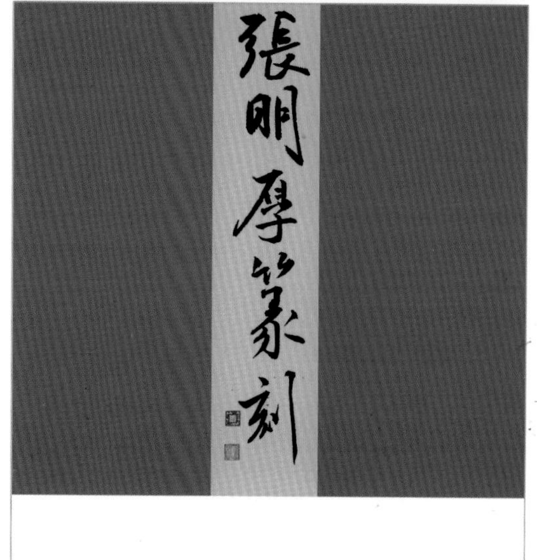

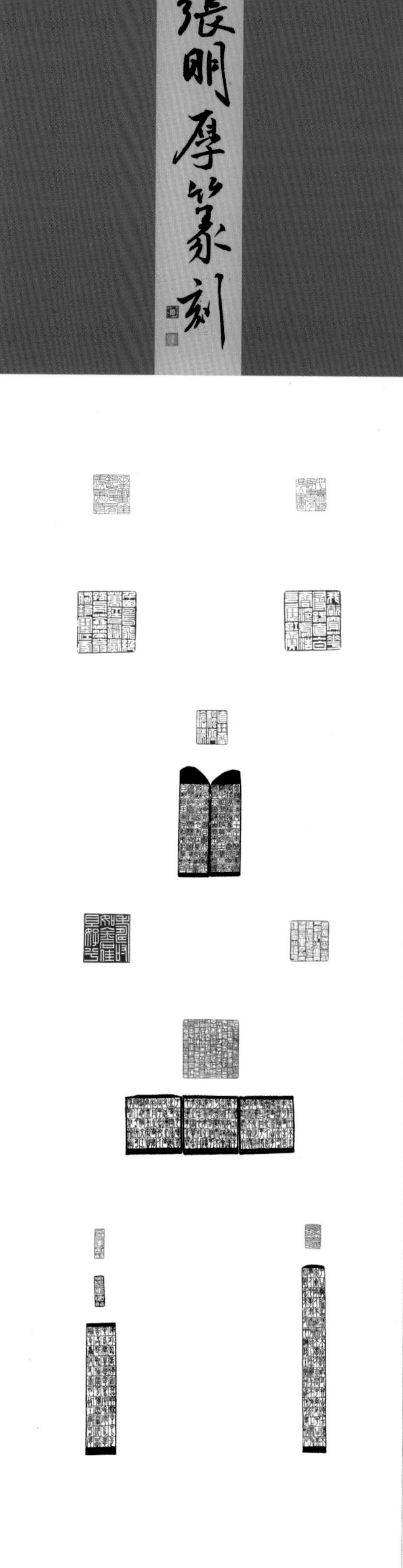

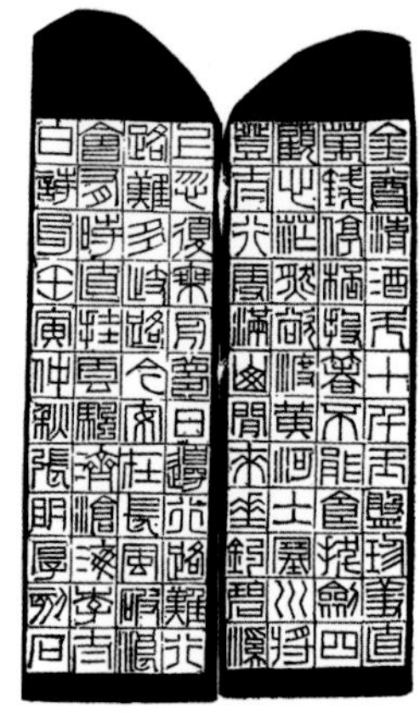

直挂云帆济沧海（附边款）

寿如金石，佳且好兮

入选作品

张明厚，作品获得“万印楼”当代国际篆刻精英收藏工程精英奖，作品入展辽宁省第三届篆刻艺术展，“金石永固·篆錾病毒”辽宁省篆刻家为武汉加油主题网络展。

金石之交

安且吉兮（附边款）

入选作品

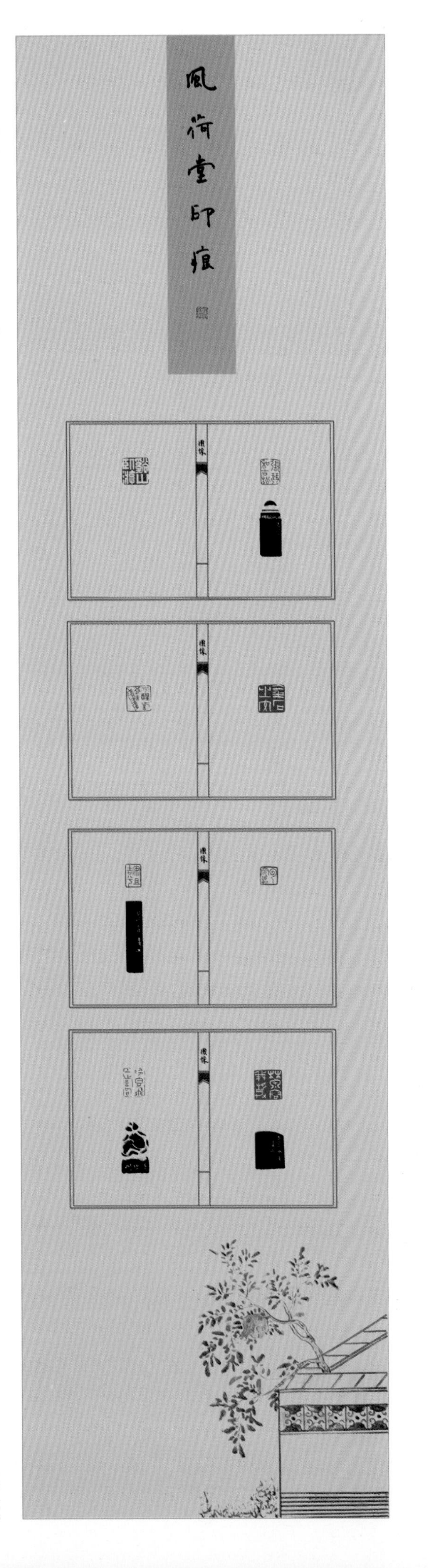

张挥，中国书法家协会会员，淮上印社理事，河北美院书法学院特聘教授，淮安市青年文艺家协会副主席等。

张桂民篆刻

大风起兮云飞扬（附边款）

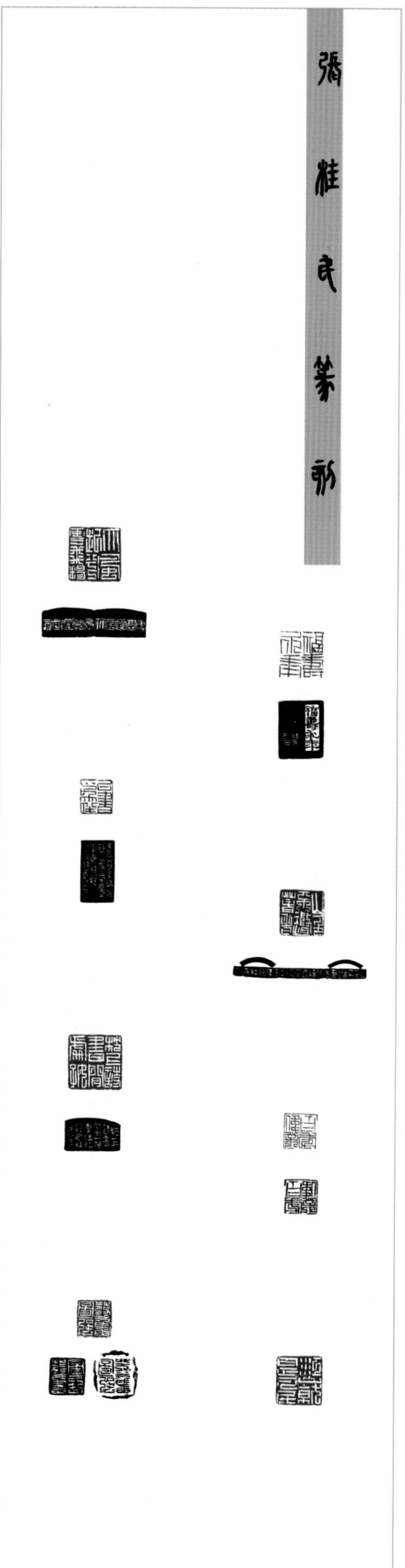

福寿永年（附边款）

入选作品

张桂民，密州印社理事。作品入展第三、四届诸城市“美美与共追梦同行”群众书画精品展。

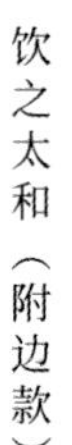

饮之太和（附边款）

此中有真意，欲辩已忘言（附边款）

入选作品

张党生，中华诗词协会会员，中国散文协会会员，中国硬笔书法协会会员，黑龙江省书法家协会会员，天津印社社员，双鸭山市书法家协会副主席，双鸭山印社副社长。

何人待晴暖

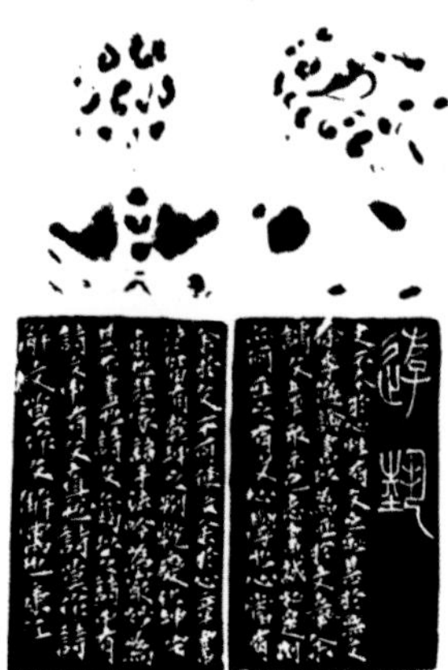
游艺（附边款）

入选作品

张康江，吉林省书法家协会会员，长春市书法家协会会员。作品入展获奖“中国美·劳动美”长春市职工书画摄影展等。

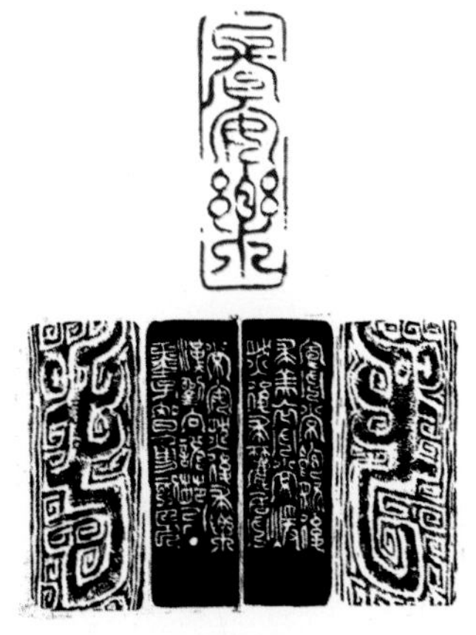

长安乐（附边款）

直挂云帆济沧海（附边款）

入选作品

张智勇，中国金融书法家协会会员，江苏省书法家协会会员，江苏省篆刻研究会会员。

江右子弟

我有凌云之志

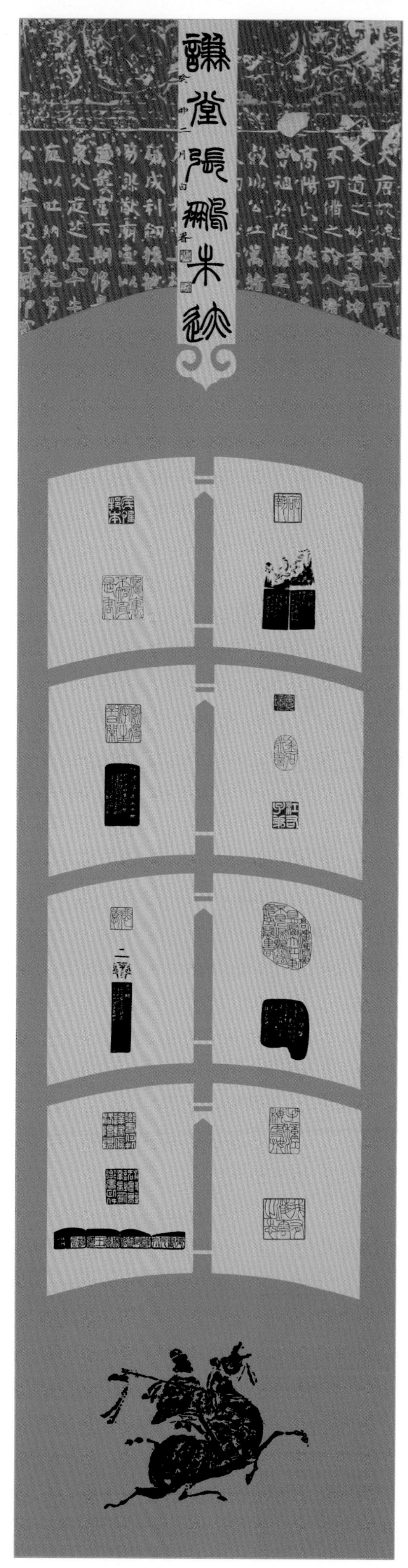

入选作品

张鹏，陕西省书法家协会会员。作品入展“以篆入印”——邓石如、吴让之、徐三庚、赵之谦 当代印风创作研究主题展。

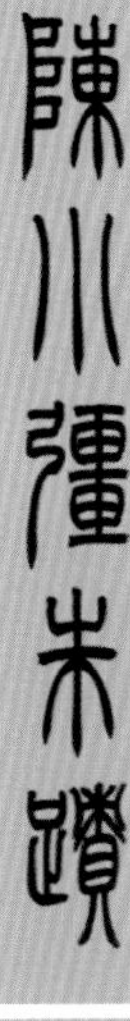

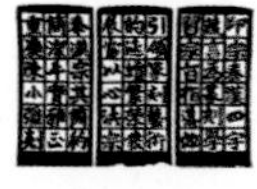

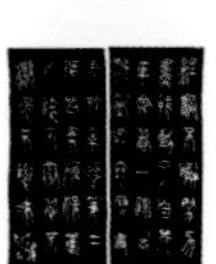

为中华民族谋复兴（附边款）

不负人民（附边款）

入选作品

陈小强，作品多次参加全国性书法篆刻比赛并入展。

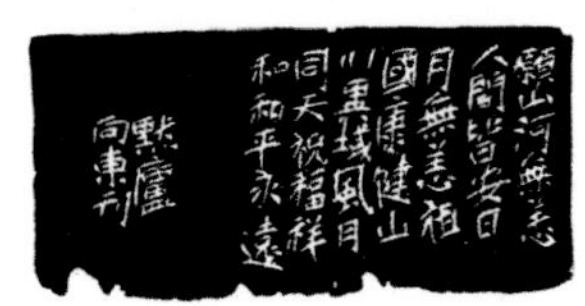

山河无恙（附边款）

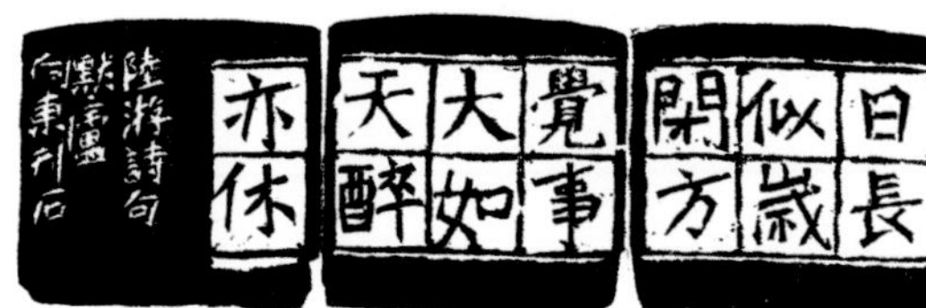

事大如天醉亦休（附边款）

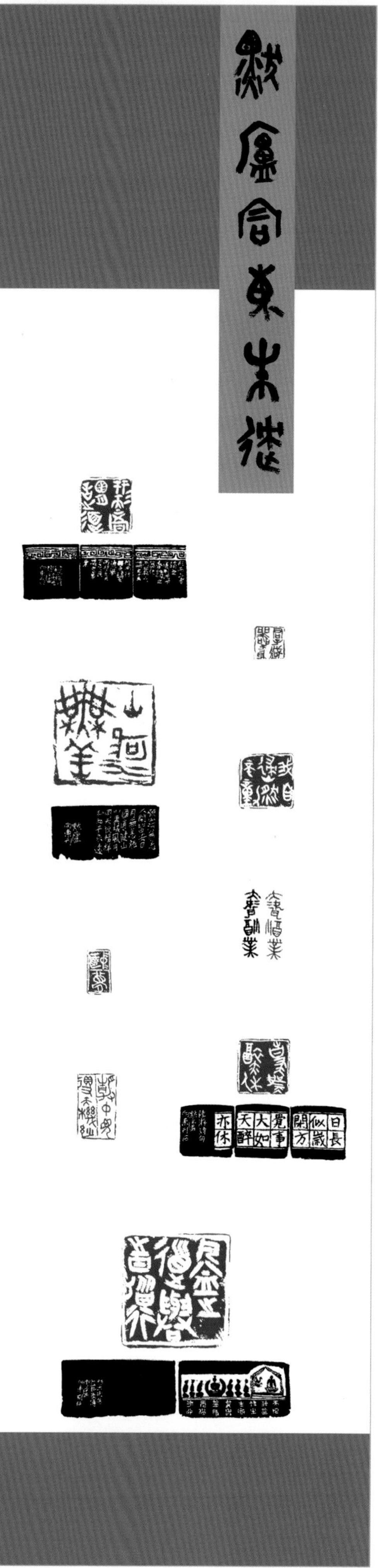

入选作品

陈向东，中国书法家协会会员，上饶师范学院书法教育研究所所长，江西省书协培训中心教师，江西省书协学术委员会秘书长。

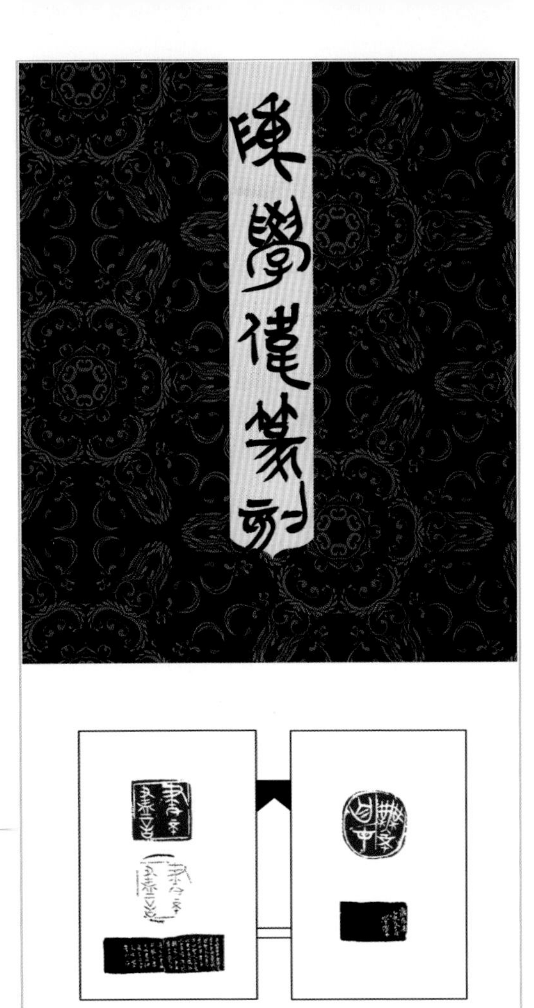

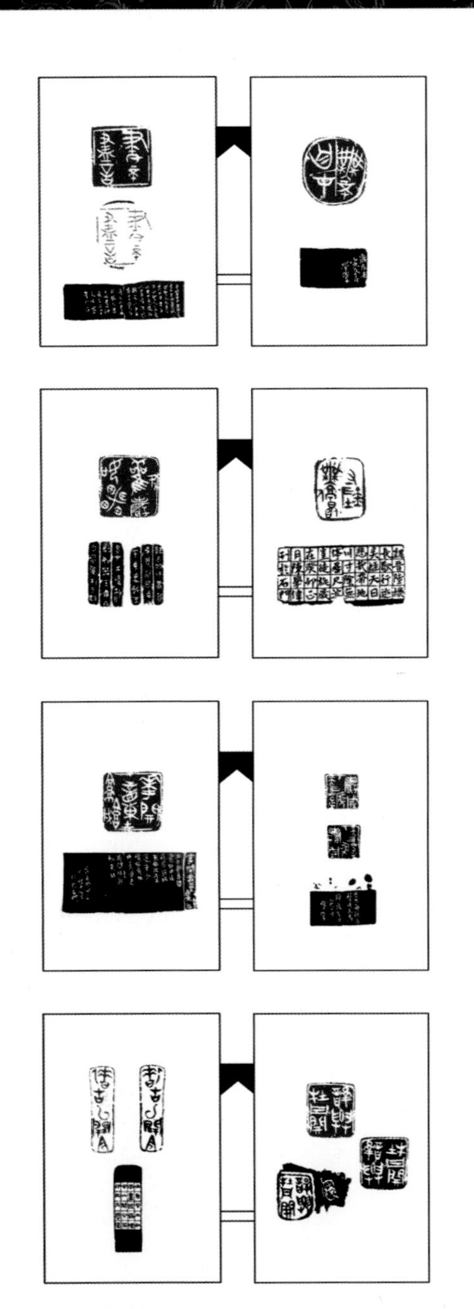

书不尽言（附边款）

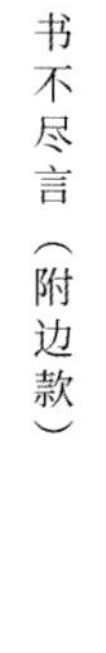

欢声如雷（附边款）

入选作品

陈学伟，作品入展广西教育系统第七届“园丁杯”，“万印楼”当代国际篆刻精英收藏工程，“奋进新时代·翰墨展华章”二十大精神全国主题书法篆刻展。

直挂云帆济沧海（附边款）

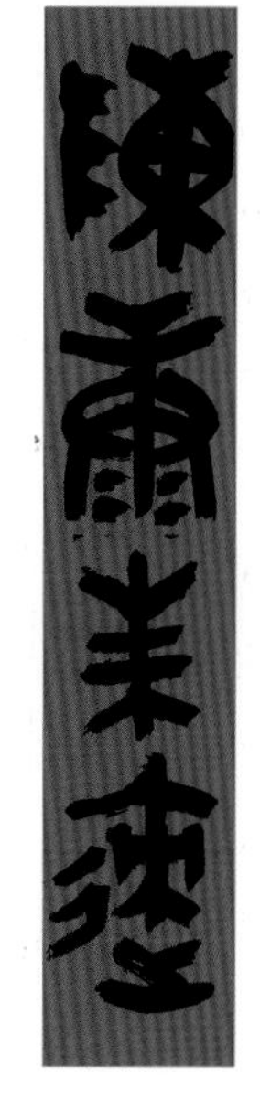

入选作品

陈康，作品入展“万印楼”国际精英工程，入选“鱼跃福地”第八届海峡两岸中青年篆刻大赛。

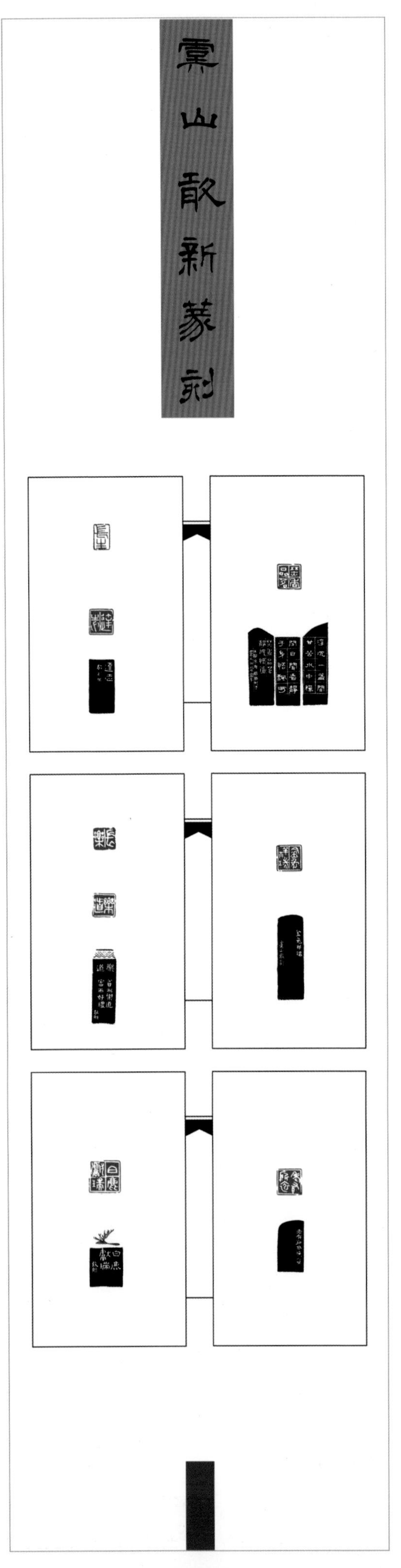

乐道（附边款）

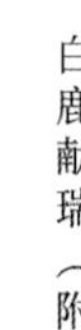

白鹿献瑞（附边款）

入选作品

陈敢新，虞山印社社员，孔阳印社副秘书长，中山印社社员，铎滋印社社员，百山印社、石门印社、崂山印社、云南印社舍友会会员。

永受嘉福

观自在（附边款）

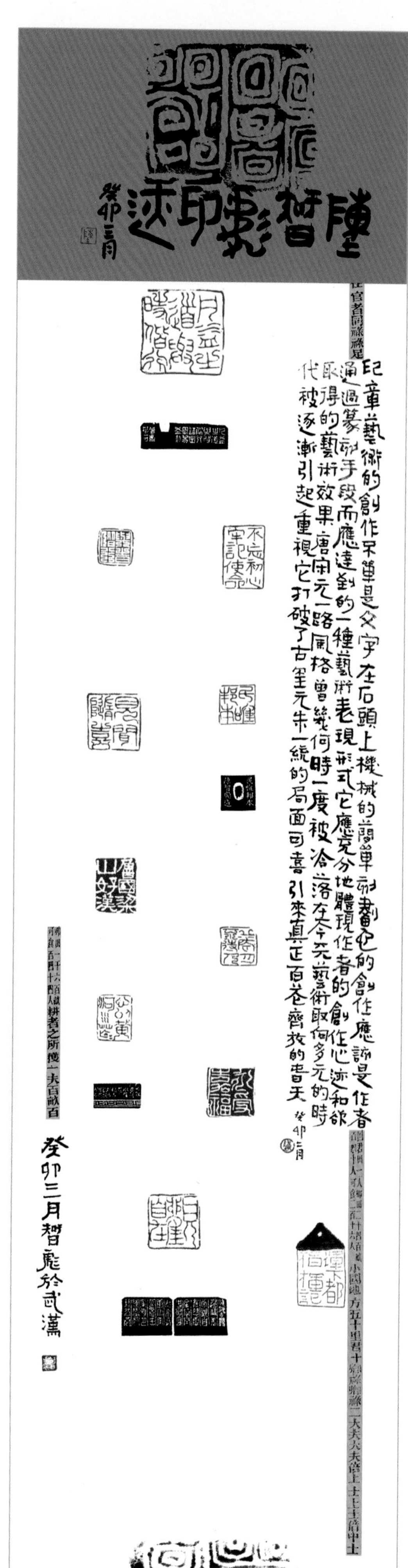

入选作品

陈智彪，作品多次参加省市书画篆刻展。

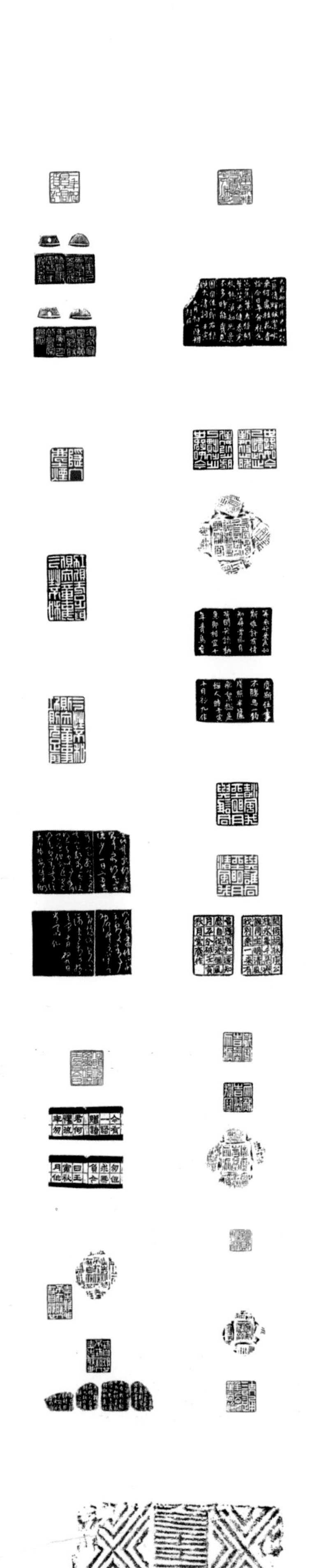

隐入尘烟（附边款）

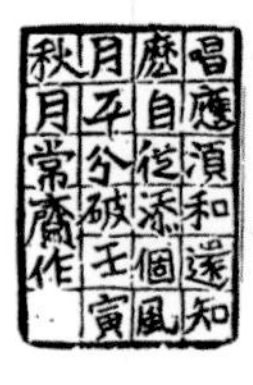

与谁同坐，明月清风我（附边款）

入选作品

陈翔，孔阳印社理事。

金石癖（附边款）

佛像印（附边款）

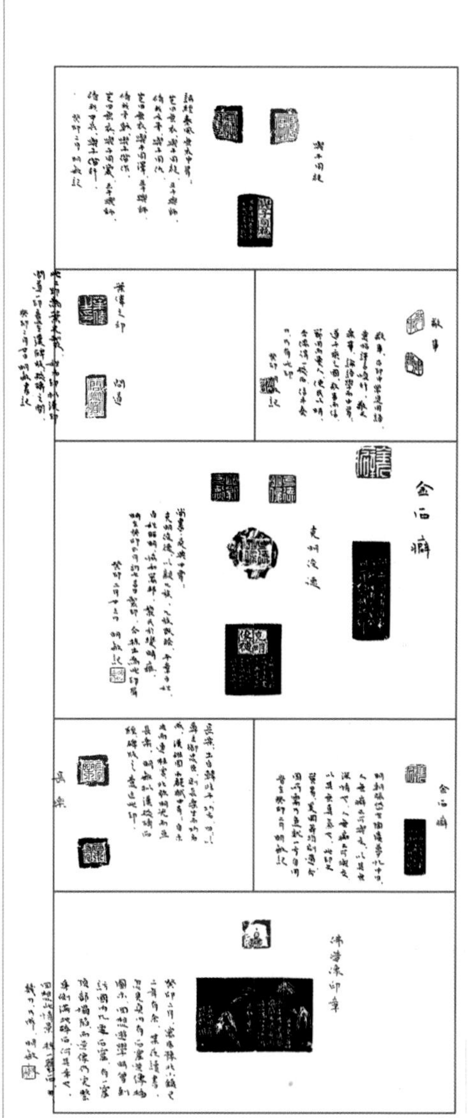

入选作品

邵明敏，泉州市书协会员。作品入展笔祖▪蒙恬杯全国书画篆刻大赛。

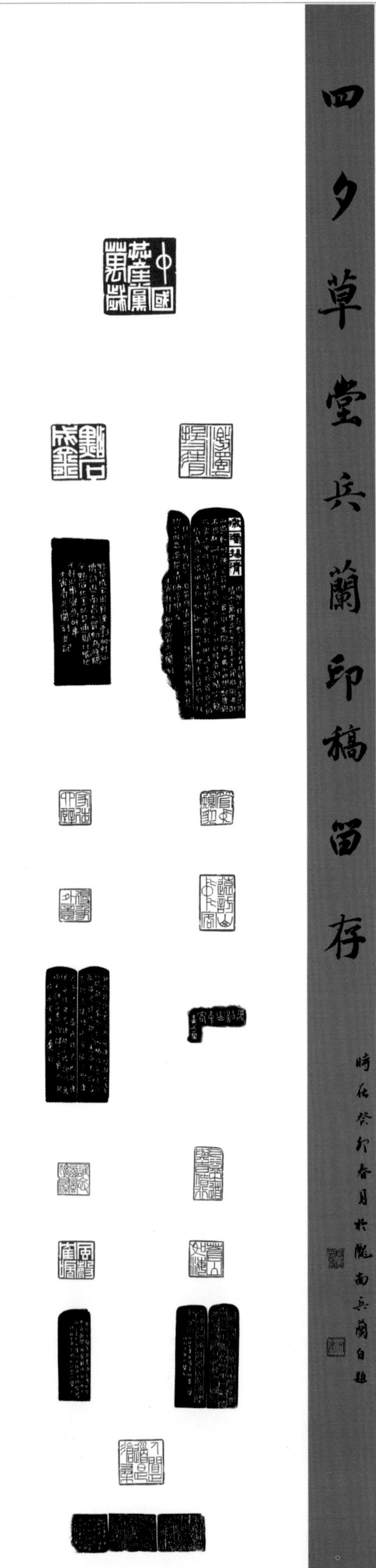

中国共产党万岁

激浊扬清（附边款）

入选作品

罗兵兰，甘肃省书法家协会会员，甘肃印社社员，陇南市书法家协会会员，三河市书法家协会会员，燕山书法家协会会员。作品被万佛寺、延庆区文化馆永久收藏。

慎独

和为贵

遁园篆刻

癸卯二月季诚自署

入选作品

季诚，作品入展全国首届篆刻艺术展。

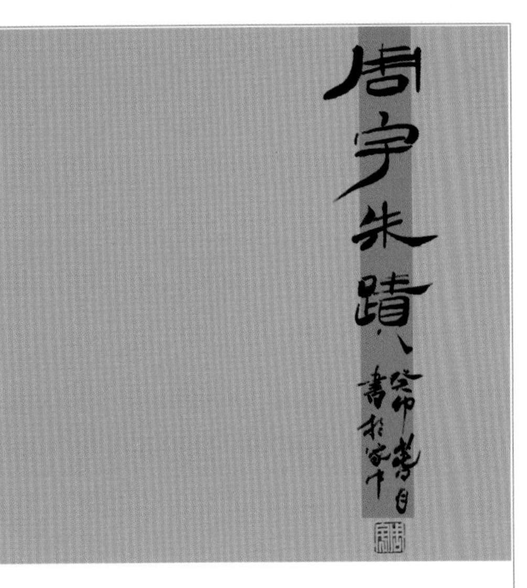

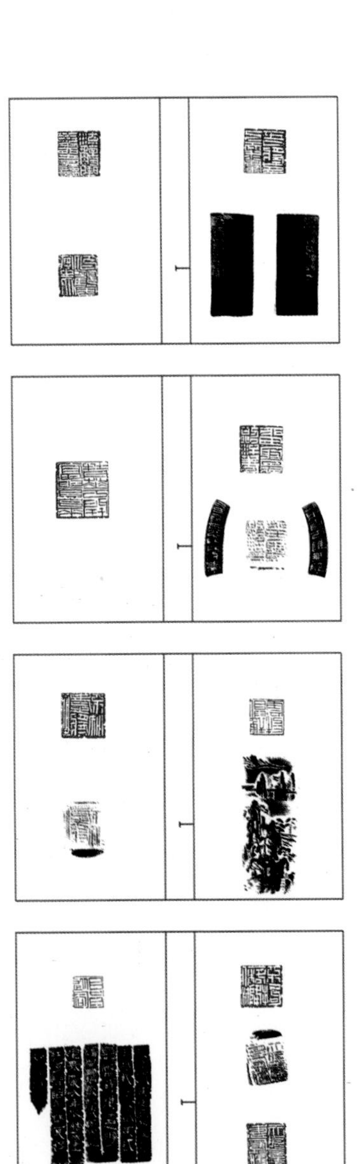

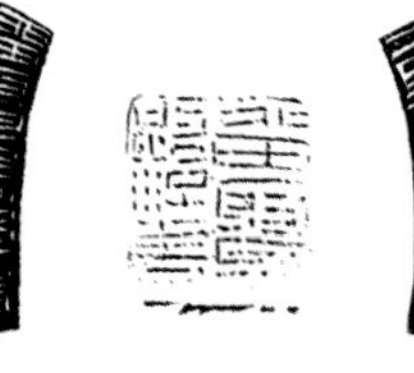

留取丹心照汗青（附边款）

云物俱鲜（附边款）

入选作品

周宇，作品入展全国第九届篆刻展。

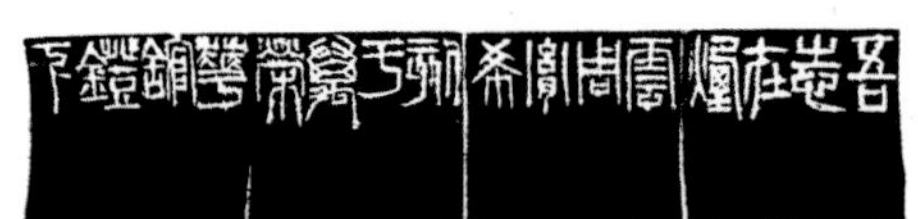

吾志在烟云（附边款）

金石永寿

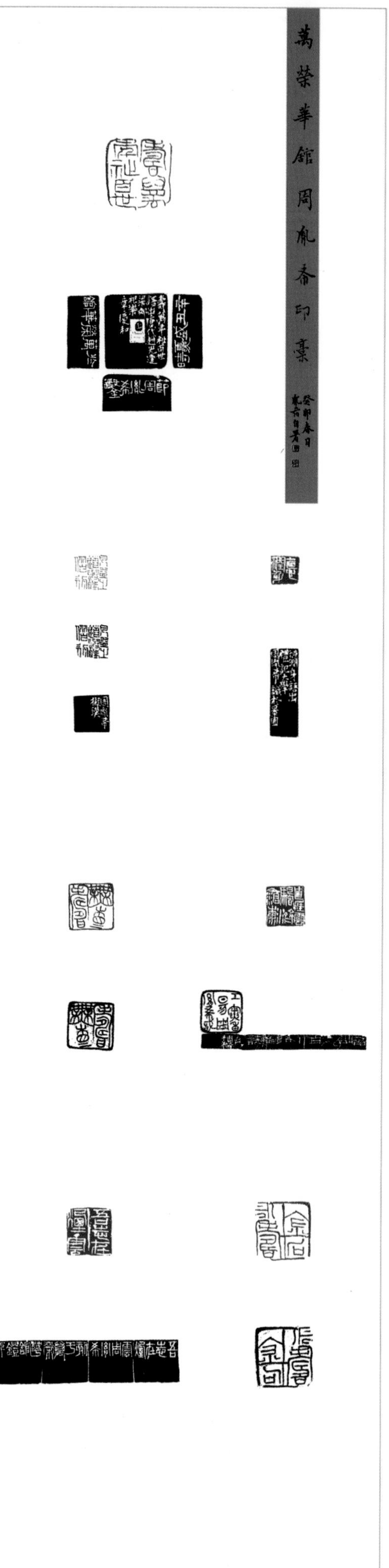

入选作品

周胤希，江苏省书法家协会会员，淮上印社副秘书长。获第二届淮安书法奖，作品入展首届江苏省“杨沂孙·书法篆刻作品展”，“青墩古韵”江苏省甲骨文书法篆刻作品展。

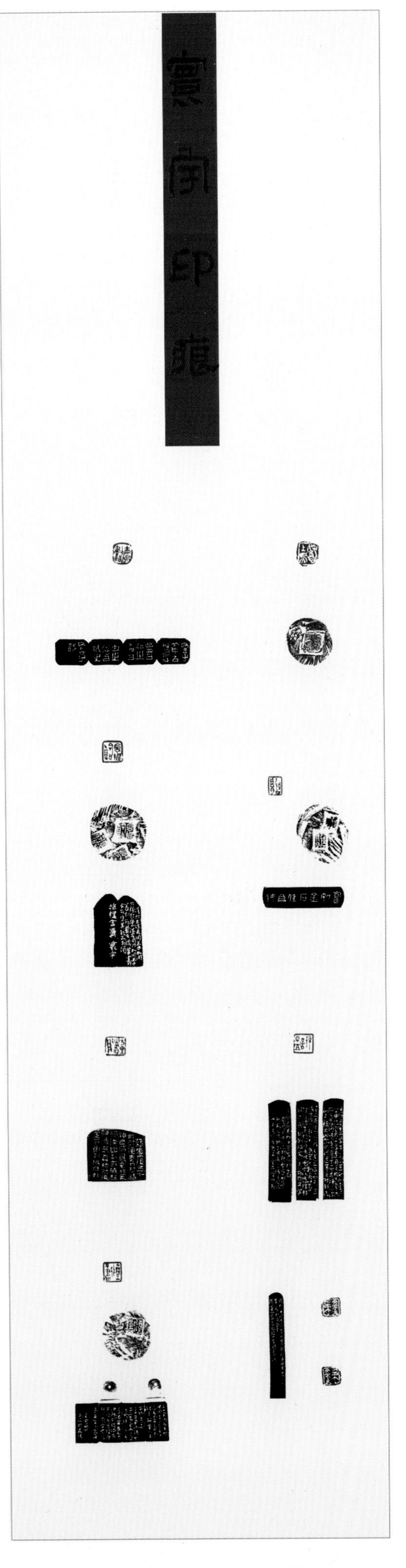

强其骨（附边款）

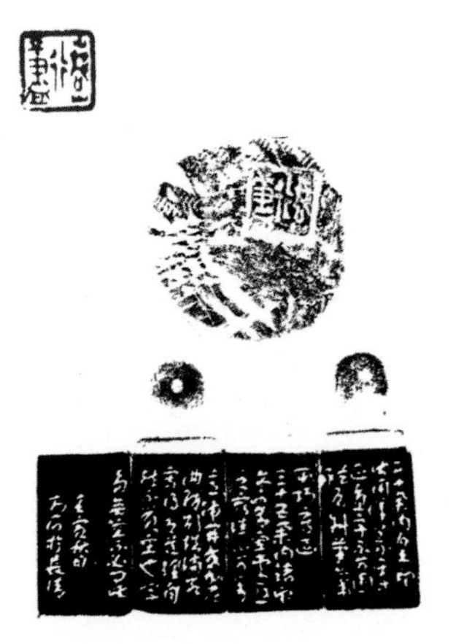

青山行不尽（附边款）

入选作品

孟寰宇，山东省青年书法家协会会员。作品入展“傅山奖”全国书法篆刻作品展，首届《十钟山房印举》国际临创大展，第四届吉林省书法双年展。

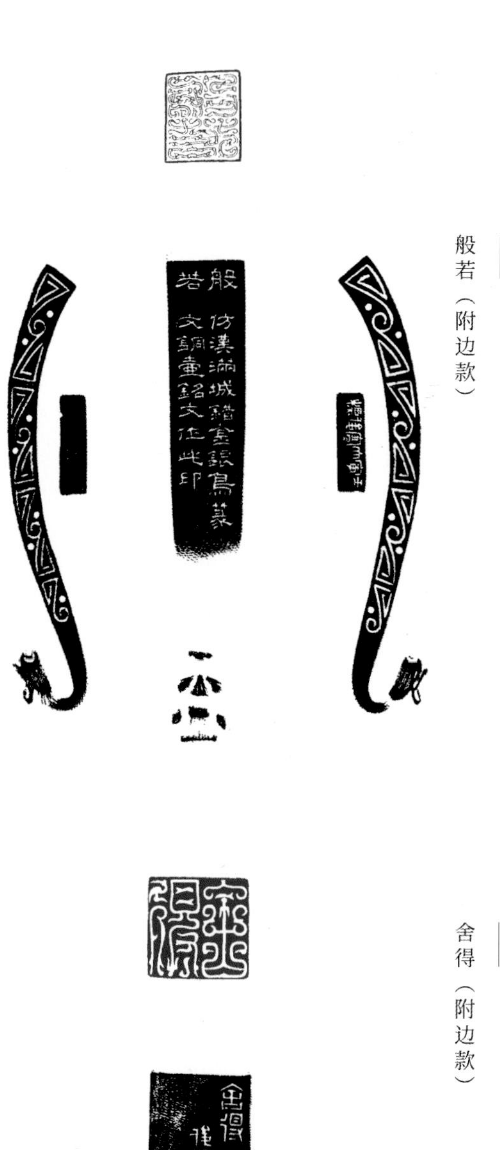

般若（附边款）

舍得（附边款）

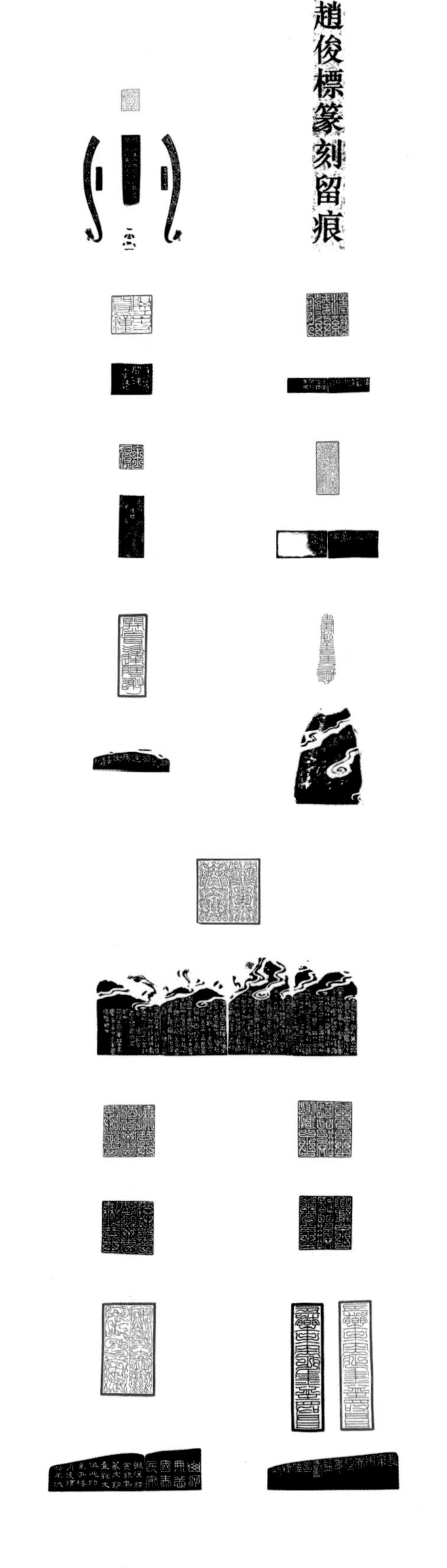

入选作品

赵俊标，作品入展“百年印记”全国篆刻大赛，“万印楼”当代国际篆刻精英收藏工程，第五届“红棉杯”广州市书法篆刻大赛。

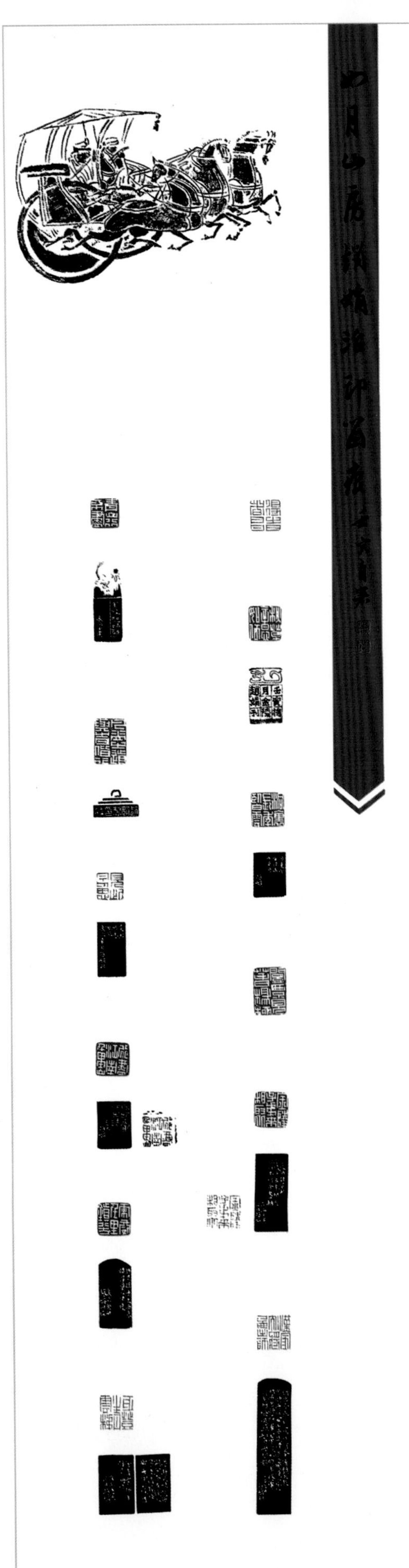

见此今人思（附边款）

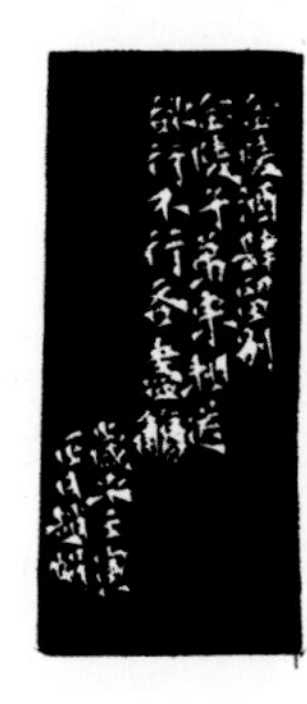

金陵子弟来相聚（附边款）

入选作品

赵娟，江苏省篆刻研究会会员，南京市书法家协会会员，湖上印社社员。作品获首届长三角书法篆刻大展最高奖，作品入展“福泽东方”第七届海峡两岸中青年篆刻大赛。

大风起兮云飞扬

门前风景雨来佳

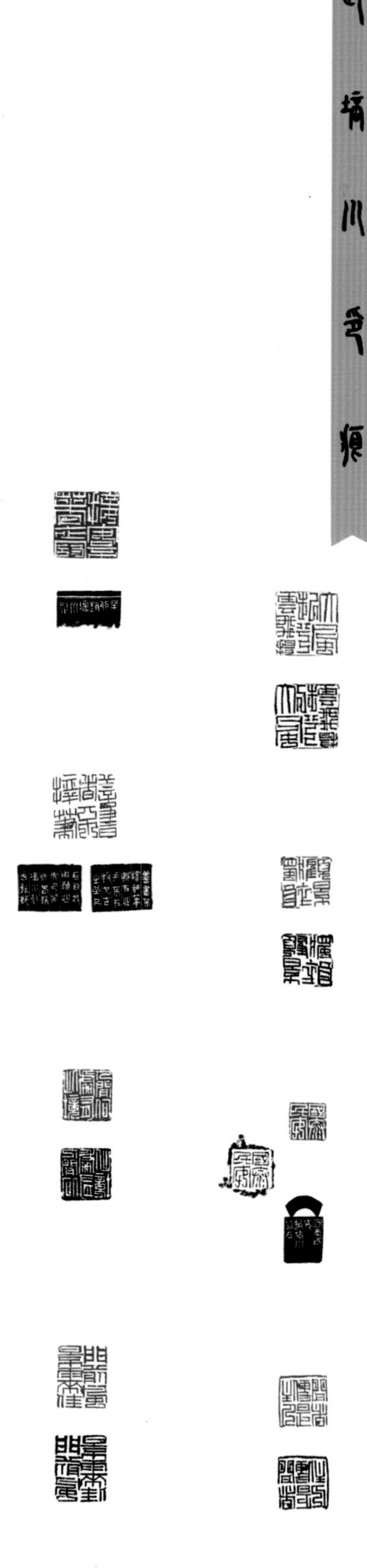

入选作品

赵培川，诸城市书法美术协会会员。作品入展诸城市第三、四、五届“美美与共.追梦同行”书画精品展，焦作市第三届篆刻艺术展，篆刻作品多次被《书法报》刊登。

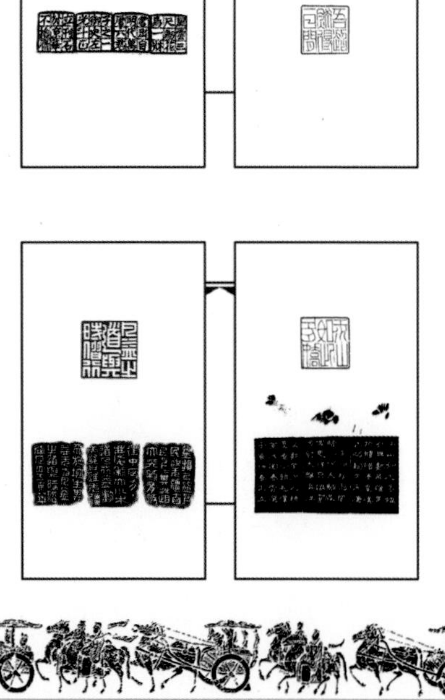

从吾所好（附边款）

民惟邦本（附边款）

入选作品

胡正立，作品入展“绝代风华”全国书法篆刻展入展，首届江苏省“杨沂孙”全国书法篆刻作品展，作品获“大雨楼”杯全国书法篆刻临摹展。

段遠東創作

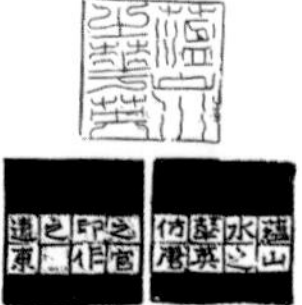
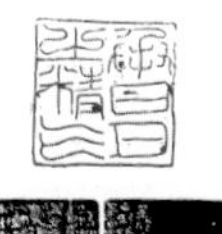

当年蜀道秦关

大漠孤烟，长河落日（附边款）

入选作品

段远东，作品入展“百年印记”全国篆刻大赛，“喜迎二十大”第八届内蒙古自治区书法篆刻展，2022“笔祖·蒙恬”杯全国书画篆刻大赛。

希君生羽翼，一化北溟鱼

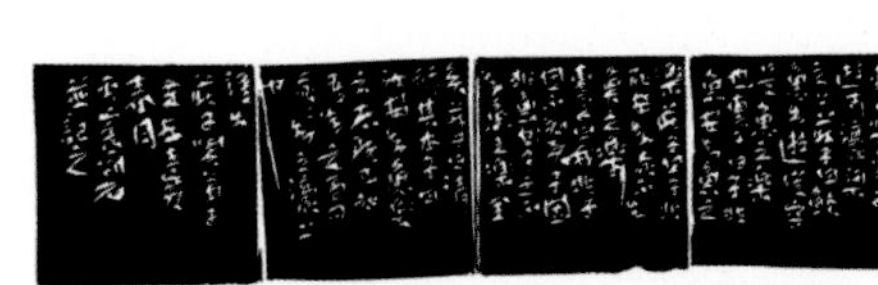

子非鱼，安知鱼之乐（附边款）

入选作品

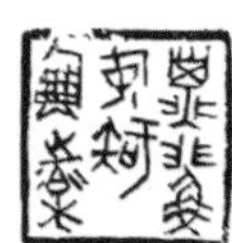

禹宗昌，中国书法家协会会员，西泠印社社友会会员，河南印社社员，盘古印社社长，河南二七书画院副院长，郑州市书法家协会新文艺群体委员会副主任。

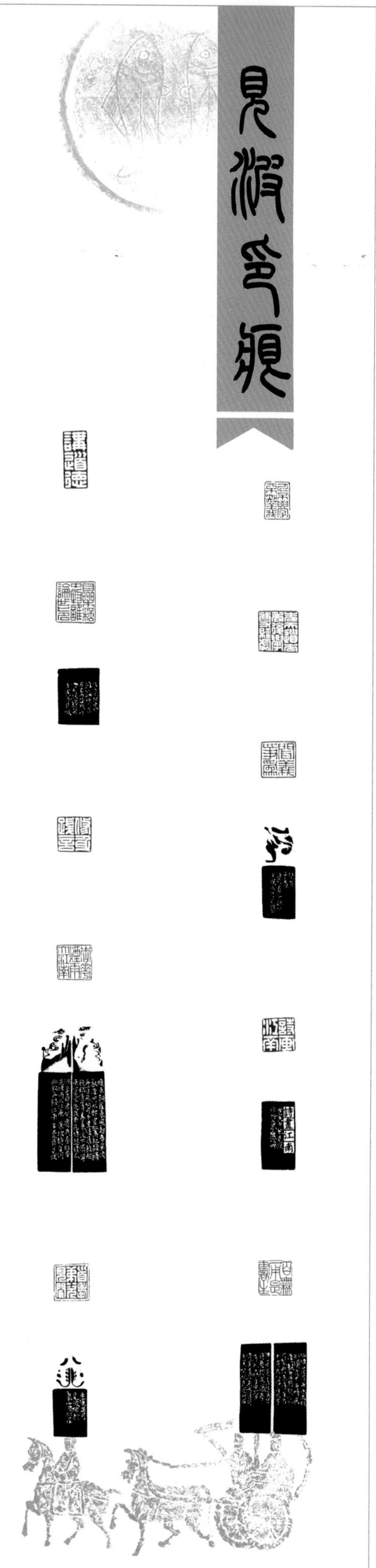

诗画江南（附边款）

杏花烟雨大江南（附边款）

入选作品

夏坚辉，作品入展“东楼书院”杯全国书法篆刻展，“万印楼”当代国际篆刻精英收藏工程，“吴昌硕奖”浙江省第六届篆刻大展。

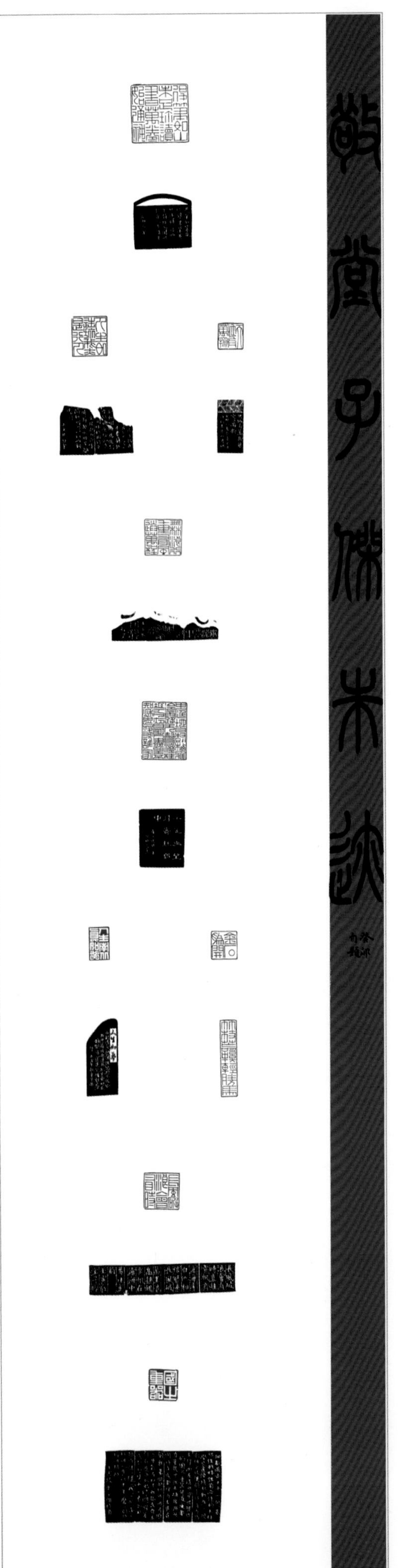

长风破浪会有时（附边款）

国之重器（附边款）

入选作品

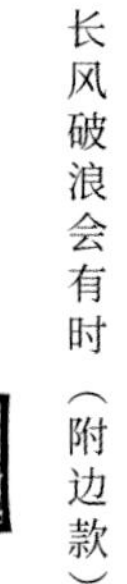

徐子杰，作品入展“建功新时代·奋进新征程”暨第五届翰墨天府书法作品年度展“激昂青春”吉林省第三届青年书法篆刻作品展，出新意于法度·四川省首届正体书法作品展等。

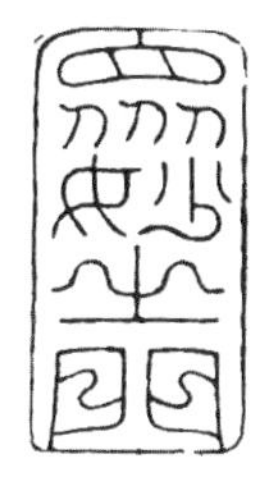

众妙之门

无涯（附边款）

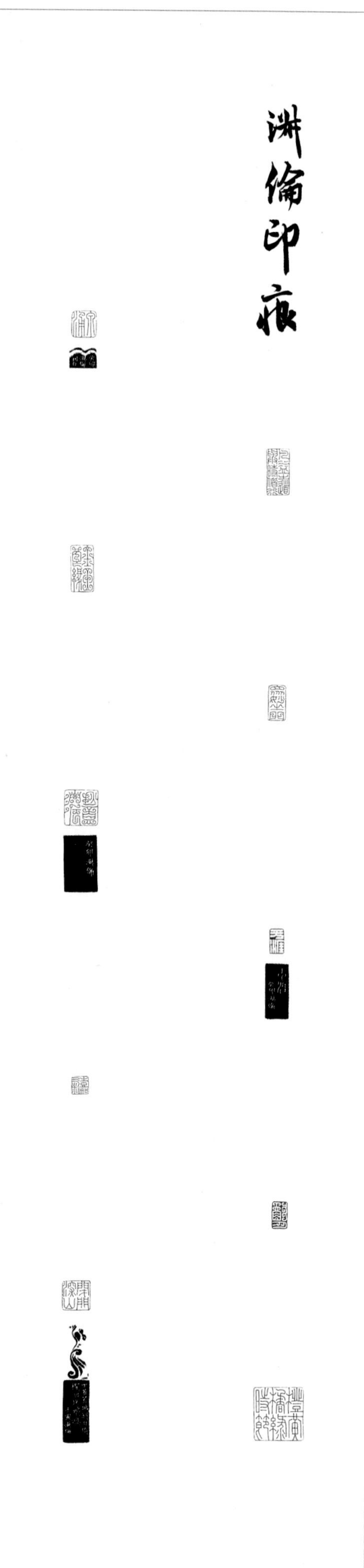

入选作品

徐淑伦，作品入展首届“万印楼”当代国际篆刻精英工程，第二届“陈介祺奖”万印楼篆刻艺术大展暨当代篆刻名家邀请展，山西省第三届晋阳杯篆刻艺术展，甘肃省“泰源杯”书法篆刻展。

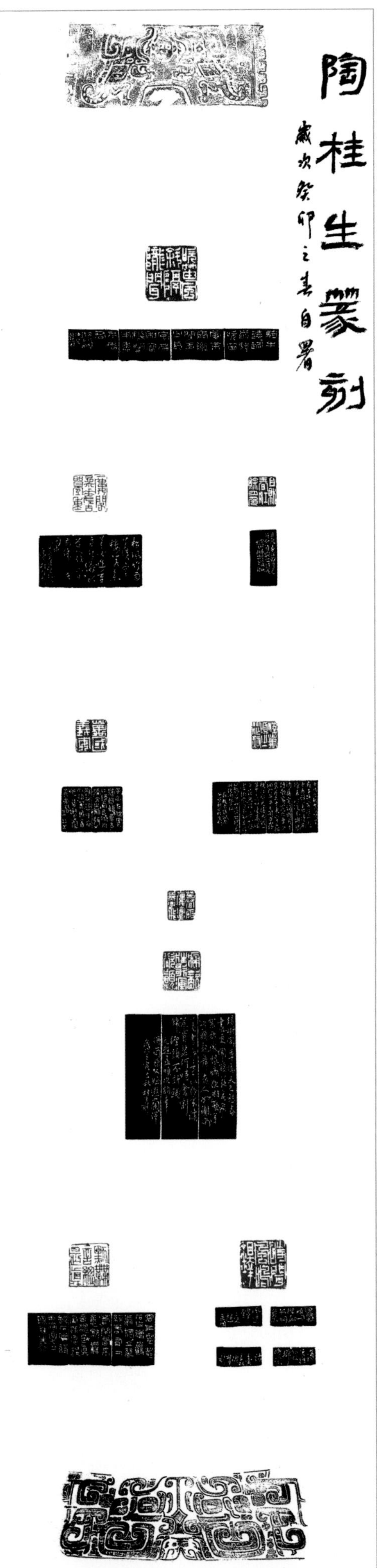

默默无言总是真（附边款）

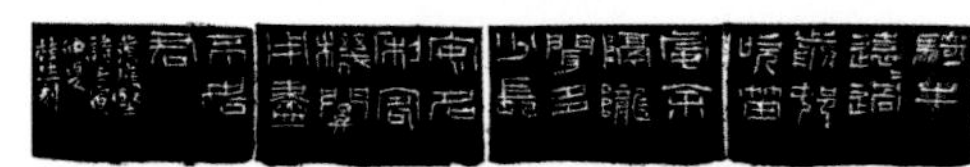

吹笛风斜隔陇闻（附边款）

入选作品

陶桂生，浙江省书法家协会会员，杭州市美术家协会会员，富春印社执行社长兼秘书长，富阳区书法家协会副秘书长。作品获第七届海峡两岸篆刻大赛银奖。

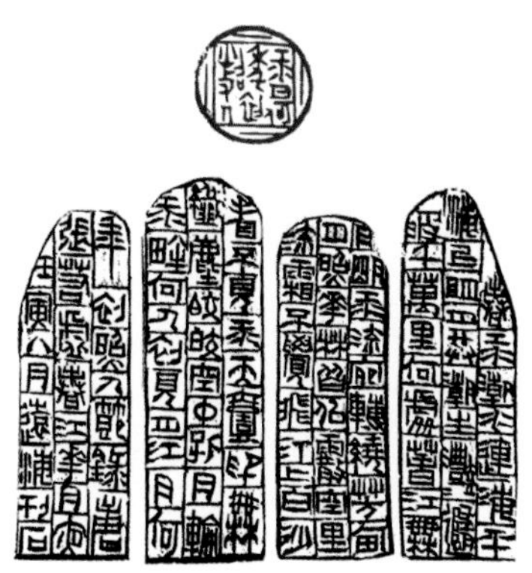

江月何年初照人（附边款）

民惟邦本

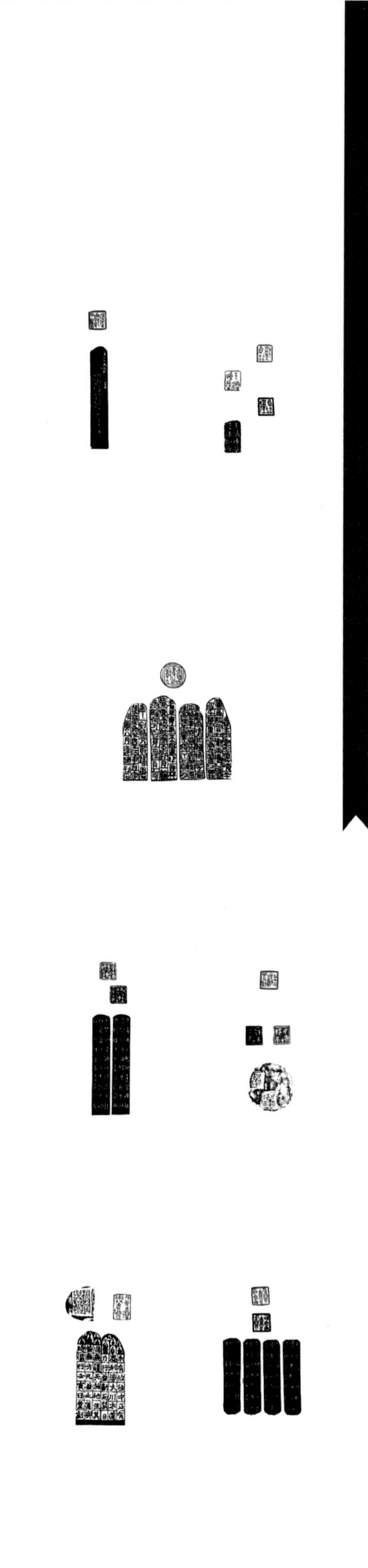

入选作品

黄远海，江西省书法家协会会员，作品入展首届《十钟山房印举》国际临创大展，作品获“万印楼”当代国际篆刻精英收藏工程“精英奖”。

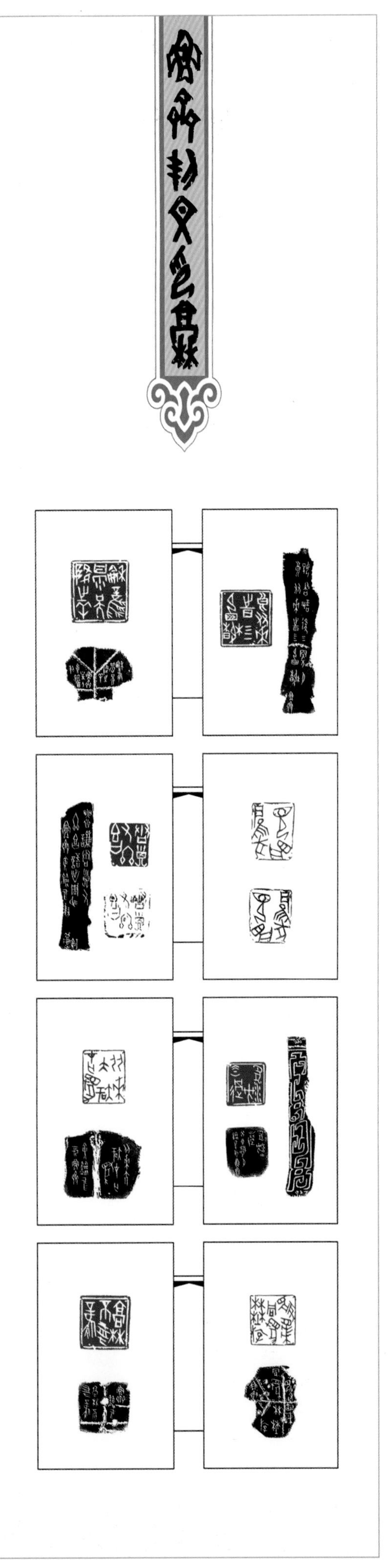

和风甘雨，天降之祥（附边款）

从来大智在无为（附边款）

入选作品

黄剑飞，中国石化书法家协会会员，广东省硬笔书法协会会员，茂名市书法家协会会员，茂名市青年书法家协会副秘书长。

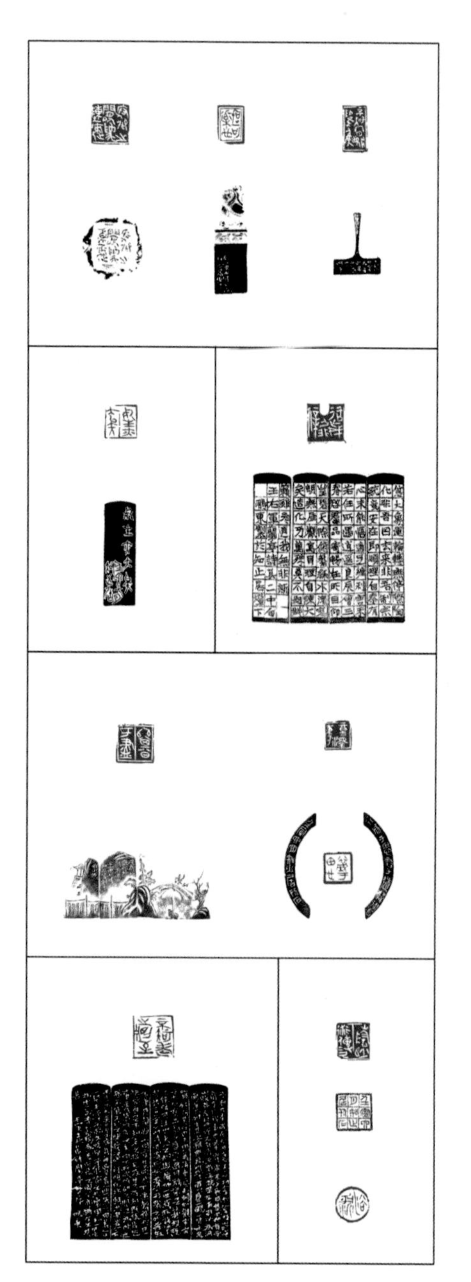

终期于尽（附边款）

不知老之将至（附边款）

入选作品

常鹏东，作品获美丽镇北堡全国名家邀请展暨全国书画大赛优秀奖，重庆市首届大学生书法篆刻大赛三等奖。作品入展传承与弘扬·首届《十钟山房印举》国际临创大展等。

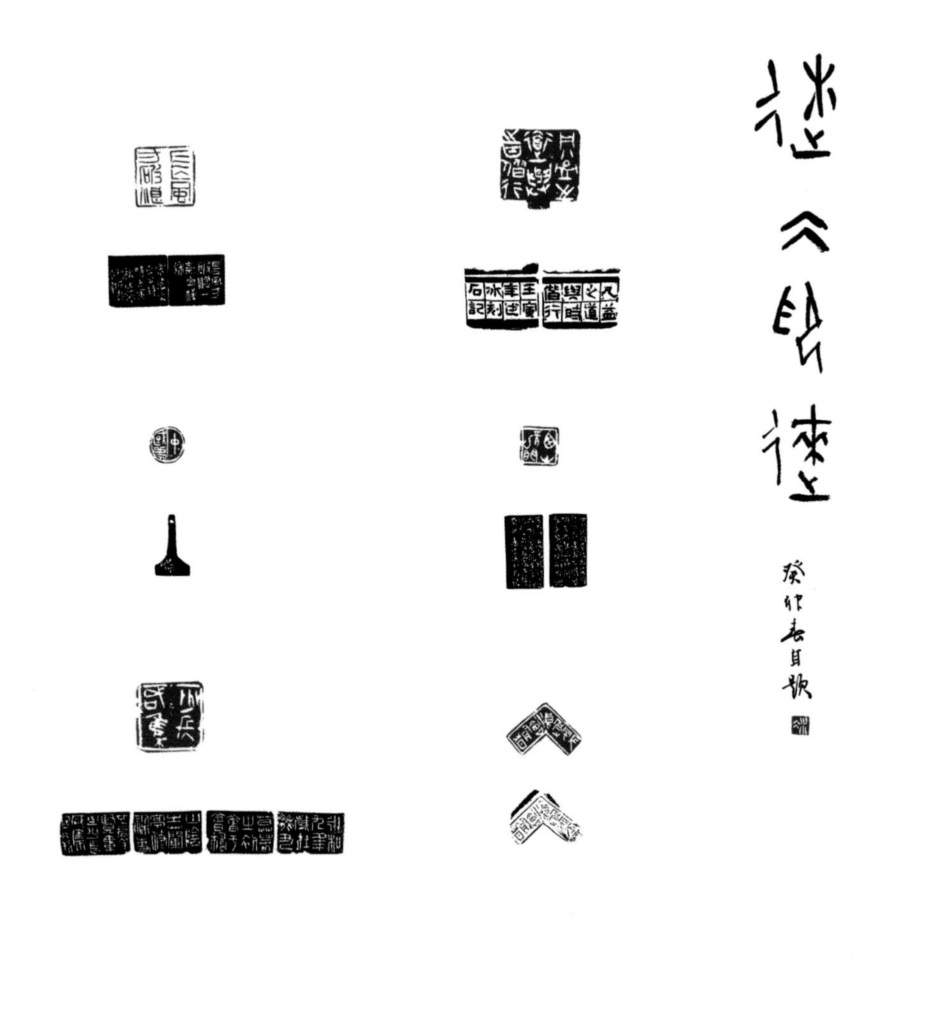

凡益之道，与时偕行（附边款）

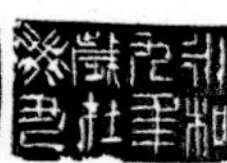

少长咸集（附边款）

入选作品

彭述冰，作品入展“笔祖·蒙恬杯”全国书画篆刻大赛，“万印楼”当代国际篆刻精英收藏工程，广东省第二届“秦咢生杯”粤港澳大湾区书法大赛。

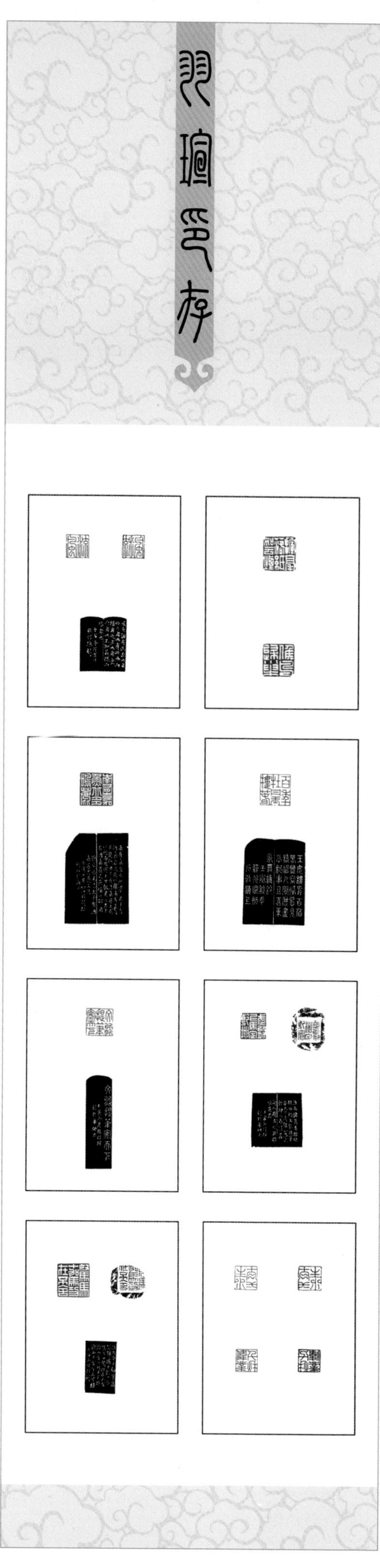

挥毫落纸如云烟

驽马十驾，功在不舍（附边款）

入选作品

程羽瑄，江西省书法家协会会员，作品入展第二届“青田印石杯”全国篆刻大赛，作品获得第四届上海师生书法篆刻展三等奖。

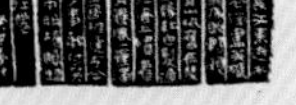

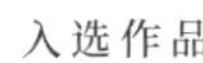

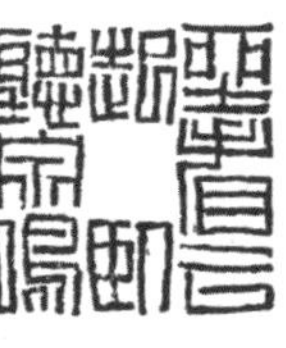

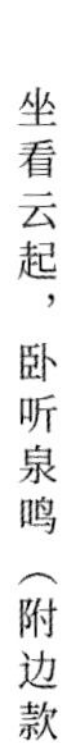

坐看云起，卧听泉鸣（附边款）

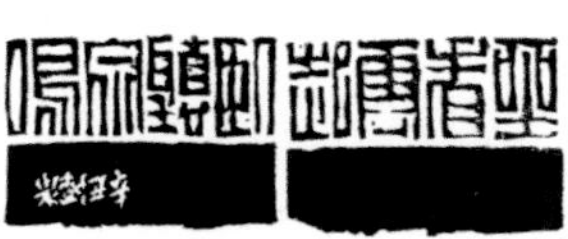

开弓没有回头箭（附边款）

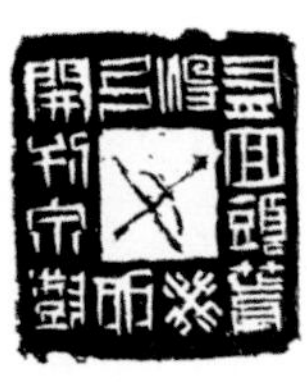

入选作品

程树泉，长沙市书法家协会会员，岳麓印社社员。

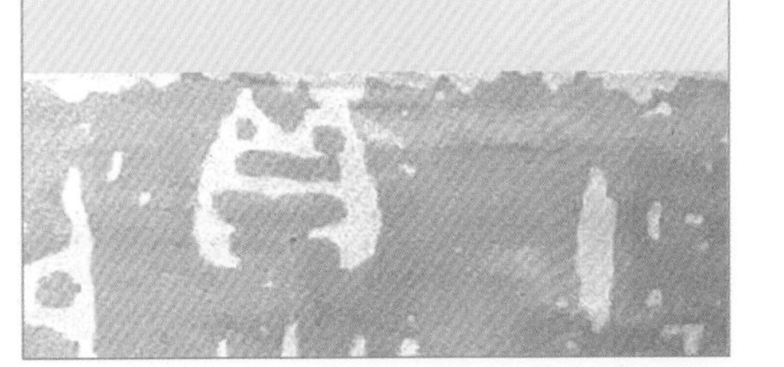

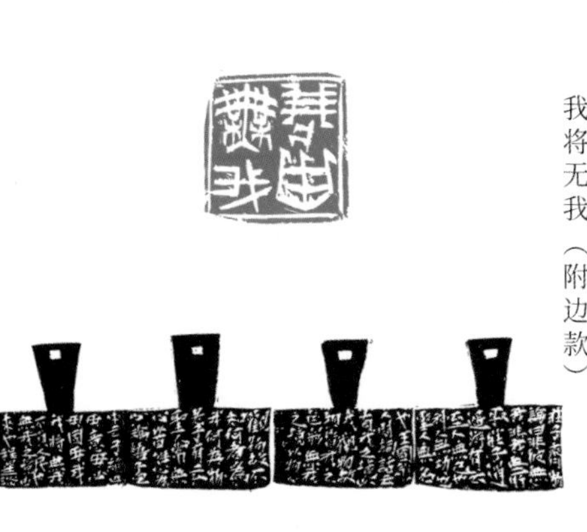

我将无我（附边款）

以史为鉴（附边款）

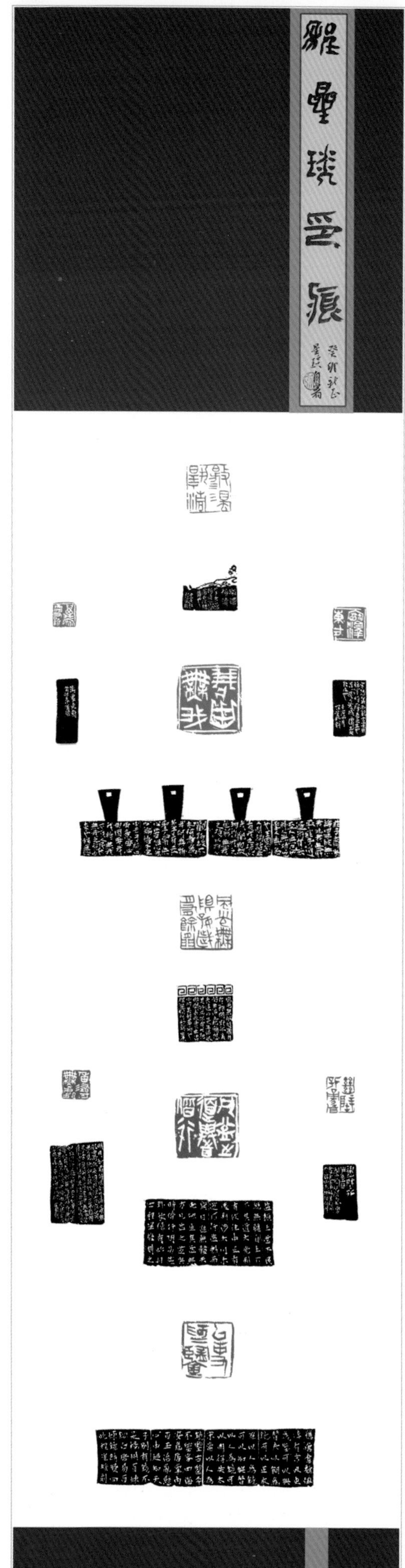

入选作品

程星琰，中国书法家协会会员，中国硬笔书法协会会员，中国佛像艺术研究中心研究员，四川省书法家协会会员，成都市书法家协会理事，成都市青年书法家协会常务理事等。

苏闽印痕

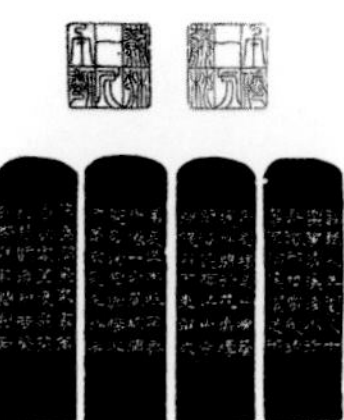

君子以自强不息

立春

入选作品

曾苏闽，盐城印社会员。

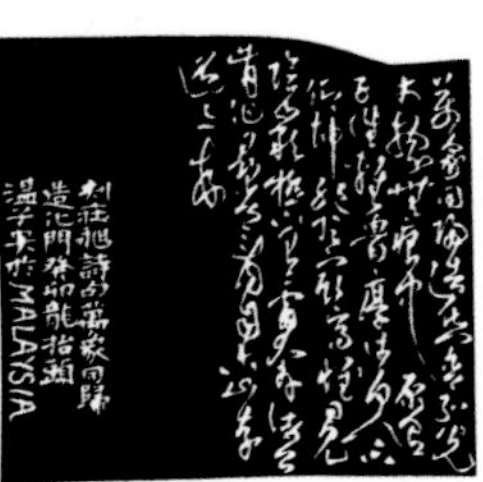

万象同归造化门（附边款）

无痕

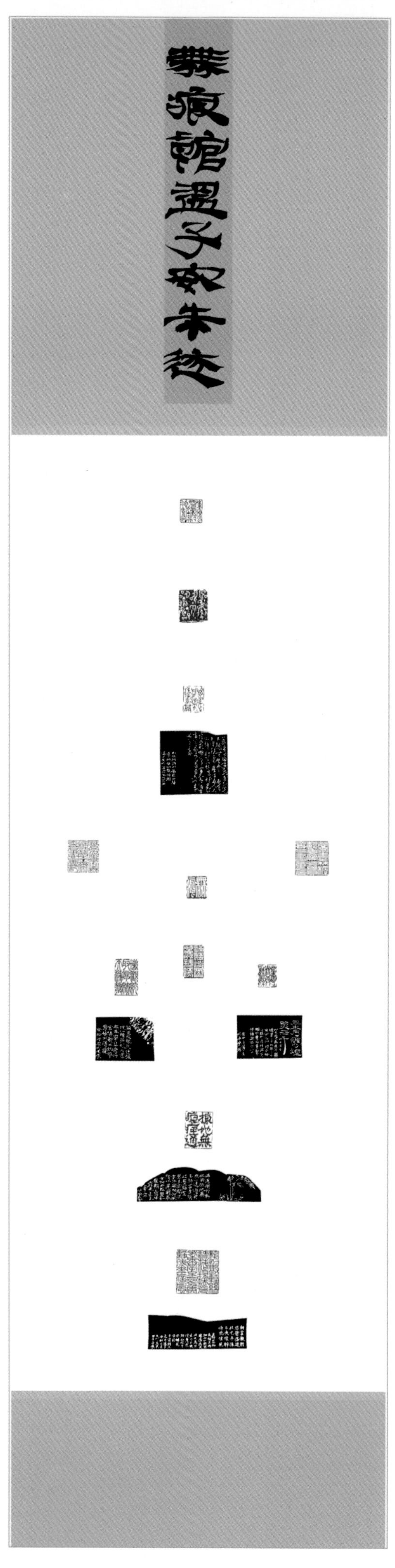

入选作品

温子安，马来西亚无痕馆创办人之一，马来西亚书艺研究院委员，马来西亚书艺协会全国评审，马来西亚书法资料中心小组成员。

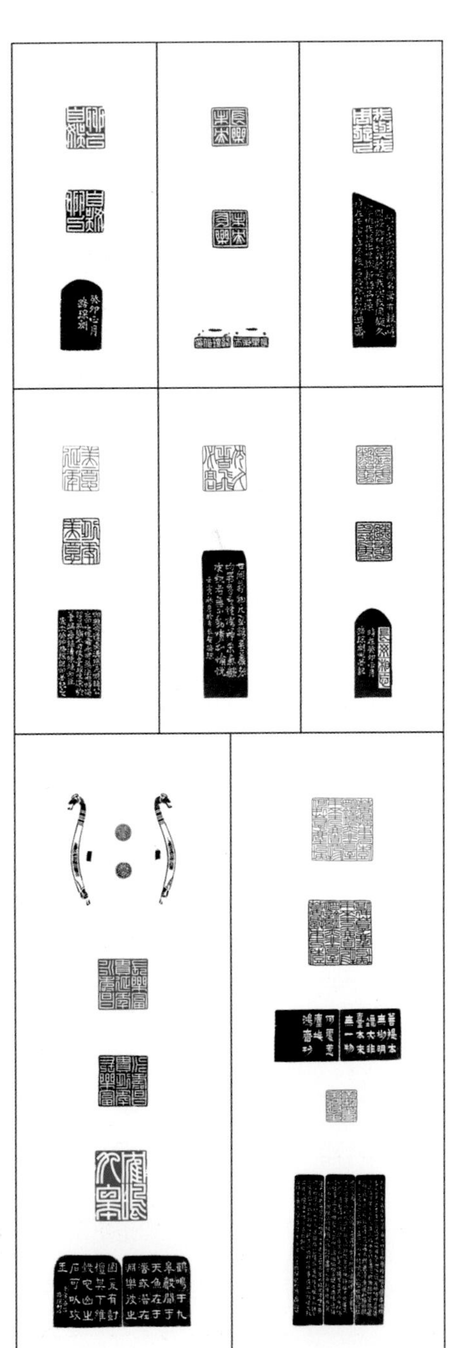

长乐富贵延年永寿昌

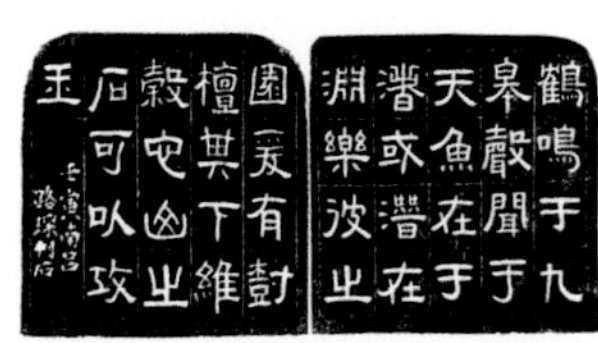

鹤鸣九皋（附边款）

入选作品

路琛，陕西省书法家协会会员，终南印社社员，陕西省于右任书法学会会员，陕西省青年书法家协会会员。

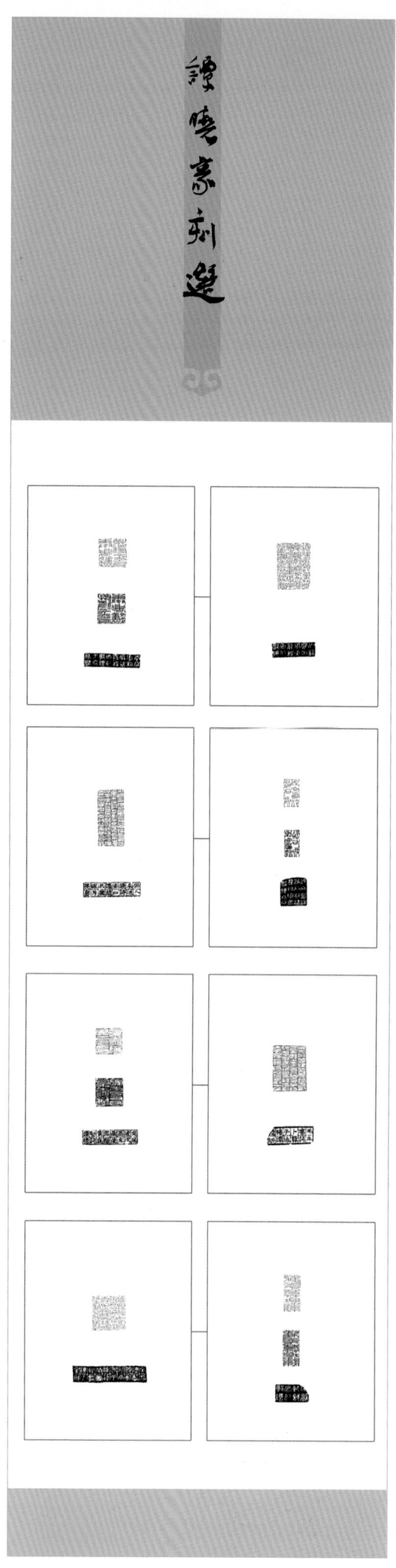

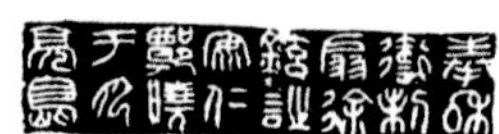

好将金石奉雕镌（附边款）

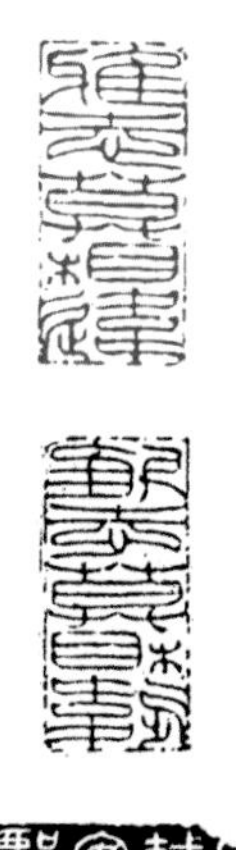

雅志莫相违（附边款）

入选作品

谭晓，湖南省书法家协会会员，岳麓印社理事，湖南碧湖诗社理事，杭州西湖印社社员，星城印社代理负责人。

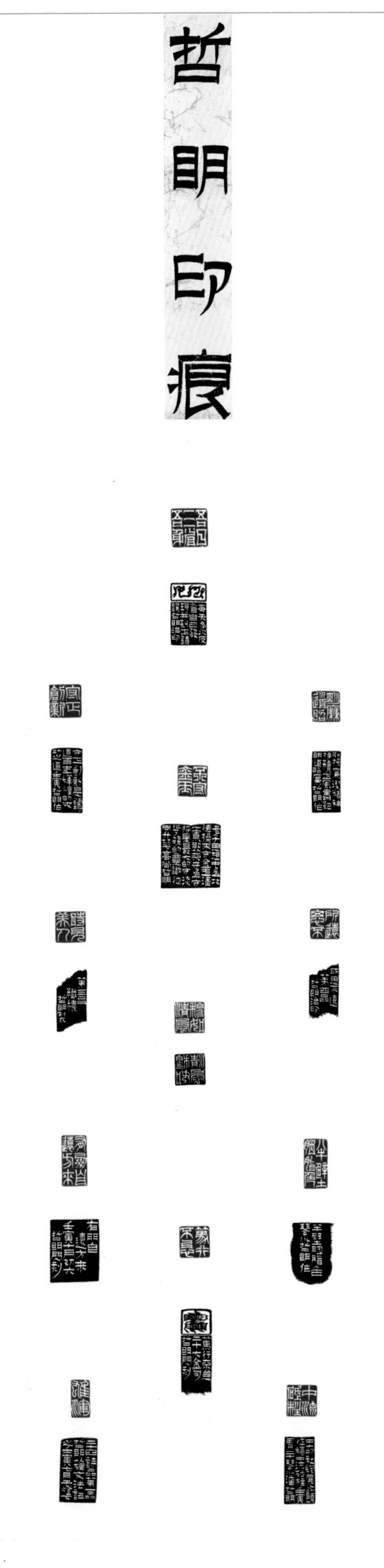

吾日三省吾身（附边款）

不守金玉（附边款）

入选作品

潘哲明，梅里书法家协会会员，虞山印社理事，崂山文联会员，崂山印社社员，崂山书法家协会会员。

五车书，万里路

四时佳兴与人同（附边款）

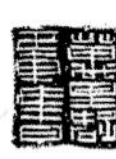

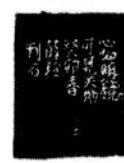

入选作品

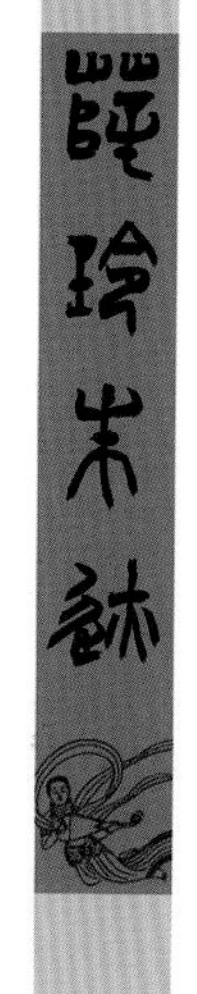

薛玲，山东省书法家协会会员，莱阳市书法家协会理事兼女书法家委员会秘书长。

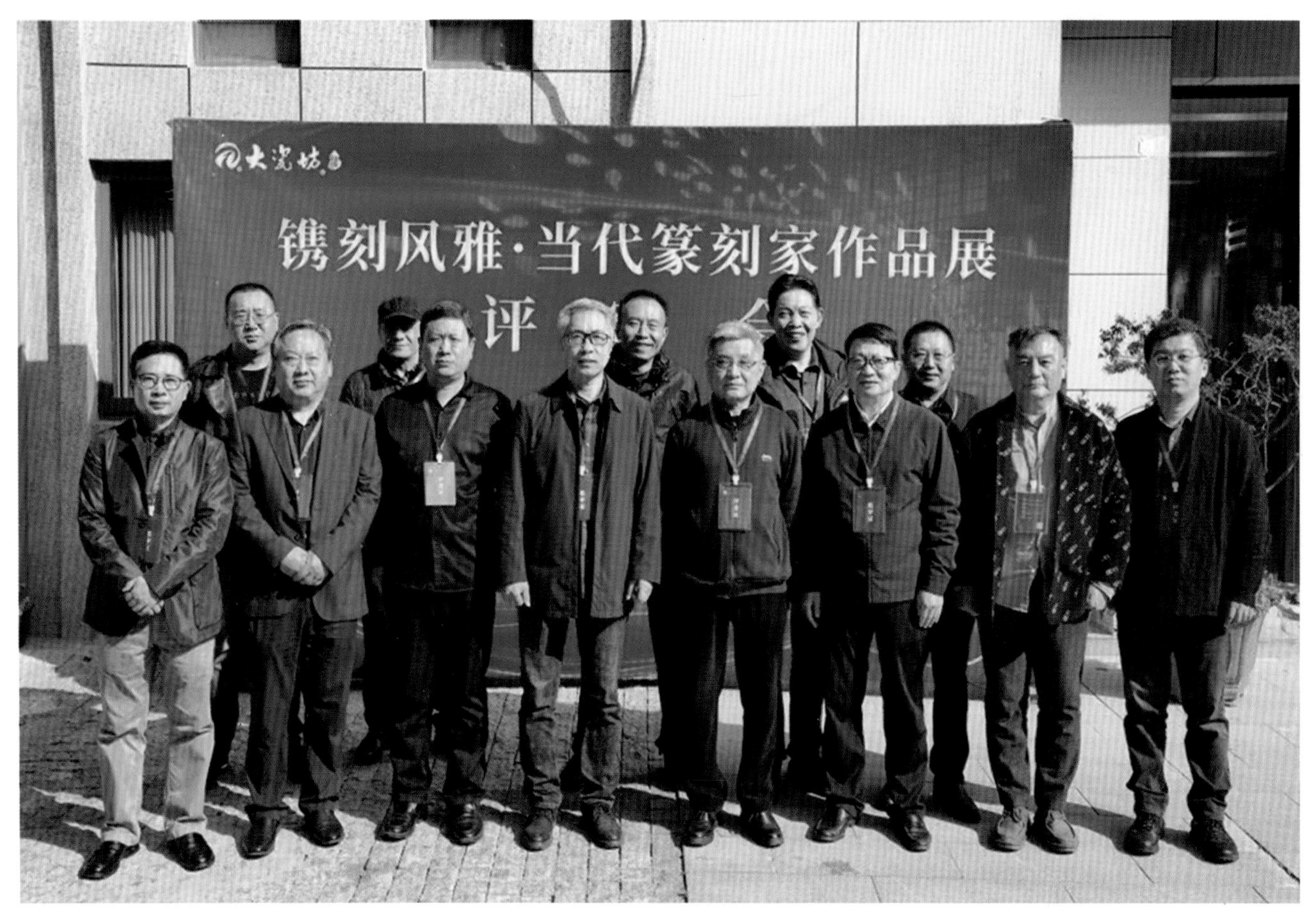

从左向右：叶华洲、张亚斌、吴自标、嘎吉哥、谷松章、王维国、王永和、徐正濂、蔡永锋、姜筱卉、郁建伟、戴武、陈靖

镌刻风雅·当代篆刻家作品展
评审现场剪影

图书在版编目（C I P）数据

镌刻风雅 : 当代篆刻家作品选 / 蔡永锋主编. --
杭州 : 西泠印社出版社, 2024.1
ISBN 978-7-5508-4253-3

Ⅰ. ①镌… Ⅱ. ①蔡… Ⅲ. ①汉字－印谱－中国－现代 Ⅳ. ①J292.47

中国国家版本馆CIP数据核字(2023)第166328号

镌刻风雅：当代篆刻家作品选

蔡永锋　主编

责任编辑　李　兵
责任出版　冯斌强
责任校对　刘玉立
装帧设计　王　欣
出版发行　西泠印社出版社
（杭州市西湖文化广场32号5楼　邮政编码　310014）
电　　话　0571-87240395
经　　销　全国新华书店
制　　版　沈　馨
印　　刷　江苏印联实业有限公司
开　　本　787mm×1092mm　1/16
印　　张　18.75
印　　数　0001—1000
书　　号　ISBN 978-7-5508-4253-3
版　　次　2024年1月第1版　第1次印刷
定　　价　280.00元